本书是广东省普通高校创新团队项目"客家历史文化研究团队"（2022WCXTD021）、广东省教育厅重点平台及科研项目特色创新项目（人文社科）"嘉应学案——基于现代性体验视角的梅州近现代文艺美学研究"（2016WTSCX108）、嘉应学院 2019 年高等教育教学改革一般项目"基于流行文化语境的西方文论教学研究"（419A0436）、嘉应学院"2023 年度校级一流本科课程——西方文论"（423A0409）、嘉应学院客家研究院一般项目"黄药眠文艺美学思想研究"（512E08）的研究成果。

本丛书出版得到以下研究机构和项目经费资助：

嘉应学院客家研究院

梅州市客家研究院

中国侨乡（梅州）研究中心

广东客家文化普及与研究基地

广东省特色重点学科"客家学"建设经费

嘉应学院第五轮重点学科"中国史"建设经费

广东省客家文化研究基地—嘉应学院客家研究院

广东省非物质文化遗产研究基地—嘉应学院客家研究院

理论粤军 · 广东地方特色文化研究基地—客家文化研究基地

广东省普通高校人文社会科学省市共建重点研究基地—嘉应学院客家研究院

客家学研究丛书

第七辑

远观与凝视

新世纪梅州作家作品研究

张劲松　著

暨南大学出版社

JINAN UNIVERSITY PRESS

中国·广州

图书在版编目（CIP）数据

远观与凝视：新世纪梅州作家作品研究 / 张劲松著.
广州：暨南大学出版社，2025. 4. -- （客家学研究丛
书）. -- ISBN 978-7-5668-4079-0

Ⅰ. Ⅰ206.7

中国国家版本馆 CIP 数据核字第 2025LA3057 号

远观与凝视：新世纪梅州作家作品研究

YUANGUAN YU NINGSHI：XINSHIJI MEIZHOU ZUOJIA ZUOPIN YANJIU

著　者：张劲松

··

出 版 人：阳　翼

策划编辑：杜小陆　刘宇韬

责任编辑：刘宇韬

责任校对：刘舜怡

责任印制：周一丹　郑玉婷

出版发行：暨南大学出版社（511434）

电　　话：总编室（8620）31105261
　　　　　营销部（8620）37331682　37331689

传　　真：(8620) 31105289（办公室）　37331684（营销部）

网　　址：http://www.jnupress.com

排　　版：广州良弓广告有限公司

印　　刷：广州市友盛彩印有限公司

开　　本：787mm×960mm　1/16

印　　张：26

字　　数：410 千

版　　次：2025 年 4 月第 1 版

印　　次：2025 年 4 月第 1 次

定　　价：108.00 元

总　序

客家文化以其语言、民俗、音乐、建筑等方面的独特性，尤其是客家人在海内外社会经济发展中的突出贡献，引起了历史学、人类学、民俗学和语言学等诸多学科领域内学者的关注。而随着西方人文学科理论和研究方法在 20 世纪初传入我国，客家历史与文化研究也逐渐进入科学规范的研究行列，并相继出现了一批具有开创性的研究成果。1933 年，罗香林《客家研究导论》的出版，标志着客家研究进入了现代学术研究的范畴。20 世纪 80 年代以来，著作、论文等研究成果的推陈出新，也在呼吁学界能够设立专门的学科并规范客家研究的科学范式。

作为国内较早成立的专门从事客家研究的机构，嘉应学院客家研究院用二十五载的岁月，换来了客家研究成果在数量上空前的增长，率先成为客家学研究的重要阵地，也引起了国内外学术界的高度关注。但若从质的维度来看，当前的客家研究还面临一系列有待思考及解决的问题：客家学研究的主题有哪些？哪些有意义，哪些纯粹是臆测？这些主题产生的背景是什么？它们是如何通过社会与历史的双重作用，而产生某些政治、经济乃至文化权力的诉求与争议的？当代客家研究如何紧密结合地方社会发展的需要，又如何与国内外其他学科对话与交流？诸如此类的疑惑，需要从理论探索、田野实践和学科交叉等层面努力，以理论对话和案例实证作为手段，真正实现跨区域和多学科的协同创新。

一、触前沿：客家学研究的理论探索

当前的客家学研究主要分布在人文社会科学的诸多学科范围之内，所以开展卓有成效的客家研究自然需要敢于接触不同学科领域的学术理论。比如，社会学科先后出现过福柯的权力理论、布尔迪厄的实践理论、吉登斯的结构化理论、鲍曼的风险社会理论、哈贝马斯的沟通行动理论、卢曼的系统理论、科尔曼的理性选择理论和亚历山大的文化社会学理论。社会

科学研究经常需要涉及的热点议题，在客家研究中同样不可回避，比如社会资本、新阶层、互联网、公共领域、情感与身体、时间与空间、社会转型和世界主义。再比如，社会学关于移民研究的推拉理论、人类学对族群研究的认同与边界理论以及社会转型与文化变迁的机制，都可以具体应用到客家研究上，并形成理论对话而提升客家研究的高度。在研究方法上，人文社会科学提倡的建模、机制与话语分析、文化与理论自觉等前沿手段，都可以遵循"拿来主义"的原则为客家研究所用。

可以说，客家研究要上升为独具特色的独立学科，首先要解决的便是理论对话和科学研究的范式问题。客家学作为一门融会了众多社会人文学科的综合性学科，既不是客家史，也不是客家地区政治、经济、文化等内容的汇编或整合，而是一门以民族学基础理论为基础，又比民族学具有更多独特特征、丰富内容的学科。不可否认的是，客家研究具有自身独特的学术传统，但要形成自身的理论构架和研究方法，若离开历史学、文献学、考古学、人类学、语言学、社会学、民俗学等诸多学科理论的支撑，显然就是痴人说梦。要在这方面取得成绩，则非要长期冷静、刻苦、踏实、认真潜心研究不可。如若神不守舍、心动意摇，就会跑调走板、贻笑大方。在不少人汲汲于功名、切切于利益、念念于职位的当今，专注于客家研究的我们似乎有些另类。不过，不管是学者应有的社会良知与独立人格，还是人文学科秉持的历史责任与独立思考的精神，都激励我们坚持实事求是的原则，在触碰前沿理论上不断探索，以积累学科发展所需的坚实理论。

要做到这一点，就得潜下心来大量阅读国内外学术名著，了解前沿理论的学术进路和迁移运用，使客家研究能够进入国际学术研究对话的行列。

二、接地气：客家研究的田野工作

学科发展需要理论的建设与支撑，更离不开学科研究对象的深入和扩展，而进入客家人生活的区域开展田野工作，借助从书斋到田野再回到书斋的螺旋式上升的研究路径，客家研究才能做到"既仰望星空又能接地气"，才能厚积薄发。

人类学推崇的田野工作要求研究者通过田野方法收集经验材料的主体，客观描述所发现的任何事情并分析发现结果。[①] 田野工作的目标要界

---

① 托马斯·许兰德·埃里克森著，周云水、吴攀龙、陈靖云译：《什么是人类学》，北京：北京大学出版社，2013 年，第 65－67 页。

定并收集到自己足以真正控制严格的经验材料，所以需要充分发挥参与观察、深度访谈和问卷调查的手段。从学科建设和学科发展的角度，客家族群的分布和文化多元特征，决定了客家研究对田野调查的依赖性。这就要求研究者深入客家乡村聚落，采用参与观察、个别访谈、开座谈会、问卷调查等方法调查客家民俗节庆、方言、歌谣等，收集有关客家地区民间历史与文化丰富性及多样性的资料。

　　而在客家文献资料采集方面，田野工作的精神同样适用。一方面，文献资料可以增加研究者对客家文化的理解，还可以对研究者的学术敏感和问题意识产生积极影响；另一方面，田野工作既增加了文献资料的来源，又能提供给研究者重要的历史感和文化体验，也使得文献的解读可以更加符合地方社会的历史与现实。譬如，到图书馆、档案馆等公藏机构及民间广泛收集对客家文化、客家音乐、客家方言等有所记载的正史、地方志、文集、族谱及已有的研究成果等。田野调查需要入村进户，因此从具有深厚文化传统的客家古村落入手，无疑可以取得事半功倍的效果。

　　在客家地区开展田野调查，需要点面结合才能形成质量上乘的多点民族志。20 世纪 90 年代，法国人类学家劳格文与广东嘉应大学（2000 年改名为嘉应学院）、韶关大学（2000 年改名为韶关学院）、福建省社会科学院、赣南师范学院、赣州市博物馆等单位合作，开展"客家传统社会"的系列研究。他在长达十多年的时间里，辗转于粤东、闽西、赣南、粤北等地，深入乡镇村落，从事客家文化的田野调查。到 2006 年，这些田野调查的成果汇集出版了总计 30 余册的"客家传统社会"丛书，不仅集中地描述客家地区传统民俗与经济，还具体地描述了传统宗族社会的形成、发展和具体运作及其社会影响。

　　2013 年以来，嘉应学院客家研究院选择了多个历史悠久、文化底蕴深厚的古村落，以研究项目的形式开展田野作业，要求研究人员采用参与观察、深度访谈、文献追踪等方法，对村落居民的源流、宗族、民间信仰、习俗等民间社会与文化的形成与变迁进行深入的分析和研究，形成对乡村聚落历史文化发展与变迁的总体认识。在对客家地区文化进行个案分析与研究的基础上，再进行跨区域、跨族群的文化比较研究，揭示客家文化的区域特征，进而梳理客家社会变迁和文化发展过程。

　　闽粤赣是客家聚居的核心区域，很多风俗习惯都能够找到相似的元素。就每年的元宵习俗而言，江西赣州宁都有添丁炮、石城有灯彩，而到了广东的兴宁市和河源市和平县，这一习俗则演变为"上灯"，花灯也成了寄托客家民众淳朴愿望的符号。所以，要弄清楚相似的客家习俗背后有

何不同的行动逻辑，就必须用跨区域的视角来分析。这一源自田野的事例足以表明田野调查对客家学研究的重要性。

无论是主张客家学学科建设应包括客家历史学、客家方言学、客家家族文化、客家文艺、客家风俗礼仪文化、客家食疗文化、客家宗教文化、华侨文化等，① 还是认为客家学的学科体系要由客家学导论、客家民系学、客家历史学、客家方言学、客家文化人类学、客家民俗学、客家民间文学、客家学研究发展史八个科目为基础来构建，客家研究都无法回避研究对象的固有特征——客家人的迁徙流动而导致的文化离散性，所以在田野调查时更强调追踪研究和村落回访②。只有夯实田野工作的存量，文献资料的采集才可能有溢出其增量的效益。

三、求创新：客家研究的学科交叉

学问的创新本不是一件易事，需要独上高楼，不怕衣带渐宽，耐得住孤独寂寞，一往无前地上下求索。客家研究更是如此，研究者需要甘居边缘、乐于淡泊、自守宁静的治学态度——默默地做自己感兴趣的学问，与两三同好商量旧学、切磋疑义、增益新知。

客家研究要创新，就需要综合历史学、人类学、语言学、音乐学、社会学等学科理论和方法，对客家民俗、客家方言、客家音乐等进行综合分析和研究，以学科交叉合作的研究方式，形成对客家族群全面的、客观的总体认识。

客家族群作为中华民族共同体的一个重要支系，在其形成和发展过程中融合多个山区民族的文化，形成独具特色的文化体系。建立客家学学科，科学地揭示客家族群的个性和特殊性，可以加深和丰富对中华民族的认识。用客家人独特的历史、民俗、方言、音乐等本土素材，形成客家学体系并进一步建构客家学学科，将有助于促进中国人文社会科学本土化的发展，从而为中国人文社会科学的发展和繁荣作出应有的贡献。客家人遍布海内外 80 多个国家和地区，客家华侨华人 1 000 余万，每年召开一次世界性的客属恳亲大会，在全世界华人中具有重要影响。粤东梅州是全国四大侨乡之一，历史遗存颇多，文化积淀深厚，华侨成为影响客家社会历史

---

① 张应斌：《21 世纪的客家研究——关于客家学的理论建构》，《嘉应大学学报》，1996 年第 4 期。

② 康拉德·菲利普·科塔克著，周云水译：《文化人类学——欣赏文化差异》，北京：中国人民大学出版社，2012 年，第 457－459 页。

和文化发展的重要因素。建立客家学学科，将进一步拓宽华侨华人研究领域，有助于华侨华人与侨乡研究的深入发展。

在当前客家学研究成果积淀日益丰厚、客家研究日益受到社会各界重视的情况下，总结以往研究成果，形成客家学学科理论和方法，构建客家学学科体系，成为目前客家学界非常紧迫而又十分重要的任务。

嘉应学院客家研究院敢啃硬骨头，在总结以往研究成果的基础上，完成目前学科建设条件已初步具备的客家文化学、客家语言文字学、客家音乐学等的论证和编纂，初步建构客家学体系的分支学科。具体而言，客家文化学探讨客家文化的历史、现状和未来并揭示其发生、发展规律，分析客家族群的物质文化、制度文化和精神文化的产生、发展过程及其特征。客家语言文字学探讨客家方言的语音、词汇、语法、文字等的特征，展示客家语言文字的具体内容及其社会意义。客家音乐学探讨客家山歌、汉剧、舞蹈等的发生、发展及其特征，揭示客家音乐的具体内容和社会意义。

客家族群是汉民族的一个支系，研究时既要注意到汉文化、中华文化的普遍性，又要注意到客家文化的独特性，体现客家文化多元一体的属性。客家学研究的对象，决定客家学是一门融合历史学、民俗学、方言学、音乐学、社会学等众多社会人文学科的综合性学科。如何形成跨学科的客家学研究理论与方法，是客家研究必须突破的重要问题。唯有明确客家学研究的基本概念、理论和方法，并通过广泛的田野调查和深入的个案研究，广泛收集关于客家文化、客家方言、客家音乐等各种资料，从多角度进行学科交叉合作的分析和研究，才能实现创新和发展。

嘉应学院地处海内外最大的客家人聚居地，具有开展客家学研究得天独厚的地缘优势。1989 年，嘉应学院的前身嘉应大学率先在全国建立了专门性的校级客家研究机构——客家研究所。2006 年 4 月，以客家研究所为基础，组建了嘉应学院客家研究院、梅州市客家研究院。因研究成果突出、社会影响大，2006 年 11 月，客家研究院被广东省社会科学界联合会评为"广东省客家文化研究基地"；2007 年 6 月，被广东省教育厅评为"广东省普通高校人文社会科学省市共建重点研究基地"。之后其又被广东省委宣传部、广东省社会科学院评为"广东地方特色文化研究基地——客家文化研究基地"，被广东省文化厅评为"广东省非物质文化遗产研究基地"，被广东省教育厅评为"广东省粤台客家文化传承与发展协同创新中心"；还经国家民政部门批准，在国家一级学会"中国人类学民族学研究会"下成立了"客家学专业委员会"。

2009 年 8 月，在昆明召开的第 16 届国际人类学大会上，客家研究院成功组织"解读客家历史与文化：文化人类学的视野"专题研讨会，初步奠定了客家研究国际化的基础。2012 年 12 月，客家研究院召开了"客家文化多样性与客家学理论体系建构国际学术研究会"，基本确立了客家学学科建设的基本途径和主要方法。另外，1990 年以来，嘉应学院客家研究院坚持每年出版两期《客家研究辑刊》（现已出版 45 期），不仅刊载具有理论对话和新视角的论文，也为未经雕琢的田野报告提供发表和交流的平台。自 1994 年以来，客家研究院承担国家社会科学基金项目 2 项，广东省哲学社会科学规划项目等 20 余项，出版《客家源流探奥》① 等著作 50 余部，其中江理达等的著作《兴宁市总体发展战略规划研究》② 获广东省哲学社会科学优秀成果一等奖，肖文评的专著《白堠乡的故事——地域史脉络下的乡村建构》③ 获广东省哲学社会科学优秀成果二等奖，房学嘉的专著《粤东客家生态与民俗研究》④ 获广东省哲学社会科学优秀成果三等奖。深厚的研究成果积淀，为客家学学科建设奠定了坚实的理论基础。经过几代人的不懈努力，嘉应学院的客家研究已经具备了在国际学术圈交流的能力，这离不开多学科理论对话的实践和田野调查经验的积累。

客家学研究丛书的出版，既是客家研究在前述立足田野与理论对话"俯仰之间"兼顾理论与实践的继续前行，也是嘉应学院客家学研究朝着国际化目标迈出的坚实步伐。"星星之火，可以燎原"，这套丛书包括学术研究专著、田野调查报告、教材、译著、资料整理等，体现了客家学学科建设的不同学术旨趣和理论关怀。古人云，"不积跬步，无以至千里；不积小流，无以成江海"，我们愿意从点滴做起。希望丛书的出版，能引起国内外客家学界对客家学学科体系建设的关注，促进客家学研究的科学化发展。

编　者

2014 年 8 月 30 日

---

① 房学嘉：《客家源流探奥》，广州：广东高等教育出版社，1994 年。

② 江理达、邱国锋主编：《兴宁市总体发展战略规划研究》，广州：广东教育出版社，2009 年。

③ 肖文评：《白堠乡的故事——地域史脉络下的乡村建构》，北京：生活·读书·新知三联书店，2011 年。

④ 房学嘉：《粤东客家生态与民俗研究》，广州：华南理工大学出版社，2008 年。

对话李钟声：关于梅州文艺及其他（代序一）

对话人简介

李钟声，资深报人。1985 年加入中国作家协会，广东省作协原副主席，广东省文艺批评家协会原副主席，南方报业传媒集团原副总编辑。现为中国报纸副刊研究会副会长，南方日报出版社总编辑，广东省政府参事。著有《李钟声集》《李钟声报告文学选》《岭南画坛 60 家》《陈永锵十日谈》等著作 18 部，是国内最早关注特区文学创作的批评家。

张劲松（以下简称"张"）：李老师，您好！久闻大名！这次《彼岸岛》研讨会活动您出大力了，李老师提携后学，爱惜人才，对家乡一片深情。

李钟声（以下简称"李"）：做自己能力范围的事，只是希望家乡能多出人才而已。我觉得会上大多数发言都很好，值得《彼岸岛》作者陈柳金主席认真思考和吸收。总的来说，他的小说起笔很聪明，突破了过去客家长篇题材的局限，选取了当下人们关注文学的世界性目光，较好地处理了其中的当下性和世界性的关系。人物较丰满，几个人物的故事很感人，特别是其中主人公嘉木的家族和周围的人在印度尼西亚打拼的血泪史和奋斗史。侨批、水客的故事也高潮迭起。作者善于运用细节，如执壶和值十五头牛的玉，在题材开拓与创新方面有新的意义。女性形象方面，香玉比月

容刻画得好，对香玉的把握张弛有度，她最后为洁身而在巴城跳海。当然，相比《白鹿原》里面的田小娥仍有差距！描绘几个人物的性格复杂程度、典型性和多面性的笔力也略显不足，后半部进展较平缓，重复的故事较多。

张：非常巧合的是，我给柳金小说的小评论就是写作品的重复，请李老师斧正。

李：我细看了。你抓住了别人没看到的一个特点，条分缕析，紧扣作品的"重复"特色，从写作手法和技巧上论述了作品的这个独特之处。这对于作者和读者全面准确地理解把握作品，无疑都是福音。你这篇评论从立意到写作都匠心独具，很有启发。

张：谬赞了！《彼岸岛》起笔聪明，而《围龙遗梦》则是第二章惊艳。罗青山先生的《围龙遗梦》笔法很老到，写法虽然传统，但叙述起来有板有眼，成熟度高，有自己的风格了，犹如传统武术的一次扎实沉稳的套路表演，对情节的演进、历史的描写和人性的把握都很到位。第一章写在部队的丈夫去台湾前回家与媳妇告别。第二章倒叙三个媳妇的前世今生，三个媳妇虽然都算是寡妇，但又有三种来源和背景，三种自身状态与子嗣情形。婆婆如何管理？她们的命运又会如何？彼此如何互动？叙述的动力与悬念就此源源不断地产生，小说的情怀、格局与视野也就打开了。

李：罗青山文字功底深厚，我在南方日报出版社时发过他好多篇杂文，他是省内成果很多的杂文家。2018 年他送了我这部长篇《围龙遗梦》，写得很认真。虽然传统，没用什么现代主义的时髦手法，但写法严谨，人物个性鲜明且有力，人物交织得细密周到，手法很巧妙且有章法，客家人物众多而独特，很有客家特点，值得评论界总结。他的长篇好似印数少而影响不大，这是客家文学的遗憾，实属可惜。

张：这样出色的历史题材小说应该会再版。说到历史题材，读了您大气磅礴的《历史真实与现实意义双重价值的呈现——评张况长篇历史小说〈赵佗归汉〉》，我才知道这是一部非常有分量的作品，不仅展现了这个五华阿哥的文学才华，还蕴含着现实层面的政治智慧。

李：张况的《赵佗归汉》，细节把握和文学处理合理有分寸，将历史真实与艺术真实处理得很好。更有价值的是抓住两千多年前设立 35 郡之后专设"南海郡"，体现了秦始皇和赵佗的政治智慧，也体现了张况的政治眼光和智慧，十分了得；该书作为小说又写得十分淡定、含蓄，充分展示了作者自己的政治自信。这是这部作品难得的现实意义。

张：张况的"巨著"有什么缺点和问题吗？好像您没有谈。有空我去好好读读他的作品，以前只是听闻过他的人名、大作。另外看您的《李钟声集》，我有个疑惑，粤派怎么界定，按出生地、工作单位还是毕业院校？感觉会有些交错的地方。

李：张况的作品主要是过长了，像其代表作长诗《中华史诗》就有 21 卷 10 万行，他的《赵佗归汉》有五卷 250 多万字，要浓缩。太长了难免纷繁芜杂，有个别史实要再考证等。我对粤派的理解是批评家的写作题材和评论内容吧，指的不是作家的出生地，也不是批评家毕业的院校。

张：在现在这个流行快餐文化的时代，要潜下心来创作和阅读这些大部头确实不易。梅州的小小说比较有影响，现在一些写中篇、长篇的作者以前也都写过小小说。所以我觉得写小小说是个练笔的好方式，但最好要往中短篇发展，毕竟小小说的容量小，还没展开就结束了，看了始终觉得不过瘾，意犹未尽，就如扒拉几口饭菜就放下碗筷干瞪眼一般。用格雷马斯的符号矩阵来看，小小说的四个语义素可能是不全的，或者是来不及展开的。所以其受众也比较低幼，低幼不单是指年龄上的，也是文化程度上的。从文字凝练构思巧妙方面来说，写好小小说其实可能比写中短篇要求

更高。您以前在《南方日报》副刊会经常安排发表小小说吗？

李：在报纸副刊上发表的小小说很多。我在时每每以小小说专页（版）的形式推出。有时是一个重点作者，像中山市的林荣芝和后来当了深圳市作协主席的李兰妮，就在《南方日报》副刊不止一次同时发表几篇。这种办法有利于引起读者注意和更快地培养作者，后来的事实证明这个办法很有效。小小说重点在构思，构思好可以说成功了一半。意料之外，情理之中——这就是处理好生活真实与艺术真实关系的要旨。多写小小说像短跑热身，为写作中短篇小说做准备。两者塑造人物的要求基本是相同的。梅州写小小说的作者很多，这是十分可喜的现象。像朱红娜女士等人的小小说写得很有新意。起笔很重要，收尾也很重要，不能画蛇添足。主要是构思要付出心血，一篇小小说要写好（不落俗套）也不易，平时要做观察生活的有心人。根据主题的需要，多看多想多观察，出奇制胜吧。

张：在《李钟声集》里，您说了自己文艺批评的三大成果，一是广州文评，二是特区文评，三是画评。里面的画评应该是从您那本《岭南画坛60家》中挑选出来的代表作，文画双馨，大家要好好细读、学习。

李：这些画评最初是发表在报纸副刊上的，共约百篇。出书时补了几篇4000多字的。3000本都卖完了，近来想再版，抽出十篇八篇再补数篇新的，杨之光教授写序，用毛笔小楷写，原文影印。他是书法家，带书法研究生，连广州美术学院中国画系花鸟画教研室主任梁如洁教授都是他的研究生。如果要关注画评，建议读《李钟声集》中选的几篇就行了。

张：好的。文人雅韵，开风气之先，也能逼自己写很多文章。老师上课可以重复、偷懒，报人每周一篇文章不能重复。

李：这是现当代报人的传统，每周一篇，现在看写得非常不足（篇幅限制）。当时为了低调，用了笔名，直到书出版。

张：中外皆有诗画相通的说法。宋代张舜民说"诗是无形画，画是有形诗"，欧洲早有"诗是有声画，画是无声诗"一说，文画俱佳的也很多，如古代有王维，苏轼评他"诗中有画，画中有诗"。当代有陈丹青等，好像现在他主要是以特立独行的文与言而闻名于世了。后来德国莱辛的《拉奥孔》对此进行了区分，认为两者有别，诗是时间性的语言艺术，画是空间性的造型艺术。您认为是诗画相通还是诗画有别？

李：文学和书画同源，像一对姐妹。只是她们的表现形式不同：绘画艺术是用线条直观表现自己的主题，文学创作是通过文字转化成形象来表达。因此，对画家和作家的基本要求如构思和主题的表达是基本一致的。历史上有许多两者都运用自如的多面手。像宋代的苏东坡不但是诗词大家，且书法绘画都是一流的。至于当代，这方面的例证就更多了。像北师大的启功先生、古代文学和人物画拔尖的范曾先生，以及当今"鬼才"黄永玉先生，绘画很好且他写的长篇也在《收获》连载，影响非常大，还有早年留法，画界无人不知的吴冠中先生，他的散文在国内可算是上乘的。例证真的说不完。

张：李老师交游广阔，文评画评双强。现在的粤东文脉，潮汕好像比客家声量大一些。

李：是的。我自己重读中国书画史（包括古代、现代、当代书画史），理清岭南画派及京派、金陵画派等代表人物及画作，这就不会讲外行话了。潮汕与梅州同饮一江水，现在两地文学艺术界联系十分密切，互相学习，我们克服各自的不足，共同发展。

张：说到美术，离不开我们梅州的大神：林风眠，还有与他同时期的同乡李金发等。您觉得他们对于我们的美术和文化建设有什么意义？

李：林风眠是一代宗师。他学贯中西，后受蔡元培邀请，回到国立北平艺专、国立杭州艺专（现中国美术学院）任校长。他是梅州的旗帜和荣

005

耀。现今新建的林风眠故居和纪念馆规格不小，我看可以与杭州的老馆加强联系，共同振兴，搞一些重要的活动；也可吸收浙派重视传统、重视临写的特质，发扬岭南画派富有改革精神、融汇中西打好传统笔墨的风格。这都是无止境的。

林风眠主要是对中国美术教育有较大影响。他的学生，从杭州艺专毕业的赵无极、吴冠中等，很多都成了世界上实实在在的大师，这是林风眠的功绩所在。这里必须再提林风眠的同学李金发和林文铮，二人是他的左右臂膀，学识和经历都相当动人，是林风眠的助力，其创作题材应该引起梅州文艺界的注意。

张：近现代梅州人文鼎盛，名家辈出，对于今日梅州文艺界来说太有布鲁姆所谓的"影响的焦虑"了，如何蜕变、转向、创新与超越是一个十分痛苦、焦躁的过程。再回到当下的梅州文学，陈柳金做梅州作协主席后有了一些新动作、新气象，他的中短篇小说段位较高，希望能带动大家创作出更好的作品。

李：有一次和陈柳金主席聊天。他提出梅州文学的四个问题（具体从略），切中要害，十分中肯。他敞开心扉，也谈了今后的工作策略，对存在问题的本质看得清楚、深刻，我十分佩服。陈主席无论水平，视野，做事的态度、方法都很好，比较清醒，看得到问题。我突然想到，梅州是否可搞一场"客家文学十年会诊"？可由市文联与嘉应学院文学院来主办，各种有水平的意见都可发表。这对梅州客家文学发展也许有益。您以为如何？

张：以前两个单位一起搞过两场小说和诗歌研讨会，可能是焦点不实、不准，火力有点分散，效果一般。我们梅州热爱写作的人很多，但功底和水平参差不齐，要写得好、写出来，确实也不是一件容易的事情。您还有其他什么好想法、好建议吗？

李：要想成为一位有时代责任感和对文学事业具有担当精神的作家，仅仅有"热爱"是远远不够的。那就把焦点对准一点，对客家长篇提两条建议。一是由市文联和嘉应学院文学院联合举办"十年客家长篇会诊"研讨会。实事求是总结，进行一次有质量的客家长篇小说"会诊"，把脉看看长短处在哪，提升的空间在哪。二是向市、省提出一个大胆建议，送一批（如十位）有培养前途、有想法的中青年文学新人走出去，计划去京沪汉陕等地的大学进修 2 年。让他们读一批中外经典和现代作家作品，开阔视野，多学习现代表现手法，接触一些老师和高手同学，从而使客家文学有质的提高和变化，有针对性地改变客家文学的面目。莫言就是进解放军艺术学院文学系深造了几年，作品才有了新面目。第二点可以市的名义提出，尽量得到省宣传文化部门支持。此议不知当否？可批评讨论。这条要办成可能有难度。

张：建议很好，但知易行难，要具体落实下来必然面临很多问题，真不是一时可以搞定的。特别是第二点，牵涉面太广。再说有些作者好像只想听赞美诗，对于批评意见则不以为然，心态好像有点膨胀。您赞同中小学生读本土作家的作品吗？在精神食粮方面，小孩子是不是应该"富养"？

李：陈主席也有同感，觉得开了几次研讨会，有些是无谓的吹捧，作用不大。他头脑比较清醒，也很无奈，知道发展只能一步步来。如果自己看不到不足，还把无谓的吹捧当成宝贝，这实在危险——是不能进步的危险。对于本土文学发展，最关键的是，要引导中小学生从小就花精力去读经典，读佳作！不能什么作品都拿来就读。所以我不太赞同让中小学生只读我们本土作家的作品。大学生当然可以拿来研究文学发展写论文，这是另一回事。起点不同，结果就不同，从小学就要调宽和调高他们的视野和眼光才好。一个人的成长、追求和格局，与平时接触的人、事、书籍密切相关，这些会浸染他们的灵魂！

张：读了您的《故人已去 白鹿永存》，才知道您和陈忠实先生有过这么深的交情。我在拙著导言里分析了《白鹿原》前面几章的小悬念设置，很工整，很难让人相信他没用心设计过。但实话实说，他的语言表达有些读者不是太喜欢，包括我，甚至一度成了我阅读的障碍。能和陈忠实先生一样耗时六年去打磨一部作品，现在很多人可能都做不到。如今大家都比较热衷功名，急功近利，在经营上非常肯下功夫，但在创作时又非常草率、仓促，把自己笔下的人物处理得非常潦草、扁平，情节比较简单牵强，经不起推敲，主题又单薄。好像有必要从文学艺术家里分出文学艺术活动家这一新群体，您觉得呢？

李：作品不能只求发表出版，得奖与否当然不是衡量成就的唯一标准。有的文化人很想给自己戴一个什么主席、理事的帽子，好像只有这样才能得到人家的认可。这也不能全怪文化人本身，关键是体制与观念要更新。中国经历过长期的封建社会，官本位思想严重，整个社会缺乏一种公正的、客观的衡量标准，按官位排名，追名逐利，丢掉了文化本身的精髓。谁位高官大，谁的作品就有水平有分量，这非常可悲。真正的文化人，像作家、书画家，应该是富有学养的思想家。我早在20年前就提出，立志搞文学的青年，要先读一百本经典，厚积薄发，如何？没有十年二十年面壁的精神和态度，不可能成为真正有成就的大家。如果一个作家、书画家，不停地追求电视曝光、媒体见报、发表谈话，那他就会变成作秀的明星，这种人肯定不会成为有学问、有真本事的大家。有一种淡定自由的心态，对从事的学问有崇拜敬畏的精神，有合理明确的目标，我想这些都是一个文化人的基本品格。对作家、书画家来说，传统文化的修炼很重要。天天只是热衷于见报雅集而很少读书，艺术之路肯定不会走远。

张："与君一席话，胜读十年书"，最后请您给拙著《远观与凝视——新世纪梅州作家作品研究》谈点印象与建议，请多多批评，谢谢！

李：细读了张博士这本很有特色的宏著，这是新世纪客家文学的大工程。第一是全面地总结了梅州当代作家作品，以广博的学识和负责任的精神填补了空白，有深度，很用心。第二是形式新颖活泼，好读不枯燥，有深度到位的分析，还在文中运用了图表与数据，方法恰当细密，逻辑清晰，研究上乘。第三是在对十六位有代表性的作家评论后，还有对十位作家的访谈，听作者看法、介绍作者心路与写作背景。这对领会作品有帮助，对作者也有益，很亲切。总之，这是梅州新世纪文学的一次大检阅、大巡礼和大总结。特别难能可贵的是，博士您充分调动了自己的文学积累，把当下的梅州作家作品，与信手拈来的历史上中外经典名著做了有力和恰当的对比，使读者大受启迪。这是您的心血之力作，也是一本关于梅州文学很有意义的亮丽之作！

（2024 年 3 月 24 日改定）

对话魏微：关于文学生长与价值建构
（代序二）

对话人简介

魏微，现任广东省作协文学部主任、广东文学院院长、中国作家协会第十届全国委员会委员。1994年开始写作，迄今已发表小说、随笔两百余万字。曾获第三届鲁迅文学奖、第二届中国小说学会奖、第十届庄重文文学奖、第九届华语文学传媒大奖·年度小说家奖、第四届冯牧文学奖及各类文学刊物奖。部分作品被译成英、法、日、韩、意、俄、波兰、希腊、西班牙、塞尔维亚等多国文字。

张劲松（以下简称"张"）：魏微老师好！这是我们第二次握手，上一次是在省作协"岭南文学空间"的《彼岸岛》研讨会上，因为主持人身体出了点状况，你临时担任了主持人，我对你干练凌厉的主持风格印象深刻，回来后就在网络上浏览了大作《烟霞里》的前面几章，又被你的文学才情和创新的年谱形式深深折服。很多作家特别是女作家一般不在书籍勒口的介绍里写自己的年龄，但我发现魏微老师都有写，并不忌讳，但有些写的是1970年生，有些写的是1971年生，哪一个是准确的？《烟霞里》的田庄是1970年12月27日出生，是你随便写的还是有什么其他含义？

魏微（以下简称"魏"）：1970年是准确的。我当时写《烟霞里》这

篇稿的时候，开头写这个女孩出生在一个大雪天，说她出生"在十二月最后一个星期天的黎明"，后来我一翻日历，就是 27 日，就这么来的。

张：魏微老师作品的数量其实不是太多，但是小说选本很多。在图书馆搜索魏微老师的作品能找到一大串，说明魏微老师的作品很受出版社的追捧，是出版机构眼里的香饽饽。你曾经去过北师大作家班一段时间，可以给大家分享一下你的文学之路吗？具体是怎么开始的？

魏：首先我在老家江苏读中学时就爱读课外书，对功课不太用心，妈妈很头疼。我记得在念初二的时候偷偷看郁达夫的《沉沦》，其实那个年纪读这样的书是不合适的，有一次我妈推门进来了，我就把那本书往书堆里面塞，结果被我妈发现了，她气得把书撕了，因为我是借学校的书，我就补好去还。我确实喜爱文学，另外碰上了特殊的 80 年代，是中国文学的黄金时期，像我妈这样在工厂上班的人都在读《上海文学》，家里也订了好多文学期刊。因一直读文学作品，我高考失败了。高二时，我开始有了对小说的看法。自己的文学教育就是在那个时候日积月累，在没有意识到的情况下完成的。后来读的书越来越多，我觉得可以自己写一下。我要写小说，当然也可以写散文，但因为我当时正在看小说，所以就先写的小说。

我们那一代的姑娘生活在小县城里，青春期了，都长得那么好看，有的已经结婚，要生孩子了，我就为她们伤感，花一般的年纪就要过去了，可能慢慢地就开始凋零，我要把这一切写下来。一个风华正茂的女生，她是应该选择待在自己的县城里头，过一种养尊处优的生活，还是应该离开家乡去外边闯荡一番，去过一种理想的生活。我记得那时候齐秦唱了一首歌《外面的世界》，对我们那代人影响蛮大的，里面唱道"外面的世界很精彩，外面的世界很无奈"。我就这样写了三四篇小说，投给江苏淮阴当地的杂志《崛起》，主编一看，算文学新秀，就连推了三期。一年以后，省里知道淮阴出了一个文学新苗，也来推一下，当时江苏省作协的赵本夫副主席来到淮阴为我召开了研讨会，我很紧张也很感激。发了三篇小说后，我就觉得把青春期的一些困扰和迷茫都写完了，我该怎么办呢？

这时通过一个个契机，我去了北师大作家班，我在那里受到了颠覆性的影响。1995年，一个小县城的姑娘在那待了半年，那个班请来了翻译家叶廷芳、诗人西川、《人民文学》副主编崔道怡等给我们讲课。当然我们也要交稿子，记得崔道怡点评我交的短篇：不太行，味道还不足。西川给我们讲课说你们现在当然要读文学名著，但你们迫切的是要读当下的文学杂志，要知道自身的文学环境是什么样的，要了解你的同行在用什么样的观念写作，他们的文学已经走到哪一步了——这个说法对我影响非常大。诗歌的课程请了《诗刊》编辑邹静之（后来去做编剧了），他认为对文学来说语言当然是最重要的，什么是好的语言呢？他就讲信天游《面对面坐着还想你》：两个青年男女相爱，面对面坐着还想你。他说这就是好的语言，都爱到什么程度了？当时给我的震撼蛮大的。半年以后我就回到了南京，当时正好南京大学有一个两年制的作家班，我就这样受到了学院派教育。

总的来说，我觉得我是从一个文学青年开始，在文学之路上慢慢写东西，从故乡的平原到北京、南京，后来回到北京，之后又来到广州。这一路可以说是游走或漂泊的，其实这些经历多少都写进了小说里。

张：我这里还有一本你的第一部长篇小说《流年》，是从我们学校图书馆里借的。我很惊讶地发现这本书的前面两三部分标注了很多的拼音，笔迹很稚嫩。这肯定是小孩子注的，她可能很多字都不认识，是个小小读者。当然这个小孩也不可能主动去找这本书，应该是她妈妈看了后觉得很好，就指导孩子去读。母命难违，孩子只得拿着《新华字典》边读边注，读不读得懂、读没读完都没关系，但这本小说的书名以及作家姓名肯定已经深深留在了孩子记忆里。多年后她会想起这本书和作者魏微老师，会重新来看这本书，会找魏微老师的其他作品来读。所以这本书可能会影响孩

子一辈子，会影响孩子的人生选择与精神方向。从这里可以看出魏微老师的书是多么受欢迎。你对这部长篇还满意吗？

魏：《流年》大概是我三十岁写的，题目开始是"一个人的微湖闸"，微湖闸是一个地方，其实有点我的个人经历在内。我小时候是跟我爷爷奶奶一起生活的，我们住在水边，一个水利大院，所以叫闸口。文学同行、批评家还是给了这部小说一些非常好的评价，但市场没做起来。当时北大有一个网站一直在连载，我自己也比较看重，一是在这些文字里头用了感情，二是觉得语言可能还不错。我觉得写作的意义和价值真不是说书卖得怎么样，作者能成为多出名的畅销书作家，或得了什么奖，完全不是。刚才张老师把这本书给我的时候，我看到小读者在上面标注了一些拼音，我非常感动。关于这本书还有一个故事，多年前我去给一个导演写剧本，后来碰上了导演的弟弟，他跟我差不多年纪，做的行当跟文学没关系，他是理工科的，但是因为碰上了我这样一个作家，他就跟我聊文学，说好多年前看过一篇小说，特别棒，发表在《收获》杂志上的，他报了另一个作家的名字，他记混淆了。我就问里面什么内容，他一讲，都是《流年》的内容，我说那是我写的呀！我觉得对一个作家来说，写作的最大意义是在读者那里得到了叙事的接受与价值的认同。

张：第二部长篇是《拐弯的夏天》，这部作品是在什么状态下写的？

魏：当时东北有个春风文艺出版社，有一个图书品牌叫"布老虎丛书"，推了很多畅销书。因为我们是年青一代的作家，他们也想推一下，对我们的要求就是能写一点比较好看的情爱故事，所以我是往畅销书方向来打造的，结果它并不畅销，也可能自己在这里头投入的个人情感和认知少了一点。

张：你的第三部长篇小说是《烟霞里》，以编年体的形式写小说是一个创新，可能也是最早的一本编年体小说，就像以前的《马桥词典》以词典的形式来写小说，形式方面都具有创新意义。主人公田庄只走过了41年的生命旅程，小说前后分两部分各是20年，语言风格前后有变化，写作的时候是不是刻意调整了？因为我读前半部分好像快不起来，必须慢慢地读，语言非常的绵密，非常的细腻，就是你不能够快进，而后半部分可以读快一点，稍微加快点速度也没关系。

魏：《烟霞里》一开始想起一个名字叫"一个人的编年史"，这个女孩出生在1970年，到她41岁去世，一年一年写下来，我觉得《一个人的编年史》很妥帖，还能与第一个长篇名字形成呼应。出版社说如果是这个标题，这本书肯定走不动，所以他们想了很多名字，责编樊晓哲老师一开始想的其中一个名字是"山河故里"，我不同意，故乡不是我的小说主题，人和人生才是。小说里有一部分是我的生命经历，自传成分大概有二成吧，原生家庭有一部分，很酷的妈妈有原型，但我肯定把她强化了。至于田庄24岁考来中大，我是35岁到广州，这中间有11年的生活其实跟我没什么关系，这部分是我身边一群女性朋友生活的糅合。至于该如何营造那个时代的情境氛围，就只有靠自己去读书阅报了。

语言变化这个也很难讲，因为我早期的语言其实已经形成了一定的风格，具有了写作标识，到了《烟霞里》是中年回忆自己青少年时代，文字里头可能还是带有我青年时代写作的一些腔调和印记，但是这些东西也不是刻意去设计出来的，刻意的话，那个调子你写不出来。我记得写这篇小说的时候，从我答应出版社到开始写作，我大概准备了有一个月的时间。我这一个月时间准备什么？其实就是情绪，就是调动情绪，整天浸在那个东西里头。完了以后我就想到了怎么写，包括这个结构也是那一个月里想出来的。但用什么样的语言我不知道的，只是开篇写第一句话"她是年轻夫妇的头生子，随着她来到人世的第一声啼哭，她把年轻夫妇抬成了父母、大人"，我就感觉这句话写对了，能够把后边的话给带出来，整篇小说就这么源源不断地写了出来。写了一年多，非常顺，当然中间肯定有中断，最长停了有两三个月，非常紧张，因为我跟出版社已经签了合同，我

要什么时候交稿，我的写作是按日计的，所以这种情况下我还停了两三个月，那时候非常焦虑，就是也有非常不顺的时候。

张：作家们都希望能形成自己的语言风格，当然这不是一蹴而就的事情，那我们平时要如何去加强锻造语言的能力？

魏：好的语言为什么复杂？因为语言可能还有一个年龄段问题。比如说我在20多岁的时候，我是很容易被张爱玲、萧红、钱锺书、沈从文的语言打动的。我当时一直不明白鲁迅好在哪里，读不懂鲁迅，直到30多岁我才开始觉得鲁迅很牛，我说钱锺书、张爱玲他们只是天才，而鲁迅是大师。我觉得这是一个年龄段的问题，各种文学需要各个年龄层的人去邂逅。我觉得在30多岁的时候，年龄到了，阅历到了，然后我去读鲁迅，我意识到他在现代文学史上是绝无仅有的一个人，鲁迅是能够把一些非常复杂的事情进行简洁叙事的人，他就具有这样的语言能力。我曾经也研究过鲁迅的文本，但是鲁迅的调子跟我不一样，我的调子学不来鲁迅，这是由个人的阅历与气质所决定的。虽然我学不来鲁迅的语言，但我还是觉得鲁迅的语言是很好的。莫言的是大浪淘沙的那种语言，我是不大感冒；余华的语言我其实也不大感冒，但我觉得他的语言很干净很简洁。

至于说怎样来锻造语言，我可能无法给出建议。有一段时间我也想过这个问题，我现在在开始写作之前，会去读一些不相干的书，当然肯定是汉语书，因为我要找语感。我有一段时间每天去读几首唐诗，但我现在记忆力不好了，已经没有办法背唐诗了，我读了大概一两个月的唐诗，后来也没有坚持下去。直到现在，有时候我在写文章之前，还会去找一些我以前特别喜欢的文章。所谓我喜欢的文章，首先它肯定是叙事很好的，语言也很简洁，我会找这些文章来重温。对于青年学生来讲怎样去锻造，我觉得只能去找自己喜欢的，然后尝试模仿。这方面其实应该请诗人来讲，诗人是以语言为己任的，需要汉语创新，有一些陈腐的词因为被大家用烂了，但是诗人把它用在一个地方，一个比较特殊的地方，这个词就能够焕发出新的意义。我可以以我的小说《姊妹》为例，最后我说她们简直是白头偕老，我觉得这个词用在这里，用在两个情敌之间，这就是我重视语言的一个凭证，我自己对此还算满意。

张：文学是语言的艺术，现代文论都重视语言，形式主义、新批评主义、结构主义分别重视语音、语义、语法等，后结构主义甚至直接说"语言之外，别无他物"。你觉得我们要如何去感受语言的魅力？

魏：我非常重视语言，多年前我提出来：诗到语言为止，因为语言包括了一切。其实语言是跟内容、思想联系在一起的，有的人说"我语言不好，但是我有思想"，不是这样子的，思想就含在语言里头，你语言不好的话，你思想好不到哪去。所以我觉得语言是一切，是本体。具体什么是好的语言，我觉得确实比较难讲，我只能举例子，而且每个人的审美也不一样。我记得年轻的时候碰上里尔克的一首爱情诗，我现在只会背其中的一句"我看见你从未爱过的肢体/头一次在这爱情的夜里"，我觉得这个语言真的是非常好。如果一个人对语言没有敏感度的话，我就没有办法告诉你它好在哪里，就像刚才西北民歌说"面对面坐着还在想你"，这个东西不用解释，好就是好，你要是感觉到不好，就别说了。因为可能对于很多年轻人来讲，或者说对于20岁左右受过中学教育的读者而言，美的语言可能是像《荷塘月色》那样优美的，我反而觉得《荷塘月色》那样加上一些形容词的语言，其实不是好的语言。我觉得好的语言一定首先是准确，然后简洁，当然也有一些繁复的。

我再举一个例子，张爱玲肯定大家都读过，你看她在《烬余录》里是怎么用词的，"战争期中各人不同的心理反应，确与衣服有关。譬如说，苏雷珈。苏雷珈是马来半岛一个偏僻小镇的西施，瘦小，棕黑皮肤，睡沉沉的眼睛与微微外露的白牙。像一般受过修道院教育的女孩子，她是天真得可耻。她选了医科，医科要解剖人体，被解剖的尸体穿衣服不穿？苏雷珈曾经顾虑到这一层，向人打听过。这笑话在学校里早出了名"，我觉得

"天真得可耻"这个词用得太好了。这个女孩确实很天真，因为她的那种修道院教育给她的道德束缚感非常大，天生有耻辱感，但又很天真，这两个词一用，我当时就很震惊。但是这种震惊只有你体会到了它才是好的，你若体会不到，其实瞄一眼就过去了。

张：你在这部作品里写到了姑奶奶从台湾回来，然后和外婆做一个比较，说姑奶奶好像比外婆要年轻 20 岁，其实两人的年龄是一样的，以此说明台湾那边的生活水平比较好一点，就是姑奶奶保养得比较好，这也体现了当时大陆和台湾生活上的差距。

魏：我记得好像是 1989 年，台湾人可以回来探亲了，那个时候我们县城里头就能看到一些台湾人。其实，更早一点香港人也开始出现在我们县城里头。广东人对香港人可能不感到稀奇，而对我们内陆省份的人来讲，说在 20 世纪 80 年代见到一个香港人，穿着喇叭裤戴着蛤蟆镜，那种新奇我觉得不得了，觉得好时尚，觉得时代完全出乎我们的想象。再说回台湾人回来，就是姑奶奶，在小说里头写到她的一些衣着，比如旗袍，是有原型的，我在我们小城的街上看到过这样的人，觉得跟我们不是一个世界的人，当时我说差了 20 年，但现在这个距离可能是不存在了。

张：这和我看纪录片《含泪活着》相似，里面的一家人在上海住的是 70 年前的房子，男主滞留东京租的是 30 年前的房子，这中间相差 40 年，我说这不但是房子的距离，也是上海和东京这两座国际大都市的距离，也是两个国家的距离。小说里面还有一个细节，田庄在路上走的时候被一个人拦着，要她去做平面模特，给她拍照，这个是您自己的亲身经历吗？

魏：对，30 多岁的时候——我不知道我都 30 多岁了，为什么还被人拦着？我有一天逛街被一个人拦住，他让我去拍平面模特照，我就好奇怪，他说我胆子小，我怕他是骗子，后来我就没去。

张：这本小说最有魅力的还是腔调、气息、应用节奏等方面，一开始就把人给抓住了，抓住了就吸引我们读下去。对我来说，阅读大作唯一的遗憾就是字号有点小，读起来有点吃力。这部小说出版后影响很大，提名了去年的茅盾文学奖。非常遗憾的是这部作品在 10 选 5 的阶段被淘汰了，你要不要发表一下未获奖感言？

魏：对，我觉得没有得奖也无损于这篇小说的价值。这本书最大的成就是市场反响还蛮好的。字号小也是没有办法，50 多万字，当时是想做成上下册，但做成两册就会不好卖，只能这样了。其实我是没有读者基础的，因为我是中短篇起家，大家很少会去买中短篇集子，所以我的图书的读者群体一般来说是我的文学同行、评论家、出版人、编辑，然后是高校中文系的学生，差不多就是这些专业读者，谈不上市场。《烟霞里》第一次拉近了我与社会读者的距离，后来陆陆续续有一些反馈，70 后、80 后、90 后都蛮喜欢的，都能找到自己关心的兴奋点与擦出共鸣的火花。

为什么这部书写得很快？可能也是编辑给我的信心，我跟他说我一边写一边发给你看，他当然觉得很好，因为他也是个 70 后，所有关于那种时代的一些非常强烈的记忆他都懂，但是他要卖书，也拿不准年青一代的读者会是什么样子。我和编辑说你先自己看着就好，不能给任何人看，为什么？因为写的过程中我怕漏气，别人看了，我怕我写不下去了，他说好。但他还是想试探一下效果，看看市场的反应，就偷偷把书给一些 80 后看，他们蛮喜欢的，给一些 90 后看，他们也很喜欢。

我有一个广州 90 后写诗的朋友，我们可能会认为她会喜欢主人公小时候一个小女孩在家乡的那种生活，恰恰相反，她不是，她喜欢 20 世纪 90 年代田庄来到广州后的生活；90 后的年轻人竟然喜欢小说里写 90 年代的章节，所以说可能各个读者会在各个年代找到他们自己关心的点。我寄书给一个朋友，他去美国了，他家人，也就是他爸爸、他弟媳开始读这本书。他后来把他弟媳（一个律师）在纸上密密麻麻写了大概十几页的评论、感受之类的拍给我看，我好感动。据说这几年图书市场很难走，今年

更甚，但《烟霞里》市场还好，走了十多万册，读者喜欢是对我最大的褒奖。

张：你是我们广东文学院的院长，对于我们的地方文学与本土作家的发展，你有什么看法？对于初学者，你有什么样的建议？

魏：其实我也说不上什么，因为我也是从老家这个平原地区，从小地方走出来的，我们当地有很多地方文人默默地在做一些基础性工作，比如说整理运河史和名人掌故，这些工作其实都非常有意义。可能人各有志，也有一些作家可能在文学上更有野心和抱负，就会去做一些原创工作，我觉得蛮好的，其实都无妨。

写作首先要确定自己擅长的题材和体裁，体裁是小说、诗歌、散文，就三种，你要确定自己对哪一种最感兴趣，或者说最擅长。假设是小说的话，我觉得你要找自己最喜欢的作家作品，反复阅读，就像我刚才说到我最喜欢的作家是张爱玲和萧红，你要开始进行文本研究。比如沈从文的小说，他的一些短篇我都觉得蛮好的。当然这个是我喜欢的，不代表你就喜欢，你一定要找到自己喜欢的作家的小说，或者诗歌，或者散文，然后一个字一个字地分析。然后你在写你自己的东西时，有什么可写，要怎么写，要挑你自己想要表达的那部分，比如说有什么东西困扰着你，你需要通过文字来表述。说净化也好，说发泄也好，你有困扰，它一直在你心里头去不掉，也许通过文字表达你能够纾解。这部分东西有可能是你写出来最有价值的，比如说你失恋了，你有原生家庭的问题，你跟妈妈或者爸爸有矛盾，你受伤了，你在工作场所或学校里陷入困境，你不知道前途在哪里，等等。尝试着把它写出来，找你喜欢的作家作参照，这可能是一个途径。

张：我平时的阅读感受就是男性作家可能更加注重故事性，能够把这个故事讲得跌宕起伏，扣人心弦。女性作家可能就并不太以故事情节取胜了，更多强调文学性，一些细节，一些情绪情感的表达，你觉得要怎么样去把握两者，或者说怎么平衡故事性和文学性？

魏：首先我觉得这两种写法都出过好作品，我不知道这样说对不对，现在说出来跟大家一块探讨。当代文学里头，王朔应该算是故事写得好的，刘震云可能也算，我觉得他们都是好作家。另外还有一类就像我这样的，我觉得我是属于讲故事能力比较差的，但是也不要紧，文学是人学，因为你在写人物的过程中总归要写到事情，对不对？你写某个人，你不可能光写张三，你还要写李四，你要写张三跟他身边人的各种关系和事情，虽然你的出发点是人物，但其实最后或多或少还是会成为故事，是吧？我觉得可能是这么一个关系。像《红楼梦》，你很难讲它到底是在写故事还是写人物，我觉得《红楼梦》主要是在写人物，通过写人物带出了很多事情。当然反过来可以说它先写的故事，然后里头人物出来了，我觉得都无妨，一家之言。

011

张：我看过魏老师的一些访谈，就是说你在写作时桌子旁边会摆几本书，第一本是《红楼梦》，第二本是《围城》，好像没有特别罗列一系列的外国名著。我在阅读《烟霞里》的过程中，觉得套层结构可能是受了《红楼梦》的影响，而鳞次栉比的精彩议论和调侃可能受到《围城》的影响。在你的阅读与写作中，西方的这些小说和我们中国的小说哪个对你的影响更大一点？你觉得我们应该如何形成和提升文学的现代性？

魏：好，这个话题值得说一下，也只是分享一下自己的经验。因为年龄关系，大概在我作为文学青年也就是20多岁的时候，我们70后这一代人所受的文学教育其实是西方现代派小说。在当代从事小说写作肯定要经受现代派的熏陶，现在我们用托尔斯泰那样的方式去写小说已经不合时宜了。我觉得写作要读西方现代派的小说，而且这个功课一定要在年轻的时候，在你文学观念形成的时候做，这是童子功，读西方现代派主要还是读观念，读它的技法。我们这一代人那时候读卡夫卡，读博尔赫斯，觉得真

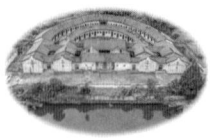

的好牛，他们是我们整个一代作家（包括 60 后）的文学营养。50 年代出生的一代作家的文学营养应该是俄罗斯文学，60 后、70 后作家跟 50 后作家其实相差蛮大的。

但是很奇怪，有一次一个作家朋友林白跟我讲，她最近在读别林斯基等俄罗斯文学作品，她 40 多岁就不愿意再去读西方小说了。我写《烟霞里》的时候 50 多岁了，我的床头桌边也不会放西方小说，因为在年轻的时候遇上过了，它的那种写法技巧已经借鉴过了，它们对我观念性的改变是根深蒂固的。那我现在为什么又要重返去读中国文学？是因为我觉得要想找语言情境这些东西，必须从中国文学里头，从唐诗宋词里头来找找营养。所以《红楼梦》是我的床头必读书，前段时间我还抽空把《金瓶梅》和《水浒传》给重读了。

张：这本书虽然只写了一年，但其实准备了 10 年，你有 10 年没有发表文学作品，当然也有在写作，但可能自己写得不满意，就坚持不发表，可能是写残了写废了一些作品，其实发出来也无妨吧，为什么会这么坚持不发表？是不是遇到了瓶颈期？

魏：我有切身的创作瓶颈体验，有十几年。中间没有任何办法，就是只能等。当然也有一些聪明的作家，他们会有一些权宜之计，就是说我只要亮相，哪怕我写得不好，我只要写，一年一部长篇，写得很勤，我就有名声，保持露个脸，保持这么一个新作发表频率，表明我还在写，还有创造力。但事实上我们都知道，我们明眼人就会看出来东西好不好，一眼就能看出来水平也就那么回事，是吧？我还觉得不停地发表也未必是好事情，有时要让自己冷一下，重新思考生活。因为你不停地写，你就没有时间去思考和审视自己，我觉得这个也是很重要的。所以我不愿意这么不停地写作与发表，没有意义，我经过了非常痛苦的十几年停顿，十几年中间我觉得有可能会再也写不出来什么东西了，但是我也不怕，为什么？因为我觉得这种被忘掉，或者说你的自我牺牲，就是文学的一部分，你得要有这么一个心理准备和意识。

所以我们处在一种未知的状态，我平静了十几年，这中间做什么？只有读书，我读书好像也不是说对文学创作有用处，当时读书真的不是为了补给，不是给自己充电，不是这样子的。我觉得读书就是为了打发时间，会觉得自己像放空一样，因为像我们写作的人写到后来，会觉得只有处于写作状态的时候才是活着的，如果没写就等于没活过，所以我常常觉得这十几年里我处于一个不好的状态。状态不好那也得活下去，还要过日常生活，还要上班，得忍受忍耐。但是我觉得这些都是文学的一部分。我写作《烟霞里》又是什么状态呢？大家都说《烟霞里》蛮好的，就是我找到了一种非常自由的创作状态，我也觉得我写的时候很自由，但其实写完以后我也不知道下边要写什么了，现在谁让我写文章我都头疼。

张：这是你第一次来梅州吗？你的《梁启超传》是半途而废了还是写完后觉得不满意？后面你会不会去写一些名人传记？

魏：梅州我应该是第三次来了，因为我们省作协其实跟梅州的渊源蛮深的，我们省作协的老书记廖红球是梅州人，十几年前我记得他带队，我们省作协一拨人来到梅州，我们还到他老家可能是一位亲戚家里的一棵桂花树下。那晚我们在聊天，他们讲客家话，我很惊奇地发现我竟然听得懂一言半句的，我对此有一种感觉，好像很荣幸似的。客家话本来离我很遥远，但听后我发现其实还是有一些北方话的渊源的，有一些古音，所以听懂一些，就觉得很高兴。

《梁启超传》我估计要废掉了，就没写完，我觉得我现在拿不出来，不满意，为了《梁启超传》我真是准备了有四五年，但是因为《烟霞里》的影响，中途我就把它放下来了，写完《烟霞里》以后我本想再去写《梁启超传》，但实际上太难了。首先它本身就很难，涉及一些史料的问题，戊戌的各个人物牵扯得非常厉害，我又没有受过史学的训练，所以我觉得我那口气歇了很难再接上了。写之前看了一些史料如《梁启超年谱长编》

《陈寅恪先生年谱长编》，这些史料的阅读可能对我这部作品的时空结构有很大的影响。

昨天我跟文联的文友去看了黄遵宪故居，黄遵宪是我的偶像，我在写《梁启超传》找材料的过程中认识了他，他是开风气之先的一个人物，那个时代的知识分子都是忧国忧民的。黄遵宪对梁启超有提携，他非常喜欢与赏识梁启超。但是黄遵宪的可贵之处是在政界与外交这块如此有干才，他一生做出了那么大的功绩，但他去世的时候说那都不算什么，他最看重的是自己的诗人身份，我觉得非常了不起。他的诗文，其实以我的水准，是不够格来给他做评判的，就如同我把《梁启超传》写废了一样。

张：请魏老师谈谈当前兴起的生态文学这一现象有何价值意义和精神空间。梅州山清水秀，自然风光优美，加上历史悠久，文脉绵长，背后还有一部厚重的客家迁徙史，这必然成为充实写作资源库的丰富素材，也请魏老师就素材提取方面向本土作家提几点建议。

魏：生态文学不是一个新概念，应该很早就有了。《瓦尔登湖》《寂静的春天》《沙乡年鉴》被誉为"自然文学三部曲"，还有沈从文的《边城》，都传递了一种天人合一的理念，属生态文学范畴。包括唐诗宋词也有很多山水诗，只不过以前没有提这个概念。

在生态文学创作中，我觉得要走出主题先行的束缚，首先是为自己写、为家乡写，要把个体融入故乡和山水，去追问人与自然、人与人、人与社会之间的关系问题，为心灵而写，这样才能写出自己的个性，才有可能写出好作品。我举个例子，我妈后来才知道我是个作家，因为一开始我写作是瞒着她的。她知道了以后给我提供了很多工厂故事，其中一个故事说的是"文革"时，她厂里有一对男女恋爱了，男的已婚，女的还是个大姑娘，两人好得分不开，这个男的又不能离婚，所以只能两个女人都维持着，等于安了两个家，两边过日子，跟两个女人都生了孩子。我妈说热闹得不行，过年的时候打打闹闹，两个女人争风吃醋。我妈一直想让我写这个故事，她认为这就是文学，我觉得照实写来太庸俗，一直也懒得写。后来有个杂志社向我约稿，约了好长时间了，我一直找不到题材来写，被逼急了，就想到我妈给我讲的这个故事。我肯定不能照原型来写，得想一个角度。我的一个朋友给了一个思路，说其实可以考虑把两个女人的关系处理成朋友关系，我一听就懂了，太美妙了。构思时是这样设计的：两个情敌经过几十年的磨合，最后男人去世了，剩下两个女人。此前她们不能自己单独占有这个男人，这么多年来生活充满艰辛和委屈，因为共同的遭遇与命运挫折让她们关系好转，让她们变得对对方有理解和同情，慢慢也会有一些来往，最后这两个情敌成了好朋友，成了姐妹。后来这篇小说写成了，题目叫"姊妹"，是我的中短篇小说里自己比较满意的一篇，好在它的立意，有一点新意。

刚才讲到有了原型，有了素材，该怎么加工，这确实是一个问题，我们再回到生态文学这个话题，从什么角度去切入，把自己纳入其中，得好好琢磨。写出跟别人不一样的独特作品，而不是张三李四的作品。

其实生态文学的范畴可以再扩大一些，因为人是自然的一部分，生态文学不能只局限于写自然风光、写山川形胜。比如说我要写《黄遵宪传》，不可能只写黄遵宪，肯定要写他的履历、成长，要写到梅州这个地方，是这个地方的水土养育了黄遵宪。包括他的祖上，小时候黄遵宪随着父亲游历，之后去了日本、旧金山、新加坡等地。这样的经历对他的视野开阔是很重要的。这样的水土，这样的家庭气氛，养育了黄遵宪这个独一无二的个体，跟世界上所有人都不一样。我肯定是要把整体纳入黄遵宪的传记里头，在某种程度上这是不是可以叫大范围的生态文学？因为是在写梅州这样一个地方。虽然我是在写传记，但肯定要写到地方传统文化。所以我觉得生态文学可能不局限于我们所理解的自然景观、自然风物。

建议大家在主题创作时，忘掉"生态"这个词，找自己最感兴趣的题材，有强烈的写作冲动后，在文字里介入自己的见解、认知、感情。

张：城与乡作为当下中国文学的重要叙事符号，是一个既对立又交融的文化共同体，不能割裂开来，两者相互渗透和影响。甚至可以说乡村文明是城市文明的源头和胚胎，乡村文明中的很多话语方式、行为习惯和精神气质都在城市文明中得到承续和延展。每个人都有生命记忆和故乡印象。你的小说有一部分是写故乡的，像第一部、第三部长篇，《烟霞里》还区分了家乡、故乡、原乡三个概念，能否谈谈故乡对你写作的意义？

魏：人与故乡的关系非常复杂。我们那里除了一个太湖，还有里下河，是施耐庵的家乡，是苏北地区了。江苏分苏南苏北大家都知道的，是一条长江把江苏分为南北，苏南也叫江南；扬州是属于江北的，那就是苏北地区了，扬州再往北就是淮阴，那就是我老家。我的早期小说肯定跟故乡有着密切的关系。即便现在，我也能看出江苏人写的小说，因为江苏人的文字我嗅得出来。我那天看了一个苏州作家写的南京大屠杀，我说闻得出南京的味道。什么是南京的味道？我现在也说不出来，但是那个味道我知道，那种文字间的气息。我每年都要回江苏，现在我大部分同学都在南京，我肯定会在南京走一遭。因为我离开故乡那么多年，我回去以后真的觉得非常好，我会去中山陵，会去吃盐水鸭、菊花熬蛋汤这些美食，记忆里包括我在老家吃的淮扬菜就这样。

我江苏的朋友有不搞文学的，说读我的小说能够读出水汽和雾蒙蒙的感觉，因为我小时候就生活在那样遍地湖泊的地方，我记得年轻的时候在南京上学，我从老家坐汽车要坐六七个小时，然后我们会经过高邮，就是汪曾祺的故乡，还有一些废弃的古运河，遍地全是湖泊、小船。我想往北走，苏北地区也是这个样子。所以说水汽和雾蒙蒙是我不自觉地写出来的，我描写小说里的场景时不自觉地就会写出一种雾气，这已经是深入我的血液和骨髓了，所以我觉得故乡对我的意义可能是在这里。

张：请魏老师们谈一谈我们本土作家怎么样避免同质化，写出文学的差异性，就是说梅州和广州不一样，和潮汕不一样，和江苏淮阴更不一样。

魏：广州是我的第二故乡，但童年记忆非常重要，我每年都会回南京，回我的苏北小县城老家淮阴，它是淮阴侯韩信和周恩来总理的故乡。那个地方在晚清时已经衰落，但至少在咸丰年之前，淮阴跟扬州是并在一起的，清代漕运总督就驻在淮阴，这个官位比当时的巡抚还要大，整个清政府的财政命脉都是以一条运河来维系。咸丰年以后到了光绪年间，上海开始起来了，运粮食运盐都从海上走，所以运河日渐衰落。衰落到什么程度？我们那个地方叫黄淮，黄河和淮河的泛滥地区，有很多难民，我出生的时候所在县是个贫困县。但有一点我觉得跟梅州很相似，就是非常有文化。这种文化我觉得是一种传统，在盐商最发达的时候培育了一大批文人。我们那曾经是一个大码头，虽然经济衰弱了，但文化底蕴仍有保留和承续。在我少年的时候，出于我父亲工作的原因，我认识了当地的一些文人，我对他们非常敬仰，时至今天依然如此。

我记得读中学的时候，我们这一代人的理想就是要逃离故乡。我高中时有一个成绩非常好的女同学，报的志愿是中南工学院（今南华大学），因为湖南对我们苏北小县城来说是一个很遥远的地方。当年我上课不太用心，成绩没那么好。我所处的 20 世纪 80 年代，人们普遍向往广州、深圳等发达城市，当时那里对我们内陆地区的人来讲是有光环的，港星、粤语歌曲特别有诱惑力。记得有一年暑假逛街，我在汽车站门口看到一圈人围着不知道在干什么，我挤进去打听，是一个广东法官来办案，办完以后把带来的墨镜在小县城贩卖。广东的那种蛤蟆镜引起了轰动，被一抢而空——这就是广东给我的最初印象。我当时特别想来广东，阴差阳错，后来真的来成了。我 35 岁才来广州，有点迟，跟这个城市的感情链接不会那么快形成。我身边有很多同龄的女性朋友，她们大约在 18 岁考来中山大学念书，对广州非常有认同感。35 岁，我的文化性格已基本成型，所以我跟广州的相处经过了漫长的磨合。我来广州 20 多年了，不知道现在我的文字里头还有没有水汽和雾气。但只要一写到故乡，内心就很激荡，因为那是

我的起点，是我记忆最深的地方。都说广东菜好吃，当然非常好吃，但我只要一吃到淮扬菜，就有那种很要命的感觉。

张：我们客家地区是山区又是老区，比较封闭，作家的视野和眼光是不是更需要投向更广阔的现代文学空间？

魏：对于地方作者而言，如果想在文学上有更大作为，就要在一个更大的竞技场展开竞技，要有文学野心。一定要拥有更广阔的精神视野，去读更重要的作家的书，不读或少读跟自己差不多水平的作品，否则你的品位就停留在这个层次，总是上不去。还要经常出去走走，跟更多朋友交流。在年轻时从经典阅读开始，最好少读一些报刊上的豆腐块。因为那样的文章有一种气味，就像《读者》那类鸡汤文，有一种典型的"味"。这种鸡汤味可能中学时代的女生们会很喜欢，因为那种流行文字带点忧伤的小情绪，也能抚慰人心，但它只是一时的抚慰。这种文字我太熟了，如果你想在文学上有更大成就的话，要避免去写这种文字，而要去读一些现代文学作品。这个可能一时半会儿说不清楚。

青年时代我是读现代派的，我的文学传统并不是俄罗斯文学，而是现代派文学。经过短暂的青年时期以后，现代派的课我已经补上了，并不是所有的现代作品我都读过，有的没读，但不要紧，错过就错过了，但现代派这门课你得补上。现在我读得少了，我觉得经过那一遭，反而中国古典文学、经典文学会读得多一点，但无论如何现代派作品一定不能忽略。我举个例子，十几年前，我想把俄罗斯 19 世纪、20 世纪经典作家（像托尔斯泰那样的早期经典作家）的作品重新拿来读一遍，以现代读者的眼光来读，读了之后我对"经典是经得起时间考验的"这句话心存疑窦。托尔斯泰在《安娜·卡列尼娜》中写一个贵族少女结婚，写她怎么害羞，她在临嫁前怎么跟姐姐掏心窝子，托尔斯泰写了六七页对话，这种对话对我来说毫无意义。这个女孩害羞的情状完全在想象之中，我觉得如果是现代小说，一两句话就概括了，因为这种细节、情节没有给出新鲜的表达，可以说是套路。就是托尔斯泰那么伟大的作家，以今天的观点来看，有些就是古典主义写法。我算是很有耐心的读者了，对当下更多的读者而言，可能有较大的阅读障碍。

所以我认为大家要读读现代小说，叙事简洁，意蕴丰盈。并不是所有的现代小说大家都能够一下子读得进，可能要一个过程。《百年孤独》可能有人读不下去，《百年孤独》在西方小说中已经算是好读的了，因为它有情节、有故事、有人物。现代文学这堂课大家得补。咱们总得知道外国人是怎么写小说的，因为在这样一个时代，如果再沿用古典小说的套路去写，是没有办法写出来的，这是最基本的常识。

张：我在《烟霞里》第 370 页看到一句很有意思的话，"人比文字会来事，而有的文字笨得呀，粗蠢得不透气，却个个都是冰雪聪明"，就是说有些人在生活中好像很会来事，平时处世八面玲珑、滴水不漏的，但他写的作品却漏洞百出，左支右绌，不成章法，笔下的东西好像处理得远远没有他生活中来得缜密、严丝合缝。为人和为文好像有时候是背离的，你觉得这是个别现象还是具有一定的普遍性？

魏：人们对作家圈可能有一种迷信，认为一个作家太能干了，可能会写不出好东西来，因为你把这个精力都用在长袖善舞上，可能诗就不见得好。我之所以说这是一种迷信，是因为有一些人在能力很强的情况下，是可以做到均衡的。就是他的生活可以过得很好，家庭关系可以处理得很好，作品可能也写得不错，我觉得这是一种能力。这种误解可能来自我们对于天才的想象，因为说到天才，大家都觉得是生活的白痴，而且都容易早夭。我觉得未必，确实我们现在也想不起来现成的事例，我们的作家里头肯定是有这样一部分，生活能力、社交能力确实不错，人品也很正，然后东西也写得不错，对，我觉得应该是这样，不能一概而论。

但另一方面我又觉得审美距离还是要有的，一个作家和现实的关系是不是也不能太和谐，或者说保持一种疏离关系会更好一点。你只有跳出

来，才能看到一个整体的现实。但确实有一些天才，他跟现实的关系非常紧张。我们是普通人，我觉得可能稍微游离一下更好。很难想象一个作家热爱生活到投身于火热的现实当中的程度。这样的作家也许能写出那种火热的作品，但是火热的作品我总归觉得带着那么饱满浓烈的感情，有可能不是很客观和公正。所以我们要有距离地去看生活，把温度稍微降低一点，才能写出比较公正的文字。

张：最后一个问题，你看在座的基本是我们的同学，因为年轻，阅历少，可能觉得没什么好写的，大家的生活差不多，平平淡淡，千篇一律，既没有刻骨铭心的爱恨情仇，更谈不上惊天动地的丰功伟业。关于这个困惑，你有什么心得和经验分享一下吗？

魏：二十三四岁正是适合文学表达的年纪，因为你心里头有很多困扰，我觉得文学是只有在困扰的时候，它才是一种内心的表达，这个时候才有可能写出文字来。我最初读萧红和张爱玲时，蛮震惊的，然后去体会她们文字表达的那种美，研究她们的叙事节奏。什么时候开始对话？对话是怎么进行的？什么时候叙事？下一段引入了对话，为什么会在这个时候而不是那个时候？我觉得那个时候的文本细读其实是一个自学的过程。可能在座也有一些同学有志于文学创作，但不知道自己该怎么写。我可以分享一点经验给大家：当你不知道怎么写的时候，你就模仿你喜欢的作家，等模仿成了，有一天你会甩掉他们的影子。

小说最可爱的地方可能就在于写小我，写日常生活，男男女女、七姑八姨、爱情、生育、贫困、无聊，小说跟大众读者是最接近的，中外所有的人都会面临这样的问题，这些是永恒的文学母题。我也是到了40多岁才意识到其实一个人的生活跟时代和社会是脱离不了关系的，在30多岁时我完全意识不到这点。所以我觉得不用刻意，千万不要为了写作去体验生活。有一次我在一个文学会议上发言，说因为当代太复杂，太繁复了，靠一个人一个视角，根本就不能把握，我们这个时代可能出现不了那样一个伟大的作家，能通过一部作品把这个时代给概括或囊括了。我觉得只有通过每个人的视角、每个人的故事，点点滴滴才能够聚拢成我们这样一个很磅礴的时代。

（张劲松根据"文学客家"大讲坛《现代视野中的文学价值建构》和"文学客家"漫谈会《梅州文学的山水气韵与精神书写》的录音整理，2024年4月24日改定）

目 录
Contents

上编　作家论

下编　作品论

上编　作家论

导言　悬念叙事的原则、类型与策略

　　十年前笔者写过一篇题为"《今日说法》中的悬念叙事策略分析"①的论文，该论文的写作缘起是笔者坚持观看了很多年的《今日说法》，结果发现自己的法律知识似乎并没有长进多少，那这么多来的坚持是为了什么呢？或者说这个节目是什么方面吸引了我呢？后来一琢磨才明白，自己每天中午不过是以学法的名义看了一个个跌宕起伏的法制故事。故事本身可能平淡无奇，却被叙述得风生水起、张力十足。由此可知，大众最容易为叙事所吸引，而不是被理念说服，讲道理不如摆事实，摆事实不如讲故事，这就是叙事的魅力。在叙事的各种魅力要素中，悬念应该是居于首位的。亚里士多德不是早就说过，在悲剧的六个构成要素里，情节才是悲剧的灵魂吗？当然，亚里士多德讲的只是情节，而不是这里要讲的悬念，尽管两者有着千丝万缕的特殊关系，因为观众或追剧者更多的是受到情节悬念的吸引。我花了些时间铺陈出《〈今日说法〉中的悬念叙事策略分析》这篇论文，算是对我多年观看这个节目的交代与了断，初步理清了其中的悬念叙事玄机。于是，这个节目对我而言也就没那么有吸引力了。下文的"悬念叙事"是以小说叙事为主，当然不排除跨媒介叙事，但里面的叙事学理论和方法是相通的，下面的内容大致从悬念原则、悬念类型与悬念策略三方面来进行。

---

　　①　张劲松：《〈今日说法〉中的悬念叙事策略分析》，钱中文主编：《中国中外文艺理论研究（2012年卷）》，北京：中国社会科学出版社，2013年，第457-465页。

一、悬念原则：3S

叙事是人类获取生存意义甚至安身立命的一种本体性需要，故事因此也就成了人类意义世界的基本成分之一。

（一）比较

文学艺术有两大基本功能：叙事与抒情。在传统社会里，叙事的功能基本由小说（包括说书、传奇和史诗、悲剧等）承担，而抒情的功能基本由可以吟唱的诗歌来承担；到了当代社会，小说基本被影视取代，诗歌基本被流行歌曲取代，文学的被边缘化是一个不争的文化事实。传媒时代的跨媒介叙事是后经典叙事学的题中应有之义。也就是说，悬念只与叙事相关，而无媒介之别，因此悬念是跨媒介的，影视、戏剧与小说里的悬念彼此间并无本质区别。网上有一张陈凯歌和莫言坐一起的两会照片，记者们一窝蜂去采访大导演，而坐在旁边的大作家则无人问津，只能闭目养神，不但"莫言"，而且"莫看"。这张照片非常形象地诠释了小说和影视在这个传媒时代的声量与地位。比较而言，影视戏剧对悬念叙事的研究较为系统与全面，悬念的引入与展开无疑可以使其叙事更加吸引人，这应该也是影视戏剧在大众传播时代更受欢迎的原因之一。当然还有更直接的原因，就是影视戏剧的叙事手段是综合性的，是图像＋声音＋文字，这比单纯以某一种手段为载体的叙事艺术如小说（文字）或说书、广播（声音）等更能给受众立体、全面、生动的满足，这一点无可取代。影视因而被誉为最佳的叙事媒介。

当然本论题不是来专门讨论传媒时代的跨媒介叙事，但比较的视野还是应该有的，如张爱玲早就说过："阳光从一个角落到另一个角落，期间瞬息万变，你用文字怎么表达？而电影只需要一个画面，里面就全有

了。"① 当然，场景与画面的展现是镜头的优点，而内心意识流的深度挖掘、时空的自由穿越、想象力的纷纭呈现与形而上的哲理思考却是文字的长处。问题在于，传媒时代有多少人会去追求深度、思考与哲理？而市场的力量是以占有受众的多寡来衡量的。

回到小说叙事上来。那为什么有些小说不堪入目，有些小说却令人手不释卷呢？当然，涉及的原因有很多，其中一个重要原因就是那些不堪入目的小说往往故事性不强、悬念感不足，叙述啰唆，情节推进缓慢。当年还是《当代》杂志的普通编辑，现在已经是副主编的周昌义回忆当年看稿时说：

……《平凡的世界》，第一部，30 多万字。还没来得及感动，就读不下去了。不奇怪，我感觉就是慢，就是啰唆，那故事一点悬念也没有，一点意外也没有，全都在自己的意料之中，实在很难往下看……再经典的名著，我读不下去，就坚决不读。就跟吃东西一样，你说鲍鱼名贵，我吃着难吃，就坚决不吃。读书跟吃饭一样，是为自己享受，不是给别人看的。无独有偶，后来陈忠实的《白鹿原》，我也没读下去。得了茅盾文学奖，我也没再读。②

周昌义明确说了，读不下去《平凡的世界》是因为故事一点悬念也没有，而读不下去陈忠实的《白鹿原》则语焉不详。我想《白鹿原》应该不是悬念问题，下面还要分析这部作品的悬念设置，他读不下去很可能是语言粗糙的问题。笔者也是因为其语言粗糙而读不下去，试了几次纸质版都不行，最后是读电子书读完的，因为电子读物对语言的要求没那么高，语感相对粗疏，感觉没那么敏锐。这些获得过国内最高文学奖的作品都有这

① 转引自辣味可丽饼：《符合原著，没你想的那么简单》，https://movie.douban.com/review/7455900/，2025 年 4 月 27 日。
② 周昌义：《记得当年毁路遥》，《文艺理论与评论》，2007 年第 6 期，第 47 – 53 页。

样那样的问题，一般作家的作品就更不用说了。

（二）界定

"悬念"是叙事的一个重要手段，英国戏剧理论家威廉·阿契尔曾说，悬念就是"预示出一种十分吸引人的事态，却不把它预叙出来"①。具体地说，"悬念"是突出一种特殊情境，然后又延缓对其部分情节、细节的披露，使之呈现出一种明显的悬而不决状态。特殊情境又名反常情境：或者是平常人物之反常事，或者是反常人物之平常事。前者如白流苏，离过婚的女人没什么稀奇的，但在感情上竟然能打败未婚的小妹妹，并成功和男方进入婚姻之中就稀奇了，尽管过程曲折；还有如曹七巧，一个嫁给骨痨患者的小户人家女儿，其后的事也不过是勾引小叔子不成而起的家庭琐事，但亲手扼杀自己儿女的幸福就太反常了。后者如《尘埃落定》里的傻子，莫言笔下的许多主人公，如黑孩、生育能力超凡的母亲、刽子手、地主的亡灵及投胎而成的各种动物，莫言对反常人物的偏爱超乎寻常。所以比较来说，张爱玲的小说更多日常性、市井性，而莫言的小说则更多超常性、反常性。那剩下还有两种可能：写平常人物之平常事与写反常人物之反常事。写平常人物之平常事行不行呢？人与事都太平常了，和生活无异，有什么看头呢？而写反常人物之反常事呢，又离读者的生活太远了，不易共情、移情。

简单说来，"悬念"就是提出问题、延缓提供答案。其作用是能集中读者注意力，引导读者进入剧情发展，从而达到饱和状态。因为按照徐岱的说法，"根据现代动力心理学的研究，常人将注意力完全集中于一件事，专心致志地介入其中的最长单位时间是十一秒"②，其后必须采取心理强制措施才能继续专心致志，而一而再再而三的心理强制措施容易使读者产生心理疲劳，如果没有包括悬念在内的审美快感作为回报和慰藉，阅读活动

005

---

① 刘锡庆、李保初主编：《写作技法词典》，北京：商务印书馆，1996 年，第 466 – 467 页。
② 徐岱：《小说叙事学》，北京：商务印书馆，2010 年，第 378 页。

就会难以为继。

悬念的 3S 原则其实就是指悬念的三个过程或状态：悬置（suspense）、惊奇（surprise）和满足（satisfaction）①，因三个关键词的英文首字母都是 S 而得名，三个关键词分别与开端、发展、高潮、结尾的叙事格局相对应。主人公的安全、名誉、视野、生命、财产等一旦受到威胁，受众的心就悬置（suspense）起来了。而在发展与高潮阶段，故事情节要设计得曲折生动，尽量避免平铺直叙，悬念的设置要在意料之外，但又必须在情理之中。之所以会有惊奇（surprise），是因为作者对信息进行了扣留并一再延宕至最后答案之披露，② 就好像水电站的泄洪景观，之所以震撼人心，是因为之前对水流进行了拦截。而在结尾阶段，读者悬着的心终于落地，人物性格塑造水到渠成，故事结局顺理成章，人性的挖掘与揭示以及理性的思考等都得到多层次满足（satisfaction）。总之，在叙述过程中，作者要调动各种叙事策略，让悬念从始至终都吊住读者的"胃"、攫住读者的"心"、控制读者的"脑"、博取读者的"情"。

（三）个案

下面以《色戒》的高潮部分为例，通过小说与电影的比较来看看有无悬念的区别，下文是原著里钻戒出现的相关文字。

　　是他自己说的："我们今天值得纪念。这要买个戒指，你自己拣。今天晚了，不然我陪你去。"那是第一次在外面见面。第二次时间更逼促，就没提起。当然不会就此算了，但是如果今天没想起来，倒要她去绕着弯子提醒他，岂不太失身份，煞风景？

　　…………

　　她问了多少钱，几时有，易先生便道："问他有没有好点的戒指。"他

---

① 杨健：《拉片子——电影电视编剧讲义》，北京：作家出版社，2007 年，第 72 页。

② 参见［美］爱玛·卡法勒诺斯：《似知未知：叙事里的信息延宕和压制的认识论效果》，［美］戴卫·赫尔曼主编，马海良译：《新叙事学》，北京：北京大学出版社，2002 年。

是留日的，英文不肯说，总是端着官架子等人翻译。

她顿了顿方道："干什么？"

他笑道："我们不是要买个戒指做纪念吗？就是钻戒好不好？要好点的。"

她又顿了顿，拿他无可奈何似的笑了。"有没有钻戒？"

她轻声问。

从原著可以看出，戒指和钻戒的出现几乎都是没有悬念的，因为易先生早说过要买个戒指送给王佳芝，她就有了心理预期，也就没有了惊喜。而在电影的这场戏里，导演和编剧做足了功夫与铺垫，在酒馆里互诉衷肠后，易先生给了王佳芝一封信，要她按地址送过去。悬念就开始了：信里有什么内容？送去后果严重吗？会有危险在等待着她吗？然后真相依次展开。暗杀小组把信封打开后发现里面除了一张名片外别无他物，王佳芝送过去后才发现那里并不是一个危机四伏的场所，而是一家珠宝店。易先生要她送信并不是考验她或除掉她，只是想送个钻戒给她，疑心重重的"戒备"变成了猝不及防的"戒指"，虚虚实实的国仇家恨变成了真真切切的爱之物语，经过这一系列的悬念反转，王佳芝被对方彻底俘获，情感的天平彻底倒向了易先生。

根据马斯洛的需求理论可以知道，王佳芝的优势需要是爱的需要和安全的需要，前者因为她是一个无爱无家的女孩，后者则因为她是一个初出茅庐的暗杀人员。如果说钻戒的出现满足了王佳芝处处碰壁的爱的需要（如在去拿钻戒的路上，她主动将手放在了易先生的手心并十指相扣），那么阁楼上最后的对话"我不想戴那么贵重的东西在街上走""你跟我在一起（你怕什么）"则不但进一步确认了他的爱，更重要的是给了她从未有过的安全感，当然，安全感的获得是她自以为是的假象。于是，她的高峰体验出现了。高峰体验是指个体当自我需要与期望得到最大限度的满足与实现时所获得的情绪高涨、欣喜若狂的美好情感体验。以上种种是电影在

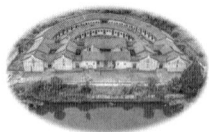

进行层层铺垫后所营构的悬念，而在原著里就只有简简单单的一句话："这个人是真爱我的，她突然想，心下轰然一声，若有所失。"比较一下，在悬念设置与铺陈方面，改编的电影确实略胜一筹，也更合情合理。

从电影《色戒》对小说原著的出色改编可以知道，叙事作品讲什么其实并没有那么重要，重要的是构思如何去讲，即依靠对叙述结构的重新建构、故事情节的巧妙设计来设疑云、布迷雾。总的来说，并不怎么出色的张爱玲小说原著之所以能成为大导演李安的经典之作，悬念的设置与铺陈应该说功不可没。

二、悬念类型：大中小

悬念的类型有很多分法。如根据悬念与作品主题的关系，可以分为主题性悬念和非主题性悬念；根据悬念所提出问题的答案与故事呈现的已知情境关系，可以分为顺应性悬念和逆变性悬念；根据悬念中所提出的问题是否得到解答，可以分为封闭式悬念和开放式悬念等。

（一）类型概述

如果以时间为标准来区分，可以根据悬念的时间指向，将其分为未知（逆时性）悬念和未来（顺时性）悬念，未知悬念是人物、事件的前史，涉及因果关系，如：谁干的？而未来悬念则指人物命运和事件发展的最终结局，涉及时间，如：后来怎样？后事如何？正如苏珊·朗格所说："戏剧是未来时态，它总是通过回顾，暗示着未来。"[①] 一个指向前，一个指向后，未知悬念和未来悬念，就像一个摆动于过去与未来之间的钟摆，它通过"未知"的隐秘，指向"未来"的隐忧。此外，可以根据时间跨度把悬念区分为大悬念、中悬念和小悬念。

大悬念又叫总悬念、结构性悬念。是贯穿文本始终的总体悬念，其主要作用在于构建情节的整体框架，突出文本的总体构思，揭示作品主题和

---

① 转引自杨健：《拉片子——电影电视编剧讲义》，北京：作家出版社，2007年，第70页。

思想内涵。大悬念是全剧情节发展的路标，内容可以是事件的悬念、命运的悬念、主题的悬念等。小悬念又叫兴奋性悬念，"特指每一场、每一段落相对独立的悬念"①，在文本中起到铺垫故事情节、烘托人物形象、增强读者阅读兴趣的作用。小悬念是大悬念的组成部分，引导和推动大悬念的形成与解答。中悬念是介乎两者之间的承上启下的悬念。

　　对一些情节曲折、人物性格复杂、环节繁多的文本，在文本进行的过程中必然会派生出一些枝枝蔓蔓的新情节，这时仅仅依靠一个大悬念是很难撑起文本框架、吸引读者连续阅读的。为了增强读者的阅读期待，使读者兴奋起来，继续关注情节进行，就必须从这些不断产生的情节中设置相关中悬念与小悬念（兴奋点），最终层层剥茧式（或如依次推开一扇扇小门一样）导向大悬念的解答，这样才能使整个文本从头到尾始终扣人心弦、撼人心魄。

　　小悬念通常在大悬念抛出之后，在情节发展中并行地或者递进地涌现，从不同侧面与大悬念相联系，围绕大悬念逐步地表现主题，丰富和加深其内涵，时时指向并最终归结于大悬念，同时增加文本趣味，增强受众阅读故事情节的紧迫感。大悬念一旦形成，就必须通过层层递进、步步为营、环环相扣（解扣同时系扣）的小悬念来导向、维系和加强大悬念自身。

　　通篇只有一个悬念的一般是小小说。一般万把字的短篇应该有 3~4 个小悬念，里面可以运作的空间就比小小说大多了，正好与传统文化里所谓的起承转合、一波三折、一唱三叹等说法合拍。几万字的中篇在悬念营构方面就有了更大的空间。而在一些鸿篇巨制如长篇小说和电视连续剧里应该有大中小三类悬念，即一个大悬念包括几个中悬念，一个中悬念又包括若干小悬念，这样才层次分明，结构清晰。

　　打个比方，如果一个悬念就是一个桥拱，那么只有一个小悬念的小小

---

　　①　杨健：《拉片子——电影电视编剧讲义》，北京：作家出版社，2009 年，第 70 页。

说只是单拱桥，小桥流水，二三人家，跨越的空间（容量）非常有限；有3~4个小悬念的短篇小说则是三（四）拱桥，能够跨越一般的河流；有10个以上小悬念的中长篇小说就是多拱桥，能够跨越黄河长江；而上下篇或三部曲就是跨海大桥，可以直通天际。再打个不太准确的比方，小小说就如盖浇饭，连饭连菜就一碗，再想要也没有了，吃了总觉不过瘾；有3~4个小悬念的短篇就如三菜一汤，吃了基本有饱腹的满足感；有10个以上小悬念的中长篇就如饕餮盛宴，酣畅淋漓；上下篇或三部曲就如满汉全席，穷奢极欲。

（二）小说个案

下面以《白鹿原》为例，分析其前四章的小悬念，"→"的前后内容表示悬念的生成（或问题）与答案。小说的大（总）悬念是"民族的秘史是什么样的"，而全篇第一句话"白嘉轩后来引以为豪壮的是一生里娶过七房女人"是全文抛出的第一个中悬念，然后引出下面四章，每章又分若干小悬念。每章篇幅相当于一个短篇，四章加起来就是一个中篇。具体如下：

第一章一开头就连续死了七个人，强度太大了，本章可以分成四个小悬念：

（1）四个女人，一年一个，一人一段→难产；痨病；吐血而死了，死了也没搞清是什么病症；羊毛疔（1056字）。

（2）婚事说成了，秉德老汉自己却突然暴死→怎么暴亡？得病治病无药可救，白嘉轩答应娶第五房才落气（抛出问题）（4768字）。

（3）母亲说不要等了，家里太孤清→两个月后迎娶第五个女人，木匠卫家的三姑娘→被白嘉轩吓死了（1848字）。

（4）母亲托他的舅舅们说媳妇（抛出问题）。第六个女人美人胡氏→连服百日，放开腰禁后的狂热持续了整整三个通宵→有鬼、捉鬼、流产、气绝→冷先生开导他，请个阴阳先生（抛出问题）（2547字）。

第二章分为三个小悬念：

（1）娘俩发生了重大分歧，白赵氏回忆与秉德老汉的生育史→请阴阳先生见吉兆植物"白鹿"，查书无果→想起姐夫朱先生（1661 字）。

（2）介绍朱先生事迹以及白鹿书院缘起（4206 字）。

（3）见姐夫朱先生，指点迷津→谋算如何买鹿子霖家的土地（2897 字）。

第三章分为四个小悬念：

（1）请冷先生居中佯装卖地→顺利（1751 字）。

（2）实为买卖土地补差价→买卖签约仪式（2103 字）。

（3）母亲气晕→鹿家挖界石→白嘉轩迁坟（2694 字）。

（4）进山说定盘龙镇中药材收购店掌柜吴长贵的女儿吴仙草做媳妇→迎亲，第七个新婚之夜"哪怕我明早起来就死了也心甘！"（2720 字）。

第四章分为四个小悬念：

（1）连续三年种仙草带来种子→卖鸦片致富（八月末的一天清早喊鹿三一起出工→种罂粟）（3619 字）。

（2）朱先生挖掉牌匾上的"耕读传家"四个字、禁烟，初见成效但最终无果→斯诺《西行漫记》有记载（2083 字）。

（3）仙草连生二儿，学会操持家务→人财两旺（1823 字）。

（4）白嘉轩随之陷入一桩纠纷→朱先生高屋建瓴居中斡旋→滋水县令古德茂大为感动，批为"仁义白鹿村"，凿刻石碑一块，白鹿村也被人称为仁义庄（第一次两人打架较劲）（2559 字）。

用一个表格来展示一下可能更清楚，最后一列是按平均每分钟阅读

400 个字的速度算出的小悬念均时。字数、小悬念数目与小悬念均时三项数字都非常整饬，很难不怀疑陈忠实当初写作时是仔细规划过的。

表 1 《白鹿原》小悬念统计表

《白鹿原》章目	字数	小悬念数目	小悬念均时（400 字/分钟）
第一章	10219	4	6.4 分钟
第二章	8764	3	7.3 分钟
第三章	9268	4	5.8 分钟
第四章	10084	4	6.3 分钟

用格雷马斯的符号矩阵模式分析前四章的内容（中悬念）：白嘉轩在父母的催促、朱先生和吴长贵的帮助下，战胜了死老婆的命运诅咒，并掘得了人生第一桶金，获得了与鹿家较劲的资本。

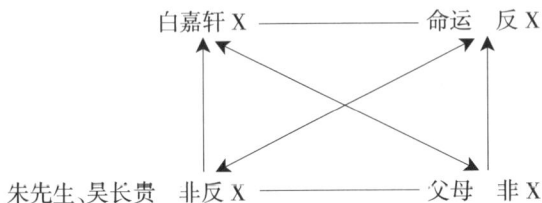

图 1 《白鹿原》前四章悬念设置的格雷马斯符号矩阵分析

（三）影视剧个案

下面再来分析一下 2020 年火爆网络的网剧《隐秘的角落》中的小悬念数，这是一部节奏非常紧凑的网剧，总共才 12 集，死了八个人。这部网剧的总悬念是："躲在隐秘角落里的杀人凶手张东升会被抓住吗？处于明处的孩子们会安然无恙吗？"该剧还有个创新的地方，就是每一集的片头（约三分钟）就是这一集的中悬念，12 集就是 12 个中悬念，非常好归纳。中悬念里那些提纲挈领的镜头、充满张力的画面、探询式的语气、紧张神秘的背景音乐等都给读者形成心理悬疑，挑起其探求事件发生经过的好奇心，大大增加叙事文本的可观赏性。这里仅分析前两集的小悬念数。

第一集"暑假"（76'47"），总共19个小悬念，除去中悬念（片头部分）爬山→老两口被推下了山，平均一个小悬念约占3.88分钟。具体如下：

（1）朱朝阳因为舞弊不合作得罪同学→被针对（拍球、水瓶）。

（2）严良偷窝在卡车里，超市偷东西→普普，一起逃出了福利院。

（3）严良面见张景林借钱→张景林二话不说拿出两百块钱。

（4）严良打算借三十万→张景林带着几个警察过来，二人逃离。

（5）张东升在学校拒绝了老师们的邀约，回家→岳父母来了。

（6）张东升对岳父母很殷勤→但妻子并不领情、坚持离婚。

（7）学校开家长会，朱朝阳母亲前去被表扬→被老师叫去单独谈话。

（8）朱朝阳在学校成绩优异，但性格内向不合群→母亲不理解。

（9）严良、普普投靠朱朝阳，担心朱朝阳母亲回来，犹豫→被叫住，留宿。

（10）朱朝阳特地到母亲房间藏好了贵重物品→什么事都没有发生。

（11）朱朝阳母亲提前回家，心惊胆战→幸好严良和普普已经离开。

（12）朱朝阳向父亲借了相机→顺利。

（13）朱朝阳不受继母及其女儿待见→与父亲不告而别。

（14）满月酒，女方家人势利，张东升压力很大→张东升主动说自己有空带两老出去。

（15）孩子们合影留念，约好去六峰山游玩→正好遇见张东升及岳父母。

（16）张东升最后求饶、无果→没有再继续这个话题，继续爬山。

（17）三人欢歌一曲录像→一天结束，送别好友。

（18）朱朝阳母亲工作的六峰山景区出了事，她晚上不回来→朱朝阳

立马找回好友。

（19）看录像的普普注意到异样→他们身后山崖边有人被推下了山。

第二集"警告"（49'30"），总共 16 个小悬念，除去中悬念（片头部分）张东升在录笔录，平均一个小悬念约占 2.9 分钟。具体如下：

（1）朱朝阳第一反应想报警→被打断，原因。

（2）张东升录完笔录，妻子打耳光→张东升只重复自己错了，洗澡时摘下假发。

（3）孩子们拟写警告信→四处去找凶手张东升的车子，未果。

（4）严良和普普离开朱家→到码头找工作，只求一个住的地方。

（5）张东升一副不离不弃的样子→妻子依靠张东升令其志得意满。

（6）张东升在葬礼做出很爱自己的妻子的样子→妻子昏倒，说是贫血。

（7）严良打架保护普普，哮喘发作→严良及时拿来书包。

（8）严良处理伤口，借钱给陈冠声打电话→不肯说地址，挂了电话。

（9）朱朝阳在书店遇到张东升→普普认出他是杀人犯。

（10）普普、严良与张东升纠缠→严良偷到了手机。

（11）电话铃响起，接听→张东升说准备直接报警，随后少年宫老师来电。

（12）电梯里小孩说自己是警察用水枪顶着张东升→小孩被弄哭。

（13）想在船里借住→没想到巡逻爷爷同意了。

（14）朱朝阳回家取东西遇到母亲→没注意到异样。

（15）三人会合，严良与陈冠声对视→逃进少年宫躲避并找普普。

（16）严良躲厕所中→被陈冠声逮个正着，一个人从楼上坠落下来。

第一集的小悬念均时是 3.88 分钟，而第二集的小悬念均时是 2.9 分钟，这样疏密相宜、张弛有度的小悬念使得故事的线索扑朔迷离，逻辑绵密细致，情节跌宕起伏，从而最终把这个并不是那么有话题性的故事叙述得悬疑横生、风生水起，"去爬山吗"一度成为大家聊天和打趣的"梗"。

下面再以中美比较经典的电影各半部来统计小悬念数目，非常巧合，都是 6 分钟一个，详情如下：

《肖申克的救赎》（1994）前半部（72'）总共 12 个小悬念，约 6 分钟一个。

（1）大银行副总裁安迪在车里拿枪喝酒→被诬告，被判两个无期徒刑。

（2）黑人瑞德被驳回假释→我像邮购公司。

（3）入狱，打赌输烟→肥臀先哭，被打。

（4）早餐→打赌输烟兑现，得知肥臀死了。

（5）一个月后和瑞德交流→要买一把石锤。

（6）干活，暗暗交易→货到手。

（7）因拒绝受辱被三人殴打→户外公差，教海利避税，喝啤酒。

（8）要海报，被殴打→对方被狱警修理，海报到了。

（9）借口查房无违纪表现→去图书馆工作。

（10）为何被派来图书馆→帮狱警弄教育基金，避税，一周写一封信。

（11）老布不想假释出狱→解释原因，出狱后无法适应社会而自杀。

（12）收到政府回信，违规播放广播→罚囚两周。

《叶问》（2008）前半部（48'）总共 8 个小悬念，约 6 分钟一个。

（1）泰山武馆廖师傅上门切磋→输掉（6'）。

（2）周清泉邀请入伙→怕与爱妻及爱子分开，资金支持。

（3）廖师傅徒弟武痴林求教→赐教，惹恼夫人。

（4）金山找连踢青龙威义泰山三武馆→完胜（6'）。

（5）金山找挑战叶问→完败（8'）。

（6）抗日开始，无米下锅→当铺，买米，遇周清泉知自己有一成股份。

（7）煤炭厂苦力→遇武痴林。

（8）日本人招募陪练，报酬一包白米→廖师傅得到白米。

因此，根据上面有限的统计，或许可以暂时得出一个一般性的结论：如果电视节目①、网剧的小悬念均时是约 3 分钟的话，那么电影和小说的悬念数可以更舒缓一点，小悬念均时可以接近 6～7 分钟，因为看电影和读小说的环境相对安静、封闭，不容易分神。按前面表格的算法，《白鹿原》前四章的小悬念均时为 6～7 分钟，因此该小说前四章大约 2600 字一个小悬念。而网络小说每天至少更新一章即 3000 字，让读者 7～8 分钟能够读完，大致是完成一个小悬念起承转合的篇幅。

三、悬念策略：视点

如何去构建悬念是一个涉及面很广的问题，策略当然有很多，如时空与伏笔的安排、突转和照应的运用等。在身体力行的写作实践方面，作家们可能更有体会和发言权，这里主要谈一个稍微宏观一些的理论问题：视点，有些学者也把视点称为视角或聚焦。

（一）两个分离

爱因斯坦曾说："你能发现什么，关键在于你以什么方式去发现。"这里就涉及发现的视点问题。托多洛夫认为："构成故事环境的各种事实从来不是'以它自身'出现，而总是根据某种眼光、某处观察点出现在我们

---

① 笔者曾经统计过《今日说法》里的小悬念平均耗时，参见张劲松：《〈今日说法〉中的悬念叙事策略探析》，钱中文主编：《中国中外文艺理论研究（2012 年卷）》，北京：中国社会科学出版社，2013 年。

面前……视点问题具有头等重要性确是事实。"① 而华莱士·马丁更加直截了当地说："叙事视点不是作为一种传送情节给读者的附属物后加上去的，相反，在绝大多数现代叙事作品中，正是叙事视点创造了兴趣、冲突、悬念，乃至情节本身。"② 叙事学者申丹也曾提到在创作的时候可以巧妙地运用视角（点）来使作品形成"悬念"③。在此，先看一下叙事学里的这四对八项概念：

真实作者—隐含作者—叙述者—视点人物—被视者—受述者—隐含读者—真实读者

这里有涉及叙事交流的两两相对的四对范畴，即：真实作者与真实读者，隐含作者与隐含读者，叙述者与受述者，视点人物（视者）与被视者。撇开在现实中活生生的生活主体——真实作者与真实读者不讲，剩下的具体叙述还有三层次，即隐含作者、叙述者和视点人物。隐含作者是具体负责"写"的文字主体，这个比较好理解，而叙述者是具体负责"讲"（说）的叙述主体，视点人物是具体负责"看"的感知主体，负责"讲"的叙述主体和负责"看"的感知主体在现代小说里往往是分离的。叙述主体可以现身可以隐身，当叙述主体是第一人称兼视点人物时，讲故事的叙述主体和负责看的感知主体就二合一了。如果说，这个问题在创作方面早被 19 世纪的福楼拜所实践，那么其由热奈特于 1972 完成的在理论上的总结则比实践晚了一百年。1972 年法国叙事学者热奈特用"focalisation"代替了"point de vue"这一术语，并将其分为三类：零聚焦、内聚焦和外聚焦，明确了"声音"与"眼光"即"谁说"和"谁看"的二分。

---

① 张寅德：《叙述学研究》，北京：中国社会科学出版社，1989 年，第 65 页。

② ［美］华莱士·马丁著，伍晓明译：《当代叙事学》，北京：北京大学出版社，1990 年，第 128 页。

③ 申丹：《叙述学与小说文体学研究》，北京：北京大学出版社，1998 年，第 229 页。

至于中国小说在创作方面的视点自觉，有些学者把晚清《二十年目睹之怪现状》看作标志，但更多的学者认为鲁迅先生的《狂人日记》（1918）才是视点自觉的标志。因此，鲁迅和福楼拜分别是中西现代小说的奠基者，也就是具体实践了写—说（讲）和说（讲）—看的两个分离，在此之前，叙述的几个层次是一锅煮的。但国内在理论批评方面还是比较迟才认识到这一区别，其时间不会早于1988年，因为这一年陈平原的博士论文《中国小说叙事模式的转变》还是把叙述者和视点人物混为一谈，没有自觉区分开来，至于具体是何人何时才有意识地具有这个"热氏"区分，则需进一步核查相关文献。所以，如果写作者在视点人物（视者）方面没有自觉的话，那其小说观念还是停留在一百多年前，还属于传统写作。

（二）个案示范

下面看看《红楼梦》里写刘姥姥的一段文字：

> 刘姥姥只听见咯当咯当的响声，大有似乎打箩柜筛面的一般，不免东瞧西望的。忽见堂屋中柱子上挂着一个匣子，底下又坠着一个秤砣般一物，却不住的乱晃。刘姥姥心中想着："这是什么爱物儿？有甚用呢？"正呆时，只听得当的一声，又若金钟铜磬一般，不防倒唬的一展眼。接着又是一连八九下。

曹雪芹以一位从未见过挂钟的农村老妪刘姥姥的眼光来写王熙凤堂屋里的挂钟，"听见、忽见、想、唬"的主体都是刘姥姥，收到了出其不意、令人忍俊不禁的审美效果。但刘姥姥只是感知主体，叙述者另有其人。

在康拉德《黑暗之心》的第三章有这样一段文字：

> 我给汽船加了点速，然后向下游驶去。岸上的两千来双眼睛注视着这个溅泼着水花、震摇着前行的凶猛的河怪的举动。它用可怕的尾巴拍打着河水，向空中呼出浓浓的黑烟。

　　无疑，"溅泼着水花、震摇着前行的凶猛的河怪的举动。它用可怕的尾巴拍打着河水，向空中呼出浓浓的黑烟"的感知主体是岸上的"两千来双眼睛"，而不是叙述者"我"，感受更加客观、真实。[①] 下面是《倾城之恋》里的一段：

　　门掩上了，堂屋里暗着，门的上端的玻璃格子里透进两方黄色的灯光，落在青砖地上。（朦胧中可以看见）堂屋里顺着墙高高下下堆着一排书箱，紫檀匣子，刻着绿泥款识。……在微光里，一个个的字都像浮在半空中，离着纸老远。（流苏觉得）自己就是对联上的一个字，虚飘飘的，不落实地。……可是这里过了一千年，也同一天差不多，因为每天都是一样的单调与无聊。（流苏交叉着胳膊，抱住她自己的颈项。）七八年一霎眼就过去了。……这一代便被吸收到朱红洒金的辉煌的背景里去，一点一点的淡金便是从前的人的怯怯的眼睛。

　　除了三个括弧里的文字是叙述者的话语，剩下大致都是感知主体即白流苏的所思所想。下面再看看《金锁记》里季泽和七巧两人相会的这段，基本也是感知主体七巧的心理活动，把一个寡居多年的女人面对心上人来访时的复杂心态写得入木三分。当然，七巧也只是感知主体，而叙述者则另有其人。

　　七巧低着头，沐浴在光辉里，细细的音乐，细细的喜悦……
　　这些年了，她跟他捉迷藏似的，只是近不得身，原来还有今天！……他还在看着她。他的眼睛——虽然隔了十年，人还是那个人呵！就算他是骗她的，迟一点儿发现不好么？即使明知是骗人的，他太会演戏了，也跟真的差不多罢？

---

　　① 参见申丹、王丽亚：《西方叙事学：经典与后经典》，北京：北京大学出版社，2010 年，第 94 页。

当然，感知主体与叙述主体的话语分量要如何分配才能张弛有度，节奏要如何安排才能动静相宜，这是一个没有统一答案的实践问题。理论固然重要，但写作实践才是检验理论的标准。而在写作方面，各师各法，也没有什么具体的终南捷径或葵花宝典，最好的办法就是找一部部经典反复拆解、分析与临摹，以期追赶、持平甚至超越。下面三段文字很好地反映了三位梅州本土作家在"说—看"分离实践方面的自觉。

爹已收拾好了东西，连牙刷手帕这样的小物件也没落下。唯独那把剑，还挂在墙上，爹也许没打算把它带走。我坐在音响室，默不作声。剑是属于远方的，而爹的心在老家，爹和剑只是在一个遥远而陌生的城市发生了一次武林侠士般的邂逅。当江湖已远，爹是要回归山林的。而剑，便只有插回刀鞘，做沉睡的铁。……爹实在受不了，说，我来的时候好好的，就一个月时间，这个家便成了窝里斗！爹嚯地站了起来，挥出那只舞剑的手，我明天一早回老家！无论怎么挽留，爹都吃了秤砣铁了心。（陈柳金《解药》）

当然与现在的天气无关。这个城市的春天，永远都是以氤氲的水汽裹挟着吹不起一条柳枝的风，扭捏而至。尹曼疑心伸手掐一把空气就能掐出水来，一些没来由的恼恨忽然翻江倒海。这个春天潮湿得像菜市场的泥鳅，未抓在手中已令人寒毛直竖，心生不爽——尹曼把剁下来的那只鱼头拿在手中审视，那是一只扁尖的鲫鱼脑袋，鱼头断裂处的黏液从手指缝溢出，鱼眼珠大睁着，满是嘲讽——你没脑子。"咚"一声，鱼头被狠狠丢进垃圾桶。尹曼低头一看，怔住了，自己忘了给垃圾桶套胶袋，鱼头以很诡异的姿势在垃圾桶里挣扎了几下，把黏液和血水稀稀拉拉地涂在垃圾桶壁上，腥味四溢。尹曼蹲下身，扶着垃圾桶嚎啕大哭。（丘玲美《无爱一身轻》）

巷口的野草又沿着台阶和土墙长出来了，爬满了整个巷道。她记得…特别是那种叫鬼针草的特别讨厌，不小心蹭到了，裤子上、衣摆上、鞋袜上就会粘上许多这种针状的刺。（丘艳荣《岸上的鱼》）

《解药》里的城管"我"既是感知主体，也是叙述者，因此是限制视角，爹的所作所为"我"当然看得见，但爹的所思所想则是"我"的猜测（"爹也许没打算把它带走"）或推测（"爹实在受不了"）。而《无爱一身轻》里的尹曼只是感知主体，不是叙述者，因此"疑心""审视""低头一看"等的主体是尹曼，"你没脑子"则是鱼作为话语主体的嘲讽之语，叙述者是隐藏的。《岸上的鱼》第一段基本都是从抑郁症女患者"她"的视角叙述她的所见所思。

（三）非常规视点

在现代小说创作方面，视点是一个非常关键又非常复杂的问题。这里笼统地将小说的视点分为常规视点与非常规视点，常规视点也就是成人视点，当然也包含了流动视点、互文视点等；非常规视点就多了，如儿童视点、傻子视点、拟人视点、亡灵视点等。比较而言，非常规视点在构置悬念时具有与生俱来的天然优势，悬念似乎是非常规视点的题中应有之义，因为读者一般都是正常的成人，不是儿童、傻子、动物、亡灵等，那么从这些非常规视点来感知外物、叙述故事会是什么样的一番景象呢？这本身就是一件扣人心弦的事情。

儿童视点有始于单纯终于复杂的梦幻感，有对人性本真和人类生存境遇的探寻反思，有对启蒙现代性和工具理性的质疑等。莫言比较喜欢儿童视点，他曾说："儿童视角是我的首选。"他笔下的儿童视点也给读者留下了深刻的印象。

傻子视点具有原生、混沌的叙事特征与复调、象征的诗学意义。较早成功运用傻子视点的小说友好一些，里面的傻子也令人印象深刻，如福克

纳的《喧哗与骚动》（1929）里的班吉，《我弥留之际》（1930）里的瓦达曼，而国内小说里的傻子视点应该是受到了这些外国经典的影响。

拟人视点是从动物（或其他生物）视角来感知和叙事，这样能营造出一种独特而新奇的审美效果，当然，真正的叙述者是隐身其间的。如杰克·伦敦的《野性的呼唤》（1903），近年这样的视点在美国电影《一条狗的使命》（2017）中也有体现。

至于诡异而荒诞的亡灵视点，则更能带来奇特而新鲜的审美感受，更能给读者以悬念，激发读者的阅读兴趣。而吊诡的是，具有超现实主义氛围的亡灵视点叙述的一般都是现实题材。也许作者具有一种难以言说、不得不如此的策略性苦衷，有影响的如方方的《风景》（1987）、阎连科的《丁庄梦》（2006）、余华的《第七天》（2013）、莫言的《生死疲劳》（2006）等。

莫言是海外获奖最多的中国作家，国际影响较大，在国内的声誉也是首屈一指的。在2007年9月11日由十评委评出的中国作家实力榜上，莫言以9票高居榜首。这样的国内外声誉应该和小说的视点实验分不开。在众多国内的一线作家中，莫言可谓是视点实验的集大成者，他的视点实验成功地糅合了中国传统美学和西方现代写作技巧，他曾说："一个有追求的作家，最大的追求就是语言的或曰文体的追求，总是想发出与别人不一样的声音或者不太一样的声音。"[1] 陈思和曾说："我觉得莫言的意义在于他为当代文学开辟了一个新的视角。"[2] 诺贝尔文学奖的颁奖词是这样的：莫言"将魔幻现实主义与民间故事、历史与当代社会融合在一起"。也就是说，莫言获奖不仅仅是因为他叙述了一个又一个高密东北乡的传奇故事，或运用了包括视点实验在内的现代叙事技巧，更重要的是把西方现代

---

① 莫言：《是什么支撑着〈檀香刑〉——答张慧敏》，《小说的气味》，沈阳：春风文艺出版社，2003年，第115页。

② 转引自彭祖鸿：《论莫言小说叙事视角选择的美学意蕴》，《扬州职业大学学报》，2004年第3期。

小说的叙事技巧给充分中国化、民族化、民间化、民俗化或曰重新语境化了。

小结

"3S"原则的最后一个S就是满足（satisfaction），这主要是指故事结局引发受众情感的需求与对形而上思考的追求，以及对人性作进一步挖掘与揭示等。美国埃默里大学格雷戈里·伯恩斯在《好满足》里指出，人的满足感与大脑释放的多巴胺有关，而新奇感则是使大脑产生多巴胺的要素。为什么悬念能够维持观众观看的兴趣，科学的解释就是各种悬念所带来的新奇感和意外事件能促使大脑产生更多的多巴胺，从而维持并提升观众满足感。① 我们一般把人的结构进行"身心"（中）二分或"灵肉"（西）二分，但更复杂一点的是"身心灵"三分，即欲望、情感与理智，用李泽厚的话来说，三层面的满足分别是悦耳悦目、悦心悦意与悦神悦志。② 法国社会学家罗兰·巴尔特曾说："悬念是一种结构游戏，可以说用来使结构承担风险并且给结构带来光彩。"在这位大师看来，悬念是一个叙述结构问题，并且风险与光彩成正比。"悬念构成真正理智的'激动'，它抓住人的'精神'，而不是'内脏'。"③ 也就是说，悬念不仅仅是悦耳悦目，即感官、本能、欲望等形下满足，而且有精神层面的，如悦心悦意，即代入、投射、自居等形中层面的共鸣，与悦神悦志，即人性、历史、命运、意识形态等形上思考。至于读者主要追求哪个层面的满足，这应该与年龄层次、艺术素养及文化程度相关。

具体说来，文艺叙事的形式（如语言、声画等）和反社会的内容等更多是悦耳悦目的形下冲击，人物形象、命运及情感活动更多是悦心悦意的

023

---

① ［美］格雷戈里·伯恩斯著，颜湘如译：《好满足·前言》，上海：上海译文出版社，2009年，第Ⅲ页。

② 李泽厚：《华夏美学》，天津：天津社会科学院出版社，2001年，第342－353页。

③ 转引自张寅德：《叙述学研究》，北京：中国社会科学出版社，1989年，第36页。

形中共鸣，而意蕴方面即关于人性、历史、命运、意识形态的探究等是悦神悦志的形上思考。为什么说是思考，而不是答案或结论，是因为好的作品总能带动读者去进行各种各样的思考，而不是提供简简单单的答案。能够给出明确答案的作品往往是小作品，能够带动读者去思考的才可能是大作品。答案言人人殊，无关紧要，能够抛出问题引发思考才至关紧要。余秋雨说自己具有三种身份（教师、学者与作家），那平时如何分工呢？他说作为教师是把想清楚了的问题讲给学生听，作为学者是把还没有想清楚的问题尽力想明白、讲清楚，形成结论，写成论著，而作为作家是把那些永远也想不清楚、永远也没有答案的问题与困惑（也就是他当时所谓的"两难结构"）呈现出来，让读者一起来思考。这个区分很清晰，很能给人以启发，也可与文学史上的名篇佳作相印证。总之，"操千曲而后晓声，观千剑而后识器"，写作者只有多揣摩、多琢磨、多临摹经典名篇包括悬念、结构、语言在内的形式等要素，才有可能创作出引发读者思考、给读者以多层面满足的好作品。

第一章　陈柳金：现代性的隐忧与审美救赎

第一节　《素身人》：城乡·灵肉·丝竹

作为南粤文坛风头正健的青年作家，陈柳金以厚实的底层叙事与具有现代意识的审美营构赢得了越来越多的阵地和关注。阅读他的小说，总能感受到我们身旁生动鲜活、奔腾不息的生活流和疲于奔命、左支右绌的芸芸众生，还有那些设计精巧的悬念与潜伏其间的二元性叙事，或对立冲突纠缠，或对位互补融洽，令人或快意击节，或舒眉展眼。下文拟从城乡之别、灵肉之惑、丝竹之境三个层面来分析其以小说集《素身人》①为代表的二元性叙事。

一、城乡之别

每个作家都有自己的"精神原乡"，如陈忠实的关中、莫言的高密、贾平凹的商州、王安忆的上海，而陈柳金的精神原乡就是"颍川村"。2015 年以前，作者基本都是在追忆颍川村、凌江、移民村等，为回不去的童年和渐行渐远的家乡唱一首生命的挽歌。里面的各色人物虽为虚构，却因情感的诚挚与手法的平实，小说整体呈现出散文化的倾向。

---

① 陈柳金：《素身人》，广州：花城出版社，2016 年。

（一）家园难忘

因下游的凌江水库扩容，正好处在水库上游低洼地段的故土家园"颖川村"在汛期就会水漫金山，所以政府决定组织政策移民，乡亲们不得不收拾家当，连根拔起，迁往移民新村，内心的不舍和伤痛是需要时间去抚平的，作者不少小说就以精神原乡"颖川村"为题材。

小说《微光》里的村民们大都去了移民新村，而不愿移民，仍旧滞留在老房子里的只有大初、方伯和夏婶了。小说一开始写大初在黑夜悄悄走进那个披着神秘黑纱的"颖川村"，犹如一个外来者误闯进一个枯落的村庄，"摩托车灯冲开一道罅隙，竭力排遣开前方浓稠的黑，大初眼睛不敢多眨一下，生怕铺天盖地的黑淹没车灯，淹没了回家的路"①，小说结尾，"（方伯）的骨灰盒接进村时，天上乌云压顶，转眼间黑了下去，那气势要把整个村子活吞掉。黑蒙蒙的，大初只得打开手机电筒"②，以手机电筒的光照在油桐花上结束。村庄昔日美好的人、事、物犹如流星划过天空，瞬间的绚烂过后终归隐入黑暗，昔日家园的方向也成了村民心中光的方向。勤劳、朴实而倔强的大初甚至盼望着在大城市打工的心上人能回家与其相守在这绿水青山。小说结尾，方伯离世，山间桐花盛开，《百鸟朝凤》响起，雪白的桐花铺陈村道，唢呐声回荡在颖川村上空，既表达了村民对逝者的深深怀念，也是作者献给日益萧条、衰败的村庄的一曲挽歌。

《幸福的鼻子》以爷爷和儿子的视角写了对颖川村山山水水的乡土之香和对依土法煲制的牛蹄筋汤的怀念，也写了对城市烟尘尾气味、儿媳妇喜欢喷的香水味以及市井气的厌恶。孙子颖颖有一种奇特的嗅觉怪病，受不了城市中的各种味道，却极爱爷爷精心熬制的牛蹄筋汤的味道，这无疑是作者对家乡之味的怀念。但吊诡的是，村民们已经离不开现代便利的工业化产品了，如小说里反反复复出现的摩托车、手机、充电宝等，即使是

---

① 陈柳金：《素身人》，广州：花城出版社，2016年，第300页。
② 陈柳金：《素身人》，广州：花城出版社，2016年，第315–316页。

留守在老房子里的村民也不例外，这是一个悖论，也是一个隐喻。离开这些工业化的产品，人们似乎只剩下一条抱残守缺的道路可走，就像《幸福的鼻子》结尾里的爷爷——"我"，最后落叶归根，步履蹒跚地在旧家园走向生命的终点。

（二）土地厚德

土地厚德，承载万物。而小说里的泥土不但是生活的慰藉与乡愁之所系，也是偷情的工具与手段，有时还是能救死扶伤的载体。

《玉米地》里的大吕是一个背井离乡的进城务工人员，专门安装 LED，离开了自己的胞衣地却随身带着一个檀木盒，在城市打工时无数次梦回家园，耳边时常响起已故母亲的话"以后你要永远记得颍川村和玉米地是你的胞衣地"①。同事戴军、张继海酒后好奇他一直带着的檀木盒，打开一看，原来不过是一抔土。他们不知道这是大吕母亲给他带着的故乡颍川村的一抔土，而大吕又是土命。在《绮川桥》里，段维维的男人再有一个月就出狱了，但段维维又担心吸毒的男人出狱后会把自己好不容易维持平衡的自以为想要的生活给搅和得天翻地覆。课后辅导教育机构"小博士接送站"的老板陆达民有泥塑的专长，没有给老婆符雪芬做过泥塑，却偷偷给自己的客户房产中介段维维做了泥塑，段维维"光着身子站在前面，陆达民两手泥，躬着腰在捏一个肤色发光的段维维。泥塑已经成型，那样宁静姣好地站着，站成了另一个完全陌生的段维维"。他们是纯粹的模特与艺术家的关系还是伴随着偷情呢？答案似乎不言自明，一个女性会在什么样的情况下光着身子让别人泥塑？丈夫是什么时候勾搭上的段维维，陆达民的妻子竟然对他们的"暗度陈仓"毫不知情。

《解药》里的爹得了蛇疹，作为城管队员的"我"只得到处去找蚯蚓做药，还利用职务便利去运了几包泥土回来，给父亲养蚯蚓。后来"我"运几十袋泥土回来时出了车祸，也因为那几十袋泥土的缓冲与隔绝而幸免

---

① 陈柳金：《素身人》，广州：花城出版社，2016 年，第 170 页。

于难，当看到从泥土里爬出来的一条蚯蚓后，"我"似乎被蚯蚓引领到了心中最初的念想，于是幡然醒悟，走出迷茫，当然也理解了妻子的不易，心中的焦躁与烦闷似乎也烟消云散了，于是保持初心，努力生活。

《放鸟归林》里的鸟人俱乐部幕后老板詹令锋之所以把捐给母校 50 万善款的许诺付诸实践，完全是为了让母校的前校长提供其同学兼早恋对象庾苹的线索行踪，并在后来对已为人妻的庾苹动手动脚，意欲旧情复燃。小说里写了银环蛇酒、老鹰酒、胎盘酒，结尾还写了一个细节，就是伤心的庾苹和阿龙为了能随时见到自己死去的儿子，用白酒将死去的三岁小男孩泡在大鱼缸里，有点惊悚。詹令锋口出豪言，答应为学校图书馆的空调一掷千金，而跟进该笔资金的老校长女儿寓薇却正好是詹令锋幕后控制的"鸟人俱乐部"的受害者。说他的资本"每个毛孔都滴着血和肮脏的东西"① 也许夸张了点，然而吊诡之处却如恩格斯引用黑格尔的话所言："在黑格尔那里，恶是历史发展的动力借以表现出来的形式。"② 但加害方詹令锋和被害方寓薇都无一例外喜欢山里的生活，只不过一个是来山里追新逐异，一个是受了伤来山里疗伤。

（三）进城艰难

"中国农民在现代文化传播接触中，已无法维持原有的生活方式，出现了种种问题"③，主要是农民的生活日益贫困，于是，进城务工成为青壮年农民的不二之选。毋庸置疑，我国的改革开放结构性、系统性地改变了城乡格局与形态，打工者首当其冲。完全融入谋生的城市显然超出了打工者的能力范围，而就此回去又心有不甘或已经不太习惯，于是只得在城乡之间奔袭、彷徨与游走。小说如实呈现了进城务工者无立锥之地的窘境与

---

① 中共中央马克思恩格斯列宁斯大林著作编译局编译：《马克思恩格斯文集》（第 5 卷），北京：人民出版社，2009 年，第 871 页。

② 转引自中共中央马克思恩格斯列宁斯大林著作编译局编译：《马克思恩格斯文集》（第 4 卷），北京：人民出版社，2009 年，第 291 页。

③ 费孝通著，刘豪兴编：《乡土中国》，上海：上海人民出版社，2013 年，第 2 页。

彷徨无依的生存状态。在《玉液琼浆》里，移民后水土改变，导致梁婶酿的酒都是酸的，酿酒妹子玉琼酿酒技术高超，擅长酿客家娘酒，她本性朴实，把掺兑了酸酒和甘油等工业原料的酒连砸了十几瓮。《母油船鸭》里的赵朴颇具烹饪天赋，跟了沈师傅，因厨艺精进而被师傅认作干儿子，"一招鲜吃遍天"，太湖菜母油船鸭在东莞大放异彩，赵朴靠做鸭手艺成功跻身本地五星级的旗峰宾馆做主厨，一时生意火爆，门庭若市，但生意最终因老板使用地沟油被曝光而一落千丈。这两部题材为"民以食为天"的小说都表达了对资本本性与食品工业化的担忧，表达了对流水线式赚快钱的行为的焦虑。

进城务工后的生存状态又如何呢？《壁虎之城》里的保险员钱大存、武大如城市里的壁虎一样，挣钱吃饭之艰难就如壁虎找蚊子。《胭脂红》里的牛力勤和刘惠，开着小四轮在城市的漏水之处跌跌撞撞缝缝补补。《桐花井》里的打井汉井生，一天到晚在外忙碌替人打井，却顾不上给自家一口气挖一口井，自家的井打了几年也没完工，媳妇还得去凌江边挑沙井水，这真应验了北宋张俞《蚕妇》"遍身罗绮者，不是养蚕人"的名句，最后井生却因为进城替工厂打偷排废水的井，而葬身在自己打的十几米深的井里。在老家打井还能勉强糊口生存，在城里却连性命都丢在了井里，葬在家乡桐花树旁自己未挖成的井下。出生于挖井世家的他，因井而生，因井而名，因井而死，因井而葬。在此，井已经不是泉水、希望与生机的象征，而成了城里工厂那个非法偷排、吞噬生命的黑洞。

二、灵肉之惑

2015年后，作者小说里的人物基本转换成了形形色色的城市边缘人，用现在的说法就是草根、自由职业者，用前人的话说就是"贩夫走卒""引车卖浆者流"，具体有"二奶"、蹬三轮车的小贩、快递员、酒吧女、盗版书商、列车餐车炊事员、滴滴司机、二手房商、房产中介等等。这些城里人的生活并不稳定与安逸，相反更充满了灵肉之际的不安与焦灼，没办法淡定与沉静下来。

（一）爱情暧昧

城市人口聚集，经济繁荣，生活便利，机会更多，充满了物欲和诱惑，而城市爱情也自带消费、暧昧与无奈的特征。城市农民工的临时夫妻好像已成了一个不能忽视的社会现象。

《悬空》里的柚贩姚鹏恩和开淘宝商铺的邱小琬凑合着在一起，做一天夫妻是一天，但贩姚鹏又关心着有一个傻儿子徐鸣的足浴小姐徐惠霞，当徐惠霞在微信里说再见时，邱小琬也不辞而别，脚踏两只船的结果是两脚踏空。而令人意外的是，足浴小姐徐惠霞生下的却是机器人厂老板的傻儿子，老板不愿认账，徐惠霞也不想追责。就这样，底层的足浴小姐、踩三轮车的柚贩、开淘宝商铺的店主与高高在上的机器人厂老板因为孽缘而纠缠在了一起。《空窗》用新颖的小暑、大暑、处暑、秋分为四部分小标题，呈现了打工者在空窗期和多窗期的感情纠葛与灵肉追问，修空调的郭震牛和卖保险的曹娟娟临时凑一起像模像样地生活着，相互依偎与温暖，释放着各自的欲望和压力，还可以省下一些繁华城市的租金和生活费，"明知不是伴，事急且相随"。郭震牛因为有把柄在老乡王庭磊手里，所以还得为其解决历史遗留问题，陪其前任杜琳去打胎，又得为安徽老家的计划生育罚款筹钱。杜琳租的房子逼仄无窗，于是自己在墙上手绘了一扇窗，她说："那么窄的房间，没有窗人会憋死的，哪怕空窗也好"[①]。"空窗"既是物质的假窗，因为没有从窗户里透射进来的光线和新鲜空气，生活似乎就难以为继，也可以看作心灵的窗户，是生活里的慰藉、梦想和希望，用周星驰的话来说，"做人如果没有梦想，那和咸鱼有什么区别"。小说的最后是杜琳离开大城市，回老家了，郭震牛的老婆和曹娟娟的老公都过来了，一切重回正轨。站在道德制高点去进行道德评判和伦理谴责是简单粗暴的，如何满足大城市中底层务工人员的生理和心理需求则是城市化进程中一个棘手的大课题。

---

① 陈柳金：《素身人》，广州：花城出版社，2016年，第68-69页。

（二）灵肉不安

"现代性以前所未有的方式，把我们抛离了所有类型的社会秩序的轨道，从而形成了其生活形态。……在内涵方面，它们正在改变我们日常生活中最熟悉和最带个人色彩的领域。"[①] 这是很多人所不愿面对的，于是或在反抗中焦虑，或在焦虑中迷失，或在迷失中沉沦。

《素身人》里开酒庄偶尔跑跑代驾的"我"与成天跑的士的常海岸因为是昔日的的士伙伴而纠结在一起，我鬼使神差地被常海岸带去碰瓷"飞机头"，讹诈了对方四万元，却阴差阳错遭到对方报复。普济安养院邹敬仁院长忙着"为逝者念佛经，为生人唱佛歌"，然而他所不知道的是：陪他去交赎金的干女儿其实也是碰瓷的协助者，最后想认的干女儿"我"被不想认的亲儿子"飞机头"砍了，"一双轻逸的白色翅膀正离开沉重的肉身，离开纷繁的浊世，飞向一个令人神往的地方……"[②] 用格雷马斯的符号矩阵来分析，我（小雪）是 X，飞机头是反 X，常海岸是非 X，而老头是非反 X，以小雪为中心，把她与三人的情节关系充分展开后，故事也就结束了。《暗房》里的照相店店主许立和留学生创业园的殷自明一起追求松山湖中学音乐老师丁晓春，二男一人开众泰，另一人开凯迪拉克；一个在鼓捣胶片相机，另一个在研究自发光材料；许立只能给未来的岳父买个养老机器人，而"殷自明在松山湖定了一套房，答应把她父亲接回来养老"。竞争的结果显而易见，尽管"丁晓春嘴上说喜欢传统的东西，骨子里却是资产阶级"。爱情的追逐过程可能充满暗斗与心计，但结局却一目了然毫无悬念。

《澄明斋》叙述了一楼裱字画、售卖文房四宝的澄明斋却要靠二楼生意日益火爆的美容院才能继续经营下去，还因冠华地产买下这块地而面临拆迁搬走的局面。故事最后是鱼死网破的结局，老板冷雪君"把一个女人

① ［英］安东尼·吉登斯著，田禾译：《现代性的后果》，南京：译林出版社，2000 年，第 4 页。
② 陈柳金：《素身人》，广州：花城出版社，2016 年，第 17 页。

当人质，用装裱刀刺穿一个房地产大佬的腹部"。《失魂落魄的日子》中，蔡因因在可以生育的时候"至少做过四次人流，说养不起，不能让孩子一出生就看到没有希望的世界"，等到不能生育的时候就以作品取代孩子，于是写起剧本来如有神助，熬夜酗酒赶剧本，"熬了三天四夜完成一部剧本"，颇像个高产的网络写手。《慢光阴》里的银行白领葛姨与金融精英韩图常去躺在幽雅茶室内间的棺材里，让硬币覆身才能给自己的肉身减压、安抚自己不安的灵魂。

（三）灵魂叩问

经济条件稍微宽裕一点的市民也照样面临灵肉焦灼的煎熬。《月光浴》里的二手房东丁总老琢磨着写诗，但写诗的冲动往往被琐碎的二手房事务压制与延宕；在《镜子的背面是什么》中，在市图书馆工作快20年的张迁宇喜欢"打鸟"，家里到处是鸟图，工作间更是塞满了"电脑啦、三脚架啦、长镜头啦、器材箱啦"，对于本职工作和现任女友倒是心不在焉，有一搭没一搭地应付着。《暗物质女人》里的酒吧驻唱男梁宇峰和翟亮、马本松是同学，三个男人经常护送驻唱女唐可妮回家，但三男与唐可妮的关系却说不清道不明，最后唐可妮犹如翟亮迷恋的暗物质一样消失得无影无踪，三男失魂落魄四处寻觅无果。小说叙述以三男的视点分别展开，而唐可妮犹如希区柯克电影《蝴蝶梦》里的吕蓓卡，从未露面但又无处不在。《带您去拉萨》里的父亲本可以在家门口的味精厂当个正式职工，却本着"生活在别处"的信念，舍近求远选择了做列车的餐车炊事员，这样就可以走南闯北去远方了。他还要儿子在自己死后把牙齿嵌入大昭寺佛殿前竖着的一根大木柱里，让自己身体的一部分停留在离天堂更近的地方。

《菩提渡》中的盗版书商范以龙被未来岳父徐老板差遣到日本，去谈价值连城的笔谈遗稿的合作出版事宜，"徐老板解囊出版笔谈遗稿，是对一座桥的纪念和彰显，没想到这个梦想被父子间的那座桥给摧毁了"，而举办了"'桥的梦想'主题摄影展"的灵魂恋人薛晴川也不知所终，灵肉之间的桥断了，结局也未明。在《城市画皮》里，秋良从部队退役后做了的士晚班司机，为了摆脱鸡冠头的无理纠缠，秋良飞车护送卖艺不卖身的KTV女小菲。他们都在灯红酒绿的夜晚陷入欲望的旋涡，结果出了车祸。鸡冠头抢救无效死亡，秋良昏迷了两天两夜，还断了手。秋良在喝了有家的味道的豆浆后，想起自己老家操持家务的"靶子夫人"，并决定把她接到身边来一起生活，在城里开了豆腐店。那秋良为什么会为一个KTV女郎如此拼命呢？答案也许就如他说的："有些事，就像这烟圈，只能看不能碰，一碰就碎了……"①

既然现代人的灵肉皆为城市生活所奴役，除了回不去的童年与故乡，情感归宿或超越之路到底在何方呢？人只有去传统的宗教里找寻希望与未来吗？

三、丝竹之境

"丝竹"是中国古代对弦乐和管乐的统称，现在一般用于对音乐的雅称。音乐治疗有悠久的历史，从乐（樂）、药（藥）、疗（療）三字同源，可以看出我国远古先民就认识到歌乐与药物的关系，"《黄帝内经》运用阴阳五行学说首先把五音全面引入医学领域，指出音乐声调的不同，对人体五脏生理或病理活动以及人的情志变化有不同的影响"②。早期社会的巫医就用音乐来驱邪、除魔、治病，他们"除了给病人服用一些确有疗效的天然药物之外，还经常采用一定的仪式，对病人手舞足蹈一番，口中念念有词，哼唱着怪异小调，这样的怪异小调不仅起着暗示作用，也使病人内心得到很大的安慰，心情变得舒畅，病情便趋于好转"③。黑格尔曾说："艺术的感性事物只涉及视听两个认识性的感觉。"④ 音乐治疗就是从听觉入

---

① 陈柳金：《素身人》，广州：花城出版社，2016年，第204页。

② 林惠芬：《中国音乐疗法的历史溯源》，《中国临床康复》，2006年第10卷第11期，第156–157页。

③ 普凯元：《音乐治疗原理》，《音乐艺术（上海音乐学院学报）》，1996年第3期，第71–73页。

④ ［德］黑格尔：《美学》，北京：商务印书馆，1979年，第48页。

手，通过音乐对具有生理缺陷、精神紊乱或情绪紊乱的患者的生理和心理进行干预的过程。陈柳金的小说虽然极少提及音乐治疗，但作者会有意在文本中植入反反复复的人籁和天籁，并将其作为现代人精神的救赎之途与超越之径。

（一）人籁

《解药》是唯一明确把音乐当作心灵治疗手段的篇目，主角是一个喜欢音乐的城管"我"，"我"视音乐为生活的"解药"，先后砸了五六十万买昂贵的音响设备，因为生活支出过大而导致夫妻关系屡屡失和，"我"认为"只有音乐，才能为心灵疗伤。我沉浸在经典音乐强大的艺术气场里，一个人如痴如醉地听巴赫、帕格尼尼、门德尔松，脚踩祥云周游于世界音乐殿堂里"难以自拔，老婆"总是骂我中音乐的毒太深，这辈子恐怕都没有解药了"。[①]《祖魂》里的曾祖父陈继荣不顾生计坚持做了一辈子骨笛，最后因为老鹰的降落而一脚踩空死于非命。祖父子承父志，手持那根曾祖父用命换来的能"吹出的音律有冷峻、刚强和旷远的特质"[②]的鹰笛做了守林员，骨笛声空灵动听、宛转悠扬、绵延不绝，延续着对仙风道骨的曾祖父的敬意与怀念以及对昔日村庄淳朴生活的回溯与追忆。阿爸从音乐学院毕业后成了中学音乐老师。祖孙三代流淌着音乐的血脉，不变的依旧是子子孙孙对血脉相连的"家"难离难舍的共鸣。

在《慢光阴》里，古乐《高山流水》如淙淙清泉甘洌地流过（赵绮婷）心田，沁人心脾，一切皆如过眼云烟、风轻云淡。《素身人》里的佛歌佛乐使人去欲念，消妄念，心灵受到抚慰。《镜子的背面是什么》里的妻子贾露的"是一阵古琴声把我从梦境中唤回的，感觉四周白云缭绕，鸟鸣水响，一片仙山琼阁的闲逸景象"。《语言隧道》里的在城市新聊斋里陪聊的柳秀才颜通，面对任何人任何事都能侃侃而谈、滔滔不绝、辩才无

---

① 陈柳金：《素身人》，广州：花城出版社，2016 年，第 27 – 28 页。
② 陈柳金：《素身人》，广州：花城出版社，2016 年，第 27 – 28 页。

碍，却与妻子蔡晓芸说不上话。

至于作为国粹的传统戏曲，虽然是文化遗产，但除了《只为你嫣然一笑》里被包养的小三小雅经常会唱粤曲外，只有生活难以自理的老人才是戏曲迷，家里的墙上通常挂着从旧时光走过来的戏曲脸谱，如"一个满头银发的老太太坐在轮椅上"，那是外卖小哥张小图的祖母，她就是个粤曲迷（《捕音者》）；还有会唱粤剧的七十岁的翟婶娘，眼瞎耳聋、处于风烛残年的会唱汉剧的戴维峰妈妈。只是时移事异，"现在流行歌曲满街飞，年轻人都不喜欢唱汉剧，也不知还能留存多少年……"① 这些老婆婆足不能出户，其窄窄的生活圈是否就象征了传统戏曲逐渐流失与贫血的命运空间？在市场化的道路上如何从曲本位走向戏本位？作为文化遗产的戏曲靠政策最终会凤凰涅槃还是走向穷途末路？

（二）天籁

为什么"丝不如竹，竹不如肉"？"渐近自然也"，也就是说音乐以接近自然为贵。《捕音者》里的外卖小哥张小图因怀念小时候老城区的鸟鸣虫唱而录音放给祖母听，祖母听得入了迷。祖母是个粤曲迷，小说结尾，当听到祖母"燕子来我们家做窝了"的双关语时，年轻画家"黎曼秋的脸唰地红了，似乎刚才巷子里炮仗花的红晕留在了脸上"，留给读者一种诉诸艺术与自然的审美救赎之思。《失魂落魄的日子》里"我"是一个滴滴司机，而"我"的发小美院老师张小楷总是自己或托人去钢筋水泥的城市边缘和缝隙处录虫唱蛙鸣蟋蟀叫，因为其妻子姚惠子是水乡的疍家女，自小就是在船上听着天籁入睡的，所以现在"她晚上要听着虫唱蛙鸣蟋蟀叫才睡得着"，犹如重新回到大自然的怀抱。当然也有听噪声入迷上瘾的，如小说里提到有工人"从水泥厂退休后，回到家老失眠，问题在于家里听不到水泥厂的搅拌机声，后来他跑回厂里录音，晚上听着这声音睡得比谁都香！"正如《嚣声》中的拆迁公司老总冯海勇，每天晚上必须听录制的

---

① 陈柳金：《黑白画像》，《雪莲》，2019年第11期，第4-27页。

拆楼的"哒哒哒"声才能安睡，因为那是有活干的幸福生活的声音，是不停数钞票的声音。

而作为艺术（art）本义的绘画基本没有单独出现在小说中，一般是和音（人籁或天籁）结合在一起，此种音画合一就犹如复调里的两条彼此独立又相互融洽的旋律，共同指向一个救赎主题的表达。如上文《失魂落魄的日子》里"我"的发小美院老师张小楷。又如《只为你嫣然一笑》中那个被男人老杜用摄像头监控行动的被包养的小三小雅，虽然生活在华丽的大别墅里，条件优渥，但如笼中之鸟，一举一动都受着老杜的监视。小雅经常会唱粤曲，一个人如怨如诉地唱着，而那个包养小三的老杜因为"看过太多献媚和嬉笑的女人，早已厌倦了，唯独对忧伤的冷美人情有独钟"，于是喜欢淘一些脸露忧伤幽怨的仕女图，还在县城举办了仕女图展。而身处底层知足常乐的送水工大娄却笑口常开，简单的笑脸与送水的日常对话对于孤独的小雅来说犹如天籁，难能可贵。当然小雅最后在一场车祸中明白了老杜对自己的关怀与担心。还如《指雀》里美术老师牧笛业余时间以指画雀，婉玉是原点发室的美女店主，为完成母亲心愿放生禾花雀，两人因雀而相识，早上从雀声（天籁）中醒来后却不见了原点发室里的婉玉，一问才知她回老家了，"过几天就是清明了，我摘了几串禾雀花送给母亲"①。

"作为建立于人类事件相对性和暧昧性之上的世界的表现模式"②，陈柳金的小说有很多既在意料之外，又在情理之中的欧·亨利式的戏剧性结尾，那些颇见作者匠心的伏笔与悬念设置更多体现在人物关系和身份真相的揭晓上，如《放鸟归林》里的詹令锋是鸟人俱乐部幕后老板，《悬空》里使徐惠霞生下孩子后却不愿负责的男人正是那天买整车柚子的老板，《素身人》里被碰瓷的"飞机头"正好是老头常海岸的儿子，《语言隧道》

① 陈柳金：《素身人》，广州：花城出版社，2016 年，第 160 页。
② ［捷］米兰·昆德拉著，董强译：《小说的艺术》，上海：上海译文出版社，2004 年，第 18 页。

中的柳秀才就是蔡晓芸的丈夫颜通，《母油船鸭》里的食神正好是沈师傅走失多年的孩子等。陈柳金小说里的各种伏笔、悬念与戏剧性冲突犹如余音绕梁的高山流水，给读者们带来了巨大的心理冲击与精神满足。

　　现代社会在本质上是一个不断趋向理性化、规范化、标准化的时代，"智慧已从各车间和各工厂中被赶走"，现在所剩下的，只不过是些"没有头脑的双肩"或"改装成钢铁机器人的肌肉机器人"罢了，这是工业时代或趋向工业时代的社会基本景观。① 而陈柳金用《素身人》关注了在城市化进程中人的个性泯灭和灵魂缺失，对现代性与工具理性的诸多维面进行了自己的艺术陈述与反思，并希望在音乐之境重新找寻或发现生命的意义，从而使人的生命得到一种浪漫主义（回归自然）或唯美主义（回归审美）式的艺术救赎。

第二节　《彼岸岛》：重复叙事的三重镜像

　　《彼岸岛》② 是作者陈柳金首部长篇笔记体新历史小说，他第一次把笔触伸向百年前客家人"下南洋"的题材。小说的故事发生在 1929—1945年，历史跨度虽然不是太长，写作却极具艺术张力。与以往专注于当下生活的创作题材不同，全篇以其极致而诗意的笔墨为我们讲述了颍川村村民嘉木在两地"走水"的爱恨情仇与历史宿命。全文从舅舅舅母的新婚之夜开始写起，开枝散叶，盘根错节，终至枝杈横生，枝繁叶茂，栩栩如生地呈现了民国时期一幕幕底层人物的悲欢离合和一幅幅传统客家生活的日常图景。小说将此地的颍川村和梅城与彼岸的勿里洞岛和巴城（巴达维亚，即今雅加达）作为两大生活场域，主要以"水客"嘉木收递侨批为线索展

---

　　① ［法］米歇尔·博德著，吴艾美、杨慧玫、陈来胜译：《资本主义史（1500—1980）》，北京：东方出版社，1986 年，第 190 页。

　　② 陈柳金：《彼岸岛》，北京：中国言实出版社，2022 年。

开故事，立足宏观事件，着眼多重视角，成功完成了对客家民系下南洋讨生活的历时呈现与对大时代历史风云的共情思考。

重复是一种常见的文学现象，即为了强调或者突出某一效果，让同一种事物在文本中重复出现，如同一条纽带在暗中联结着文本。看似游离无根，其实是一种非常重要的艺术手法，也是令读者进入文本内部的一种非常有效的阐释契机。朱立元曾将美国学者 J. 希利斯·米勒的重复理论总结为："他遵循解构的策略，从小说中出现的种种重复现象入手，进行细致入微的读解，将其大体归为三类：①细小处的重复，如语词、修辞格、外观、内心情态等等；②一部作品中事件和场景的重复，规模上比①大；③一部作品与其他作品（同一位作家的不同作品或不同作家的不同作品）在主题、动机、人物、事件上的重复，这种重复超越单个文本的界限，与文学史的广阔领域相衔接、交叉。"[①] 细读文本，我们不难发现，作者在意象、事件、互文性三个层面都进行了重复书写，文本在不断的重复叙述中强烈地表现出人物身上深深的使命感与沉重的宿命论。下文我们拟通过剖析小说中三层面的重复现象，探析隐藏在其背后的创作动机、文化内涵与潜在意义。

一、意象重复

正如米勒所言："任何一部小说都是重复现象的复合组织，都是重复中的重复，或者是与其他重复形成链形联系的重复的复合组织。"[②] 在《彼岸岛》中，我们首先感受到的是意象的重复。意象的重复既使得整个文本行文紧凑，脉络清晰，同时还在重复与强调中前后呼应，起到渲染特定气氛、推进情节发展、彰显文本主题的作用。《彼岸岛》中的重复意象具体

① ［美］J. 希利斯·米勒著，王宏图译：《小说与重复——七部英国小说》，天津：天津人民出版社，2007 年，第 7 页。

② ［美］J. 希利斯·米勒著，王宏图译：《小说与重复——七部英国小说》，天津：天津人民出版社，2007 年，第 3 页。

说来可以分为物质性意象和精神性意象两类：物质性意象有作为叙事契机的舢板和作为日常必需品的粥、红味面、糙米饭、炒黄豆、煎鱼干仔等食物；精神性意象有作为家乡象征和精神家园的元魁塔、文昌阁、嘉应塔等与作为飞翔物的纸鹤、白鹭、海鸥等，以及作为古董文物的执壶、鹌鹑玉、烟斗、含蝉、饮马槽等。

（一）物质性意象：舢板与食物

"舢板"是小说的叙事契机，前后重复了32次。小说中嘉木一家最早赖以生存的不是自家田地，而是嘉木父亲的"舢板"。依靠嘉木父亲在梅江上摆渡，勉强解决一家人的温饱。小说开端由"我"讲述了这块"舢板"的光荣使命和丢失的前因后果。

> 别小瞧了这几块木板疙瘩，一对榫一遇水就有了生命，浑身使不完的劲，在江面上来去自由，要是卯（铆）上了，对岸梅店村的酒瓮岭也是可以驮过江的。一家老小的柴米油盐都从这"三块板"上来。……我外公其实就是连接梅店村和颍川村的"一座桥"。①

嘉木父亲成是这块"板"，败也是这块"板"。因邻里纠纷，李得财偷偷摸摸地把这条"舢板"放了。这件事把嘉木父亲气得病倒了，家里断了财路，又欠了债，父亲还要看病，眼看没活路了，嘉木作为长子自然得扛起养家糊口的重担，因为家里实在太穷，慢慢地连清水白粥都喝不上了。作为生活必需品的"粥"前后重复了52次，这是一家人主要的也是最基础的日常食物。

> 嘉木、嘉石和嘉心坐在桌前，看着我外婆一碗一碗盛粥，说是粥，没几粒米，基本盛的就是水。只不过有点米浆的颜色，看上去跟水还是不一

039

---

① 陈柳金：《彼岸岛》，北京：中国言实出版社，2022年，第4页。

样，但喝下去就顺着肠子直通排尿管，没处安顿。①

　　自从嘉木父亲卧病在床，嘉木一家就失去了解决温饱的劳动力，只会读书的嘉木不会养家，嘉木母亲也知道在贫苦的颍川村没有让书呆子嘉木赚钱的余地，只好谋划着让这个大儿子承担养家的任务，于是连逼带哄，让嘉木"下南洋"赚钱，并且把嘉木托付给送批的水客谢企南。嘉木只得听从母亲的安排"下南洋"，开启他在南洋颠沛流离的谋生经历。作为"粥"的对立面，美食"红味面"是让异域游子和印度尼西亚华侨念兹在兹的故乡美味，而嘉木等人回到家乡的第一件事就是连吃几碗红味面，犒劳犒劳一下自己那荒芜已久的胃，使劲把胃给养回来。此意象重复了27次。

　　用这猪油翻炒出的蒜蓉，提香醒神。一扎手工面在滚水中泡几分钟，捞起，放大碗里。将熬制的红味酱汁淋碗里搅拌，满口咸甜，还有种绵长的油香味，这咸甜也就变得厚重。②

　　而在印度尼西亚务工时反反复复吃糙米饭、炒黄豆和煎鱼干仔，这三样食物依次重复了11、12和14次，美其名曰糙米饭富含维生素，不会患脚气病，黄豆营养好，煎鱼干仔钙质高，工人吃了才有力气，其实就是为了省事省钱。但什么山珍海味都经不起天天吃餐餐吃，再说这还不是什么美食，只是最基本的工作餐而已。工作餐腻味，加上工作异常辛苦，于是就"恨屋及乌"了。虽然这是一种被大家嫌弃的异域食物，但"我"有时也不得不理性地承认："这饭菜吃了两个多月，每顿都一成不变，胃提不起劲。要是在唐山老家，这伙食很不错了，至少比喝清水白粥要强。"③

① 陈柳金：《彼岸岛》，北京：中国言实出版社，2022年，第9页。
② 陈柳金：《彼岸岛》，北京：中国言实出版社，2022年，第82页。
③ 陈柳金：《彼岸岛》，北京：中国言实出版社，2022年，第57页。

（二）精神性意象：元魁塔与飞翔物

小说是以"我大舅嘉木和舅母月容的新婚之夜，不是家里过的，是在一座塔上"这句话开始的，这座塔就是在小说里反复出现了43次的元魁塔，为什么要在元魁塔上过新婚之夜，这应该与嘉木被逼"下南洋"、刚结婚就离别息息相关。元魁塔"八角形，七层，高四十余米，远看像一支倒写蓝天的如椽大笔"[①]，建造在梅江拐弯处，村民出洋最后能见到的、回来时最早能见到的就是元魁塔，因此元魁塔逐渐成为颍川村的象征。而嘉木在决定"下南洋"后，一个人偷偷跑去元魁塔待了三天三夜，在塔墙上贴满了平时学习时写的作业，以这样独特的方式，"从此成为一个十七岁学生下南洋的旗帜，在风中猎猎作响，并伴随一生，完成了他生命谱系里充满传奇的书写"[②]。多年之后当嘉木和月容吵架生气，他又消失了三天三夜，其实是去到元魁塔远眺散心，背《滕王阁序》。魁子失踪后也是在塔上被找到的，不过是在"练头点地，也就是倒立"。而抗日战争爆发后，嘉石他们在元魁塔上组建了梁上有心心念念的颍川村救国会。

文昌阁紧挨着元魁塔，是一座香火旺盛的寺庙，也是全村人烧香拜佛祈求风调雨顺的精神家园，文昌阁重复出现了7次。而在远离唐山的勿里洞岛，李应贤先后想在勿里洞岛和颍川村建一座嘉应塔，当然这个出现了6次的嘉应塔始终只是一个游子的念想，建塔的客观条件根本不成熟，所以也从来没有实现，最后"建嘉应塔的石块阴差阳错地派上了用场，李应贤将它们刻成石碑，一块块竖在坟头上"[③]，以此纪念矿湖坍塌后被埋的11个工友。

《彼岸岛》中不断出现的纸鹤、白鹭和海鸥等飞翔物，无疑在贯穿小说肌理、疏通小说脉络的同时，也给贫乏的现实插上了想象的翅膀，为艰苦的日常生活赋予了超越性的诗性内涵与表现主义意味的个性烙印。全书

041

[①] 陈柳金：《彼岸岛》，北京：中国言实出版社，2022年，第19页。
[②] 陈柳金：《彼岸岛》，北京：中国言实出版社，2022年，第18页。
[③] 陈柳金：《彼岸岛》，北京：中国言实出版社，2022年，第77页。

纸鹤的飞翔出现了 24 次，白鹭的飞翔出现了 9 次，海鸥的飞翔出现了 14 次，基本都是出现在一些人物或生离死别，或乡愁浓郁，或两情缠绵等情感激越需要升华之时。比如："几十、几百只纸鹤飘出元魁塔，在船的前方飘飞成雪花般的奇观。瞭望口穿红衣服的女人用手拢在嘴边，高声喊道，嘉木，我等着你平安回家！……这时，一群白鹭从上空翩翩飞过，发出尖厉的鸣声。"① 又如香玉与嘉木二人在聊天时，不自觉地会提到海鸥和白鹭这两种飞翔物：

他听见潘香玉说，嘉木哥，你说海的那头是不是颍川村，怎么会有那么多海鸥？上次坐船离开村子时，也有很多海鸥！

嘉木说，你在村前看到的是白鹭，世界上的海鸥和白鹭都是一家人！

潘香玉扑哧一笑，说，以后你看到它们时，就能看到我！

嘉木说，香玉，你的笑容，像海鸥和白鹭的歌声！②

再如，小说结尾，外婆去世后同样有白鹭出现：

不知什么时候，头顶的天空飞着一只苍老的白鹭，鸣声清悦而沧桑，一直朝元魁塔飞去。绕塔盘桓三圈后，蒇羽尽展，顺着梅江河往汕头港方向徐徐高飞，沿广东海岸线一路西行。而背后的元魁塔，忽悠悠飞出无数只白色纸鹤，飘成了一场雪花般的盛景。③

也许是为了加强情感效果，渲染场景氛围，上面引述三段皆有两种飞翔物联袂出现。第一次是月容送别"下南洋"的丈夫嘉木，元魁塔上同时出现了一群白鹭和几百只纸鹤。第二次是在潘香玉的衣冠冢前，嘉木想起

---

① 陈柳金：《彼岸岛》，北京：中国言实出版社，2022 年，第 32 页。
② 陈柳金：《彼岸岛》，北京：中国言实出版社，2022 年，第 287 – 288 页。
③ 陈柳金：《彼岸岛》，北京：中国言实出版社，2022 年，第 318 – 319 页。

了两人讲情话时对方将海鸥和白鹭混为一谈，那为什么"世界上的海鸥和白鹭都是一家人"？答案不外乎两种鸟具有大致相同的寓意与内涵。第三次是文末"我"的外婆去世时，元魁塔上方一只苍老的白鹭和无数只白色纸鹤同时"飘成了一场雪花般的盛景"。两种飞翔物反复交替出现，这种写实又诗意的写作手法强化了作品主题，也使小说叙事更加多元立体，文本更富有创造力和召唤性。

（三）精神性意象：古董

作为能通鬼神的灵魂附着物，古董文物在文中反复出现，具体有执壶、鹌鹑玉、烟斗、含蝉、饮马槽等。小说里出现得最多的古董意象就是执壶，共有 95 次。陈氏旧执壶，客家新历史。套用一句流行语，整个故事其实就是"一把执壶引发的惨案"。没有执壶，就没有嘉木后来的娶妻生子，没有办红白喜事的钱，也没有嘉木"下南洋"赚钱赎回执壶与国民党军官上门要回执壶的动力。这也是最需要向母亲和妻子兑现的两个承诺之一，另一个是在南洋找到岳父黄楚连。嘉木的孝顺、勇敢、坚韧等美好品质都得通过兑现这两个"承诺"实现。

执壶第一次出现是嘉木陪"我"外婆去当铺的那天，当了十头耕牛的钱，三年活当，就是三年后可以赎回。当然有这么大一笔钱也不能花天酒地地挥霍，而是要用在刀刃上。因此，平常日子还是照旧紧巴巴的，只有在迫不得已时才拿出一些来应急。如"嘉木和月容结婚花了一头牛，给我外公办丧事又花了一头，魁子做满月酒也差不多花了一头，剩下的钱不敢动，即使家里穷得喝西北风也不能去动那心思"[①]。还有一次嘉木因自己写的对联被梁上有向国民党举报，被捕入狱。最后，把嘉木从牢狱中救出来的还是典当执壶得来的银圆。嘉木母亲狠心从剩下七头牛的钱里拿出个银圆送给谢企南打点各方关系，谢企南兜兜转转找到杨板寸，杨去找了梨园香的班主邹老板，通过邹向国民党要员送礼才把嘉木放出来。

---

① 陈柳金：《彼岸岛》，北京：中国言实出版社，2022 年，第 103 页。

而在日本攻占东北后，华侨救国后援会再次号召巴城华侨捐款抗日时，虽然嘉木只是一个平头百姓，但为了民族大义，他毫不犹豫地把手中价值三头牛的钱捐赠出去。这体现了嘉木去南洋工作后为人处世和价值观的变化，赎回母亲念兹在兹的执壶就不得不暂时缓一缓了。从一开始单纯地在矿洞做苦力赚钱，到后面假意替"黄皮"经营米铺，实际上是紧盯为日本人送情报的姜老板，这说明远在南洋的嘉木心里除了对执壶的执念，除了母亲不断重复赎回执壶的请求，还有民族大义和家国情怀。而从"我"外婆最后的自述，"我"外公"偷偷拿了老板每天泡茶用的执壶，临出门时被老板叫住了，说，这壶替我保管好，等我哪天缓过气来再找你拿"① 可知，这把壶的所有权还是老板的，"我"外公只是暂时代为保管而已。那疑惑也随之而来：是"我"外公还是"我"外婆动念将其据为己有并视其为祖传文物？外公的灵魂寄居在其中算不算鸠占鹊巢？那个国民党军官即老板儿子来要回自家执壶却被稀里糊涂打死的合情合理性何在？老板儿子没有拿回执壶父子俩会不会死不瞑目？

尽管在文本同一页码里，杨板寸的话"这壶虽是老板的，但老板喝的是茶，壶认的却是你外公"② 重复了两次，但似乎并不能就此将执壶的晦暗历史给昭雪或合法化，而作者可能也无意去费力缝合这些叙事的空白与逻辑的空缺。虽然"我"母亲嘉心好像在无意间听到了执壶的来龙去脉和纷争缘由，本可以向"我"交代一下，但文本还是含含糊糊地给读者留下了一个开放式结尾。因此，执壶既是贯穿情节始终的关键性意象，也是文本中一个最大的黑洞，这是一个能将陈家所有与执壶相关活动的正当合理性吞噬的巨大黑洞。也正因如此，新历史小说天然具有的稗官野史性质就此将嘉木整个"下南洋"活动的必要性和正当性置于虚无与非理性的边缘。

---

① 陈柳金：《彼岸岛》，北京：中国言实出版社，2022 年，第 316 页。

② 陈柳金：《彼岸岛》，北京：中国言实出版社，2022 年，第 317 页。

　　嘉木想到新婚宴尔的妻子月容便想起自己对她的承诺，也就想起她生死不明的父亲黄楚连。为了妻子，嘉木多次向同在勿里洞岛劳作的工友打听黄楚连的下落，最后在鲁吉的帮助下找到了苟延残喘（抽食鸦片）的黄楚连。嘉木经常去探望黄楚连，却被黄楚连嘲讽无能，不及鸦片和钱，但是嘉木无怨无悔，依然替月容在黄楚连面前尽孝，甚至在黄楚连被责罚时勇敢地站出来，表现出与平时不一样的勇气与反抗精神。黄楚连在油尽灯枯之际留给嘉木一块代表小富即安寓意的随身文物鹌鹑玉，在嘉木无论如何也凑不齐十头耕牛的钱后，这块鹌鹑玉还发挥了赎回执壶的功能。至于鹌鹑玉的赎回则因为嘉木垫钱替谢企南送沉批与死批而一再延宕，而垫钱的情节铺垫与情感动机却存在着叙事上的断裂与罅隙，在商言商，仅用职业操守来解释好像不尽合理与充分，当然最后还是老板杨板寸仗义疏财，才给嘉木解了围。作为老华侨灵魂附着物的烟斗，出现在梅城当铺的掌柜说的一个水客调包南洋老华侨烟斗的故事中。而含蝉是日本人藤健太郎给林老板欣赏的玉，当藤健太郎搞明白这是一块曾经含于死人嘴里的玉时，不禁倒吸了一口凉气。饮马槽本是谢企南家的普通麻石槽，据说因左宗棠的战马喝过水而身价倍增成了文物，当国民党军官找上门来要执壶时，嘉木用饮马槽成功转移了他们的注意力。

　　整体而言，反复出现的各种文物和古董意象给小说世界平添了一种神秘凄婉的韵味。

二、事件重复

　　如果把小说比作音乐，那么重复就是作品内容形成节奏和旋律的重要因素。事件重复是指相同或相似的事件或场景重复出现在同一文本中，反复呈现，以此增加戏剧性，深化某一主题，并达到推进或强调某一情节对人物的重要性的目的。"在所有这些小说中，文本中重复的事件和场景构成的复合组织使戏剧性的表现增添不少……一段情节重复着另一段情节，

意义在这些重复中逐渐显现出来。"① 《彼岸岛》中那些相似又有差异的人物事件能够更加突出小说的潜在主题，并形成回环往复的结构，加深人物对命运无法掌控的悲剧性与宿命感。《彼岸岛》中的事件重复现象主要有吹笛、送葬和"走水"等。

（一）吹笛与送葬

作者不像其他历史小说中的正统历史叙述者一样选择单一的全知视角，而是以"我"这一角色连接和转换作品的全知视角和限知视角，讲述"我"舅舅嘉木的经历，从民间视角传达小人物的精神生存状态。作为舅舅家族历史的讲述者，"我"的血缘天性使得叙述更加真诚亲切，避免了单一全知视角叙述所带来的疏离感与牵强，更能贴近小说中各个人物的历史定位和精神状态。而"我"的父亲黄湛青是一个能唱戏、能吹一手好笛子的跛脚青年，后来认识了在邹老板梨园香学唱戏的"我"的母亲嘉心，母亲拜了父亲这个老师，父亲不遗余力，把看家本领都教给母亲，两人从一见倾心到两情相悦，也是水到渠成之事。父亲黄湛青在小说里总共吹笛5次：①吹笛引蛇［3.1（即第三章第一节，后以此类推)]、驱邪压惊（3.4）、安抚心灵（3.5、9.1）；②为11位矿难亡灵送殡（3.10）；③帮衬米行生意（5.2）；④为批馆招揽生意（7.3）；⑤最后一次吹笛是为两个生命终结在勿里洞岛的老者送葬（9.4）。

黄湛青满脸泪水地吹了一支又一支曲子，直到天黑，算是送了亡灵最后一程。②

黄湛青很及时地吹起了横笛，一支曲子把鲁吉留住了，柔顺婉约的笛音就是飘飘发丝，就是纤纤玉手，就是千种柔情万般蜜意。③

---

① ［美］J. 希利斯·米勒著，王宏图译：《小说与重复——七部英国小说》，天津：天津人民出版社，2007年，第84页。

② 陈柳金：《彼岸岛》，北京：中国言实出版社，2022年，第77－78页。

③ 陈柳金：《彼岸岛》，北京：中国言实出版社，2022年，第241页。

笛音响起，为灵魂与灵魂的相遇歌唱。时而低沉，时而高亢，时而悠缓，时而奔腾，旋律穿过屋旁的棕榈林和椰树林，鸟雀和鸣，满林生机……笛音无限真切。吹着吹着，泪水涌了出来，模糊了眼前的亚答屋和林子，只有鸟雀与自己两相呼应。[①]

这些笛声的功能虽然不完全一样，帮衬与招揽生意的功能可能也有所夸大，但能在异国他乡听到民族乐器演奏的乐曲，无疑是在南洋苦难而沉闷生活中的精神调剂与心灵慰藉。

在嘉木和月容的新婚之夜，作者借月容之口说出了自己对"下南洋"这段历史的认识。"以为下了南洋全都能活着回来啊？很多人半路上就成了鬼。能发洋财的，那是上辈子烧了高香！"[②] 月容的话表面上是对嘉木表达"下南洋"路途遥远、生死难料的担忧，实际上是告诉读者，认为"下南洋"就能发财是多么见识短浅、"无知者无畏"。到达印度尼西亚后，打拼的辛酸和生活的苦楚如期而至，各种意外之灾与非正常死亡如影随形。我们可以看到《彼岸岛》中存在多个送葬场景的重复编制，如为 11 位矿难同胞的送葬，为遭日本侮辱而自杀的潘香玉送葬，为安迪阿公和嘉木岳父先迁坟、后送葬回唐山等，这是一个"下南洋"时代成千上万华人重复死亡的缩影，死难者虽然有年龄性别上的差异，但因复杂的重复关系而相互缠绕成了一个整体。在细读文本的时候我们或许可以叩问：为什么这些"华工"只能悲剧地、孤独地死去？他们命中注定只能这样短暂而悲惨地度过自己的一生吗？以重复叙事的理论来分析文本，我们或许知道：历史的尘埃落在众多"华工"身上就是一座大山，时代的使命无处回避，悲剧的宿命也无法挽回。

（二）"走水"

客家人生存环境恶劣，山多田少，经济落后，交通阻塞，物资紧缺，

页码 047

---

① 陈柳金：《彼岸岛》，北京：中国言实出版社，2022 年，第 248 页。
② 陈柳金：《彼岸岛》，北京：中国言实出版社，2022 年，第 3 页。

百姓生活贫苦，食不果腹。于是，小说的时代背景即 20 世纪 20 年代末至 40 年代中期，许多客家人被迫背井离乡"下南洋"。"下南洋"（又名"过番"）是中国近代史上规模最大、路程最远的跨国大迁徙，其路途的危险程度和谋生的艰难程度远非国内迁徙可比。"下南洋"主要有三种途径：一是"亲友相携"，二是"水客"引介，三是"卖猪仔"。嘉木"下南洋"属于第二条和第三条途径的结合，即由"水客"谢企南引介并转卖到矿湖。作者在小说中就"下南洋"的危险性进行了合理的谋篇布局，从而为嘉木的南洋之旅布下重重危机与层层陷阱。其实从嘉木母亲询问水客谢企南开始，就已经预示着嘉木"下南洋"挣钱的失败结局，因为"水客"谢企南为了得到带嘉木"下南洋"的报酬，肆意夸大"下南洋"的好处，用虚幻的财富承诺来麻痹、欺骗精明市侩又囿于见识的嘉木母亲，为嘉木在南洋被卖埋下伏笔。"我外婆悄悄问过送批信回乡的客头谢企南，他拍胸脯说只要你儿子愿意，包在他身上，找份事做不是问题，运气好还能发洋财，寄侨批回家建洋楼。谢企南这样一说，我外婆心里就有数了。"① 在这段描述中"水客"谢企南的狡猾无情、贪图小利和嘉木母亲的愚昧无知、见风就是雨被作者描述得淋漓尽致。

> 黄皮问嘉木，你这是去南洋哪里，做什么工？这一问，还真把嘉木问住了。黄皮又说，南洋那地方有金矿、锡矿、铝土矿、镍矿、橡胶园、咖啡园、胡椒园、棕榈园等，如果是去挖金矿、锡矿……②

嘉木"下南洋"具体去到哪里，做什么工，薪水如何，嘉木和母亲都只是听了谢企南笼统的一面之词，在不明就里的情况下，嘉木稀里糊涂坐上了"下南洋"的船。到达南洋后，社会边缘小人物嘉木在南洋艰苦工作

---

① 陈柳金：《彼岸岛》，北京：中国言实出版社，2022 年，第 13 页。
② 陈柳金：《彼岸岛》，北京：中国言实出版社，2022 年，第 41 页。

的事件包括嘉木亲身经历的被"水客"卖到矿湖做苦力、为同乡写批文，他亲眼所见的矿湖工友惨死、岳父在南洋抽大烟死去等，社会底层人物生存挣扎的点点滴滴汇聚成了这部客家人"下南洋"谋生的血泪史。

如果说小说前三章还是为嘉木走水做铺垫，即解释为什么会去"走水"的话，那从第四章开始的后面九章就是具体"走水"活动的展开。第十一章第四节是几个人一起送客死异乡的两个老人的尸骨回唐山安葬，然后各自忙自己的事情，并未送侨批，不算是"走水"，所以嘉木正式的"走水"工作前后只有六次（见表1-1）。虽然"水客"有跑大小三帮的传统，但嘉木的"走水"频率还是叙述得很节制。第一次"走水"是纯粹为地下党组织送侨批，与杀人者李应贤同行不过是个幌子，可以看作做"水客"的预演。只不过在没有任何预演和见习的情况之下就贸然委以重任，是不是一次没有更好选择的冒险之举？第二次"走水"的主要目的还是为地下党组织送侨批，但同时也送了其他老乡的一沓批信，这是职业"水客"的正式开始。第三次"走水"的目的与第二次一样。因此，小说叙述的嘉木前三次"走水"主要还是为地下党组织送侨批。第四次"走水"的主要目的是送曾正鹏回唐山。总之前四次"走水"是意图复杂、目的不那么单纯的两地行走，只有最后两次才是纯粹的职业"走水"送侨批，由"我"在第十二章里做简单追述。

049

表1-1　《彼岸岛》中嘉木六次"走水"一览

章节	同行者	时间与过程	结果
第一次（4.1）	李应贤	1930年为地下党组织送侨批至"济民药店"黄学仁	嘉木与李应贤回到印度尼西亚的巴城
第二次（6.1）	梁致通	1931年，同上，还有其他老乡的一沓批信	嘉木与梁致通被迫坐上返回南洋的船
第三次（8.1）	黄湛青	1931年为地下党组织送侨批	嘉木回巴城

（续上表）

章节	同行者	时间与过程	结果
第四次（10.1）	曾正鹏、黄湛青、潘香玉	1932年垫钱给谢企南送沉批，两封沉批没复活	嘉木和潘香玉回巴城
第五次（12.1）	无	1937年送梁致通的批信和银钱，替谢企南送一封沉批	抗日战争爆发
第六次（12.2）	李应贤	1940年救活河源死批	最后一次"走水"

总的来说，小说以颍川村村民嘉木外出谋生打拼（主要是"走水"六次）的艰难经历与精神成长，呈现出"水客"嘉木对以诚信为本的职业操守的坚守与践行，以点带面地反映了20世纪20年代末至40年代中期生活困窘的客家人"下南洋"谋生的群像以及底层百姓慷慨解囊、共赴国难的图卷。作者用对客家历史的局部与细节的描摹替换了传统历史小说的宏大叙事，着力表现嘉木一家的谋生经历以及发生在颍川村村民身上的生活日常，同时渗透作者对人性的批判和对历史的反思，从而实现了从广阔的"大历史""革命史"向局部的"小历史""家族史"的叙事转变。

三、互文性重复

米勒指出，"重复"对小说有非常重要的意义，因为很多小说叙述结构"在各种情形下，都有这样一些重复，它们组成了作品的内在结构，同时这些重复还决定了作品与外部因素多样化的关系，这些因素包括：作者的精神或他的生活，同一作者的其他作品，取自神话或者传说中的过去的种种主题，作品中人物或者他们祖先意味深长的往事，全书开场前的种种事件"①。一部小说总是蕴含相同或相似的因素，它们往往包括多次重复叙述，如语词层面、事件等，这些属于内部结构的范围。而外部结构则包括与小说息息相关的作者思想、社会现象，乃至作者的不同作品的同一主题或者形象塑造等，这些重复叙述超越单个文本的限制，往往辐射出更为广阔的文学领域，使其具有互文性。文本分析无疑需要从内部结构与外部结构同时进行。

这里的互文性重复特指在同一作者的不同作品里反复出现的相似性格内涵的人物和相同的主题，属于外部结构的范围。不管是乡土题材、城市题材还是历史题材，陈柳金小说一以贯之的是底层叙事和民间视角，充满了生动鲜活、奔腾不息的生活流和疲于奔命、左支右绌的芸芸众生，还有潜伏其间的城乡、灵肉、此岸与彼岸等或对立冲突，或对位融合的二元性主题，令人或快意或震惊或沉思。以下主要分析小说集《素身人》② 与《彼岸岛》中重复出现的二元性主题与底层叙事。

（一）二元性主题

米兰·昆德拉认为："小说的精神是延续性。每部作品都是对它之前作品的回应，每部作品都包含着小说以往的一切经验。"③ 因此，与其他文本的重复不仅是对人物的性格特征和小说主题内涵进行补充与完善，同时使得不同小说显现出共同的二元性精神主题，表征普通小人物在现实生活中的精神苦闷和压抑。

2015 年前陈柳金执着于乡土题材，纠结在"城"与"乡"之间，作品中的故乡和异乡成为他的两大写作场域。尽管他身处城市化进度飞快的城市，但其作品中总能出现记忆中的乡土。在乡土题材里追忆颍川村、凌

---

① ［美］J. 希利斯·米勒著，王宏图译：《小说与重复——七部英国小说》，天津：天津人民出版社，2007 年，第 3 页。

② 陈柳金：《素身人》，广州：花城出版社，2016 年。

③ ［捷］米兰·昆德拉著，董强译：《小说的艺术》，上海：上海译文出版社，2004 年，第 69 页。

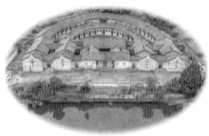

江、移民村等，为回不去的童年和渐行渐远的家乡唱一首生命的挽歌。里面的各色人物虽为虚构，却因情感的诚挚与手法的平实，小说整体呈现出散文化的倾向。

2015 年后作者转向城市题材。现代性改变了我们日常生活中最熟悉和最带个人色彩的情感领域，于是，或在反抗中焦虑，或在焦虑中迷失，或在迷失中沉沦，总之，彷徨挣扎的男男女女洋溢着灵肉之际的焦灼与暧昧，那么能看破红尘、跳脱俗世的"解药"在哪里呢？很多文本似乎不约而同地指向了艺术，特别是艺术之源：音乐。从汉字结构来看，"藥"从"樂"来，目前音乐的医学治疗价值具有坚实的理论基础与具体的实践步骤，音乐治疗也有了众多的理论流派和学科专业。于是我们看到，在《失魂落魄的日子》《捕音者》《指雀》里，"解药"是天籁，如鸟鸣虫唱、蛙鸣蟋蟀叫等，而在《镜子的背面是什么》《祖魂》《解药》《语言隧道》《嚣声》《失魂落魄的日子》《慢光阴》《素身人》里，"解药"则是人籁，如古琴、鹰笛、高级音响、拆迁的"哒哒哒"声、陪聊、古筝、佛乐等。总之，殊途同归，包含了音乐艺术（樂）在内的天籁与人籁成了红尘中男女们灵魂的超越之路与肉身的救赎之途。

2022 年的《彼岸岛》则回溯到历史题材。陈柳金的作品并非只有令人着迷的城乡故事与实验性的叙事手法，他在运用形式技巧叙事的同时，也体现出对一个"彼岸世界"的不懈追求。"彼岸—此岸"是陈柳金《彼岸岛》中主要的二元性主题，该主题也可以看作上述"城乡""灵肉"主题的延续与重复。《彼岸岛》叙述了嘉木在颍川村、梅城与勿里洞岛、巴城两地"走水"的故事，同时人物设置也是二元性的，如精明的母亲与老实的父亲，斯文高大、宅心仁厚、接近木讷的嘉木与头大矮矬、火急火燎、像炸药的嘉石。也许是基因传承的关系，母亲与女儿嘉心则是针尖对麦芒的两代人，嘉心以掌握了母亲的执壶秘密为要挟，让母亲同意她走上戏曲之路以及与黄湛青共结百年之好。具有无赖反动品质的小人梁上有是陈家死对头，最后被陈家兄弟杀死。

总之，作者在着笔叙述城乡和历史故事时，以诗意的语言和精准细致的描述表达了不同年代人们的贫乏生存状态以及蕴含其中的二元性主题。

（二）底层叙事

陈柳金在创作中一直坚持底层叙事，小说里的人物都是形形色色的小人物，大历史大时代都是作为底色与后景而存在。"颍川"是陈氏堂号，"颍川村"是作者借用堂号虚构出来并反复出现在其不同作品里的精神原乡。他的小说，除了有不能割舍的"乡土"情结和精神原乡，也反复诉说着"小人物"或"边缘人物"的故事。

2015年之前，陈柳金主要关注乡土题材，表达穷家难舍、故土难离的家园之思。《玉液琼浆》《微光》《幸福的鼻子》等小说叙述了因凌江水库扩容而政策移民所导致的村民难以适应新环境的困境；《玉液琼浆》《母油船鸭》等表达了背井离乡、对赚快钱无比焦虑的情状。同时，作者塑造了诸多进城务工后"揾食"艰难、彷徨无依的民工形象，如《胭脂红》里的补漏工、《桐花井》里的打井汉、《壁虎之城》里的保险员，等等。此外，他在《放鸟归林》《玉米地》《绮川桥》《解药》等小说中，重复地歌颂着厚德载物的家乡土地，文本中的泥土不但是生活的慰藉也是乡愁所系，更是治疗游子怀乡病的药物甚至救命的载体。

2015年以后作家主要关注城市题材。该时期的作品充满了形形色色的城市边缘人，鲜少体制内人员，用前人的说法就是"贩夫走卒""引车卖浆者流"，用现在的说法就是草根、自由职业者。如《暗物质女人》《城市画皮》《暗房》《放鸟归林》《镜子的背面是什么》等篇目表达了生活的不易与爱情的暧昧，而《澄明斋》《慢光阴》《绮川桥》《素身人》《失魂落魄的日子》《悬空》《空窗》等篇目则充满情感的困惑与灵肉的不安，到了《月光浴》《带您去拉萨》《菩提渡》等篇目则触及存在的叩问与灵魂的超度。

反观《彼岸岛》，虽然其场域之一换成了千里之外印度尼西亚的巴城（巴达维亚）与勿里洞岛，但作者还是坚持了一以贯之的底层叙事和民间

视角，大情怀小历史，大背景小人物。小说的时代背景正是中国革命如火如荼的年代，但作者没选取正面的政治"工农兵"作为主要的叙述对象，也没有关于火热革命和历史战争的正面叙述，大多时间都在描述底层人物一家柴米油盐酱醋茶的民间生活。大儿子陈嘉木为地下党组织送侨批，那之前有没有向党组织宣誓或交底，有没有和更高一级的党组织负责人见面，这些都语焉不详。而小儿子嘉石在嘉木"下南洋"后参加了红军，作者也没有过多叙述嘉石加入共产党的起因和经过。小说的追求与"野史"的精神相似，即不再关注传统历史主义强调的正统历史、宏大叙事和英雄人物，而是将被淹没在历史长河中的普通人作为重点写作对象，小说的写作视角也迅速向个人化、民间化靠拢，试图用破碎的、非线性的小历史展现大历史所没有触碰的角落与维面。

陈嘉木是一个在异域"揾食"的"打工仔"，一个不论在事业还是感情方面都谈不上成功的"水客"。"下南洋"的人如过江之鲫，数不胜数，但真正成功者可谓凤毛麟角，大多是默默无闻、碌碌无为、终老异域甚至命丧他乡。作为一名"水客"，陈嘉木虽然在南洋与唐山之间来回穿梭，送批也兢兢业业，但收入始终捉襟见肘，赎回执壶也是拆东墙补西墙，即用岳父的灵魂换回外公的灵魂，又偷拿母亲卖地的十八块大洋去给谢企南送沉批。后来还是大气的杨板寸给嘉木十八块大洋和四头牛的赤字兜底，填补了其无论如何也填补不上的金钱窟窿，嘉木才赎回鹌鹑玉。显然，这样默默无闻的小人物可能更符合历史真实。

与嘉木相比，贪婪的同乡谢企南是一个典型的社会市井"小人物"，但也非大奸大恶之辈。谢企南是以世袭"水客"身份出场，也是南洋矿工掮客，他虽然向嘉木母亲夸大"下南洋"的收益，既收取嘉木母亲给他的好处，又把嘉木卖身给勿里洞岛的矿湖，后来还借钱不还，但在第八章里两次积极营救被关押的嘉木，功不可没，尽管这是在得到了杨板寸许诺和嘉木母亲的大洋之后的举动。

除了男女主角，三种题材的小说里还反复出现了病重老母和听戏老母的形象。如《素身人》里"我"瘫痪在床的妈妈，《指雀》里患癌症的母亲，《捕音者》里的祖母就是个粤曲迷，《黑白画像》里会唱粤剧的七十岁的翟婶娘和眼瞎耳聋、处于风烛残年的会唱汉剧的戴维峰妈妈，等等。同理，《彼岸岛》中也出现了听戏老母形象，那就是杨板寸的母亲，在其寿宴上，黄湛青唱了一场戏，而"我"那不谙戏曲的外婆听了一幕《四郎探母》居然泪流满面。杨板寸的围龙屋建好后，"汉剧团在梅印围唱了三天三夜，老太太①笑得嘴都合不拢，终究圆了她在大围龙屋里看大戏的心愿"②。病重老母为什么总是身在乡下老家？作为历史文化的传承载体，为什么只有年迈老母才会趣味盎然地听戏曲？失去了年轻观众的传统戏曲还能走多远？或许，这也是萦绕在现代人头脑里的一些现代性难题。

　　各种重复现象以及复杂循环的文本结构组织是通向文本的重要手段和有效视角。"'重复'事实上是思想的构筑，它去除每次出现的特点，保留它与同类别其他次出现的共同点，是一种抽象。"③ 通过重复不仅可以拓展和增加小说内涵，丰富和强化文本主题，而且可以隐喻人生的某种永恒形式和生存状态。通过上述对《彼岸岛》文本内以及文本间环环相扣、层层递进的重复现象的分析，我们注意到那些看似无关紧要的重复现象被作者娴熟地潜藏在"水客"递送侨批的精巧情节中。总的来说，《彼岸岛》的重复叙事不仅完成了对底层人物的悲悯性书写与对碎片化家族记忆的历史重建，而且让读者看到以嘉木为代表的客家人在此岸世界和彼岸世界中来回奔走的艰辛与困局，同时表达了作者对"下南洋"那段幽暗历史的深切思考、对复杂人性的深刻审视以及对幸福安宁之彼岸世界的殷切期盼。

---

①　指杨板寸母亲。
②　陈柳金：《彼岸岛》，北京：中国言实出版社，2022 年，第 316 页。
③　[法] 热拉尔·热奈特著，王文融译：《叙事话语·新叙事话语》，北京：中国社会科学出版社，1990 年，第 73 页。

第三节　作家访谈：中短篇与长篇

一、中短篇小说对谈

张劲松（以下简称"张"）：作为梅州文坛的领军人物，同时也是梅州作协的新任主席，你的创作成绩有目共睹，小说发表遍地开花，小说选载也是成绩喜人，还获得过《安徽文学》年度文学奖、台湾桐花文学奖、东莞荷花文学奖等，并且在一年前加入了中国作协，成为"国家队"的一员。现在正值暑假，可以为广大文学爱好者回顾一下自己的文学道路吗？

陈柳金（以下简称"陈"）：谢谢你的关注和抬爱，说不上什么领军人物，作协主席也不过就是一个服务角色罢了。梅州作协虽是一个社团组织，但担负着推动梅州本土文学发展和联络助推区域文学融合的责任。这几年我的确创作了一些中短篇小说和散文作品，大概发表了 60 多万字吧，这在一个作家的写作生涯中，只能算是"预热"阶段。前路迢远，万水千山。越往文学的深处走，便越感到自己的渺小与无力。这不是故作谦虚，我的内心很明亮和清醒，但我从来没有停止脚步，因为这辈子已决心交付给文学，就要把它当作大学问去做，以身相许也好，不成功便成仁也罢，你不把自己真正摆进去，做一个文学的在场者和坚守者，便只能由文学这株大树遮阳挡雨，而很难去建构起一个属于自己的文学世界。

不好意思，话扯得有点远，回到正题。说起自己的文学道路，其实并没有什么波澜和故事。"出走"这个词，我想足够概括了。为什么说出走？大概十二年前，我在兴宁某政府部门"为稻粱谋"，一个偶然的机会去往东莞工作，正是这次"出走"让我在文学之路上走出了传统、封闭、狭小。我这样说，兴宁人肯定会骂我，但事实如此，兴宁乃至整个梅州都是山区，千百年来的农耕文明和传统文化所形成的生活习惯、民俗风情和思维方式、价值观念，不能不说是一种潜在的资源，属于一个地方的文化史，它具有明显的地方性和蓬勃的生命力。用文学的方式去表现，成了一个极大的考验。目之所及，很多作家仅仅停留在呈现和复制上，太拘泥于生活和事物本身，而没有以"高于生活"的目光去审视与追问，这样的文学表达是值得怀疑的。而一些作家、诗人常年生活在这片土地上，他们却取得不俗的成绩，我想跟他们的阅读视野和文学理念有关，他们站在维度更高的精神坐标上去审酌和表达，因此形成了文学审美和文学张力。所以说，在文学领域，地方资源没有与（现代）美学观和文学观很好地对接的话，便成为一个制约思维的短板。

我曾经生活工作过的东莞是沿海城市，这一特殊地理位置彰显了其海洋文明和现代工业文明的优势，这个有现代制造业名城之称的城市，不仅吸纳了来自五湖四海的务工人员，还敞开胸怀接纳了来自全国各地的行业人才和文学人才。多种思想观念、价值思维的碰撞与交融，为文学表达打开了一扇照进亮光的窗口。当我回望故乡时，身在异乡的距离感和漂泊感让我对故乡有了一个更清晰、立体的认识，梅州作为一个心灵的故乡是需要用一辈子去打量和体悟的。因此，多年后，我又回到了梅州，就是要走进故乡的内部，去做精神分析和生命体察的多向重构。

张： 你的说法让我想起嘉应州时期出现的梅州文人群落，如黄遵宪、林风眠、李金发、蒲风、张资平等，其实他们的艺术起航应该都与他们的"出走"有关，如果没有在异域他乡受到新思想、新文化的激荡与洗礼，很难想象他们会有之后的文化艺术成就。"越是民族的，就越是世界的"这一命题之所以成立，前提应该是民族性的题材与世界性的意识形态和审美营构必须结合起来，否则就很容易误导人，以为只要随便写写民族性、乡土性的题材就会有世界性影响。

话说回来，你 2015 年以前的大部分作品，都在追忆颍川村、凌江、移民村等，为回不去的童年和渐行渐远的乡村唱一首生命的挽歌，"颍川"

是陈氏堂号，为什么在作品里会以堂号来命名自己的家乡？

陈：颍川村是我在小说中建构的文学地理，有精神故乡的含义。在我离开家乡到东莞工作的那一年，发生了一件影响我人生归属感的大事。合水水库加固扩容，导致水位线上升，我所在的村庄地处水库上游的低洼地段，全村被迫迁移。就这样，我成了失去村庄之人。"客家人很讲究认祖归宗，但移民把我割裂成了无'根'之木、无'源'之水，这在情感上是一种锥心刺骨的痛。"为了铭记自己的"根"，我将村里陈氏祖祠的堂名"颍川堂"移植到小说里。于是，"颍川村"成了我小说中的地域符号和精神胎记。

张：小说里面的打井人、酿酒女以及老老少少都有生活的影子吗？虚构的成分有多大？感觉这个时期你的很多小说如《祖魂》有点接近散文。

陈：小说中的打井人、酿酒女等都是虚构的文学形象，几乎在生活中没有影子。这涉及一个生活真实和文学真实的话题，在此就不赘言了。《祖魂》是一篇短篇小说，可能有散文化的倾向。

张：2015年以后，你小说里的人物基本转换成了形形色色的城市边缘人，用现在的说法就是草根、自由职业者，用前人的说法就是"贩夫走卒""引车卖浆者流"，从你的小说能感受到我们身旁生动鲜活的城市生活和疲于奔命的芸芸众生，你何以对社会底层人物如此情有独钟？

陈：是的，这些社会底层人物大多是来自异乡的打工者，他们远离故土，却不断地回望来路与皈依家园，难以割舍与原乡根深蒂固的情结。这种情感成为他们在异乡打拼的潜在力量，他们一方面怀想故园，另一方面又想方设法融入城市，渴望被城市接纳和认同，但现实的种种磨难、吊诡、纠缠、不测甚至荒诞，让生命个体与城市如油入水若即若离，这种矛盾心理使他们对城市缺乏身份认同和精神联袂。城市社会转型期的客观因素，让他们既爱又恨，既温暖又淡漠，既遭罪又受宠。这样现实与梦想形成的旋涡往往成为我关注的焦点，我从而塑造了诸多渴求城市认同又不得不与命运斡旋、抗争的小说人物。

张：你在乡村题材的小说中基本是线性叙事，比较朴素平实，在之后的城市叙事中开始有了叙述手法的自觉，对叙事视角、悬念设置、结构安排等形式方面有了更多的考量与实践，也更体现了现代小说对内容与形式的要求和期待，这是厚积薄发还是有其他什么契机？

陈：我想与自己的阅读面有关。在东莞工作期间，我的阅读视野有所延伸，除读国内小说外，还读了大量国外作家的小说，如福克纳、卡佛、马尔克斯、福楼拜、加缪、略萨、奈保尔、塞万提斯、卡尔维诺、博尔赫斯等。读他们的作品，未免有囫囵吞枣和浮光掠影之嫌，却无疑拓宽了文学视域，强化了自己从传统写作向现代写作过渡的自觉性，尽管还停留在模仿阶段，但为丰富和尝试新的叙事手法提供了颇有裨益的启示。

059

张：视角转换这样的艺术手法可能是从日本电影《罗生门》开始为大众所熟悉。2014 年在写《只为你嫣然一笑》时，你尝试了三部分用三个人物的视角来写，后来 2015 年你接连写了《语言隧道》《暗物质女人》《嚣声》，都是采用这样的转换视角，这样能使读者对同一事情有着多重考量和立体透视。你这是有意识的手到擒来还是无意识的得心应手？

陈：写作《只为你嫣然一笑》时是有意识采用多重视角叙事，后面几篇重复了这种叙事手法，有点陷进去出不来。当时是看了福克纳《喧哗与骚动》之后的一种尝试，福克纳采用内视角和全知视角相结合的叙述手法，让人脑洞大开。其实在中国小说里这种手法早已屡见不鲜，但在我之前的小说创作中，没有用过这种叙述方式，受此启发便进行了尝试。

张：在《幸福的鼻子》里你是以父子二人的视角来写，父亲的视角还有前后两部分，为什么不用儿媳孟小迪的视角写一部分，当时是怎样考虑的？

陈：孟小迪作为小说要表现的问题焦点，我想用父子二人的视角去切入，也许会让问题更为完整地"浮出水面"。

张：我个人觉得在《暗物质女人》里采用三个男人的视角来写，区分度不是太高，对于唐可妮这个神秘女人，一个非常喜欢，一个有点喜欢，一个说不清楚喜不喜欢，三人只是程度上不一样，并没有本质上的区别，再加上三人都是混迹夜店的自由职业者，所以读起来三部分有点欠缺一些识别度，不知这算不算我的偏见？

陈：你洞若观火啊。《暗物质女人》这个小说还需打磨，现在看来还是个半成品。我想小说家都是需要经历这样一个摔摔打打的过程，才会让写作变得更加成熟。

张：有些小说在悬念设置上颇见匠心，如《放鸟归林》里开始写了银环蛇酒、老鹰酒、胎盘酒，结尾写了一个细节，就是伤心的庾苹和阿龙为了能见到自己死去的孩子，用白酒将死去的三岁小男孩泡在大鱼缸里，有点惊悚。情节步步为营，气氛层层推进，悬念环环相扣，既是意料之外，又在情理之中，能给读者带来巨大的心理冲击与满足，这有点类似相声里的抖包袱或网络热词"梗"。你做这样的设置有受到生活事件或阅读的启发吗？

陈：基本没有，就是在情节推进中，基于人物形象和主题表现的需要进行设置的，在构思时可能完全没有规划这个情节，但在具体创作中自然而然跳出，然后就顺手而为。

张：在一些小说里，这种戏剧感或悬念设置更多体现在人物的关系和身份上，一般是到结尾才真相大白，有点类似欧·亨利式的结尾，如《放鸟归林》里的詹令锋是鸟人俱乐部幕后老板，《悬空》里使徐惠霞生下孩子却不愿负责的男人正是那天买整车柚子的老板，《素身人》里被碰瓷的飞机头正好是老头常海岸的儿子，《语言隧道》中的柳秀才就是蔡晓芸的丈夫颜通，《母油船鸭》里的食神正好是沈师傅走失多年的孩子等。这种欧·亨利式的结尾或精巧的人物关系设置会花费很多的构思时间吗？还是有时会边写作边灵光乍现？

陈：两者兼有吧，属于处心积虑的构思和灵光乍现的结合物，我想很多小说作者都会有同感。这种人物关系设置，在小说创作中有时是人设，有时却是水到渠成或机缘巧合。

张：我阅读过一些本土小说，总觉得人物塑造得不够真实，人物立不起来，有点概念化，人物不是太完美就是太高大，可能我阅读面比较窄，以偏概全了。

陈：我对小说首先比较看重语言。汪曾祺说，写小说就是写语言。因为语言就是情感、精神、思想的综合体，语言成为决定小说成败的第一要素。语言讲究，才能吸引读者往下读。"这篇小说写得不错，就是语言差一点"，这个说法是不成立的。语言要先过关，然后才是小说情节的设计、小说人物的塑造、小说立意的确立等。本土的小说，很大一部分在语言上不过关，语言有问题的小说，其叙事结构、表现手法、人物塑造可能也好不到哪里去。这也许是我的一个偏颇认识，所以我一看小说开头，语言不行的话，便几乎丧失了读下去的欲望。

张：有同感。语言的重要性当然是毋庸置疑的，我们不是常说"文学是语言的艺术"吗，再宏大的作品都是由一个一个词汇和句子组成的，遣词造句既可见作者的功力，是创作个性的具体体现，也是文体与风格的组成要素。各种形式主义文论更是将文学语言的语音、语义和语法作为文学的本体来研究。除了语言层面，这是不是也和作者对人性人情的理解与把握有关？客家人可能受传统文化里的儒家人性论影响较深，认为"人性本善""人皆可以为尧舜"，这样的推定更多的可能是理想，而不是现实。

　　陈：是的，对人性人情的理解和剖析是小说要着力表现的焦点。但语言不行的话，哪怕小说对人性人情挖掘得足够深刻，也是缺乏感染力和表现力的。比如某个人有思想，就是语言表达能力弱，那么其思想也不能很好地传达出来。如果这个人有很强的表达能力，他的思想和情感会得到充分的释放，无疑能让更多受众理解，从而拔高他受众心目中的形象。在具备写出成熟小说条件的同时，有无对世界的看法和思考，决定一个作家能走多远。

　　前面说过，传统文化有其资源优势和价值根基，但固守传统，便是一种抱残守缺。我们既要守望传统，又要尝试创新，尤其是对于文学创作，不创新还叫创作吗？日复一日地重复固有的形式和手法，它就成了复制品。但是，创新的确不易，而我们要有创新意识。对于更多的作家来说，创新也许是缘木求鱼或无功而返，但有益的尝试，总会让阳光照进你的创作。

　　张：对小说语言的要求应该来自一小部分比较专业的读者，一般读者可能更关心故事情节。理想小说的状态当然是内外兼修，如果不能两全，小说的第一要义可能还是立人，还是讲故事，只要能把人物塑造得活灵活现，能把故事讲得跌宕起伏，体量足够大，语言粗糙一点，叙述拖沓、啰唆一点，好像并不影响其口碑与成就，甚至还能获得国内的最高文学奖：茅盾文学奖，如一些大家耳熟能详的"陕军"作品。说到体量，曾有批评家质疑鲁迅先生的文学成就与地位，理由之一就是他没有写过一部长篇。你对下一步的创作有何打算？有没有想过尝试写一部长篇？

　　陈：在写了一系列中短篇小说之后，我尝试去写长篇《彼岸岛》，现在已经到了敲定出版社以及协商封面等阶段。一部短篇尚且要花不少时间构思，何况一部长篇，轻易动手很可能铩羽。

二、长篇小说对谈

张：祝贺主席的第一部长篇小说《彼岸岛》即将出版。具体是哪一家出版社？这好像是你的作品第一次涉及历史题材？

陈：谢谢教授，其实小说创作期间您和其他师友提了一些有见地的意见，切中肯綮，使拙著规避了一些逻辑关系、艺术表现、文史考证等方面的问题。这部长篇由广东阅客文化发展有限公司以本版书的形式策划出版（无需作者承担任何费用），目前正在按相关程序推进中，该公司介绍选用的是中国言实出版社。这部小说不完全是历史题材吧，至少在创作时不是当作历史小说去写的，我就是想写一部与"客家"和"下南洋"两大元素有关的小说，这就涉及了客家、华侨、历史、经济、地方文化等多个维度。小说根植大历史背景和客家民间生活图景，讲述一群客家人背井离乡"下南洋"的故事。与我之前的创作以城市题材为主不同，这次是将20世纪20年代末至40年代中期的粤地侨乡和印度尼西亚地区作为两大写作场域，实在有点冒险。

张：大作更靠近新历史小说，以第一人称开头和结尾，叙述个人主观视角下边缘底层人物的小历史，人物基本都是普通百姓，用你常说的话就是有烟火气。大作和陈继明的长篇小说《平安批》在"下南洋"题材方面似乎有点撞车，都是讲述华侨文化和家国情怀。不过区别还是很明显，大作还是一以贯之的底层叙事，大背景小历史小人物。《平安批》里的郑梦梅是成功的企业家，而《彼岸岛》里的陈嘉木是一个不论在事业还是感情方面都谈不上成功的"打工仔"，这可能更符合历史真实。"下南洋"的人如过江之鲫，但成功人士毕竟是凤毛麟角，大多是默默无闻甚至命丧他乡，也可能终老异域。作为"水客"，陈嘉木虽然在南洋与唐山之间来回穿梭，送批兢兢业业，但收入始终捉襟见肘，赎回执壶是拆东墙补西墙，赎回鹌鹑玉最后还是靠仗义的老板杨板寸。不管是城乡叙事还是历史叙

事，你都坚持底层叙事和民间视角，这是有意的坚持还是无意的重合？

陈：前面说了，我创作时并没有刻意朝历史小说的方向去写，这部小说的历史意味并不太浓，我更强调的是文学意味、人性纠葛和家国情怀。教授说这部长篇有新历史小说的特征，我并不反对。创作是一个既想自我封王却又难以自主把持的过程，写出来后小说长成什么样子，往往作者也很难左右。既然《彼岸岛》长得有点像新历史小说，那也不是坏事。这个标签可能会成为助推新书发行的一个噱头。之前读过陈继明老师的《平安批》，确是大家手笔，篇幅所限，不展开来谈。底层叙事和民间视角是我多年来一直坚持的创作路径，那些"从尘埃里开出花来"的人，在生命谱系上也许可以忽略，但在精神谱系中却是一个个耀眼的存在，他们向这个喧嚣、焦灼、脆弱、惶惑的世界传递不一样的生命信息和气场，这恰是我们这个时代所需要的维生素。从这个角度来看，很多有韧劲、有守望、有格调的"小人物"都是值得铭记和张扬的。叙述对象是成功人士也好，小人物也罢，只要当作真实的生命体去书写，我想都会引起读者的共鸣。

张：大作以第一人称＋第三人称的视角叙述，从时间上推知，"我"舅舅的婚事和"下南洋"做"水客"的故事应该都是"我"听说的，因为当时"我"还未出生，道听途说的家族历史自然迥异于那些通篇以上帝视角写成的历史小说。比较而言，大作与新历史小说的意旨和风格相契合，写的都是听说的、想象的、个人的家族历史，因此有些事情就可以打马虎眼。但执壶的事情好像有点不清不楚，连嘉木对自己母亲的说法也充满了疑问。我觉得执壶的悬念可以给读者一个清晰交代，否则读者心里的石头始终是悬着的，不落地，难受。悬念的解开也是一种对读者的精神犒赏，否则读者会失望或不满，努力把小说看完竟然没有解开最大最关键的悬念，可能会有上当受骗的感觉。

陈：本意是设置一个开放式结尾，以模糊化处理、多元化表现来强化艺术性，营造一种似是而非的效果。毕竟小说创作不是破案或论证，开放式结尾更有利于拓展艺术表现空间，适当远离读者的预期心理。这是现代小说常用的写作手法，力求与传统小说区别开来。传统小说更倾向于唯一、肯定式结尾，而现代小说更多以发散思维介入，往往不会模式化地给出读者想要的答案。在此引用余华和希利斯·米勒关于小说结尾的说法。余华认为：理想作品的结尾应该既是结束同时又是开始，别人感觉又没有完全结束。而希利斯·米勒认为：真正具有结束功能的结尾必须同时具有两种面目：一方面，它看起来是一个整齐的结，将所有的线条都收拢在一起，所有的人物都得到了交代；同时它看起来……我觉得结尾应有某种未完成性，不要试图给出一个答案、一个终局。

    张：嗯，这些名家说的都是结尾的结旧与续新，很多现代文学作品都有这样的开放式结尾。这里的主要问题在于外婆是个很有心机的人，她的话大舅都不完全相信，读者肯定是被带着走的。当然放在新历史小说的框架里这一切都不是问题，而是特点。再追溯一下，这时候其实还有个人是听到过两个国民党军官和"我"外婆对话的，就是"我"母亲嘉心，她还以此为筹码逼迫母亲同意自己学戏和成亲两件大事，改变了自己的命运。"我"外婆去世后唯一知道真相的就只有"我"母亲了，从逻辑上讲，"我"母亲应该会把听到的对话告诉"我"，让"我"知晓外婆说的是不是真相，毕竟一面之词、孤证不立，但好像小说里没有交代。

    陈：这跟上一个问题类似吧，公安侦破案件讲求线索的唯一性，而文学创作是敞开式的。生活逻辑与小说逻辑有区别，从生活角度去理解的话，"我"母亲多半会把真相告诉"我"，但也不是绝对（教授说的真相是指执壶的权属人不是"我"外公还是指执壶的身世来历？如果是后者，"我"母亲嘉心是不一定知道真相的，她只是知晓执壶的真正主人不是"我"外公，国民党军官找上门来后答案才水落石出；至于执壶的身世来历，小说并未提及嘉心是知情者）。而从小说逻辑去解读，如果"我"母亲知道真相也完全可以不告诉"我"，因为"我"母亲跟"我"外婆一样

也是有心机的女人，何况这事关一个家族的命运，"我"母亲有责任保密，而不是将所有秘密都袒露无遗。

张：是的，有新历史小说的概念来兜底，这些地方都顺理成章，就是不知普通读者能否理解？再吹毛求疵一下，就是与精明的外婆相比，"我"大舅嘉木显得太厚道了，做"水客"尽心尽责当然是职业要求，明知风险大还数次替谢企南垫钱送死批沉批，最后要不是老板杨板寸仗义，当铺里的鹌鹑玉就成了死当，岳父的灵魂便没有归宿了。这好像有点说不过去，毕竟自己"下南洋"就是全家人的希望，怎么可以一而再再而三在谢企南身上吃亏呢？

陈：这是时代背景、嘉木的性格特点和职业道德决定的。在 20 世纪三四十年代，中国处于内忧外患的动荡时期，爱国华侨捐钱抗日的大有人在，很多还为此倾家荡产而无怨无悔，这方面可参阅张翎小说《金山》。在这种同仇敌忾的环境之下，加上嘉木这人本质厚道、实诚，甚至还有点憨，宁愿自己吃亏也不愿让别人吃亏，因而他始终在生活的贫困线上挣扎。其实这也是小说情节得以延续的一条线和人物形象变得明晰立体的一个亮面，如华南师范大学在读博士生张衡所言：巧妙之处在于嘉木始终没有发家致富，每一次的钱都来得如此艰难，散得如此豪爽大义。如果嘉木的这个特点套在谢企南身上，肯定就不成立了，因为谢企南这人重利、自私、狭隘，那就违背了人物性格特征。

张：嘉木嘉石兄弟一个宅心仁厚接近木讷，一个火急火燎像炸药，怎么都没有遗传一点母亲的精明基因，好像只有嘉心得到了些真传，可惜嘉心的戏份不多。否则母女二人可以针尖对麦芒，好戏连台，现在家里似乎是外婆的独角戏。

陈：哈哈，教授琢磨得很仔细，还抠得有点可爱。这个问题可能得交给人类基因学方面的学者去回答。在这部小说中外婆是当作主角之一来写

的，嘉心不能越俎代庖抢了戏。如果续写一部《彼岸岛2》，可以考虑增加
嘉心的戏份，将母女俩推向一个感情漩涡，掀起滔天巨浪。

张：嘉木在钱财上很大方，如在抗日募捐活动中把三头牛的钱一下捐
出去等，感觉和一个出身贫苦的穷人身份不是太相称。当然，我们没有经
历那个外敌入侵的年代，可能有些事情不能感同身受。

陈：这个问题跟前一个类似。嘉木本就经济拮据却把三头牛的钱全捐
去抗日，从时代环境和人物性格特征两方面分析是合乎情理的。

张：全书12章，但嘉木回梅州大概有7次，分别是4.1、6.1、8.1、
10.1、11.1各一次，12.2两次。虽然每次都事出有因，特别是做"水客"
后，好像回来很简单，像从广州回来一样。

陈：据梅州文史专家介绍，"水客"每年跑大三帮小三帮（大三帮指
的是端午节、中秋节、春节，小三帮指的是这三个节日之间的空闲时间），
每年跑六趟基本成为常规。

张：我开始以为你会把兄弟俩安排走上国共两党不同的道路，没想到
走的是一条道路，虽然一明一暗，但有点异曲同工，殊途同归。这样的情
节设计会不会缺少了点张力、冲突及悲剧性？

陈：教授说的这个情节设计方式在梅州本土的一些戏剧里已使用过，
我不想亦步亦趋，便绕开既有的模式和套路，去尝试一种貌似趋同的极为
考验表现张力的方式。但事实上，嘉木和嘉石兄弟俩不同的性格特征为情
节推进和人物塑造提供了足够的支撑力。他们是终极目标一致的两类人，
一个为人厚道，一个鲁莽勇武，恰恰是这两种性格，在同质化的表现难度
中挖掘出了异质，对写作提出更大的挑战。

张：另外就是嘉木和潘香玉的感情好像有点过于追求洁净了，似有人

工斧凿之嫌。其实我们都觉得两人发生关系甚至同居是水到渠成顺乎自然的，对嘉木的形象塑造也不会减分，大作最后的处理好像让读者觉得嘉木在感情上有点慢热，这不太像你在城市题材小说里的风格。

陈：嘉木和潘香玉的爱情冰清玉洁，从三方面来分析也是合乎情理的：一是符合嘉木性格特征，二是符合他的身份（有组织的人），三是符合他已婚的事实。虽然像谢企南那样在唐山有结发妻，在印度尼西亚再娶个南洋婆的大有人在，这已成为普遍事实，但嘉木因为其性格和身份，决定了他不能走大多数人的路子。这也体现了小说的个体生命体验意义，而不是以从众心理和方式去理解小说人物。更何况身处乱世江湖，男女之间的感情更多是华人之间的惺惺相惜，在印度尼西亚同是讨生活的苦命人，过于强调浪漫反而弱化人物形象。

我在创作时其实并没有刻意回避嘉木和潘香玉的爱情发展这条线，如果未发生潘香玉以身殉海的悲剧，两人必然会走到一起，他们在回印度尼西亚的船上已经耳鬓厮磨，要不是在丹戎不碌港潘香玉被林老板好心带回思成潮绣行，他们回到嘉应批馆定会水到渠成地发生关系。可惜后来潘香玉遭藤健太郎阴手，两人从此阴阳两隔。眼看生米就要煮成熟饭，正是这"临门一脚"，导致一场颇为感人的爱情戛然而止。

张：小说里反复出现的纸鹤和白鹭意象颇有表现主义的意味，给贫乏的现实插上了想象的翅膀，给平凡的生活增添了几抹诗意，也与手记体小说的定位非常吻合。另外正文切口处设计一个日志板块很有创意，类似旁批，有创新，在形式上增加了一条内心成长的暗线。我看了大作定稿电子版，那些独立于小说正文的日志基本是事后反思、追问和感叹，冀与正文形成一种互相呼应、阐发和补充的互文关系，契合手记体小说的风格，希望读者能接受，市场能买账。

陈：这是按图书策划人的设想增加的，本意是以主人公日志的方式增设一条辅线，从体例上创新，以区别于传统出版模式，寻求更好的卖点。

同时表达人物内心成长，有助于小说主旨的深化。这也是策划人进行图书出版探索的一个思路，不妨一试，效果如何就只能交给市场了。

张：希望早日读到你的大作纸质版。你回梅城上班已有半年，感觉和以前在梅州上班有什么不一样吗？是不是觉得又回到了慢生活？

陈：以前在兴宁上班时前半部分时间是教书育人，后半部分基本从事公文写作，现在重新回到故乡，从事的却是自己喜欢的文学事业，算是符合自己的人生规划和理想追求吧。相对来说，这种节奏比较舒缓，不能说是慢生活，工作上仍然有一大堆事务要处理，创作上也面临新的压力和挑战，但至少让我摆脱了一种无形的枷锁，希望以后能这样云淡风轻又抬头望月地走下去。

张：近现代历史上，梅州文学名家辈出、群星璀璨，如黄遵宪、丘逢甲、李金发、蒲风等，他们在文学史上有着不可取代的地位。但当代以来梅州在文坛的声音似乎逐渐边缘化了，这可能与地处山区，文学创作的天时地利好像都不具备有关，你如何看待当下梅州文学创作的局限与问题？

陈：这是个现实而又尖锐的问题，可能会得罪不少人，但问题不亮出来，梅州文学就会故步自封。之前在一些场合我也提到过，梅州文学具有非常优良的渊源和传统，您在上面提问中说到的一大批文学名家，就是很有说服力的例证。但是当今的梅州文学，在全省除诗歌、网络文学占有一席之地外，小说、散文等的创作都比较疲软。这与梅州地处山区有一定关系，但不是决定性的，更重要的是很多作者的阅读视野窄小、文学理念落后、思维格局狭隘，加上文学批评和文学教育力度欠缺，这造成了梅州文学生态不均衡、现代意识淡薄的现象。而且很多作者常年受制于短平快的写作模式，他们中的一些人本身具备很好的思维能力和思想表现力，但短小的叙述限制了其思维空间和思想表达，时间一长，形成了一种写作方向的偏离，以致不具备冲刺大题材和进行宏大叙事的创作实力。

我 11 年前离开故乡，当 11 年后重回梅州时，发现一个让人诧异的问题，大多数人仍然坚持他们认为适合自己的写作理念和方式，未作本质的调整和改变，以致很多人没有一篇作品可以登上副省级文学期刊，依然徘徊在报纸副刊和地方小刊物上。他们从来没有或很少怀疑自己，走不出或不想走出写作的舒适区，以致局囿于狭隘的思维模式。"只有适合自己的才是最好的"，这句话成为大多数人自欺欺人的幌子。你不去尝试，又怎么知道另一种表达方式是否更适合自己？缺乏怀疑精神和现代意识，是当下梅州文学最令人担忧之处。如此，很多人便不会调整写作方向，更遑论文本品质、文学精神和思想向度。

张：确实，否定自己、突破瓶颈很难，待在同温层是最舒服的。你觉得和其他地市如东莞相比，我们差距有多大？走出"围龙"的可能路径在哪里？期待梅州文学终将走出"围龙"，再创辉煌！

陈：梅州和其他地市如东莞相比差距较大，具体就不展开说了（古体诗和现代诗除外）。梅州文学如何走出"围龙"？我想，必须摒弃小圈子意识和地方名人意识，要有大格局、大胸襟和大追求，充分挖掘具有梅州本土特色的客家题材、生态题材、侨乡题材、乡土题材等，立足自身资源优势，站在历史和当下的双重视角之下去作兼具精神高度和思想深度的考量。对认准的题材，通过长篇小说、中短篇小说、大散文和现代诗等体裁去呈现，才能提升一个地方的文学高度。希望更多的青年作家、诗人肩负起振兴梅州文学的责任和担当，真正走出小我，迈向阔远，形成"百家争鸣、百花齐放"的格局，经过时间的积淀，每个文体都有扛旗之人，从而影响带动一批具有潜质和文学追求的作家、诗人。如此，梅州文学便是可以期待的。

（2020 年 8 月 5 日改定）

第二章　谢友祥：南粤小朝廷与学者型写作

第一节　《南汉国传奇》：太监王国的欲望悲歌

谢友祥的小说《南汉国传奇》①描写的是发生在南汉国最后两年里的一段传奇之旅，讲述一个小伙子冒死假阉并全力营救蒙冤入狱的父亲拜把兄弟的传奇故事。人性欲望不外乎权欲、物欲和色欲三类，下文我们就跟随作者的生花妙笔与瑰奇想象来一路领略《南汉国传奇》里的欲望悲歌。

一、欲望的逻辑

南汉后主刘𬬮登基之初，启用"二金刚"钟允章和胡宾王，力图改革除弊开创新局，但刘𬬮很快失去革故鼎新的热情，并且把已被逐出宫廷的阉党头目龚澄枢召回委以朝政，中书舍人兼知制诰胡宾王愤然辞职，弃官归里，隐居韶州山林，专心撰写《南汉志》，书成后把其中一本转交给仍在朝廷的左丞钟允章。没料此书竟成黑锅，阉党以之为钟允章亲撰的罪证，于是钟允章被冤枉抄家入狱。胡宾王执意要飞蛾扑火营救好友，胡宾王之子胡琏临危不惧，毛遂自荐替父出征。于是，告别新婚晏尔的妻子素馨，胡琏就此展开一场以科举为名、以营救钟允章为实、融血腥宫斗与浪漫传奇于一体的兴王府之旅。

---

① 谢友祥：《南汉国传奇》，广州：广东人民出版社，2017年。

五代十国时期的南汉国可谓宦官干政中一个极端的典型案例。南汉国（917—971）乃地方割据政权，都番禺（今广州），管辖两广及越南北部部分地区。其被后世所记住的，可能主要就是那举世无双的太监制度与太监数量了。"学会文武艺，货与帝王家"，自古皆然。但在南汉国，凡想仕进做官，都得先阉割了再说，这真是闻所未闻。《新五代史·南汉世家第五》记载南汉后主刘钅长立下的规矩："群臣皆自有家室，顾子孙，不能尽忠，唯宦者亲近可任。"因此"凡群臣有才能及进士状元，或僧道可与谈者，皆先下蚕室，然后得进"。阉刀所指，虽进士、状元、僧道不能免。这样一项"学而优则阉，阉而活则仕"的奇葩国策，遂使南汉国被钉上了历史的耻辱柱。

"无家无室，无嗣无后，因而无私念，堪托以国"，于是南汉国男子的净身风气甚嚣尘上，朝廷上下就成了太监的天下。不但皇宫里用阉人，而且大小官员都得阉了才得以任用，甚至自阉投机的地痞流氓都被任用，而不阉的读书人就不得任用或至多担个虚职，甚至会成为阉党排挤打击的对象。君王不仁，以百姓为刍狗。南汉人就此走进了这么一个"欲做官宦先做宦官"的逻辑怪圈。无嗣无后就能无私无欲？就能全心全意为皇家服务？私心杂念是否能一阉了之？权力真能如此任性？对人性欲望的分析、推断与处理竟能如此简单粗暴？

二、任性的权欲

滥觞于隋唐的科举考试本是为国家选拔人才，但南汉的科举考试完全变质，只要贿赂送礼就能榜上有名。胡琏因为送了一对稀世珍宝"孟尝之珠"给主考龚澄枢而荣登榜首，但要被任命为掌刑太监还得在寺人院待几天，装模作样通过副主考、也是胡宾王故交的郭崇岳安排好的假阉这一关。"在南汉国，掌实权的，大也罢，小也罢，大多数都是宦官。"出了寺人院的胡琏基本上为阉人所包围，围绕在皇帝身边的太师龚澄枢以及龚太师的左膀右臂郭崇岳与陈延寿自不用说，侍从古仔、副掌刑潘公公、牢头都是清一色的阉人。而同场考友，也是阉人的高节与夏传，名字就颇具讽刺意味，因为高节无节、夏传不传。据《资治通鉴·后周纪五》记载，南汉后期在册的太监多达两万人之巨。如按小说中的人口估计，全境人口约四五十万口，太监占比则高达4%～5%，南汉乃名副其实的"太监王国"。即使与拥有十万太监的明朝来比较相对数目，大明也只能瞠乎其后。据云北宋名将潘美杀入南汉都城兴王府时，单单斩杀阉匠就有500多人。

政治的核心是权力，小说中的主要人物似乎都是为权力而生。中宗刘晟当年就是弑兄篡位，继而尽杀诸弟15人。后主刘铱虽然不理朝政，但对于可能觊觎帝位的几位兄弟防范甚严，一上任就仿效乃父，先对一个兄弟下手，杀鸡儆猴；其他三个弟弟乖乖俯首称臣，谄媚表忠，才免遭荼毒，最小的番禺王还做了御林军名义上的统帅。为了加强自己权力的合法性，宣扬君权神授，利令智昏的刘铱重用宣称当今皇帝是玉帝太子下凡的女巫樊胡子，而事实上樊胡子只是太监陈延寿敬州（宋以后改名梅州）老家的一个装神弄鬼、以画符咒水骗钱谋生的神婆而已。外廷宰相陈守中和外廷太尉王琦贪名贪位，为了保住自己的鸡肋位置而屈尊侍奉樊胡子登坛做法，丑态百出。

至于对大权在握的太师龚澄枢，后主刘铱也是防贼一样防着。龚澄枢胡作非为没关系，但他必须天天来觐见，还得随传随到，不得走出兴王府半步。龚澄枢前倨后恭，在"清除异己宦官时从不手软"，他"曾唆使皇帝诛杀邵延铝，使人砍却吴怀恩，逼死潘崇彻"，后又醉杀李托。龚澄枢因拥有了"孟尝之珠"而欲图早点过把皇帝瘾，而郭崇岳和陈延寿则觊觎着龚澄枢的第一权臣之位。在胡璇顺风顺水做了太师后，郭崇岳则幻想着这位世侄能扶自己登上帝位。在胡璇被俘后，陈延寿挤掉郭崇岳，把刘铱架空，做了南汉国事实上的掌权者。

孟德斯鸠曾在《论法的精神》中说："共和国需要品德，君主国需要

073

荣誉；而专制政体则需要恐怖。"① 南汉国的统治基础除了女巫樊胡子描摹的君权神授之外，就只剩下恐怖的刑法了。对于违法乱纪者，南汉国的酷刑、虐杀可谓名目繁多、应有尽有，刑法之惨绝人寰可以与商纣王一决高下：什么挖目剜舌、烘炙水浸、刀山火海、烧煮剥剔、斗蛇搏象等一应俱全。行刑之日，刘铱还喜欢带领嫔妃与亲信在楼上一边饮酒作乐，一边看得手舞足蹈，不似人君。胡璉就被迫陪刘铱观看过人象战、蛇乐山等虐杀场景，自己被俘后还在荔园子斗兽场战败大耳夫人（即大象）。刘铱还御手操刀，好亲剥人头皮。既然把百姓当任意宰割的家奴，官府又防民之口甚于防川，百姓动辄得咎，只得道路以目，殷盼北方的明主青天早日南下。自汉以降的统治者皆尊奉的"阳儒阴法"统治术，已然蜕变成了图穷匕见、天怒人怨的"罢黜儒家独尊法术"，不过是这里的"法术"，既指女巫樊胡子的装神弄鬼，更指动辄得咎的严刑酷法。

小说中韶州守将李延琪曾大义凛然地说："汉国之帝或可恕，群宦必诛，殄灭丑类。"这其实与宋将潘美斩杀阉匠一样，把问题简单化了。没有南汉之君，何来群宦？没有宦官制度，哪来的宦乱？覆巢之下，焉有完卵？历史在循环中往复，百姓在桎梏中挣扎。在既有的专制传统里，所有的人都是受害者，所有的吟唱都是悲歌。而刘龑之泽，三世而斩，也就不足为怪了。

三、物欲与色欲

南汉开国之君高祖刘龑，临死时对子孙很不满意："奈何吾子孙不肖，后世如鼠入牛角，势当渐小矣。"一语成谶，后世果然一代不如一代。到了后主刘铱时他不但不理朝政，而且玩物丧志，喜用珍珠装饰宫殿，极尽奢侈之能事，"刘铱本人有多物质，他办公的地方便有多物质"，其寝殿有三大特色即"地底通、柱子空、四沟红"，穷奢极欲，可见一斑。而其乳

---

① ［法］孟德斯鸠著，张雁深译：《论法的精神》，北京：商务印书馆，1961 年，第 8 页。

母七圣母卢琼仙的鹧舌之羹"只吃舌尖，一羹须杀上百只鹧哥"，"吃鲤仅取那两根长须，吃鲔仅取双唇，吃禾花雀仅取那颗小小心脏，吃笋仅取剥到尽处至嫩一芽"，暴殄天物，无以复加。她平时敛财，只进无出，"年年以生日为由，敲剥官吏及地方，贪渎无度，积财海量沙数"，也正应验了"天之道，损有余而补不足；人之道，损不足以奉有余"的《道德经》名言。

古代有很多不务正业的皇帝，如球迷唐僖宗，千古词帝李煜，书画家宋徽宗，木匠明熹宗。而后主刘铱心虽不灵，手却很巧，善于编结一些工巧的工艺品。如小说里写他用珍珠编结鞍勒，没编好的时候，经常随手用这个半成品来打人，"抓起他串缀的玩意砸向龚澄枢，砸在他头上，高冠应声落地"。而编好后的双龙珠鞍据说"堪称一绝，足以传世"，连宋太祖赵匡胤看了都感慨："刘铱好工巧，习与性成，若能移治国家，何致灭亡。"而为了采到深海优质珍珠，"官吏总是让采珠人在水下尽量待得再久些，死亡率自是节节攀升"。珠奴数目最多时达 3000 人，采珠的"疍人一有机会便逃亡，多数在营地附近被打死，或被捉送兴王府狱受最严厉的制裁"。

以刘铱为首的南汉官僚挥霍无度、入不敷出，于是只得巧立名目，横征暴敛，敲骨吸髓，竭泽而渔。如凡入城者，皆得纳一个铜钱，"先在都城为之，很快就推广至所辖全境各府州县"。小说开局就详细描述了胡琏进兴王府时被敲诈勒索的一幕，胡琏初出茅庐，血气方刚，还爱打抱不平，结果不但被连拿带抢、掠走了四锭银子，还差一点被挖眼割舌。小说后半部叙述了阉党们最后的疯狂：抄家刘铱乳母卢琼仙，洗劫暹罗国海船，抢夺域外番坊，最后连汉家富室皆不能免。统治阶层的丑恶本性暴露无遗。

刘铱荒淫无度，三十来岁就掏虚龙体，虽说"权力是最好的春药"，但到刘铱这里也不灵了。刘铱于是病急乱投医，一度非常依赖樊胡子随口胡诌的太上老君乌丹与自己腋下所生的仙瓜。身为堂堂君主，其色欲的口

味之重，无人能敌，格调低俗得令人咋舌与不齿。

在风雨飘摇、战乱不断的南汉国末期，有情人难成眷属，美满的婚恋似乎是一种例外。在小说里没有出现一首有始有终的爱情协奏曲，有的只是各种不太圆满的爱情变奏曲。胡宾王夫人甘愿自焚去陪同先逝的夫君，同时以一种决绝的姿态成全后人的撤离。因为地理阻隔与音信中断，天各一方的胡琏与素馨（与刘铢已死的爱妃同名）之间的爱情有始无终，胡琏与救了自己的鳗娘在一起了，素馨则为了报仇而委身于马行远，马遇难后，素馨出家为尼，令人叹惋。高节与大燕的爱情曾经轰轰烈烈，差一点就是一个才子佳人的故事，但高节重利轻情，自愿阉割以开仕途，大燕也就成了另一个自尽的"杜十娘"。而杰仔与瑞香一波三折的爱情看似有始有终，但瑞香短暂的变心以及后来的遭遇却更令人同情与唏嘘。

四、现代启迪

读罢《南汉国传奇》，掩卷沉思。笔者既被故事的跌宕起伏、荡气回肠吸引，又为主人公多舛的乱世命运而叹息，更为作者运斤成风的不羁才情所折服。读者在读到胡琏臻于完美的道德与过于戏剧化的人生，以及因辅助胡琏而常常神出鬼没、神机妙算的夭夭时，或许会联想到鲁迅在《中国小说史略》中评《三国演义》的譬喻之话并代入，即"显胡琏之长厚而似伪，状夭夭之多智而近妖"。这其实是作者从上一本岭南传奇小说《血日苍茫——太平天国在南方的最后一个传奇》就一以贯之的"英雄情结"的审美呈现。将"传奇性艺术化和放大"以获得"高度故事性与可观赏性"，这无疑是对一段传奇历史之大善大美、大丑大恶的匠心营构与想象性把握。

如果不是阅读《南汉国传奇》，相信许多读者与笔者一样，真没太关注在岭南大地上还存在这么一个维持了半个多世纪且唯一被正史承认的南汉国。与另一个南粤小王国南越国（约前204—前112）相比，南汉国的百姓口碑"仆街"，统治者政绩乏善可陈，而其残暴与荒淫却罄竹难书。

历史自有公论，公道自在人心。现在关于南汉国的研究资料寥寥可数，而反映那段历史的文艺作品更是一片空白。历史用无情的数字充分说明了后世对待这个荒唐小朝廷的情感态度。200 年前，清代嘉庆年进士、嘉应州人氏吴兰修撰写了一部简明而权威的《南汉纪》；200 年后，大埔茶阳人氏谢友祥教授创作出该领域的第一部历史小说《南汉国传奇》。两位梅州乡贤一史一文，一简一繁。一个讲究"无一字无来处"的钩沉稽古，发微抉隐，一个是史诗般的艺术虚构与天马行空的想象，引人入胜，但都寄寓深刻，发人深省。二人在各自领域留下了浓墨重彩的一笔，筚路蓝缕，以启山林，文心汗青，传之后世。

马克思曾言："专制君主总是把人看得很下贱……哪里君主制的原则占优势，哪里的人就占少数；哪里君主制的原则是天经地义的，哪里就根本没有人了。"[1] 可以说，南汉政权为马克思的名言做了一个绝妙的注脚。中国古代官僚机构变化的轨迹是"皇帝总是把大权交给身边的亲信侍从，以取代皇室以外庞大的官僚机构"。南汉国的宦官扩编可谓又一次荒唐而任性的血泪实验。不管如何，由无节制的人性欲望肆意演绎的那段历史早已落幕，而不把人当人的身体阉割刑罚也已经一去不复返了。在我们还没有彻底解开人这个斯芬克斯之谜前，制度的建设比人性的改变应该更具可行性与现实意义。但如何合理平衡转型期的理性与欲望？如何避免消费时代的商品拜物教与精神去势？如何在现代制度建构中体现"人是目的本身而不是手段"（康德语）的现代启蒙价值？——这些或许就是我们应从《南汉国传奇》这曲欲望悲歌中产生的现实思考吧！

---

①　中共中央马克思恩格斯列宁斯大林著作编译局编译：《马克思恩格斯全集》（第 1 卷），北京：人民出版社，1956 年，第 411 页。

第二节 《南明王朝终局传奇》：英雄类型与旅程

一、英雄形象的概念与界定

谢友祥教授的"岭南历史传奇"系列包括《血日苍茫——太平天国在南方的最后一个传奇》①、《南汉国传奇》、《南明王朝终局传奇》②（下文简称《南明王朝》）三部小说，是作者在充分尊重历史的基础上进行的文学性创作。长篇小说《血日苍茫——太平天国在南方的最后一个传奇》以太平天国残部流亡梅州为背景，以列王洪德的经历为主线，以视死如归的群体性英雄为形象，讲述了一个悲壮的故事。《南汉国传奇》则以南汉国刘氏政权的覆灭为线索，糅合了宫廷政变、军事战争、爱情传奇等情节，通过主人公胡琏的遭遇，讲述了一段发生在岭南小朝廷的辗转曲折的离奇故事。《南明王朝终局传奇》则是以南明最后一个王朝——永历王朝的倏忽衰亡为背景，以明末清军南下广东，清将李成栋陷广州旋又反清，清平南王尚可喜再破广州而屠城为语境，以不羁名士邝露的岭南交往游历为主线，以乱世枭雄李成栋的成长反复为副线，叙述了沧海横流之际"广东三忠"陈子壮、陈邦彦、张家玉的抗清斗争事件与各色英雄好汉的传奇故事，熔铸出一个大气磅礴、恢宏壮阔的艺术世界，张扬了人间正道和常识智慧。作者将那一段段不为人知的历史和一个个拍案惊奇的故事，赋予了全新的艺术活力和想象空间，通过故事真正的载体——英雄——潜移默化地描摹特定历史时期的岭南风云与地域风情，波澜不惊地折射大小人物的沉浮命运，乱世的机遇得失与人性尽头的幽暗微妙。《南明王朝》曾获第

---

① 谢友祥：《血日苍茫——太平天国在南方的最后一个传奇》，广州：广东人民出版社，2016 年。

② 谢友祥：《南明王朝终局传奇》，北京：中国言实出版社，2019 年。

十一届广东省鲁迅文学艺术奖（文学类）；需要指出的是，这是作者第二次获此殊荣，其《客家民间歌诗对故事》曾获第五届广东省鲁迅文学艺术奖。下文拟以《南明王朝》中的邝露与李成栋为对象分析他们的英雄类型与旅程。

自古以来人们就有对英雄的崇拜情结，盘古开天辟地、夸父追日、精卫填海、女娲造人、神农尝草、愚公移山等，都体现出人类的英雄崇拜观念。每当灾难来临时，英雄都能力挽狂澜，救百姓于水火，解万民于倒悬。英雄"是一种生活在万物的内在领域，生活在真实、神圣和永恒中的人，而这些东西尽管一直存在，大多数生活在世俗和平凡环境中的人却是看不到的"①，这反映出人类在天地面前的卑微和依赖心理。因此英雄可能是气吞宇宙、豪情万丈的大将，也可能是柴米油盐、朴实无华的平头百姓，集崇高与普通于一体的英雄，既有着与普通人一样的儿女情长，也有着不辞艰险的正义感与非同寻常的高尚品质。在《南明王朝终局传奇》这部作品中，作者精心刻画了不羁名士——邝露和乱世枭雄——李成栋，围绕这两位主人公，作者分别铺就了一正一邪两条不一样的英雄成长进阶之路。在这条路上，两位英雄既按着作者设想而发展，又打破自身常规在成长。邝露在各阵营游走，努力地抗清抗恶，在战乱中尽自己最大的努力保护百姓安危，尽量避免生灵涂炭。而李成栋则先为贼盗，后归顺明廷，南明弘光时再投清人，最后反清归明，陨于南明永历，反反复复，似乎没有主心骨，但在小说三十六节开始的后半部，李成栋在邝露的游说与帮助下反清降明，治军上有所成长和醒悟，站在了历史正确的一面，虽然最终被清朝剿灭，但虽败犹荣。李成栋在后期感情上也和白面郎君张家玉一样痴心，守着小梨蕊这份真情，最后正如他逼张家玉夫妇沉潭一样，李成栋与小梨蕊自沉于桃花江。可以说，作者笔下的英雄形象，既有传统英雄的影

---

① ［英］T. 卡莱尔著，张峰、吕霞译：《英雄和英雄崇拜——卡莱尔演讲集》，上海：上海三联书店，1988 年，第 255 页。

子，又有着叛逆与不寻常。小说从始至终都充满着一股反抗强权与暴力的历史正义，而两位英雄的结局也有别于传统英雄的凯旋与大团圆结局，不再是充满喜悦、欢乐、幸福，反而带有一丝悲壮与凄婉。

二、不羁名士：邝露

约瑟夫·坎贝尔认为，"神话中英雄历险之旅的标准道路是成长仪式准则的放大，即启程—启蒙—归来，这可以被命名为单一神话的核心单元"[①]。这三个阶段在邝露和李成栋的身上表现得淋漓尽致，他们甚至超越了这三个阶段，走出了不一样的成长道路。

小说以明末清初的南明永历为背景，讲述一位26岁放荡不羁的青年邝露为了反清抗恶而在各路英豪中游说周旋、纵横捭阖的故事，从而发生了"助二乔脱籍、对三乔动心—买粮救灾—抗清合纵连横失败—进入李成栋军中策反并当无冕军师—三乔死后娶云娘—在李成栋三征赣州失败身亡后做平头百姓"的一系列事件。按照英雄成长的道路，笔者将整部小说分为三个部分，借此来梳理、总结邝露的乱世抱负和身份建构。启程，在小说中主要表现在邝露帮助二乔与彭孟阳圆了鸳鸯梦、与三乔姑娘未合而分、买粮救灾等情节上。

小说中，主人公邝露是南海县人。邝露的出场就出乎读者意料，生于传统儒家、受儒家文化教诲的"官三代"，本应是文质彬彬、汲汲功名、追名逐利的读书人形象，但现实中的邝露倒像是一位无父无君、潇洒走一回的不羁名士，与传统读书人的气质完全不同，这也注定了邝露往后的命运不是"学而优则仕"的文人式救国，而显得更具有除暴抗恶的名士风范与人文精神。小说一开始，邝露就用牛粪涂污三条凉亭麻石条戏弄知县黄熙，为了帮二乔脱籍，他去陈子壮处筹钱，说"那个情痴彭孟阳，他要替

---

① ［美］约瑟夫·坎贝尔著，黄珏苹译：《千面英雄》，杭州：浙江人民出版社，2016年，第23页。

张二乔脱籍哩，又力不从心，烦，酗酒无度，教人又恨又怜"①，而陈子壮痛快地愿意出资五千金。邝露面对春季珠三角饥荒表现出异乎常人的热情和聪慧，他在出省买粮前还去请陈邦彦筹笔善款。在此我们可以初窥到邝露是一个血气方刚但又不缺智慧的侠士，而不仅仅是舞文弄墨的书生，正因如此，才有后文邝露的游说各方，为邝露在战场上的智斗打下基础。小说中对其性格特点没有专门着墨，而是特地写了他的住处海雪堂：

> 海雪堂不算大，但前庭后院齐全，亭台粗俱，为邝露曾祖父所置。邝露的祖父还做了两任地方小官，到邝露的父亲就不肯受那个累了。他年轻时北游一趟，与湖北公安"三袁"宗道、宏道、中道兄弟盘桓半年，功名之念顿消，烟霞之癖大长，只痴迷于步山径、抚松竹，每偃息于长林丰草间，待金乌西沉，月印前溪，家境于是日益萧条，全不在意。他生下邝露两个姐姐和邝露之后去世，遗下一所房子和城外一个小小农庄，总算不至使妻儿住山洞、喝北风、穿蕉叶、盐河沙。②

由此可知，邝露有乃父遗风，在 26 岁出游四方，最后在广西瑶族女土司家做账。

启蒙，则主要围绕邝露"出游 9 年—参与三忠抗清—入李成栋军"这几个故事情节。在这一过程中，主人公的精神品格和性格特点完美地呈现在我们眼前：

> 几个月来，邝露多在陈子壮身边。在不是打仗的时候，邝露与陈子壮日则同行同坐同食，夜则同宿一榻，两人抵足而眠，每每长谈至晓。他不是陈子壮的部属，也不是幕僚，而是百分之百的知友。陈子壮需要这样一

---

① 谢友祥：《南明王朝终局传奇》，北京：中国言实出版社，2019 年，第 7 页。
② 谢友祥：《南明王朝终局传奇》，北京：中国言实出版社，2019 年，第 14 页。

个朋友，否则会寂寞，会焦虑，会躁急。①

我入广西来，所见所闻，无不令人哭笑不得，因知大明彻底覆亡断无悬念。目下金、李倡变，似有转运，我断定他们把握不住，朝中有人还根本不思把握，只见昙花一现。我原就不太信朱明有中兴之日。'物壮则老，是谓不道，不道早已。'老物其亡，何可逆也！②

在这一环节中，从这几处心理和语言描写可以看出，邝露已经成长为游说的老手，左右逢源、纵横捭阖，懂得适当进退，一路在各路军事力量间游说、意图合纵连横，抵抗强权与杀戮，并悠游在南明永历朝的政治权力中心，但凭一己之力无法回天。英雄是无法靠一己之力成为救世主的，何况他还只是一个手无缚鸡之力的白面书生。邝露当然也知道历史大势谁也阻挡不了，只能尽人事听天命，不论是被他游说的"广东三忠"还是李成栋，他们的仕途和理想都遭到了毁灭性打击，但追求正义的人文精神却山高水长、与世长存。

归来的英雄难免落寞。相比李成栋无法无天的野蛮生长，邝露更接近一个趋于完美的形象：有勇有谋、家学渊博、不卑不亢、潇洒不羁。他曾经自评：

我聪明，可也敢作敢为敢于承担；我善良，可不怯懦，内在坚毅；我珍惜生命而非舍不得命，我宽己容人而有度，我爱自在又常操闲心，我乐生于世也会有无名惆怅；我清而不激，刚而不厉，正而不严，耿介而不矜高。我就是我本身，我属于单个存在！③

对于这样的人物，本应有美满、幸福的结局，然而极富戏剧性、出乎

① 谢友祥：《南明王朝终局传奇》，北京：中国言实出版社，2019 年，第 277 页。
② 谢友祥：《南明王朝终局传奇》，北京：中国言实出版社，2019 年，第 355 页。
③ 谢友祥：《南明王朝终局传奇》，北京：中国言实出版社，2019 年，第 356 页。

所有人意料的是，游说各方虽然有所助益，但就大结局来说却于事无补。最后邝露回归平淡与平常，与云娘开枝散叶，生儿养女，延续邝家香火，过起了男耕女织的普通人生活。这也意味着小说突破了传统的英雄叙事模式，英雄不再拥有理所当然、功成名就的大圆满结局，而是存在着许多不足与遗憾。

《南明王朝终局传奇》为我们塑造了一群历经沙场的英雄群像，里面也有大敌当前绍武、永历两个朱氏皇帝大打出手与南明永历小朝廷的腐败、内耗和无所作为的群丑图，而邝露就像跳出五行之外的智者，面对改朝换代的战争与你死我活的政治权力争夺，他没有驽马恋栈的羁绊，只有明知不可为而为之的超脱与无奈，多少带有一丝洞穿世事的澄明色彩：

> 日月简朴而安闲，邝露对身外所求越来越少。沧海横流，千千万万人化为尘沙，他却完全首领，并有云娘和两个好孩儿，他万分知足。那种巨大的人道灾难，暂时不会有了，其余种种社会缺陷和生命缺陷他看得穿，笑得过，化得了，心地日趋宽静，身复安泰，总是神高气爽，而饱睡一夜之后，或风和日清之昼，或听鸟闻花之间，或自然而然，一种难以言传的无边快畅会蓦然而来，浸透一切。他认为后者就是佛陀说的大欢喜，他儿时也有过，却久违了。世人总向外寻求，不知至乐之源在哪里。[①]

归来，意味着英雄的回归，邝露由最开始的浪荡不羁到发动大家救灾到最后抗清抗暴，他完成了稚嫩—冲动—稳重的成长过程，失败归乡，英雄落幕。在作者的笔下，英雄不再是他人方向的引领者，不再是他人行动的标杆，英雄尽管有异于常人的禀赋与才能，但其未必能完成拯救天下的任务。

---

① 谢友祥：《南明王朝终局传奇》，北京：中国言实出版社，2019 年，第 502 页。

三、乱世枭雄：李成栋

如果把枭雄也当作英雄的一种，那李成栋无疑是《南明王朝终局传奇》中作者大书特书的另一个英雄。作为一个自生自灭的枭雄和"三姓家奴"，李成栋是一个在明末清初历史里极富争议的历史人物，他反复无常，令人捉摸不定，先匪后入农民军，又降明征讨农民军，再叛明降清，调转刀口屠杀江南民众，嘉定三屠，灭南明二帝，劣迹斑斑，再叛清降南明，最后却对南明小政权忠心耿耿、死而后已。李成栋的英雄形象在小说前半部分虽然不够正面，但作者对其成长的描写与铺垫甚至比邝露还长还全面，因为写邝露只是写了他从26岁至43岁的经历，而对李成栋却写了他的一生，篇幅与邝露基本持平。

李成栋是以底层农民和土匪身份进入我们的视野的，文中具体交代了李成栋童年生活与少小离家的背景，他是一个地道的北方人，其野蛮和粗鲁其来有自。李成栋出生于山西一个村庄的一所地主宅第，一出生就是一副混世魔头的德行，被父亲嫌恶，因亲生父母迷信他会克父母，差点还被父亲送走。跟母亲回娘家后逐渐沦落到社会底层，命运坎坷，10岁后的李成栋加速野化，母亲越来越管不住他。"他整天在村里村外游荡、戏水、爬树、攀岩、打架，头面脏污，一身破烂"，后来在村里一战成名，称王称霸，"扁平的脸庞像只没洗净的旧盘子"，在认参失败后揪翻他爹，在李家准备沉李成栋于九龙潭时，他被二舅的队伍救到山上做土匪，但他还冥顽不灵，处在野兽那一档儿，后被一老者好好教训了一通才懂点规矩。18岁做了土匪新当家，后归入李自成麾下。李成栋进入李自成军队后如睡狮渐醒，在他参加的所有战斗中，甚是骁勇善战，不惧敌人，步步连升，压抑了多年的生命潜能似乎被唤醒与激活，他从而爱上了打仗和杀戮。后因高杰一事归入明将，与李自成鏖战，当清人劝降即顺水推舟。关于李成栋的个性与性格，小说中有这样几处描写颇为传神：

那是个不算很脏的叫花子，气焰万丈，比邝露刚才神气多了，掉臂大嚷，非进里面去不可。

…………

别看李成栋官做得那么大手握生杀予夺之权，一直缺少爱，他的心田干涸了一冬又一冬，沟壑纵横，扬尘腾烟，一点点雨露都能被完全吸收，催生嫩芽绿草以至花朵。

…………

你虽曾叱咤风云，横行一世，还算不上一个好汉子！你天赋优厚可惜开发不足，昧于大道，埋没蒿莱。当过大将你也是被埋没者！你知人是何物，人为何活着？你知世上哪些东西是真的哪些是假的？这一辈子，你除了杀人放火还干过啥？①

借由上述几处描写，我们大致可以得出李成栋的特点：没上过学，也不读书，因此缺少智慧，一介武夫不怕死，热衷于拼杀，长相丑陋、粗枝大叶、野蛮敏感、不可一世、自尊心强……这些性格帮助李成栋在闯王李自成的大顺、明朝、清朝之间反复倒腾，他也一步一步成长为惊世骇俗的一代枭雄。社会底层出来的李成栋虽然勇猛无比，也有几分异秉，但其本身固有的做事天马行空、不计后果、不懂儿女情长、不谙人情世故、鲁莽血腥的缺点，使他成为平民化甚至恶魔化的草莽英雄。李成栋的性格建构，帮助他从小说中众多英雄群像中脱颖而出，成了作品中的男二号。

清军下栖霞关灭隆武收福建，李成栋以安徽提督衔从征，战功赫赫，是清朝一员猛将。但因佟养甲暂时主持福建军政事务，其因名字列于佟养甲之后而觉得自己没有受到重用。两颗孽星到底交轨并开启撕掳模式。两人先后灭"广东三忠"，后李成栋绑架佟养甲并杀了他，并让人假冒顶替他一段时间，并最终在邝露的游说下降于南明永历，于是这两个八竿子打

---

① 谢友祥：《南明王朝终局传奇》，北京：中国言实出版社，2019 年，第 27、386、481 页。

不着的人奇怪地纠结、重叠在了一起。其实小说一开始就埋了个伏笔，邝露在广州接济的叫花子"李诃子"就是后来大名鼎鼎的李成栋，才使后面两人关系的发展水到渠成。李成栋为清廷效力勇猛无比，几无对手，而为南明政权效力却屡战屡败，几乎没有什么像样的战功，也许这就是形势比人强吧！在小说的最后几个章节中，清军出动精锐部队进攻李成栋。李成栋三征赣州失败，落得与历史上记载的坠马淹死不同的自沉于江的结局。

今日的将军实非过去的将军，故我猜你心底隐隐约约，或尚有一处小小牵念，就是你松江的家和高杰夫人。等世道太平，我与云娘便去探访，并指明你的升仙之地，你众儿长成来此撒些食，立个碑，也未可知。元华将他们安顿得很是巧妙。①

细看李成栋，随着年龄和生活阅历的增加，他内心柔软的一面也慢慢展开在读者面前。当他将生死置之度外，不再患得患失，达到超脱之时，自然就达到了作者的枭雄标准。上面邝露对李成栋说的话可以看出李身上没有过多的神化色彩，临死之前对家人的牵挂反而充满着人性的真实，给人一种触手可及的熟悉与亲切感，仿佛人物就在眼前。

除了李成栋，邝露还敬重和佩服平和可亲、沉稳厚道的陈子壮，疏远性情古拙、严厉苛刻、善恶分明、喜怒形于色的陈邦彦，喜赏爱好谈兵论阵、真谙兵道、英迈无双的张家玉，而这群可敬可爱之人也为抗清抗恶战斗到最后一刻，为国捐躯，光荣地结束了自己的生命。这也是对英雄传统结局的某种颠覆，"英雄人生经历中最后的一幕是死亡或离开，在这里生命的全部意义被集中体现出来"②。传统的英雄人物归来都是大圆满、大团

---

① 谢友祥：《南明王朝终局传奇》，北京：中国言实出版社，2019 年，第 481 – 482 页。

② ［美］约瑟夫·坎贝尔著，黄珏苹译：《千面英雄》，杭州：浙江人民出版社，2016 年，第 320 页。

圆式结局，如薛仁贵功成名就寒窑迎妻、孙悟空功德圆满救封为佛等，或者即使结局不完美但也能让读者满意，如《水浒传》《隋唐英雄传》等。而谢友祥笔下的李成栋和"广东三忠"等兵败成仁，其结局不圆满不典型，很难让读者欣慰，反倒让读者生出悲悯之情与历史反思的思辨。随着情节的发展，有一条命运鸿沟将邝露与他们分隔开，使得邝露的生命历程放大为整个南明的兴亡战争史，在成为那个时代人们反抗强权与暴力的化身后，邝露按照传统的叙事结构与云娘重归山林，与世无争低调地生活，这是英雄归来后回归到平常人生活的结局。因此，与其说南明有段邝露的传奇历史，倒不如说是邝露让南明这段历史成为传奇。

四、爱情与智者

英雄与爱情是小说的两大主题，乱世成就英雄的功名，爱情凸显英雄的柔情。《南明王朝终局传奇》最让人刻骨铭心的不仅仅是英雄，更有英雄背后的女人，小说塑造的诸多传奇女性让人印象深刻，如奇侠女子云娘、名妓三乔、小梨蕊等。其中，二乔、三乔的存在让这一部充满血腥杀戮的小说有了更多的温馨与温情。在一定程度上，这些女性形象的文学意义要高于"广东三忠"、李成栋等英雄群体。

小说里先写邝露与三乔、云娘，后写李成栋与小梨蕊的爱情。作者在小说开初并没有具体描绘三乔这个"视戏如命、想成大角"的名妓的风姿容貌，而是借邝露的一见钟情来写：

(遂球) 以手指之，"便是那位。看见没，素衣领口露出一圈红者？毕竟与众不同，标新立异。其风华气韵明明摆着，旁衬虽皆佳丽，仍觉鹤立鸡群，凤在鸦中！"

邝露顺着黎遂球所指望去，果然发现一张动人脸孔，竟如遭到电击，

神为之摇。他突然放声大哭，拍头打脑，哀哀切切。①

作为风华绝代的妓女，三乔并不想嫁给邝露，因为她有自己的梦想和追求，志存高远，思飞腾九天，"成角成名"，遂与邝露同床异梦而至于分道扬镳。对于三乔的声腔与志向，小说里这么说：

张三乔的声腔加入不少岭南元素，邝露听出些粤讴和咸水歌甚至粤东山歌的调子。官话对白，张三乔适时插些格外富于表现力的粤地方言土语，使观众倍觉亲切。

…………

"三乔视戏如命，打小这样。后来渴望深切，想成为大角儿，演尽天下好戏，演活好戏中的那一个个奇男异女……三乔正正经经，全心全力再唱一夜杜丽娘，使世间从今往后，皆以三乔所扮丽娘为典则……然后，三乔便于台前扬身飞逝，去就二乔！"

…………

神仙眷侣，张三乔再次道破他俩关系的本质。邝露现在与张三乔在一个私密空间，彼此靠得如此之近，气息相闻，邝露竟能很快克服心猿意马，享受一种天心月圆般的纯性愉悦。在这种环境中他于云娘，或者就要逃离。云娘再怎样冰雪聪明也是普通女子，而张三乔只合以心爱赏。②

所以三乔一直是作为邝露的神仙眷侣和灵魂伴侣出现，两人能出双入对，谈天说地，但始终没有肉体方面的苟且，即使同处"一个私密空间，彼此靠得如此之近，气息相闻，邝露竟能很快克服心猿意马，享受一种天心月圆般的纯性愉悦。在这种环境中他于云娘，或者就要逃离。云娘再怎

① 谢友祥：《南明王朝终局传奇》，北京：中国言实出版社，2019 年，第 11－12 页。
② 谢友祥：《南明王朝终局传奇》，北京：中国言实出版社，2019 年，第 134－135、145－146、297 页。

样冰雪聪明也是普通女子，而张三乔只合以心爱赏"。这个在整部小说里有点被神化的人物，在邝露为她张罗演出的《牡丹亭》快结束时：

> 杜丽娘和柳生拜完天地，除张三乔外全体演员刷地全部撤下，舞台百灯齐灭，张三乔向台前扬手趋身，腾空欲飞。而那边天际，正有一星如斗，光芒四射，朝她招手！①

对于这一人物形象的自戕结局，作者表达了惋惜与无奈。

邝露云游四方，最后一站是广西钦州，他替一位瑶族女土司管账房并教她四个子女读书，第三女即云娘听讲也不专心，爱胡捣蛋，并爱上了这个大她十四五岁的大叔。她敢于追求自己的爱情，敢爱敢恨，是个有勇有谋的女中豪杰，而对邝露的错爱换来的是她一生的等待。邝露在云娘的帮助与陪伴下，感受到爱的温暖，明白生命的意义，邝露也由最开始怕亏待云娘转变为将云娘看成生命中必不可少的人，让邝露从一个"薄情郎"演化为"多情汉"式的英雄。因为云娘，邝露的人物形象才显得更加真实、亲善。

另一对眷侣是李成栋与小梨蕊，小梨蕊本是丁魁楚将其从结发丈夫手上霸占而去的第四个爱妾，丁玩腻了将其当废品一样送给李成栋。李成栋本来是个把女性当工具的粗野汉子，人狠话不多，而且面无表情，喜怒不形于色，没想到和小梨蕊好上之后居然性情大变。两人都对对方动了真情。具体表现如：小梨蕊对李成栋与其他女人截然不同，带着情意，时而也会巧笑倩兮，美目盼兮；李成栋拿着小梨蕊的一只小手摩挲，让邝露也错愕不已，没想到李成栋对女人也可以有这样的多情举止；小梨蕊幼年跟娘坐过牢，李成栋因此对天下牢房都深恶痛绝。但李成栋与小梨蕊多一分厮守，读者就多一分惋惜。

089

---

① 谢友祥：《南明王朝终局传奇》，北京：中国言实出版社，2019年，第331页。

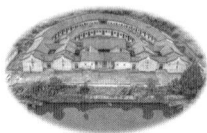

小梨蕊道："丁魁楚从我结发丈夫手上将我霸占去，玩腻了我又将我当废品送给李成栋，我原本只是恨丁魁楚，偏将咱们女人的千娇百媚及千般好处全痛快使出来投合他、取悦他，后来见他用心疼我，疼得再不要别的女人了，我也便恋上他了。无心成就一段好姻缘，前世造下的吧？"云娘道："姐姐，你确认是桩好姻缘吗？"小梨蕊道："我确认不疑！一个男人全心待你，就是好到天上了，长些短些不打紧，下半截如何也不打紧！"云娘道："是，姐姐！"她想到自己，眼发热。久之，她道："李将军一个杀神，一个花花太岁，能变成这样，不亲见时谁不道假！"①

所以邝露在剧终前对李成栋说：

近年你也有进长。你心里有李元华，你信服我，你这几日任由部属开溜，尤其是你忽然也会怜惜一个女人了，都非常可贵。一个人不是好汉，可以有好汉举止，将军今日之为，便亦是！②

从小说里这两段对话可知李成栋与小梨蕊的感情确实是真实的，这也为两人最后自沉于江的结局做了铺垫，为两人的誓死不分离建立了合理性。

根据符号学理论学者阿尔吉达斯·朱利安·格雷马斯在《结构语义学》中提出的行动元理论，智者是小说塑造英雄形象必不可少的存在，发挥着引路人的作用和辅助者的功能。如《血日苍茫——太平天国在南方的最后一个传奇》中洪德生命中第一个引路人——弹棉被师父、《南汉国传奇》里胡琏的帮手——神人夭夭就是这样的两个智者形象，而在《南明王朝终局传奇》中似乎没有了独立的这类形象。邝露如闲云野鹤，无父无

① 谢友祥：《南明王朝终局传奇》，北京：中国言实出版社，2019年，第448页。
② 谢友祥：《南明王朝终局传奇》，北京：中国言实出版社，2019年，第481页。

君、无师无派，小说一开始就是一个人在四处张罗串联，九年游历也没看见身边有什么人陪伴，后面有段时间才有个小仆人桂平和云娘陪伴，但二人都算不上智者或帮助者。而李成栋只有一个——山上管教他好多日的老汉——勉强算是引路人或帮助者的角色，其后的戎马生涯似乎也没有固定军师，倒是邝露进入李成栋部队后成了他"无冕"之军师和帮助者。邝露的真实目的是游说李成栋反清归明，李成栋先贼后明再投清，最后二度归明已算"回锅肉"，但回归南明小朝廷后却能忠心耿耿。邝露在李成栋身边时刻提醒和督促，他渡过了一次又一次难关，化解了一次又一次危机，经历一次又一次大战，但最终在三征赣州中折戟沉沙。后被南明天子亲口谥"忠武"二字，赠太傅、宁夏王。

　　自古至今，岭南皆为蛮荒之地，《南明王朝终局传奇》中有段文字呈现了岭南的饮食习惯与特点。

091

　　两粤之人食腥，不避蛇蝎蛙鼠，此中最见蛮风遗存。邝露身在其中，不以为非，一般也不排斥。但对活剥生吞，他始终不能视为天经地义……邝露对他（李元华）道："蜜唧（生吃蜂蜜喂养的小老鼠）实是一种虐吃，正如岭南人生吃猴脑，切开顶盖立马取用。"①

　　寥寥几行将岭南饮食的蛮荒之风呈现无遗。作者巧妙地将南明永历的瑶族居民、岭南三家，广东三忠，大庾岭历史，番禺戏园，广西瑶人女土司、南粤饮食风俗、山民耕作等极具岭南特色的两广民俗文化嵌入故事叙述与人物塑造之中，让读者在品味那段传奇故事之时，也被岭南的风土人情与历史风貌所熏染。因为地理的阻隔，岭南自古就不是"皇天后土"，地理的局限使得南粤文化难以为中原之人知晓，也就造成了岭南文化的"自闭与狭隘"。因此不论是南汉、南明还是太平天国，都想在这个蛮荒之

---

　　①　谢友祥：《南明王朝终局传奇》，北京：中国言实出版社，2019年，第336页。

地偏安一隅，延续国祚，或冀东山再起、卷土重来，可惜的是历史并没给他们任何喘息之机。"岭南传奇三部曲"的作者敏锐地以学者眼光审视这些发生在岭南大地上天玄地黄的历史传奇，以浩浩百万余字的篇幅将历史重新钩沉与发潜，糅合进英雄们的成长进阶与个人的理性思考，用人物命运的跌宕起伏象征历史的起承转合，彰显了世道沧桑、历史正气与人间正义。"岭南传奇三部曲"的大开大合，给南粤文学添砖加瓦；大雅大俗的民间呈现，为历史传奇增色添彩。毋庸讳言的是，其中难免存在个别场景人物众多导致有些形象模糊、局部结构庞杂导致某些地方喧宾夺主，枝杈太多导致篇幅有点膨胀等瑕不掩瑜的问题。

第三节　作家访谈：太平天国与南汉、南明

一、太平天国断想

张劲松（以下简称"张"）：首先祝贺您的"岭南历史传奇"系列完成了第三部并获得第十一届广东省鲁迅文学艺术奖（文学类）。您曾说自己写小说是"临老学吹笛"，半路出家的，是什么样的机缘巧合让您踏上了小说创作这条路？

谢友祥（以下简称"谢"）：我五十岁开始写小说，典型的"临老学吹笛"，这以前基本算是搞学术研究的，也有一些影响。有一次和张应斌教授做太平天国在梅州的田野调查，触碰到那一段如此重要、如此可歌可泣却又被深深遗忘的历史，以及大量有关民间传说、民间遗存，就产生了写点什么的强烈冲动，甚至说是一种使命感：我不写谁写？就写出《血日苍茫——太平天国在南方的最后一个传奇》。这本书一开始叫《梦断嘉应州》，原在广东旅游出版社出版，后稿件多次修改，最后定型的稿子由广东人民出版社再版，却未必是最好一稿。凡事怕开头，从此一发不可收，

有第二部第三部，有第四部也说不定准。

张：说点题外话，在梅州工作时您的专业是中国现代文学，去东莞后您的研究领域改为中国古代文学与地域文化，研究领域的转换对您的创作有影响吗？

谢：我是很情绪化的人，小时候很孤独，爱幻想，爱虚构故事以打发寂寥，从而决定了我的思维优势是空间形象类而非理性逻辑类，所以教什么课对我的创作没有影响，我也无须转型。地域文化和古代文化包括古代文学是我一直热爱的，这些方面的积累对历史小说写作当然至关重要。

张：有人质疑鲁迅先生成就的理由之一是他一辈子没有创作一部长篇小说，其实我们知道鲁迅先生有好几次创作长篇小说的冲动和准备，最后由于种种原因没有写成功。而您是在没有短篇和中篇小说创作经验的基础上直接进入长篇小说创作的，这样高的起点确实比较罕见，就像一个没有炒过小菜直接制作大餐的厨师，遇到的问题肯定是少不了的。能够分享一下您在写作过程中的心得与体会吗？

谢：小有小的难处，大有大的难处；大有大的价值，小有小的价值。有人长于驭小，有人长于驭大。而且，我一冲动就遇到个必须写大的题材，就写出来了，以前的托尔斯泰、雨果、巴尔扎克没白读。鲁迅先生的语言工具不便写长篇，他的时间也不太允许写长篇。以前林语堂先生开玩笑，说应当把胡适先生关进监狱，这样他就不会总做上卷书了。那代人在别的地方分心较多。

张：太平天国是个尽人皆知的话题，您第一部小说的选题独具慧眼，巧妙选取太平天国在梅州覆灭的那段历史来写，这样您就具有了天时地利之便。这方面的历史研究应该是有的，但文艺作品的选题好像您是第一个涉足的？

谢：那一段历史，至今为止所有史书都仅仅一笔带过，语焉不详，我因此知道了历史研究的局限性。研究太平天国的人，居然可以不清楚有"天父杀天兄"那几句天国战兵涂下的墙头诗！今有张应斌的专著《太平天国在梅州》为唯一完整学术成果，文学作品则仅有我的小说。顺便说一说，有关南汉国的文艺作品，我也是独此一家。

张：您的第一部小说《梦断嘉应州——太平天国在南方的最后一个传奇》初版于 2006 年，十年后的 2016 年该书更名为《血日苍茫——太平天国在南方的最后一个传奇》出版。上一版的"梦断"比较容易理解，那么"血日"意象所指是什么？

谢：那是一段极为血腥的历史，故名"血日苍茫"，无象征。书名原该开门见山，就叫"太平天国在南方的最后一个传奇"，目前的书名不利于小说传播。

张：小说第一版里有大量的客家方言与民间故事、历史传说，有时候甚至会使读者频频中断阅读思路，似有喧宾夺主之嫌，就这方面您在第二版中做了一些修改，主要人物和主体结构方面好像没有大的变动？

谢：几个版本的主体结构是一致的。广东本土知名文学批评家很少，写我的书评的人除了古远清教授，基本上都是外省学者，这对我是不利的。就像你说的，那些方言，那些民间习俗和民间传说，很难引起共鸣。洪秀全的正妻死后化神回到嘉应州来了，附体在一个村妇身上说说道道，其意蕴何其丰富啊！我收集到这个故事时，惊喜呆了！

张：我们以前读书时被灌输的历史观念是歌颂农民起义的，农民会起义，肯定是因为统治者敲骨吸髓、竭泽而渔，老百姓没法生活了，而不太顾及农民起义的自身缺陷与历史局限性。但随着太平天国的诸多历史真相被揭示，如酷刑、内讧、男女分营制度，洪秀全自己妻妾成群花天酒地，甚至还给九岁的儿子娶四个老婆，却要下属严格禁欲等，这明显是反人性反文明的。因此人们对太平天国的情感肯定会有所变化，在逐渐失却了道义的正当性和历史的合理性之后，人们可能很难去同情甚至认同一场野蛮且暴虐的农民起义了。也许是农民起义的局限性与破坏性太大了，所以在《易中天中华史》这本书发行以后，易中天曾经公开表示"什么黄巢起义、黄巾起义，这些农民起义我一个都不会写的"，"农民起义不代表当时先进的生产力水平和文化水平"。您觉得呢？

谢：有压迫就有反抗，这就是道义的正当性，就是天理！贫苦民众想活下去，想过好点日子，甚至想改朝换代，这也是道义正当性，是天理。何况，太平天国的一些王、一些高级将领和许多中下级官兵跟洪秀全并不一样，也并不认同天国文化和天国野蛮。我肯定这场造反的初衷，歌颂它对腐朽透顶的大清统治的痛击，欣赏它那些打得极为漂亮的胜仗，同情广大天国将士白做了一场美梦，鄙薄洪天王的人格，认为天国拼凑糟粕的主流文化远在大清尊崇的儒家文化之下。洪秀全给九岁儿子讨四个老婆，他还给儿子起名洪天贵福呢！我在小说中借人物之口说，在乡下也只有最俗不可耐的土财主才会给儿子起这样的大号！

张：我曾经看到材料说，在 1895 年以前，湘军和淮军的武器装备已经达到了当时世界的先进水平，清廷面临的对手，无论是太平天国、捻军、回民叛乱、新疆的分裂势力，在武器装备、组织能力上，和湘军、淮军都有代差，拥有先进武器的清军，利用这种奇怪的火力战，足以战胜对手。所以即使没有内讧，太平天国应该也会被歼灭。在这样的历史背景和情感变化下，您书里塑造的一些太平天国农民英雄形象又可能会面临读者在情感认同方面的冒险，加上列王洪德是一个出身草莽、五大三粗的瘸子，而栗子则是一个不太守妇道的女子，且在情感生活中我行我素，后来又主动追求自己心仪的男性洪德，这会不会让读者在阅读过程中不那么容易进入情感的投射与自居？

095

谢：洪德外表温和而内在极为强韧，是客家人偏于阴柔的文化人格的典型；粟子具备优秀传统客家妇女的所有美质，这种妇女曾经使外国人无比惊讶。这两个人物还承载着我对人生苦难的思考，加上那位弹棉花师傅，寄托我对苦难人类以爱相慰的憧憬。

二、偏安的南汉与南明

张：在后来《南汉国传奇》的写作中，您小说里的英雄人物由农民英雄变成了儒士英雄胡璇，这样您笔下岭南文化的特征和品格就有了更文雅更合理的附着。而《南明王朝终局传奇》则是二合一，就是分别塑造了儒士英雄邝露和农民英雄李成栋，这种变化是有意为之还是水到渠成？

谢：人物各有其存在理由和存在价值。胡璇仁民爱物，具有强烈的社会责任意识和使命感，而且不失大智大勇，是孟子所说的大丈夫。我为什么塑造这样一个形象？舍我其谁，挺身而出，一往无前，力挽狂澜，现在还会有这样的读书人吗？邝露的文学形象，是明代中叶以后思想解放的果实，是近代带头觉醒的广东人的先驱，是常识智慧的化身，是天理的注脚，是一种较为理想的人生存在形式，是作品中另外一个知识分子袁彭年的参照。

张：就题材的传奇性和故事的呈现度来说，我觉得《南汉国传奇》是最佳的。因为太平天国属于老生常谈，而反清复明在武侠小说里也是司空见惯的。读过书的都知道五代十国，但具体详情可能不甚了了，特别是在南粤大地还有这么一个"奇葩"的南汉国竟然存在了半个世纪，确实令人惊讶，一般读者估计对南汉国的这些"奇葩"制度都未曾听闻。如果把《南汉国传奇》改编为传播面更广的电影、网剧或电视剧，也许会引发一些现象级的话题。您有没有考虑或酝酿过影视方面的改编问题？

谢：您说得对。您那篇评论《南汉国传奇》的力作不少人赞赏有加。这部小说的故事性的确是我的作品中最好的，也自诩是同类作品中的佼佼者。至于影视转化，我无此财力，只能等别人看上。总会有人看上的。

张：《南汉国传奇》里除了胡琏、刘铱等男性人物，还塑造了一批个性鲜明的女性人物，令人印象深刻，其中重要的女性就有 18 位，但美满的爱情协奏曲始终没有出现，胡琏与素馨的婚姻有始无终，高节与大燕的爱情高开低走，杰仔与瑞香的感情一波三折，为什么会有这样的处理？

谢：胡琏和素馨的爱太纯美，容不下半点亵渎，所以尽管历尽波劫人还在，因为素馨无可奈何的错嫁，破镜重圆已经无望。完美追求永远是悲剧追求。杰仔和瑞香的不幸源于社会黑暗和恶人的迫害，政治赌徒高节最后输掉一切，包括大燕和她的爱，后者所指尤深。我最后给疍家女鳗娘一点希望，让她突然出现在北归的胡琏面前，既是小说艺术的需要，也想对冲一下全书对浪漫爱情描写的不足。

张：你在写作方面好像越写越顺手，速度越来越快，部头也越来越厚，像《南明王朝终局传奇》就有将近五十万字，全书没有目录，只分了第一部、第二部、第三部，下面的小节是连贯的，总共六十二节，都只标序号，而没有提纲挈领的一二级标题，不像前两部章回体小说。这样的安排当初是出于什么目的？

谢：我是写得越来越顺手了，可见干什么都有个过程。《南明王朝终局传奇》采用这种形式，不过想有所变化，别无深意。

张：这样的大部头要读者一口气读完是不太可能的。特别是在小说前半部分，故事线索较庞大，开枝散叶有点宽，出场人物比较多，人物关系也有点复杂，读者有时很难理清头绪，甚至不太容易弄明白到底谁是主角。因为"两陈一张一李一邝"都着墨不少，至少要等到阅读过半，"两陈一张"——殉国后，剩下的邝露作为主角和李成栋作为男二号的地位才显山露水，因此阅读过程中可能很容易分神，这对读者的耐心和毅力确实

是一大考验。有没有想过出第二版时把故事修改得更紧凑一点，叙述更节制一点？或把小说分上下两卷出版？

　　谢：怕改不了，除非拉长篇幅，扩大规模，那时就有了那么多人和事。抓住邝露这个线索人物，全书就好把握了。

　　张：在《血日苍茫》和《南汉国传奇》中，您分别描绘了洪德师父、神人夭夭两个智者形象，就是那种辅佐英雄使之成长，助其完成蜕变的形象，但在《南明王朝终局传奇》里，这样的智者形象消失了，甚至主角邝露本身成了一个智者。前半部分他基本处于无君无臣、无父无母、无兄无弟、无妻无妾、无儿无女的状态，这样无牵无挂的形象有点类似英国特工007，甚至比007还潇洒，因为007至少还有个军情六处的单位管着，要有各种特工特长和炫目的武器加持才能逢凶化吉，而邝露只是一介书生，手无缚鸡之力，身无寸箭之功，却能出入王侯之门，醉卧将相之宅，文能安邦，战能服众。当然，云娘部分承担了保护他人身安危的任务，但谈不上是智者。这与历史上的邝露形象出入较大，塑造这种身兼主角与智者的形象，您是出于何种考虑？

　　谢：邝露这个文学形象在中国文学中绝无仅有，他是一个理想。关于他的文化意蕴，前头已有表述。

　　张：我们常说"名不正则言不顺"，而邝露不论是在南明王朝还是后来在李成栋营里，都没有一个正儿八经的职位或封号，要一众出生入死的将领对他的指手画脚心服口服也是不太可能的事，这方面您在小说里也提到过。另外我们也常说"不在其位，不谋其政"，邝露其实对攻守双方都具有深深的怀疑。因此，如果从这方面来考虑的话，邝露南来北往东奔西走的动力似乎不够充分？

　　谢：如果我写的是一个文化综合体，那么一切都是可能的和可信的。另外，在道德本位主义的中国古代社会，一个占着精神高地的人的威望和感召力是不可思议的，我的写作依据的是历史真实。苏东坡贬来岭南，负罪落难，世人敬之如神；明代大儒陈白沙闲居新会乡下，各级官员常问节赈。

张：这可能是一种超越攻守双方的民间立场。约瑟夫·坎贝尔在《千面英雄》里认为"神话中英雄历险之旅的标准道路是成长仪式准则的放大，即启程—启蒙—归来"。这三个阶段在洪德和胡璇的身上表现得比较充分，但在邝露的身上表现得不够充分，好像只有两个阶段，也就是缺少了一个邝露如何成长为智者与英雄的准备阶段，让他一出场就风神潇洒、自由不羁？

谢：我也写了邝露的成长，他早年当街冲撞知县和用牛粪涂污凉亭麻石条戏弄知县等恶作剧，后来就不可能出现了。

张：邝露在情感方面痴迷、暗恋高级风尘女张三乔，在一起后也始终作为能够谈天论地的灵魂伴侣，而痴恋邝露的云娘则负责邝露肉体的安妥。这样把"我爱的人"与"爱我的人"进行截然的灵肉二分会不会影响到剧情的合理性与邝露的形象塑造？尽管他后来是与云娘生儿育女，相伴终老，但云娘始终有"备胎"之嫌。身在云娘，心系三乔，邝露的情感天平对云娘好像不公平？一般女性可能都会计较这个，这里可能有您的审美寄寓。

谢：是这样。

张：南明为什么没有如南宋一样延续国祚，这是一个饶有趣味的历史问题，答案当然言人人殊。可以说您用《南明王朝终局传奇》对此问题做了艺术性的思考，也给出了自己的答案。其实，前两部作品也是一样，除了讲一个故事，塑造一些人物，也直接间接地回答了太平天国和南汉国为什么会覆灭这样的问题。这是您一以贯之的思考。能够说说您对这些历史

问题的思考吗？

谢： 物壮则老，谓之不道，不道早已。我主要想表现这个。所以我主要写南明因老朽而不可逆转地败落，我颠倒了人们习惯的因果关系，当然乱和老也有互动。

张： 古代岭南是蛮荒之地，您的"岭南历史传奇"系列对于人们重新审视岭南文化具有重大的历史价值与现实意义，在岭南文学史上肯定也会留下浓墨重彩的一笔。再次祝贺您的《南明王朝终局传奇》荣获第十一届广东省鲁迅文学艺术奖（文学类）。您的"岭南历史传奇"计划写几部？能透露一下第四部小说《崖山之战》的创作情况吗？

谢： 谢谢！如果还没有别人来写崖山，我会写。

（2023 年 12 月 26 日改定）

第三章　罗青山：围龙如何开窗

第一节　《开窗亮话》：反讽的盛宴

　　《开窗亮话》是罗青山先生的杂文集，共分语治集（政治杂文三十篇）、知面集（世相杂文三十三篇）、开窗集（思想杂文三十二篇）、观山集（文化杂文二十二篇）、一得集（人生随笔八篇），凡五集百二十五篇。意欲察社会世情，析心中困惑，成时代之言。在阅读过程中，笔者注意到文集中大量的反讽话语此起彼伏、熠熠生辉，令人目不暇接、忍俊不禁。"反讽"（irony）源自希腊文 εἰρωνεία（eirôneia，本义"佯装"），是指一种"所言非所指"或"正话反说"的语言现象，其真实指向与它的字面意义对峙或对立。"在大多数现代批评的使用中仍保留了其愿意，即不为欺骗，而是为了达到特殊的修辞或艺术效果而掩盖或隐藏话语的真实意义。"① 而与此相近的讽刺（satire）是"一门文学艺术，用来使某一主体显得荒谬可笑，引起读者对这一主体产生乐趣、鄙夷、愤慨或蔑视的态度，并以此来贬低这一主体"②。

　　反讽与讽刺的具体区别何在呢？这里以《开窗亮话·知面集》中两篇

---

　　① ［美］M. H. 艾布拉姆斯著，吴松江等编译：《文学术语词典》，北京：北京大学出版社，2009 年，第 271 页。

　　② ［美］M. H. 艾布拉姆斯著，吴松江等编译：《文学术语词典》，北京：北京大学出版社，2009 年，第 551 页。

同样题材的杂文为例，对两者加以甄别。《吃牌子现象》和《致洋老板》都收入知面集，都是对吃出派头、吃出精气神、吃洋货之类饮食文化的讽刺。《吃牌子现象》是（正向）讽刺，开头以孔子的"食不厌精，脍不厌细"入题，引入对这种衣食住行奢靡风气的描述，然后从分析一篇小说《品茶》来说明"牌子往往代表着一种价值、一份情意，以及与之相匹配的身份和地位"，同时指出"维系住了牌子，就保住了体面，保住了人们梦寐以求的那份虚荣"，并正面发出盛世危言："就整个社会而言，慕虚荣之风一旦盛行，其危害也许就不容盲目乐观了。"而《致洋老板》则是反讽（反向讽刺），全文以书信的形式一本正经地给人头马公司解释高价洋酒在当今社会如此畅销的文化与社会原因，揶揄地申明我们的社会是"一个充满活力和潜力的市场"，并煞有介事地预计"未来的洋酒销售，肯定是行情看涨。大展拳脚，再创纪录，此其时也"。其暗里的调侃与开涮意味应该是不言而喻的，读者看完自然会因幽默而会心一笑。对照起来读，这两篇杂文一讽刺一反讽，虽然好像异曲同工，殊途同归，但区别是很明显的。反讽之真实意图是暗示出来的，不会在文中直接说出，字面义与真实义抵牾甚至相反，就修辞格和文学性而言自然要比有一说一、实话实说的讽刺略胜一筹、棋高一着，也大大增强了文本的陌生化效果与阅读的审美快感，当然也更受读者喜爱，新批评派的布鲁克斯甚至认为反讽是"上乘诗歌的特点"①。下文从言语反讽、结构反讽与总体反讽三方面来探析《开窗亮话》中反讽的盛宴。

一、言语反讽

言语反讽是字词句段等语言层次的局部反讽，《开窗亮话》里的言语反讽主要呈现为篇名的析字、用典、仿语、激发旧词新义等，题目表面上

---

① 转引自胡亚敏主编：《西方文论关键词与当代中国》，北京：中国社会科学出版社，2015年，第229页。

是一种意思，实际上隐含的却是作者沿着相反的方向表现出的另一种意思，也可以说是名实不符、"文不对题"。这里的题目属于言语反讽，仅此而已，正文的内容并不构成反讽，而是沿着另一种意思进行正面展开或偶尔一定程度的讽刺。

题目用典是从古语或古代故事引入，古为今用，以古讽（喻）今。如《"陪太子读书"》的题目是用典，初看还以为是分析封建社会陪太子读书的职业，其实这种职业早已经消亡在历史长河里了，作者在文中说的是今天"陪太子读书"的现象，即到处都有的充满暗箱操作的社会评奖、公开招聘等。《道光帝的节俭与奢侈》分析的是小事纠结大事糊涂，大奢侈者常有小节俭之举、小节俭后面藏着大奢侈的荒唐历史现象。《韩信为何"撒娇"？》里的"撒娇"不是字面意义，而是欲擒故纵、待价而沽、择木而栖之意，萧何月下追韩信其实是韩信"撒娇"的表现，历史上还有冯谖向孟尝君"撒娇"之事。"撒娇"虽然不足取，但只要放开肚量与雅量，就可以发现它不过是怀才不遇者发出的一个信号或警告。当然最好不要发生，很可能因哪一方的差池而眼睁睁看着"肥水流入他人田"。《何妨先扫门前雪》的题目明显是成语"各人自扫门前雪，莫管他人瓦上霜"的仿语，从自扫到先扫，一字之差，态度天壤之别，文章最后和修齐治平的顺序联系起来，更是增强了全文的说服力。

《哀〈哀王孙〉》光看题目还以为是王侯将相之类的古代题材，其实是因深具封建思想的某杂文家在其《哀王孙》一文中对东德政府首脑这位末路王孙沦为平头百姓表达哀婉同情，而具有现代意识的作者则表达了不敢苟同之哀。《文章憎命穷》是古语"文章憎命达"的仿语，因市场经济导向下广告文学流行，作者是为那些真正有价值的学术书籍难以出版鸣不平。《修赋热的冷思考》里一冷一热构成了反讽意味十足的题目，作者认为修赋热这种新八股是劳民伤财的遵命文学，是体现长官意志的政府行为，因而呼吁放弃文字垃圾，不要沦为历史笑柄，真正为民做实事。《说说"官艺"》的题目初看以为是谈论为官的艺术，其实是指儒官们没有书

103

画基础而乱写乱画，不懂平仄对仗和音韵便吟诗作对。那为何此风盛行呢？皆因权力作祟。

如果对现实生活和社会现象进行反讽，题目更多的是直接使用析字、反义或仿语。如《"大叔"的幸运》里的"幸运"一词，大叔为什么会幸运？他幸运了那肯定有些人就不那么幸运了，毕竟一个萝卜一个坑，肯定是某些地方出了问题，暴露了我们干部制度上的某些弊端，审批机构和监督权力有名无实，或落不到实处，审批程序不严肃、走过场等。从字词方面看，《组装》与原装相对，文中意指各种贴牌而成的杂牌货，各类水平不高、内容无可取之处的编书，说到底，美应该是"一种恰到好处的搭配、匠心独运的组合"。《"联络图"》里说的不是普通的联络图，而是形式各异的通信录，也就是关系网。《"擦边球析"》分析的不是球场上的擦边球，而是现实生活中的擦边球，如四菜一汤变奏曲、义捐乱象等。《"优汰劣胜"》是"优胜劣汰"的仿语，实为劣币驱逐良币。《"监督舆论"》是"舆论监督"的字序颠倒，意义却是云泥之别，"舆论监督"为什么会变成"监督舆论"，令人深思。

《说膨胀》里的"膨胀"本来是就物而言的，文中从物体的热胀冷缩讲到人的自我膨胀也一样与热有关，热源无外乎金钱、权力、荣誉三者，并对症下药，提出了祛除虚骄的冷处理方法。从析字方面看，《吊价》中的"吊"与"掉"同音，意思却相反，吊价其实就是人为地吊起价格与逆势增长，是脱离了实际价值和市场供求关系制约的虚高，如商场与人才市场，并告诉读者如何以其人之道还治其人之身，就地砍价。《论"逆向感恩"》从马克思的剩余价值理论推导出封建社会的君臣、官民关系，资本主义的劳资关系，当代中国的官民关系、雇佣关系，不是前者养活了后者，而是后者成全了前者，因此现在顺向感恩不可取，"对于传统意义上的感恩，唯有实行'逆向感恩'，才合乎逻辑，顺乎情理"，这里其实涉及古今社会制度的区别，就是古代制度是保护强者的，更接近丛林法则，而现代制度是保护弱者的，更体现文明法则。《"江姐"的生死该由谁决定？》

中的"江姐"是打双引号的，不是历史上的英雄江姐，而是指艺术上的江姐形象，通过分析历史上的一些文艺作品说明江姐形象的生死该由作者决定，而不是其他人。《论"认认真真走过场"》的题目是自相矛盾的说法，从语法上说属于复合偏义，相当于板着脸讲笑话，本质还是过场，但形式方面不能太潦草太敷衍，有点今天所谓的既要面子又要里子的况味。

二、结构反讽

结构反讽是"在一种含有两重意思的结构中表现出来的反讽"①。如果杂文不单单是题目反讽与偶尔的言语反讽，而是采用一种使双关意义和评价贯通全文的特殊篇章结构，这样就能使其上升扩张至通篇性的结构反讽，达到全篇的陌生化效果。常见的手法有直接戏谑、文体征用、虚构一个天真的叙述者进行戏仿、以物讽人和以洋讽中等。

直接戏谑就是在正文里展开反讽，当然也不排除个别言词性的题目反讽。如《"红色主题项目"应"申吉"》中列举了四处红色主题项目应该"申吉"的理由与特色。《某报重要更正拾零》的"重要"一词已经构成了言词性的题目反讽，而全文进一步反讽，正文列举了四类六例某报的重要更正，无其他开头结尾，但读后大家发现所谓"重要"其实就是对老百姓而言无足轻重的官本位思想，令人莞尔。《批评妙招摭拾》里的"妙招"则是一本正经地罗列批评与自我批评各六招，名为批评与自我批评，实则是表扬与自我表扬，令人喷饭。《跟风也须创造力》中作者一本正经地阐述了跟风要认得准、反应快、手法新、力度大，要具备相应的判断力、反应力、创新力和决断力，这样才能"巧借好风，乘势而上，实现青云之志"。《"广告文学"写作入门——摘自一位作家的心得》是以作家心得的形式历数了广告文学的三道程序（文外功夫、采访和写作技巧）与三项技

---

① 王先霈、王又平主编：《文学理论批评术语汇释》，北京：高等教育出版社，2006年，第293页。

巧（突出、拔高和膨胀），对当时流行的广告文学尽显揶揄之能事。

跨文体的杂文有一定的文体混合特征，如杂文对小小说形式的征用，达至言此意彼的艺术效果。如《"我家的表叔数不清"》是以小小说的形式叙述了女儿对送礼行贿的尴尬模仿与对样板戏《红灯记》的戏仿演唱。《俗解辩证法》采用小小说的形式，学员用具体生动的事例诠释了对生活的辩证法和对立统一规律的理解，老师被抬杠抬得哑口无言，令人哑然失笑。《刘青山喊冤》也是采用小小说的形式叙述刘青山在地府衙门喊冤的情形，证据和理由无非是指向当下"大小老虎"动辄成千万上亿的贪腐金额。

有时作者会在叙述者方面耍花样，就是虚构一个天真的叙述者，以第一人称戏仿，这个天真的叙述者就如希腊喜剧里的佯装无知者 εἴρων（eirōn，伊隆），其身份或是上段小小说里的人物，或是本段里以第一人称出现的女大学生、高考生、阿Q、"文抄公"，或是下段里的"物"、书信里的"我"，而隐含的作者则躲在这个叙述者背后暗示其潜台词，叙述者的话语和作者的真实意图及深层含义很可能是相反的，这是一种用叙述视角的结构因素来制造、实现反讽的方法。如《代女大学生答刘绍棠》是以女大学生的第一人称视角给作家刘绍棠写了一封信，指出刘绍棠先生当初智答的大前提错误，同时也混淆了判断和比喻的界限。《阿Q的申辩》是以第一人称口吻对《法制日报》上《阿Q与和尚》的疑问作三点回应：一是"和尚有没有动过尼姑"；二是"鄙人动小尼姑是否有理"；三是"老Q我"属鸡，杀鸡儆猴也认了，但"我"也期望舞文弄墨者不要为"只许和尚动，不许阿Q动"提供理论依据才好，这处反讽的理由则是因为"在法律面前人人平等"。文末还言之凿凿注明阿Q口述，××代笔云云。《"文抄公"自白》是以第一人称的视角授予读者主人公多年使用的五种文抄手法：生吞活剥，照搬照抄；移花接木，张冠李戴；改头换面，点石成金；抽筋剥骨，割肉吸血，取其精华；除头去尾，肢解其身，为我所用。最后还说抄法颇多，花样翻新，学问精深，贵在实践，其反讽意指就昭然若揭了。《第五种人——今年高考语文题引出的话题》是作者代考生写了一篇离题的 1992 年的高考作文，高考只是规定了四种人，而"我"突破了题目限制，谦逊地说是"胡诌"一通，也说明了异向思维的重要性。

物为人用就是作者用拟人手法，以物讽人来对人类社会进行反讽。如《"四"的怨言》是用拟人的手法写人们出于趋利避害而冷落"四"、热衷"三八九"等数字的现代种种迷信行为的愚昧表现和文化根源。《皮和毛的故事》是用毛和皮的辩证关系影射历史与现实中一些彼此具有依附关系的斗争和运动，至于具体指向什么，可能只有靠读者自己"脑补"了。《"猴国之制"戏评》是因作者读了《羊城晚报》里的《穿越猴界》一文，深受启发，便梳理出猴国有竞争上岗、实行"任期制"、"责、权、利"相结合、推行"猴治"四方面的"先进性和超前性""科学性和合理性"，实则是对现实社会中个别存在的拉关系走后门，领导职务的终身制，责、权、利不分以及治理方面"挂羊头卖狗肉"等弊端的反讽，是对已有十多万年的人类社会在治理方面不及远古祖先的反思。在《带鱼的悲剧》中作者首先说明自己爱看《动物世界》的缘由和动物界群居习性的各种表现，重点说动物界也有喜欢内讧和窝里斗的，例如带鱼不但喜欢吞食同类，而且因见不得同伴独食"佳肴"落得被钓者钓出一大串的可笑结局，成为名副其实的"带鱼"，最后点明"'窝里斗'的结果，便是被人'一锅端'"，这是在说带鱼还是在说我们同类，读者应能轻易做出判断。

有时候作者会煞有介事地介绍洋人之种种，目的当然是洋为中用，借这些洋人（或与其相关）的做法来讽喻我们自己做派的问题与弊端，以引起疗愈之注意与可能。如《给"抢救比萨斜塔委员会"的信》是以书信的形式给"抢救比萨斜塔委员会"三个建议，一是要先挂牌，二是要广泛征集方案并进行旷日持久的讨论，三是要去各地考察，取经觅宝，广泛征求各地意见等，这三个建议其实都是对时代流行语的一种戏仿，虽然只字未提我们的社会，但字里行间都指向我们的问题，是以夸张的笔触调侃了当

下社会种种机构重叠、办公室膨胀、人浮于事的官僚主义现象。《赫鲁晓夫的面子》从赫鲁晓夫的两件往事说明即使是极富个性与争议的苏联领导人也会不顾颜面，给美术家涅伊兹韦斯内应有的尊重，选择以国家民族和全世界人民的共同利益为重，这无疑是赢得了人们的尊重而保住了面子。言此意彼，读者心知肚明。《一块"他山之石"》是从报载韩国上层社会开展"不给子女留遗产"运动引题，其实是"拿来"为我所用，借鉴邻国有意义的做法，告诫国人不用千方百计给子女留遗产，其实留给子女最好的遗产是精神财富。

三、总体反讽

总体反讽是关于现代人生存境况的一个巨大隐喻，因为反讽有对现代权威的嘲讽与对意识形态的解构，但现实社会又存在种种明显无力解决的深层矛盾或某些无法逃脱的根本窘境，詹姆逊曾经意味深长地说："反讽是'现代派'的解决办法。"[1] 正如《开窗亮话》高大上的书名和形而下的五个板块名称之间的罅隙，特定语境里的作者因无力克服的认知缺憾与人性局限导致的眼高手低，使得文本中反复出现自谑自嘲。

《开窗亮话》的书名来源于"打开天窗说亮话"，言下之意，打开天窗就是要打开眼界之窗、人性之窗、精神之窗和心灵之窗，而说亮话就要说真话、实话、科学的话、正确的话、智慧的话和良心的话，书名表达了作者的期许和抱负。而不管是自谦也好，自得也罢，具体到五个板块的名称还是隐藏着清醒的认识：第一个板块"语治集"出自桓宽《盐铁论·救匮》的"大夫曰：孤子语孝，蹩者语杖，贫者语仁，贱者语治。议不在己者易称，从旁议者易是，其当局则乱"；第二个板块"知面集"出自孟汉卿《魔合罗》"画虎画皮难画骨，知人知面难知心"；第三个板块"开窗

---

① 转引自南帆：《反讽：结构与语境——王蒙、王朔小说的反讽修辞》，《小说评论》，1995年第5期，第77－85页。

集"出自俗谚"打开天窗说亮话"，与书名同义；第四个板块"观山集"
出自苏轼《题西林壁》"不识庐山真面目，只缘身在此山中"，根据作者名
字其实也可以看作"（青）山观"，只是不能由其联想到刘勰《文心雕
龙·神思》的"登山则情满于山，观海则意溢与海"；第五个板块"一得
集"出自《晏子春秋》里的"智者千虑必有一失，愚者千虑必有一得"。
面对现实生活里的种种问题，作者无法逍遥，但自己又无力提供一种根本
性、整体性的救世方案，在逍遥与拯救的相切点上，作者只能走向反讽，
这也就是作者在"代序"里说的："杂文经常使用的皮里阳秋、曲折隐晦
的'春秋笔法'。"因此，无垠的书名与有限的集名之间的张力本身也构成
了一种总体反讽。

作者曾在《会议人生》里对"文山会海"中的"会海"独辟蹊径地
讽刺与自嘲了一番。作者先是叙述自己在娘胎之中与娘背之上就有会议熏
陶，后自己又参加各种动员会、总结会、学习会、批斗会、辩论会、宣讲
会，还有生产队开会人走光了的奇闻逸事，并引用杜文澜《词律补遗》中
王观所谓人生百岁，只有二十五年是自己有用的岁月，进一步说明这二十
五年又被会议占据了一大部分的推算，最后得出的是"生命不息，会议不
止"的无奈结论。当然，自己也曾经是一个工作组组员，直接感受了一把
"作为会议的主动者居高临下发号施令的快感，美气了近两个月；同时也
在某种程度上理解了某些会议主持者，何以对会议这么执着、痴迷"。会
议的被动者与主动者的临时易位，也说明了受害方与加害方身份的模糊与
复杂，反讽的效果因此而不得不走向历史之无奈与理解之同情。

作者曾在"自序"里坦承："追求真理是要付出牺牲的……讲真话有
时也要付出代价……我却不是一个真正的勇者。我要顾及自己的身家性
命。这就使我陷入极度的矛盾之中，于是不得不采取一些迂回战术"，一
是采取"远攻近交"，二是不做早啼的公鸡，三是不轻易授人以柄，"假如
有人要对号入座，抓我的小辫子，恐怕也不会那么轻易得手。我的上述做
法也许会被勇者所耻笑，但我对'真'的追求是一以贯之、始终不渝的"。

这里表达的大概意思就是类似于季羡林先生"要说真话，不讲假话。假话全不讲，真话不全讲"之意。在《论"认认真真走过场"》里作者也坦承："我属兔，历来胆小"，即使举例也"不敢举'尖端'的例子，只敢举个我的一位外地朋友讲的年代较久远的安全系数较高的例子"。在封底勒口作者曾自嘲："厌恶'假大空'，常说'空大假'。思想'先锋'，行动保守。'贼心'虽有，'贼胆'则无。"读者也许会疑惑，胆小的作者如何弥合在"空大假"和杂文的求真求实之间的差距？归根到底，《开窗亮话》里的天窗能开几分？亮话可说几许？真心会有几何？真情堪托几成？各种自省自嘲与自我批判最终或许只得无奈地走向无解的总体反讽！

总的说来，《开窗亮话》中的言语反讽、结构反讽和总体反讽以深层否定表层，以隐含作者反抗叙述者，丰富了文本的意义内涵与艺术魅力，体现出作者对历史、社会和人生的深刻洞察与谋篇布局细腻、表情达意深刻的写作才华，同时善于营造文本叙述悬念，勾起读者的好奇心和阅读兴趣，使读者在与隐含作者的隐秘交流中完成话语建构活动，从而完成文本主题言此意彼的反讽性表达。

第二节 《围龙遗梦》：叙事的魅惑

罗青山先生的文学活动一直很活跃，编书、撰文、写小说，忙得不亦乐乎。而他的第一部长篇《围龙遗梦》叙述沉稳，营构绵密，卷帙浩繁，引人入胜，是有着深厚历史意识与深切家国情怀的客家书写集大成之作。小说以主人公颜佩琴的爱恨情仇为主线，串联出一个甲子以来以仁济围龙屋为主要空间的客家历史风云与乡土社会巨变。其中的客家特色自不用说，地方方言鳞次栉比，民俗奇观琳琅满目，光工笔描述的就有仁济围龙屋、客家婚俗、筷子神、山歌、民间牛角卦、灶神、上丁节等。掩卷沉思，其实特别吸引笔者的并不是那些富有奇观特色的民风民俗和潜伏其间的微言大义，而是不自觉表现出来的文体意识与不经意流露出的一次次有条不紊的叙述动作本身。小说的叙述手法虽然传统，但在地方文学中却别有韵致，自成风格，并初步形成了超叙事、主叙事、次叙事三个叙事层次。而那些颇有章法、极具张力的叙述动作步步生根，拳拳到肉，回旋往返，收放自如，犹如集团化的阵地战模式，故事情节因此而环环相扣地推进演绎，人物角色因此而步步为营地亮相出场。下文拟分析其叙事层面的时序、悬念与套层问题。

一、时序

文学是时间的艺术，叙事总是在时间中展开。任何一部叙事作品都有故事时间和叙事时间之分，故事时间是指故事发生的自然时间状态，而叙事时间是指事件在文本中具体呈现出来的时间状态。之所以区分这两类时间，是因为一部小说的故事时间和叙事时间往往不一致，时序就是研究故事时间和叙事时间的关系问题，时序大致分为"顺叙""倒叙"与"预叙"等。顺叙就是按故事时间先后来叙述，和叙事时间的顺序一致。倒叙又叫追叙，闪回，就是"回头叙述先前发生的事情"。[①] 倒叙又有内倒叙和外倒叙之分。内倒叙指的是时间起点和全部时间幅度都在叙事时间起点之内，而外倒叙则相反，时间起点和全部时间幅度都在叙事时间起点之外。

小说《围龙遗梦》是整体顺叙，局部倒叙，个别预叙。而倒叙又以外倒叙为主，具体体现为每个人物出场时叙述者会回顾一下这个人物的历史或经历，帮助读者更好地理解故事的社会背景与人物前史，全篇因此具有很强的历史感，能帮助读者更好地进入、理解全篇。

第一章整体是顺叙，隐身的全知叙述者一边对仁济围龙屋进行环境描写与空间描摹，一边写颜佩琴晚上等待丈夫卢家裕从部队归来的心情、状态与表现。颜佩琴第一次听到敲门声马上就去开门，但是没人，原来是一

---

① 胡亚敏：《叙事学》，武汉：华中师范大学出版社，1994 年，第 65 页。

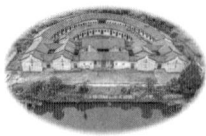

场幻觉，于是就把气出在狗身上，气恼地踢了它一脚，而第二次听到敲门声确实是真的，节奏也对，开门后满心欢喜看着丈夫归来，在两场久旱逢甘霖的夫妻生活后，卢家裕不小心说出了要马上归队并且还可能长期不回家的消息，疑似泄露了军情触犯了军纪，最后卢家裕以三年为约，告别深情的妻子。

预叙就是指叙述者提前叙述以后将要发生的事，如第一章夫妻告别后的这句话："客家人千年漂泊，历经磨难。佩琴家娘那一辈妇女送郎过番，想不到如今她又送郎远走他乡。不一样的年代，演绎着同一样的悲情故事。难道说这就是客家妇女的宿命？"就有点预叙色彩，与送郎过番相提并论，再加上书名中的"遗梦"含义，读者大致能猜测到佩琴丈夫大概率是一去不复还了。这处预叙还为其后叙述中一而再再而三地叙述颜佩琴的丈夫卢家裕在台湾的情况埋下了伏笔：先是婆婆韩淑端虚构儿子卢家裕的死讯好让颜佩琴死心，后又有卢家裕捎回来报告情况的录音带、儿子卢国正去台湾寻亲、卢家裕回来省亲与妻子见面，最后两位老人家在海峡两岸同时辞世，分秒不差。生前无法相守，死时同时归西，"不求同年同月生，但求同日同时死"。这是一个首尾相接连为一体的时间之环，一种始于爱终于亡、贯穿一个甲子的循环往复与圆环结构。而空间则由围龙到台湾，由台湾到深圳，再由深圳到围龙，有名有姓的出场人物先后有三十多人。

到了第二章就是外倒叙了，在简单叙说了卢家裕跟母亲说出了实情后，就开始了对三个心舅①的来龙去脉即人物前史的倒叙，从大到小"一一在她脑海中闪现"：先是大心舅童养媳周贤英，开始周贤英不懂男女之事强烈排斥同房，后又因丈夫"卢家福坠入爱河一发而不可收"最后贪色而亡，留有遗腹女小凤。再是二心舅等郎妹向素莉，好不容易一把屎一把尿把小老公带大，但先前向素莉的猴急行为使年幼的丈夫留下了阴影，所以床第之事始终虎头蛇尾兴味索然，两人关系不冷不热，光开花不结果，

----

① 心舅，客家话中"儿媳妇"的意思。

后来部队开拔时丈夫卢家禄也不回家，算是不告而别，最后卢家禄也没了下文。最后是三心舅"大行嫁"颜佩琴，生了两个儿子，夫妻关系也很好，但丈夫卢家裕因为战事去了台湾。三个心舅三种来源与性质，三个妻子与丈夫的关系也各各不同，子嗣也不一样。那下面的情节要如何演绎呢？夫妻关系、婆媳关系和妯娌关系要如何发展？至此叙述动力与悬念源源不断地生成，读者的心也就被悬起来了，叙述格局、视野与情怀也就此打开。

其后第三、四、五章先后将地主婆姚美玉的吝啬守财、卢德彰的挥霍无度因祸得福、蛮牛牯和唔开化的"光荣"历史一一道来，无一例外都是关于人物前史的外倒叙。每个人物第一次出场，叙述者都会把其前尘往事交代得清清楚楚，再往下叙述，历史的细节感与厚重感特别明显。例如第四章对蛮牛牯的既往经历就做了非常详细的叙述，先是花 3 页篇幅介绍其"大力士"称号的由来，再用 2 页篇幅介绍其绝佳口才的具体表现，再用近 5 页篇幅介绍其颇具传奇色彩的婚姻——从地主女儿孙明珠的相亲到新婚之夜的发泄阶级仇恨再到日常生活的刚柔相济，这里关于蛮牛牯个人历史的倒叙就整整占了第四章一半的篇幅。当然小说里也有内倒叙，就是叙事起点内已经发生了事情，即发生在主叙事中的事件，其功能主要是填补故事中的空白，叙述其还未来得及说清楚的、已经发生了的情节，帮助读者加深对人物的了解，并增加故事的复杂度和深度，使故事更加有趣和引人入胜。如卢蕙兰叙述自己的往事、卢润武女儿诉说自己的身世和遭遇，都是内倒叙，但因为同时涉及套层问题，故放在本节第三部分讨论，此处不再赘述。

二、悬念

悬念设计的好坏很大程度上决定了小说的阅读快感与接受程度。《围龙遗梦》里的悬念虽然不是非常密集，但都有迹可循，现在先看看前面六章的小悬念个数。符号"→"前是提出问题，"→"后是解决问题，从提出问题到解决问题意味着一个小悬念的开始与结束。

第一章有 3 个小悬念：

（1）第一次听到敲门声去开门→幻觉。

（2）第二次听到敲门声去开门→丈夫归来，夫妻生活。

（3）告知分别消息，还不小心泄露军情，三年为约→唱山歌送别。

第二章有 3 个小悬念：

（1）三个心舅的来龙去脉，周贤英是童养媳→丈夫卢家福贪色而亡，遗腹女小凤。

（2）向素莉是等郎妹→不冷不热，光开花不结果，丈夫卢家禄不回家，不告而别。

（3）颜佩琴是"大行嫁"→丈夫卢家裕，颜佩琴生了两个儿子。

第三章有 3 个小悬念：

（1）新中国成立后定成分，批斗地主婆姚美玉→败在吝啬守财和收留阿媛。

（2）卢德彰挥霍无度因祸得福、断指风波→中农、感慨命运。

（3）听儿歌、听半辇斋山歌→被婆婆叫回家。

第四章有 4 个小悬念：

（1）蛮牛牯组织唱半辇斋山歌，与负责治安保卫工作的严主任惺惺相惜→前世今生（力气、口才）。

（2）蛮牛牯回家被妻子孙明珠抢白→两人结婚始末，打服。

（3）蛮牛牯农闲上山打树头→和割鲁草的向素莉、颜佩琴斗山歌，输了。

（4）有日颜佩琴担心上山割鲁草的向素莉安全→撞见向素莉与蛮牛牯野战，并因婆婆知晓此事而与认定是她告密的向素莉有了心结。

第五章有 3 个小悬念：

（1）韩淑端四两拨千斤→向素莉先斩后奏、唔开化的历史。
（2）向素莉床上发声故意刺激颜佩琴→颜佩琴难以自持。
（3）三妯娌发生瓜田大战→向素莉被大嫂泼尿。

第六章有 3 个小悬念：

（1）向婆婆告状→大心舅、二心舅各打五十大板。
（2）颜佩琴数蚕豆→颜英瑞为其出头骂向素莉。
（3）合作化运动的后果与矛盾及婆婆担心颜佩琴另嫁→分家。

下面用表 3-1 来演示，最后一格是按平均每分钟阅读 400 个字的速度算出的小悬念均时。

表 3-1 《围龙遗梦》小悬念统计表

《围龙遗梦》章目	字数	小悬念数目	小悬念均时（400 字/分钟）
第一章	8308	3	6.9 分钟
第二章	18993	3	15.8 分钟
第三章	13772	3	11.5 分钟
第四章	15505	4	9.7 分钟
第五章	12734	3	10.6 分钟
第六章	14637	3	12.2 分钟

从悬念节奏来看，除了第一章，其余五章都比导言里统计的小说《白鹿原》大约慢了 2 倍，最快的小悬念也要 6.9 分钟，最慢的是第二章要 15.8 分钟（当然，第二章也可能被其他读者分出更多小悬念而使节奏变快）。所以从阅读体会和注意力来看，读者阅读《围龙遗梦》需要相当于阅读《白鹿原》至少双倍甚至三倍的耐心、坚持与专注程度。

即使如此，与其他本土小说的阅读经验相比，阅读《围龙遗梦》还是有一种久违的沉浸感与畅快感，特别是每到笔者认为有可能夸张过分或逻辑欠缺之处时，作者又能马上兜回来接住，犹如接住喜剧里的一个哏，不会导致尴尬，让读者心悦诚服，读者不至于因文本经验的庸常而兴味索然，这也可以看成一个小悬念的开始与结束，这里试举三例。第一例就是第十三章卢润武先是偷看颜佩琴洗澡，而颜佩琴并未大张旗鼓去搞清楚是谁，这多少就有无意识的放任、纵容之意。后来卢润武偷偷入户与颜佩琴私云雨，开始颜佩琴还以为是梦境，就与其翻江倒海颠鸾倒凤地配合，阅读至此笔者就觉得好像写得有点过头了，自己丈夫长期不在家应该还是知道的啊。现实新闻里常有睡梦中的女性与偷偷入室的男性（小偷或邻居）发生关系之类，但那是女方以为是丈夫（男朋友）回来了。再说这种云雨之事，梦境与实境的区分应该还是很大的。至此笔者的质疑之心就悬起来了，再这么写下去可能就不能给出合情合理的解释了。但没多久颜佩琴就醒悟过来开始质问对方"你是谁"并以后续的半推半就结束了第一次私会，这样笔者悬起来的心才落地。还有第二例，就是第十八章高冬红不顾家人的安排想让恋人卢国正去上大学，还彻底放弃上大学的希望并断绝母女关系。这些"恋爱脑"情节虽然在逻辑上是可能存在的，现实中也有发生，但读者总觉得有点悬，因为卢国正好像没心没肺的，毫不为其所动，那高冬红接下来有没有去上大学？命运到底如何？文中好像一度断片了。没想到卢国正再次见到高冬红时已经到了第二十二章，她已经是一个位高权重、雷厉风行的地方父母官高书记了，并改名为"高东梅"，她也向卢国正主动说明了自己还是靠家里关系"搭上了推荐选拔上大学的末班车"，因爱恋而"盲目"，"复明"之后当然要丢掉拐杖与包袱轻装上阵，改了名字，读了大学，从生产队长干起，仕途一路"开挂"到县委书记，只差一点没说以前的种种荒唐之举是少不更事的"冲动的惩罚"了，这样一兜底说明就让情节符合生活与文本的逻辑。而第三例就是第二十二章叙述乡贤们回家乡投资办厂的活动，当笔者以为接下来会落入乡贤无私回报桑梓地的情节窠臼时，没想到作者笔锋一转写了在商言商、低价拿地盖商品房互利双赢的内幕，令读者莞尔释然。此三例悬念的提出问题和解决问题无疑彰显了作者对社会人生的深刻体认与对幽暗人性的犀利洞察。

三、套层

套层结构是纹章学术语，意指一个纹章里面还有另一个纹章，内部纹章是外部纹章的仿形，文论借用来指文艺作品中的"剧中剧""戏中戏""画中画""书中书""故事中的故事""电影中的电影"等特殊文本结构。[1] 套层不仅增强与扩大了作品的可读性和思考空间，也使得作品的情节结构更具复杂性和趣味性，它们相互影响、交叠、重合，甚至会形成一种更深层次的复调结构。对于小说来说，就是在小说里谈论小说，如《围龙遗梦》里的超叙事部分，或者是故事里面讲故事，如《围龙遗梦》里的次叙事部分。

赵毅衡在吸收了热奈特于《叙事话语》中提出的"叙述层次"分为故事外层（extradiégétique）、故事层（diégétique）、元故事层（métadiégétique）的基础上，提出了超叙述、主叙述与次叙述三个层次的说法。[2] 因《围龙遗梦》超叙述、主叙述与次叙述的三个层次叙述并不自觉与典型，故笔者对小说的叙事层次分析权且调整出超叙事、主叙事与次叙事三个层次，原因就是

117

---

① 详见［法］克·麦茨著，李胥森、崔君衍译：《费里尼〈八部半〉中的"套层结构"》，《世界电影》，1983年第2期，第68–76页。

② 详见赵毅衡：《当说者被说的时候——比较叙述学导论》，成都：四川文艺出版社，2013年，第64页。

《围龙遗梦》的叙事体现了三个层次，而叙述则是停留在两个层次。因此，作为一种叙事策略，套层叙事在《围龙遗梦》这一部作品中同时存在并置和嵌套两种不同的叙事层次。《围龙遗梦》文本的三层次叙事表如下：

表 3 - 2　《围龙遗梦》文本的三层次叙事表

层次	叙述	叙事
第一层次	拟超叙述（零聚焦）	超叙事（卢国正接受卢新锐采访）
第二层次	主叙述（零聚焦）	主叙事（小说的主体内容）
第三层次	次叙述（婆婆和三陪女）	次叙事（9 个"故事中的故事"）

　　第一层次的文本拟超叙述的"拟"字意思就是该层次的叙述不太标准、不够典型，超叙事即尾声部分叙述了卢国正接受将来时态的小说家卢新锐的五天采访，两人还讨论了高冬梅的形象安排问题，这就有点元小说中叙事里的叙事、小说里的小说的味道，自然是作者的夫子自道，属于超叙事层面。虽然从外在的层面叙述、暗示了小说人物的来由与情节的演绎，但遗憾的是，这里不用惯常的让作者和读者在小说里谈论情节安排与人物设置的写法，而是同一个叙述者让处于作为人物角色的卢新锐和卢国正去讨论如何把处于同一层次的卢国正的爱恋者高冬梅安排进作品里，这样很容易让读者的费解和误会，原因就是超叙事没有提升到超叙述，也就是没有更换叙述者，小说的超叙述与主叙述本来应该是两个层次的叙述动作，同一个叙述者同一层面的叙述动作即零聚焦最终使叙述处于二合一的并置层面。"这是主叙述层次人物向上入侵超叙述"①，属于叙述层次的跨层问题。所以故事虽然是两个层次，但因为叙述动作的同一层面而事倍功半了。

　　第二层次是文本主叙述与主叙事，即用零聚焦叙述小说内在的、本然

---

　　①　赵毅衡：《当说者被说的时候——比较叙述学导论》，成都：四川文艺出版社，2013 年，第75 页。

的故事情节，这一叙事也构成了小说情节二十四章里的主体内容。

第三层次是文本的次叙述和次叙事，就是故事中的人物讲述故事，类似于画中画、戏中戏，属于小说里的小说。这里要根据是否更换了叙述者而区分出两种情况。

第一种情况，与超叙事部分同理，处于文本"次叙事"的第二章瞎子配瘸子的故事、红衣女侠的故事，第三章婆婆为了给公公戒赌讲吴三保的真实故事、盲妹讲阿珍后生的故事，第十章讲读书人的故事，第十九章卢国方讲与弟弟同时判刑者的故事，第二十三章卢蕙兰回忆往事等七个故事中的故事，因为在叙述动作上没有更换叙述者而与主叙述处于二合一的并置层面。作者可能想要形成二维的嵌套结构，却使用了一维的并置叙述即零聚焦，在效果上当然有所折扣。

第二种情况就是主叙事与次叙事有区分严格的两个层次，就是主叙事里的人物"成为下一层次（叙事）的叙述者"①，是名副其实的嵌入叙事，属于标准的次级叙述，即实至名归的戏中戏或故事里的故事，两者之间是或解释或补充的关系。第一处是第二章婆婆为了让三个心舅归拢心思，于是现身说法，忆苦思甜地讲述自己与老公的悲情故事，第二处是第二十二章三陪女卢润武女儿向卢国正诉说自己家里的悲惨往事。在这两处，婆婆和卢润武女儿由主叙事里的人物变成了次叙事（自己故事）里的叙述者，而视角也由主叙事的零聚焦变成了次叙事的内聚焦，于是这两处叙述就各自成了一个典型的嵌套套层。

就套层结构来说，《围龙遗梦》里的套层叙事除了两处嵌套套层，其他七处还是没有更换叙述者的并置套层，因此全篇叙事虽然有三层，但叙述动作只有两层。从功能上看，小说里的套层叙事基本上是一种补充剧情的旁枝蔓节或增色生辉的写作技巧，还没有上升到一种富有复调意味的文

119

---

① 赵毅衡：《当说者被说的时候——比较叙述学导论》，成都：四川文艺出版社，2013年，第67页。

本结构，这多少会削弱读者对作品人物的代入感与剧情的感染力。

综上所述，作者在《围龙遗梦》中采用了时序中的顺叙、倒叙和预叙以及悬念与套层等叙事手法来营构叙事节奏、叙述动作与叙事结构，戏里戏外层层交错且相互牵连包容，极富层次感，不时让读者在主叙事、次叙事与超叙事之间来回游走，借此思考并领悟文中颜佩琴等一众人物与套层故事的丰富而厚实的社会文化意蕴。该种复杂的、层层并置或嵌套的迷宫般的叙事结构配以不同叙述者在不同时序里的叙述，使读者能够从不同层面理解仁济围龙屋的文本细节、历史真相与可能性，同时也留有诸多"空白"和"未定点"以供读者驰骋想象力并遐思回味。

第三节　作家访谈：编书与写小说

一、《客都客家文学选粹》

张劲松（以下简称"张"）：罗主席，您好！我们其实是老相识，虽然微信是前年才加上的。2000年我刚来梅州不久就到《梅州日报》和您聊过几句，您那时有本杂文集《狗哥哥猫弟弟及其他》，本想给您写篇评论的，后来有事就放下了，不知您还有印象吗？

罗青山（以下简称"罗"）：印象深刻，老朋友了。我一向对学富五车、教书育人的张教授崇拜有加，十分敬重。

张：上次文友小聚，和您偶遇，您还惠赠了我两本大作《围龙遗梦》和《开窗亮话》，都是大部头。我说过来拿，没想到您坚持寄给我，真是客气。能说说您上中大历史系前后的事吗？为什么没有读中文系？平时阅读历史书多还是文学书多？

罗：我是 1967 届初中毕业生，读了两年初中，就因"文革"而辍学，回乡务农。恢复高考前，当了两年半的小学代课老师。

或许是坚信"知识就是力量"，即使在"知识越多越反动"的口号喊得震天响的年代，我仍不忘看书学习，积累知识。所以，当大学校门重新开启，我这个仅有初中二年学历的"小三届"，便"瞎猫碰上了死老鼠"，竟以全专区前几名的成绩（当时还没有"文科状元"的说法），考上了全国重点大学——中山大学的历史系。

20 世纪 70 年代，我就是敝县兴宁的业余作者，写些小演唱节目，最光辉的成就，就是写过一篇短篇小说，约 4000 字（是我的小说的"处女作"罢），以整版篇幅，发表在兴宁文化馆的内部文艺报纸《宁江文艺》上，获稿费 1.5 元，人称"油灯钱"，是我平生的第一笔稿费。我还创作过小戏《小管家》，作曲和伴奏全包揽，参加了全专区中小学文艺调演。

毫无疑问，上大学我最想读的是中文系，但不知怎么的阴差阳错，高考成绩历史比语文高出了 2 分。因急盼"吃谷转吃米"，即成为吃商品粮的非农人员，便听信辅导填志愿（那时是先出成绩再填志愿）的老师的意见，填报了历史系。其实按我当时考出的按百分制计算为 80 实分的语文成绩，填报中文系绰绰有余。后来读上了历史系，还耿耿于怀，后悔莫及，专门向系里面打报告，要求转系读中文，终未获批准。

大学毕业后，"衙门不进，决意从文"（引自拙文《自嘲》）。毕业分配欲进当时很火的杂志社《黄金时代》而未遂心愿，被分配到省团校，即现在的青年干部学院当老师，因而心灰意冷。仅领了一个月俸禄，经母校相关部门批准后便打道回府，在梅县文化局当资料员。1985 年初调到梅江报社，即现在的梅州日报社当编辑，后转为副刊编辑。

大学期间真还有点不务正业，在完成学业之余，一有时间便泡在图书馆读文学类书籍、报刊。长期订阅《小说月报》《散文》。80 年代的著名作家王蒙、从维熙、邓友梅、高晓声、冯骥才、刘心武、张一弓、张贤亮、古华、张洁、张抗抗、张弦的代表作，我基本上都读过。到现在，历

史老本行早丢了，读的仍是文学类书籍和杂书。

张：根据传统的文学体裁划分，您主编的《客都客家文学选粹》缺少了戏剧卷，是出于什么考虑？为什么将杂文随笔从散文卷里分列拣出来？我看其中的一些杂文随笔好像与一般散文并无多大区别。

罗：梅州戏剧创作成果丰硕，但一直以来，梅州戏剧与文学是分家的。市文联旗下有戏剧协会、作家协会，如把戏剧列入，有僭越本分之嫌。杂文、随笔本来就是散文的一个分支。之所以分离出来，与我个人的偏好有关，也与本人对它们的创作状况的认知和判断有关。我认为杂文随笔是很能体现人的道德观念、人文精神、知识积淀和思想高度的文体。梅州文人秉承了中国古代士大夫的精神，有较高的道德追求、修为和强烈的社会责任感，且学识宏富，博古通今，杂文随笔创作的成果很可能超越其他文体。当然，这只是一孔之见，很可能是偏颇的；这样的分类也许并不科学、规范。

张：小说《围龙遗梦》中客家民俗的内容也很丰富甚至博杂，几乎面面俱到了，但又能很好地嵌入主体故事，没有任何游离感。您所编的《客都客家文学选粹·民间故事卷》后来有出版吗？

罗：小说写民俗，关键要自然融入，要对小说主题的深化、人物形象的丰满、情节的发展有所补益，而不能生搬硬套。随意贴上去的民俗，如同身上长出的毒瘤，令人恶心、倒胃口。"民间故事卷"因经费的原因没有出版，我还为它写了一篇前言。

张：我有个看法，不知对不对。就是小说的好坏可以通过能否进行技术把握与形式分析来判断。小说内容是大家都可以看得到的，例如情节、人物、社会反映、生活再现等，写得再烂的小说也有内容可以去把握，也能通过一些花里胡哨的说法来掩饰内容的贫乏。但如果小说写得很烂，就不好进行形式分析，即使勉强进行诸如语言、时空、叙述、视角、结构等的分析，其结果估计也很难看。不知您的意见如何？

罗：我完全赞同您的看法。好的小说应能进行并经得起"技术的把握和形式的分析"。客观地说，我不是搞评论的，只是小说的爱好者和偶尔的试验者，对小说的理论认知仅停留在感性的层面，而没有真正上升到理性的高度。在写作实践中也许有理论指导，但这种指导是朦胧的、下意识的、经验主义的，而不一定是明晰的、有意识的、超体验的。我常常把这种理论和实践的交融和相互作用简单地归结为形式与内容的有机结合和统一。其中内容是核心，是第一位的；形式为第二位，是为内容服务的。没有好的内容，再好的形式也是无本之木。当然形式也很重要，仅有好的内容而无好的形式去体现，好的内容也会黯然失色。没有明晰的理论指导或许是普通写作者的通病。作为有追求的作家，要有意识地提高自己的理论素养，使自己的作品能经得起"技术的把握和形式的分析"，上升到一个新的高度。当然，理论和实践是相互影响、相互作用、相互促进的。理论能引导小说创作，使小说的表现形式更多样更丰富；反过来，富有创造性的小说创作也会为理论的创新提供新的范本，促使理论的扩展和深化。理论应该成为小说创作的引导，而不应该成为创造力的桎梏。

二、《围龙遗梦》

张：大作《围龙遗梦》其实早有耳闻，但一直无缘一见，自己也是因一个会议发言者的评判，先入为主地以为不是太好读。前年收到赠书后读了第一章，看到您在第一章就把夫妻生活写了个畅快淋漓，便疑惑一开篇就把牛肉这道硬菜端上来，那后面岂不是只能光喝汤了？所以就有点犯嘀咕，又因为是厚厚一大本一时看不完，加上有日常杂务就暂时放下了。这可能是一些读者的共同阅读感受。

罗：快餐文化、碎片阅读盛行的时代，这么一本如砖头般厚的书是令人生畏的。凡想读此书的，我都建议他先挑选一两章试读，如第二、第十

123

三、第十四、第十六、第二十二章。觉得有意思，再读下去。

张：《围龙遗梦》离初稿写作已经有 10 年时间了，正式出版也有 6 年，这期间大致收到过哪些反馈？

罗：拙书由于种种原因，印数不多，而且没有全国畅通的发行渠道，加之自己有自命清高的臭脾气，不愿低三下四求人，也不谙熟炒作，所以影响是局部的，仅停留在文友交流的层面，说好听点是"养在深闺人未识"。作品问世之初，广东省作协的一位中层干部对拙作评价很高，专门打电话给我，说想以省作协的名义，为我举办一场作品推介会，具体方案都有了，就是由省作协出面出场地，与会专家则由我指定和邀请，他们协助我联系。但我出于某种担忧，没有立即答应。后来他们也反馈说，要再等待时机。

或许碍于自己的老脸，但凡读过拙书的人都褒扬有加。评论概括起来有几个方面：

其一，肯定了小说作为典型的客家文学鲜明的地域特色，认为是一部客家文化的百科全书。广东省作协《作品》原副主编艾云写了一篇评论《现代意识观照下的客家女性叙事》，里面说道，"他的小说有着丰富的客家文化元素，客家山歌、客家民谣、客家饮食、客家民居，以及客家节庆、婚丧嫁娶、算命占卜、请仙问神等习俗，都在恰当的叙事过程出现，客家世俗生活犹如风情画卷徐徐祖呈，充满浓郁的烟火气息和人文情怀"。嘉应学院教授冉正宝写了一篇评论，题目就叫"最客家小说"，充分肯定了本书地域特色鲜明突出的优点。梅州日报社原副总编、客家民俗专家张谨洲写了一篇评论《闲把客俗细推敲》，细述书中展示的客家民俗。梅州日报社原副刊部主任陈金和在朋友圈发文，说它"是一部不可多得的客家文学巨著"。《梅州侨乡月报》主编刘奕宏说它是"客家文学的力作。以前那些吹得天花乱坠的所谓的客家文学巨著，都相形见绌"。

其二，肯定了它深刻的社会历史意义。兴宁市著名红学家、作家朱伟杰认为它"敢于直面惨淡人生"，在"反思历史，反思人性，反思客家文化方面，都很有突破性，作为休闲读物，也很好看，引人入胜"。梅州日报社副刊部主任陈嘉良说"这书是要传世的"；梅州市退休教授程儒章也有相同的看法，说它"是传世之作"（我有自知之明，实在不敢当）。

其三，肯定了它的创新意识、现代意识。艾云在评论中说，它"较之以往客家文学叙事中或是寻根问祖找寻来路，或是摹写客家人由贫瘠艰窘经过奋斗创造新生活的发展脉络，其构思更独特，挖掘人性更有深度……因而更能体现文学家的思索与担当。这样的角度切入，让他的小说具有鲜明的辨识度和价值。……小说耐读、引人入胜"。南方日报社原副总编辑、文学评论家李钟声评论说："青山刻写人物是有力的、个性化的。其创造的客家人物群像众多而独特，值得评论界祝贺，值得好好总结。"

其四，从多角度多维度去解读。朱伟杰独辟蹊径，写了一篇评论《窥探人性的一扇窗户》，从拙书性描写的角度切入，去窥探它与人性刻画的关联性和独特作用。此文在本人的微博刊发后，阅读量达到 15000 多。

但或许是受多种因素的制约，从思想性、艺术性等大的方面去深入评价本书的评论，目前似乎还不多。我充满期待。

张：拙文是从技术和叙事方面分析的，和前面诸位的分析路径都不一样，希望能够弥补这方面的不足。有部很火的美国电影《廊桥遗梦》（1995），是根据 1992 年的同名小说改编的，您的小说题目受到其影响吗？好像小说题目里有"遗梦"二字的很少。

罗：您的评论我读了两遍，您对拙小说进行了细致深入的技术分析，角度选得好，把脉精准，切中肯綮。拙小说中的确较多地使用了倒叙、悬念、套层等手法，这应该是其艺术特点的重要方面。您的评论剖析深入、到位，有理有据，令人信服。体现了您深厚扎实的理论功底和严谨认真、一丝不苟的治学态度，令我由衷佩服。衷心感谢您并致敬！

我看过《廊桥遗梦》的电影。我起小说题目，的确从中受到启发。人

们常说人生如梦。遗梦就是人的历史、人的过往，是对往事，尤其是缠绵情事的追忆。《围龙遗梦》书写的正是围龙屋中发生的形形色色，如梦魔般的悲欢离合的历史。

张：溢美之词，过誉了。去年在一次广州的会议上有两位与会者对您的大作给予了很高评价，我隐隐觉得不读完大作可能是我的损失了，于是这次寒假我就集中利用了几天时间好好拜读，结果读完第二、三章就放不下了，一口气读了两遍，感觉这是客家题材方面长篇小说的高峰。

罗：过奖啦。能读下去是我的荣幸。"高峰"不敢当，兢兢业业写客家倒是真的。

张：您因为喜欢写杂文，所以也把这种写法带进小说，表现就是里面有很多议论、评说和判断，但难能可贵的是叙述者的声音并没有压制人物的声音，而是处于一种和谐共生的状态，夹叙夹议，因此小说虽然很厚，但读起来不觉得累赘，这体现了您高超的谋篇布局能力与文字驾驭功底。

罗：书中是有一些议论，但我也尽量压制自己，不要跳出来评头论足，还是要让形象去说话。有时实在忍不住，才赤膊上阵。如作品写到作为母亲的颜佩琴甘冒风险和道德瑕疵挺身而出去偷盗，以拯救即将饿毙的孩子的时候，我就再也按捺不住、慷慨陈词了。议论只要精当、得体，恰到好处，应该有其存在的空间。这也是在一定程度上受刘心武早期的小说和王跃文《国画》的影响。

张：小说人物基本都有原型吗？第十六章的拐卖母亲的情节太荒唐了，是有原型故事还是纯粹虚构？

罗：小说人物大都有生活原型，我们那个老屋就有三户台属。在那个年代，他们的境况都很凄惨，我很同情。但书中人物却是拼凑起来的角色。正如鲁迅所说的，他可能"嘴在浙江，脸在北京，衣服在山西"。拐卖母亲的情节太荒唐太典型，但确确实实是真的，有原型人物，还是同姓宗亲呢。小说中的大部分情节、细节都是真实的。

张：看来生活比小说更疯狂、更有戏剧性。大作前面几章的叙事节奏是比较慢的，但又不是那种游移无根的写作，而是围绕着要出场的人物来叙事其前史或介绍事情的来龙去脉，娓娓道来、有条不紊，老到得不太像是第一次写长篇小说。因为大作的完成度很高，而且几乎没有什么逻辑漏洞，一出手就达到了一个碾压式的高度，所以一些作家受到启发，在他们的作品里，一些人物关系的安排和情节桥段的设置可能就有借鉴和模仿的痕迹，对此种互文现象您在意吗？

罗：写小说要靠两套笔墨，一是叙述，一是描写。自我感觉，这两样功夫都还算过得去。这得益于我很早就写小说，20 世纪 80 年代初就在《梅江报》发表短篇小说。我写小说也走过弯路。90 年代通俗小说、爱情小说盛行的时候，写过中短篇侦破小说（一天写五六千字）、爱情小说。侦破小说现在都不敢再翻看，看了会脸红。以后便写小小说，这方面还有点成果。

于我来说，对无意的雷同、"撞车"，可以忽略不计，但刻意的模仿、抄袭就不能接受。《围龙遗梦》是心血之作，故很看重。因它印得少，只是在文友之间传阅，知道的也不算多，所以成了人家模仿抄袭的目标，已暴露出来的就有三宗。有一部小说中竟有 20 多处与我的小说相似或雷同，涉及小说的情节、细节、人物、客家民俗和具体的文字描写等。我实在不能容忍，差点就与他对簿公堂，幸得省、市两级作协从中调解。还有一位作者写的小说，一些地方有较明显模仿我小说的痕迹，我写什么，他就写什么；我写人鬼对话，他也写人鬼对话；我写"大跃进"年代的事，他也跟着写，只是情节不同。甚至他整部小说的故事出发点，也与我小说中的一个情节雷同。另有一位作者，把我小说中的民俗当作原始资料，想抄就抄，随手拿来，丰富他的小说。殊不知有些民俗如"下阴间问鬼"，是我

首次形诸文字，连客家民俗著作中都找不到，而且我写此俗有深意，是对农村改革开放的呼唤，故有首创性。对此种种我也很无奈，很憋闷，感叹作家权益保障之艰难。

张：模仿还是抄袭的判定是个很专业很复杂的问题，行业规范与法律法规往往还不太一致，以至于当年琼瑶告于正的抄袭案还请了"具有专门知识的人"，琼瑶方请了著名编剧、中国电视剧编剧工作委员会常务理事汪海林做"专家辅助人"，即特殊的证人或顾问。当然这也从另一方面也说明了您的创作水准高，影响、启迪了其他的作家，您也成了作家的作家。

罗：抄袭的确很难判定。我咨询过一名律师，他说，广东打赢抄袭维权官司的只有一例。所以抄袭者胆子很大。但这是一种很卑劣的行为，也是自我丑化。人之所以要写作，多是觉得自己有这方面的潜能。去抄人家的，不如回家卖红薯。我写了一篇杂文《所见的同与不同》，就是讽刺这种现象。

张：在您的微信公众号里读了杂文《所见的同与不同》，引经据典，意在言外。如果《围龙遗梦》再版，有没有想过把题目改成哗众取宠的"寡妇门"，小说可能会火，因为里面几个主要女性人物都是寡妇（含守活寡）。

罗：您这个建议很好，此前也有朋友建议过，我也有过考虑。但我是个很执拗的人，总想保留作品的原貌，不太愿意做伤筋动骨的删节或改动。改题目的想法也有过，并且做了个小小的试验。我在微博上试发了小说第二章的一半，题目就叫"一门三寡"，真是"英雄所见略同"！

张：我看您在书里的叙事其实有三层，第一层就是"尾声"里的卢国正接受卢新锐采访，为了他写小说，其实这是您夫子自道，说明小说的来龙去脉；第二层就是主体故事；第三层是戏中戏，就是故事里的故事，这样显得很有历史的纵深感和文化的深邃意蕴。您这是有意为之吗？

罗：如前所述，严格说来，三层叙事是一种潜意识，有的自觉，有的不那么自觉。您的把脉真准，小说中那个卢新锐是有我的影子。我就是想借助"影子我"表达写这部书的来龙去脉与初衷，"不求名不图利，只是秉持读书人的良知，记录一段特殊的历史，让后人知道，他们的前辈曾经这样生活，从中吸取点经验教训"。

张：但有点遗憾的是，故事虽然有三层，但叙述这个动作只有两层，因为故事的前两层其实是一个叙述者，所以在叙述方面又只能算一层。并且第二层叙述好像只有一次，就是第 34 页婆婆韩淑端讲自己和老公的悲情故事，婆婆是真正的叙述者。而其他几处都改成了第三人称的全知叙述，和前面的内容又是一个平面的叙述了，例如即使是卢蕙兰叙说自己的往事，卢蕙兰都不是叙述者，不是以第一人称来讲往事，而是用第三人称的全知叙述。我个人觉得可能缺少了点叙述的分层与亲历代入感。您当时有这方面的考量吗？

罗：第二层叙述（即内聚焦）是少了。小说的第二十二章写卢润武的女儿诉说自己的身世和遭遇，应该算一个，拢共两个。总之，写作过程都是"跟着感觉走"，其他本来可以用第二层叙述的情节，如卢蕙兰叙说自己的往事等，之所以还是采用了第一层叙述（即零聚焦），是觉得采用它似乎更合乎故事发展的逻辑，与情节更为融洽、顺畅、不着痕迹。以后修改会采纳您的建议，适当加强第二层的叙述，以增强作品的层次感和纵深感。

张：第 422 页卢润武女儿诉说自己的身世和遭遇，肯定算，所以是有两次，第二次我后来再翻阅时也发现了。卢蕙兰叙说自己的往事我觉得可能还是用内聚焦自然顺畅点，我读到这里就有点困惑：怎么还是用以前的

129

零聚焦啊？是不是写顺手了不想换位啊？要替现代读者着想啊！另外如果再版，建议把客家话翻译成普通话，这有利于在客家地区以外的传播。因为大作那么大部头，又有大量的客家话，可能会阻拒一些读者。尽管开头有"客家话与普通话常用词汇对照表"，正文还有脚注，且不说边读小说边看对照表和脚注符不符合阅读习惯，光看收录的词条还是不全面的，小说里有一些方言查不到，我忘了是一两个什么词了，当时我能猜出个八九分，是为求证才去翻了前面的对照表，无果，不能保证其他读者能够猜、愿意猜，而个别明显接近普通话的客家话也没必要标注。

罗：这个建议有很强的针对性，有的读者也曾提出，过多地使用客家方言，影响了阅读的连贯性、流畅性，增加了阅读的难度。改动我已经在悄悄进行，即把那些已经在客家人的口头用语中作了普通话改造的客家话，如人称代词"俺兜""佢""你侪家"，疑问代词"样般"等，都改用普通话。

张：新版客家山歌音乐剧《林风眠》大获成功，其中用了大量现代艺术表现方式与元素，而客家方言和客家山歌似乎都很稀薄了，这样才能走到北上广深和杭州演出，否则接受面没那么广，特别是年轻观众。《围龙遗梦》中的方言可能也是一样的道理。大作的每一章都没有题目，仅标了序目，可能对部分读者来说，没有暗示和提示，可能也就少了点吸引力。就如同一个裹得严严实实的美女，连眼睛都不露出来，到底长得如何，外人无从得知与想象。我不揣冒昧，给每章拟了个题目，供您再版时参考：第一章"话别"、第二章"妯娌仨"、第三章"半荤斋"、第四章"撞破"、第五章"泼尿"、第六章"分家"、第七章"做灶"、第八章"放卫星"、第九章"做厨师"、第十章"上学"、第十一章"饥荒"、第十二章"偷薯"、第十三章"云雨"、第十四章"落锁"、第十五章"营救"、第十六章"卖母"、第十七章"远嫁"、第十八章"上大学"、第十九"偷渡"、第二十章"返乡"、第二十一章"祭母"、第二十二章"三陪"、第二十三章

"泼粪"、第二十四章"回家"。

罗：这也是一个很好的建议。我原来没给小说各章设标题，是为了保持小说的连贯性、整体性和留下悬念，但这的确会降低吸引力。其实我也有这种担忧，并且做了补救，在每章结束之际加了一小段近乎"欲知后事如何？且听下回分解"的简短提示文字，但看来还是不够。难得您这么有心，花了这么多的心血，亲拟了每章的小标题，令我很感动。以后有机会修改、再版时，会考虑加进去。另外，我也想在每章节的前面增加一首山歌的引文。前段时间补了近半，后又因忙别的事情放下了。

（2024 年 3 月 1 日改定）

131

第四章 彭汉如：家园书写与散文笔法

第一节 乡土散文：家园回望与精神返乡

　　翰儒[①]是粤东文学星空中的一颗耀眼之星，近年创作势头强劲，成果颇丰。他既写散文也写小说，可谓左右逢源、风生水起。其作品既为过往的艰难时世做证，亦为自己的心灵成长立传。相比较而言，笔者更欣赏他的散文，特别是那些源自记忆深处的乡土散文。[②] 与小说是让人物站出来说话不同，散文是作者直接说话，散文里的作者人格更自然，也更真实。作者的本心"在散文里绝无隐饰的可能，提起笔来便把作者的整个的性格纤毫毕现地表示出来"[③]。翰儒乡土散文里那些穿越岁月的如烟往事与芸芸众生是如此的熟悉、亲切，而文中那些坚实的细节、绵绵的情思与清澈质朴的语言往往带着人性的温度逶迤而来，又蜿蜒而去，触及人心最柔软的部分，让人情不自禁、回味不已。本节拟对翰儒的乡土散文从乡村匠人、童年物事和故园风情三个方面做些初步探析。

---

　　① 翰儒，1968 年生，本名彭汉如，广东省丰顺县人。曾出版散文随笔集《活着真好》、报告文学集《笑傲商海》，近年著有中篇小说集《家园》（花城出版社，2013 年），散文集《远去的风景》（现代出版社，2013 年），《岁月有情》（现代出版社，2016 年）。

　　② 本节研究对象仅限两本散文集里的乡土散文部分，文中所引散文篇目除《老家门前的杨桃树》《那年代读高中》《老屋》《梦启航的地方》出自《岁月有情》外，其余皆出自《远去的风景》。所引散文篇目会在文中一一标出，不再另外做脚注。

　　③ 梁实秋：《论散文》，《梁实秋文集》编辑委员会编：《梁实秋文集》（第 6 卷），厦门：鹭江出版社，2002 年，第 383 页。

一、乡村匠人

匠人就是农村里有手艺、有技术的人。居家为农夫，出门为匠人。凡是在农村生活过的人对这些匠人都不会陌生。俗语云：家有良田万顷，不如一技傍身。乡村匠人正是有一定技术才能够在特定时间里居无定所地游走在前村后寨、乡野田间。匠人们的来来去去不仅为村民的日常生活带来了便利，也为单调贫乏的乡村生活平添了生气、味道与颜色。散文集《远去的风景》开头四篇《远去的风景》《乡村裁缝》《乡村那些人那些事》《乡村最美的人》就是一组关于这些乡村游走匠人的散文，其具体身份有打铁师傅、阉鸡师傅、剃头师傅、乡村裁缝、杀猪师傅、木匠师傅、接生婆等。

"凡被称为师傅的，都有爱戴的意思在里面。"为何爱戴？"师傅"二字就已经预示着他们肯定有一些村人所没有的手艺与本领，他们所接的活都有一定的技术含量，所以他们才受村里人尊敬。如铁匠能把那些农忙后残败的镰刀重新加温敲打淬火，使之变薄变锋利。阉鸡师傅把许多小公鸡的睾丸割去，使其成为肉多味美的阉鸡。当然，对于这种美味，家里人享用的并不多，偶尔有贵客上门或逢年过节才舍得吃，更多是卖掉贴补家用。剃头师傅会把全村人都理成几种简易的发型，工钱除了一家一户轮流派饭外，剩下的就用稻谷充当，多少有点类似"以物易物"的交易行为，于是剃头师傅挑着空箩筐来挨家挨户收稻谷成为那时有点滑稽且不可多见的独特风景，那时"大多数人家手头拮据，用稻谷充剃头工钱，实属无奈之举"（《远去的风景》）。裁缝会给小孩特地做大几号的衣服以备长个子之用，这样宽大的衣服能够穿好几年，等到合身时早已破旧。且颜色款式就那么几种，全村男女老少在一块儿的话，不仔细看，分辨不出谁是谁（《乡村裁缝》）。请杀猪师傅既是主家一年一次的隆重事项，也是令全村人兴高采烈的小型节日。一家杀猪，全村幸福，因为那一道"猪红咸菜"会给那些饥饿的肚皮以温暖与营养。而三五年也难得请一回的木匠师傅的到

来意味着主家要给儿子娶媳妇了（《乡村那些人那些事》）。在这些走村串户的匠人中间，接生婆花婆是唯一的女性。在医疗条件还非常落后的年代，接生婆就是救苦救难的"观音娘娘"，甚至许多父子俩都是花婆接生的。虽然现在的医院更便捷也更安全卫生，但在村人的心中，花婆的位置无可取代，于是花婆成了乡村最美的人（《乡村最美的人》）。匠人们不仅有手艺，而且会兼做一些暖心且愉悦他人的事，不像现代职业，大家都只是机器上的一颗螺丝钉。如铁匠会读"三国""水浒"，夜晚还能给妇孺老少讲古说法，解读人生。木匠兼有油漆、油画的手艺。没有上过学的接生婆竟然能勉为其难地顺带给婴儿取名字。

当现代化的流水线生产取代传统的刀耕火种，当效率更高的工艺复制取代传统社会的手艺制作时，乡村匠人也就失去存在的理由了，走下历史舞台是早晚之事。铁匠与阉鸡师傅无声无息地销声匿迹了；剃头师傅被各种花里胡哨的美容美发店取代；家具商城里琳琅满目的新式家具相比木匠做的家具，不但款式别致而且价格便宜；接生这种攸关性命的活计也由更加专业的医院接管。多年之后，"自己"竟然和在深圳餐馆里帮忙的杀猪师傅偶遇，世易时移人未变，"他竟然还认得我，已二十多年了，他的表情还是以前的样子，笑眯眯的"（《乡村那些人那些事·杀猪师傅》）。匠人们的出走、消失或去世不仅预示着手艺的失传、行业的退隐，也隐喻了乡村的凋零与失落。对于现代性语境中这些形形色色匠人命运的温情追述，或轻描淡写，或举重若轻，但似乎都难以掩藏作者那"个人精微的感觉，独特的心灵敏感，语言的及物能力，以及细节的准确力量"[1]，从而使得散文品格"既有小说家的实（物质性），又有思想者的悟（精神性），有趣，也有味道"[2]。

---

[1] 谢有顺：《从俗世中来，到灵魂里去》，郑州：郑州大学出版社，2007年，第171页。
[2] 谢有顺：《从俗世中来，到灵魂里去》，郑州：郑州大学出版社，2007年，第175页。

二、童年物事

在缺衣少食的清贫年代，维持起码的温饱是社会全员在集体无意识中孜孜以求的，生活在偏远山村的作者当然也不例外。童年往昔的很多物事因为与温饱问题有这样那样的关联而被作者写进了这些散文里，我们先来看与衣服及温暖相关的部分。《远去的风景》里面就有两篇散文直接以"温暖"命名，即《冬日物事·温暖的牛背》与《温暖的瓦窑》。这里的温暖是指身体能真真切切感知到的热能量，而非情感隐喻意义上的希望或象征意义上的心理能量。冬日里的作者被寒风吹得瑟瑟发抖，而骑上牛背后，寒意就被从胯下源源不断传来的牛背温暖驱散，"这温暖，慰藉着我缺穿少衣的贫困童年"（《冬日物事·温暖的牛背》）。而村里特地选在冬天才开窑烧瓦，也有基于驱散冬日寒意的考量，"寒冷的闲冬村民不论大小老少都喜欢去瓦厂，围在烧瓦的瓦窑前取暖，唠嗑"（《温暖的瓦窑》）。火叔公之所以受人爱戴，是因为他做的那些小小火窗不但是全村人的温暖之源，而且像花篮一样精美，成了那个年代不多见的工艺品，"火窗陪着人们熬过一个又一个漫漫冬夜……正像《卖火柴的小女孩》文章里……给她温暖、希望的火柴一样"（《远去的火窗》）。那个年代的人们，一般很少能做新衣服，"长长的一年里也就做那么一两件衣服。那时，集市上没有成衣卖"，要做衣服的话，一千多人的村子一位裁缝就已足够（《乡村裁缝》）。

说那时的人们衣不蔽体也许有点夸大其词，但说他们食不果腹却是名实相副。水里游的鱼虾，土里长的"蔗脚"、竹笋，树上结的杨桃等统统成了全村老少为之"陶醉、迷恋、钟爱"的对象，所有的日常铺垫与文中伏笔似乎都是为了表达填充饥饿肚皮的主题。春天里，半大小孩最开心的事情就是去小水圳捞鱼虾，想着法子让那些腾跃的鱼虾"跳进我张开的网罩里，跳进我已拦着的畚箕里，跳进我的脸盆里，跳进我馋着的肚子里"（《春醉小水圳》）。开春种下的凉薯在盛夏就开满了红艳迷人的花朵，"里

面还有甜蜜的汁液，放进嘴里吸吮，真是妙不可言。大伙争相采花吸吮"（《冬日物事·打泥砖、搓凉薯》）。而到了寒冷沉寂的寒冬，全村大大小小都会去已经收割完了的蔗田，像捡宝似的挖掘、啃咬"蔗脚"，这是一段"有情趣，也有酸楚，有温暖，也有无奈"的往事（《冬日物事·泥土里的甘甜》）。而村里人之所以怕喝没有烧开的生泉水，也是因为那样的水"消食，肚饿"（《村旁的"泉水娘娘"》）。竹乡的小孩们捉笋蜂，挖笋虫，割竹笋，既能当作儿童游戏，又能满足口腹之欲（《竹乡童趣》）。金黄的累累硕果挂满枝头的时节，垂涎已久的村民就会争先恐后、情态百出地爬树摘果（《老家门前的杨桃树》）。至于其他水果，一年到头都似乎难得一见。为了吃上水果，"我们"会想尽办法生大病，因为只有这时父母才会舍得花钱买一些廉价的水果。当水果放上病床头，自己又舍不得吃了。先是看一看，摸一摸，闻一闻，等到大病快好又未好，水果快坏又未坏时，才拿捏时机恋恋不舍地吃掉，这确实是一段"五味杂陈"的往事（《病床上的水果》）。犹如当年莫言努力写作的动机是像省城的作家一样可以天天吃饺子，作者发誓要考上大学的动力也是摆脱成天吃咸菜的命运（《那年代读高中》）。

衣与食是如此的马虎，住、行、玩又会好到哪里去呢？老屋是瓦房，很简陋，低矮局促，灶台就占了四分之一的空间，饭桌旁只有三条长凳，无论如何也挤不下十口人，吃饭只有轮着坐或站。老屋门角有个令人难堪的尿罐，房里只有一张床，大家不得不经常去外面"搭睡"（《老屋》）。至于出行方面，产溪河上有竹篷船，摆渡的水叔公宽厚慈祥、古道热肠，使人不禁想起《边城》中的淳朴民风。但钢筋水泥桥的铺设也使"小河里的竹篷船渐渐地隐退了"（《怀想竹篷船》）。在《那年代读高中》里，上学途中有一条长长的荒无人烟的山路，"自己"孤独恐惧地走了三年，"肩上晃荡着二三十斤的米菜，惊恐得双脚打颤……再难再惧，都必须得自己走"。这条艰难的成长之路犹如当年母亲的产道，只有艰难通过才能进入人生新阶段。在物质普遍贫乏的年代里，专门的玩具与游乐园更是天方夜谭。于是，农闲时节家家户户都有的风车与秋冬农村随处可见的稻草垛成了孩子们捉迷藏（《风车》）、玩打仗的理想去处（《金黄的稻草垛》）。即使像看电影这样纯粹的精神文化生活也成了自己的"恨事"，因为父母偏要一门心思看电影的"我"在川流不息的人流中先卖煮熟的玉米，卖完才能从中抠出五分钱买站票。卖完玉米的任务太艰巨，而电影的吸引力又太强大，于是扯谎骗家长就成了没有选择的选择（《看戏》）。

马克思在《〈政治经济学批判〉导言》里谈及古希腊艺术与史诗，与古希腊"正常的儿童"相比，古代中国人及他们的神话可谓"早熟的儿童"，这确是精准之见。《周易·系辞下》中的"穷则变，变则通，通则久"与俗话"穷人的孩子早当家"似乎都可以当作对马克思观点的本土诠释，而作者在此又用乡土散文为马克思的观点作了生动形象的说明。经历过物质条件与精神生活都普遍贫乏年代的儿童很难不早熟，用作者的原话来说就是"我们年少而成熟"（《那年代读高中》）。

三、故园风情

水是生命之源，江河是文明之母。古老的四大文明都发源于大江大河，文明城市与繁荣乡镇一般也都分布于大河沿岸。翰儒的故乡就在依山傍水的小镇：黄金镇。黄金镇不大，是费孝通先生所谓的"熟人社会"[1]，"老街除了乡下赶集的村民，难得见到外来的陌生人客。倘若有生人从街上走过，第二天街坊居民便传开了"（《临溪小镇》）。故乡的一切似乎都与水有关，"有水便有人家"，这里的水就是小镇前面奔向韩江的产溪。产溪使故乡有了生气，有了风情，也有了生活。正是有了"溯韩江而上通过小溪运送进来的"日常用品与先进文化，小镇才有了傲视群村的资本与中心地位。"如果把小镇喻为大户人家的小姐，那村庄则有些像奴婢了"；"黝黑硕壮的乡村农人永远那么辛苦在地里刨食；白净孱弱的小镇居民则

---

① 费孝通著，刘豪兴编：《乡土中国》，上海：上海人民出版社，2006年，第7页。

永远那么悠闲……小镇的人看乡村的人眼神就像镇长看村长的眼神"(《临溪小镇》)。因此乡下人一辈子的最大理想就是有朝一日能够成为小镇居民。这一切的分殊都是因为这条产溪,正是小溪把乡村的自然经济与小镇的商品经济区分开来(《临溪小镇》)。产溪两旁的翠绿竹林不但能为竹乡人家换来日常用品(《竹乡人家》),也给小伙伴们平添了许多的童趣(《竹乡童趣》),住在竹林小屋中的大伯那"简单宁静的生活"也使栖居闹市的作者遥想再三、羡慕不已(《竹林深处的小屋》)。临溪沙滩明丽纯净,一年四季风情各异。令人叹息的是,近年来人们无止境的贪欲与雨后春笋般冒出的沙场使"沙滩正以惊人的速度在萎缩、消失……如今,沙滩已失去了往日安详的仪容,面目全非,残缺不堪"(《沙滩物语》)。传统社会的交通多依赖水路,乡镇的繁荣也就与水系的畅达密不可分,如梅县松口就是客家人展开海外寻梦之旅的起点,是千千万万客家先人梦起航的地方。作者笔下的码头、石板台阶、石柱船栓、河神公坛、松江大酒店、火船及侨批、水客等皆与梅水息息相关。也正因为如此,才有了"松口不认州"的傲人说法。但一切已成历史烟云,现在的松口更像是一个供人参观、感慨的文化遗址(《梦启航的地方》)。其实岂止是沙滩与松口,随着现代社会的演进,在内陆地区,陆路逐步取代水路,汽车火车取代轮船,栖身于水系两旁的繁荣乡镇也演绎完了历史分配的角色与任务,渐次衰败凋敝了。

故乡的男女风情似乎都与劳动有关。因劳动而相识,因劳动而相爱,劳动场景就是恋爱场景,一切都那么自然生动、水到渠成。如有一些匠人除了工钱的回报外还有意外收获:作为鳏夫的铁匠因为娴熟的技术与陶醉的表情把村里的一位寡妇给吸引走了,文中给出的是一种弗洛伊德式的解释:"寡妇专爱看铁匠拉风箱,铁匠把她的魂拉走了。"(《远去的风景·打铁师傅》)木匠则因为要在东家住至少十天半月,"是最容易跟主家产生感情的",林姓木匠给主家做婆儿媳妇的家具,其发达的肌肉让主家女儿为之深深迷醉,最后主家好事成双,不但娶了儿媳妇而且嫁了女儿(《乡村那些人那些事·木匠师傅》）。水叔公摆渡时会唱动人的山歌，白白嫩嫩的水叔婆经不起水叔公歌声的撩弄，被水叔公唱进了船舱唱进了洞房（《怀想竹篷船》）。恋爱中的男女在扬谷过程中，女方手摇风车，摆动的手臂导致前胸后臀不停晃动，引起"男的眼睛就直直地不老实了，看得呆呆的，竟忘了力气活往漏斗里倒谷"（《风车》）。费孝通说："从基层上看去，中国社会是乡土性的……乡下人离不了泥土。"[①] 泥土里不但生长出庄稼粮食，而且是房屋的瓦与砖的原材料。在瓦厂做瓦的年轻男人爱惜布料，只穿一条大裤衩踩泥，里面的玩意来回晃荡，在一旁泼水的年轻女子亦心旌摇曳，"有好几对男女因配对踩泥、泼水而最终同床共枕成了两口子……村里人美其名曰'做瓦夫妻'。瓦厂真不失为生产快乐与爱情的好地方"（《温暖的瓦窑》）。而打泥砖时："最常见的是夫妻俩一块打泥砖。男人在呼哧呼哧地踩泥巴，女人在一旁拱着屁股往泥堆洒水，添稻秆，或给男人递烟送水的……多么浪漫开心的劳动啊！"（《冬日物事·打泥砖、搓凉薯》）只要有爱，单调艰苦的日常劳动也不乏浪漫与情趣。

普鲁斯特曾说："真正的天堂，就是人们已经失去的天堂。"[②] 每个人的故乡都是自己内心那个渐行渐远的桃花源，每个写作者的童年都是一个经过时间过滤与文字想象后的香格里拉。而翰儒写作的独特意义在于他不但"有一颗世俗心，同时兼具一种灵魂的视力"[③]。他对于宁静乡村的精神返乡与低吟浅唱无疑打开了读者尘封已久的乡村记忆，为心灵衰败时代的人们打通了记忆与现实的精神通道，直抵人性之深幽处。黄金镇之于翰儒，恰如湘西之于沈从文，高密之于莫言，商州之于贾平凹。黄金镇是翰儒的生命之根，也是其艺术之源。其对往昔家园的徐徐回望与追忆充满了感性的忧伤，而对家园此在图景的观照与呈现也暗藏着理性的隐痛。作者没有沉浸在故园的诗意叙述中难以自拔，散文的诗性品格并没有遮蔽生存

---

① 费孝通著，刘豪兴编：《乡土中国》，上海：上海人民出版社，2006 年，第 5 页。
② 转引自童庆炳主编：《现代心理美学》，北京：中国社会科学出版社，1993 年，第 181 页。
③ 谢有顺：《从俗世中来，到灵魂里去》，郑州：郑州大学出版社，2007 年，第 166 页。

的艰难、成长的艰辛与现实的粗粝。在生命的长河里，被叙述的故乡与童年本身成了一个可以诗意栖居的审美乌托邦。海德格尔曾言："诗人的天职是返乡，唯通过返乡，故乡才作为达乎本源的切近国度而得到准备。"①这或许也是翰儒的家园回望与精神返乡能够兼具美感与力量的秘密所在。

第二节　家园小说：认同危机与家园母题

一、《家园》：认同危机与身份焦虑

翰儒的中篇小说集《家园》②由《只差一米》《家园》《王小米在深圳的日子》《夜游》《鹿回家》《家住泉乡》《火龙》七篇小说组成，题材虽各不相同，但一以贯之的是或明或暗的家园情怀，其中有三篇小说的题目就冠有"家"字：《家园》《鹿回家》《家住泉乡》，而其他四篇小说的家园情怀也如草蛇灰线有章可循，例如《夜游》里那些不得不离家讨生活的农民工，《王小米在深圳的日子》中四处求职连连碰壁后无奈返家的大学毕业生，《火龙》里颇以家乡的火龙而自豪的非遗传承人，《只差一米》中虽然物质充裕但困守家庭情感失意的官太太。当然作者的家园情怀已经不仅仅是思乡、怀乡等传统的乡愁主题，而是那种在现代性转型期所特有的认同危机与身份焦虑，既有对家园追求现代性的认同危机，更有对出走家园后的身份焦虑。不管是身处宁静家园的汤美、尤大松、吕冬至还是出走珠三角讨生活的王小米、黄春，不管是办鹿场的小型企业主李笑还是混官场的常务副县长马会迁，大家都在为各种现代性的具体目标如水泥公路、非遗招牌、招商引资、企业生存、城镇生活与官职升迁等身不由己地忙

---

① ［德］海德格尔著，孙周兴译：《荷尔德林诗的阐释》，北京：商务印书馆，2000 年，第 31 页。

② 翰儒：《家园》，广州：花城出版社，2013 年。作品引文在文中标出篇目，不再另外注释。

碌、奔走着，但结局能遂人愿吗？

认同与身份在英语里是一个单词，即 identity，其核心所指是人类的主体性问题，"就是内在感、自由、个性和被嵌入本性的存在。在现代西方，它们就是在家的感觉"①。在相对封闭、孤立与稳定的传统社会，一般不会出现认同与身份的问题。现代生活摧毁了人们从以前生活中获得的那种意义的稳定感与价值的确定性，现代社会的结构性变迁与价值观念的多元化不同程度地导致了社会成员的认同危机与身份焦虑。因此，认同与身份事实上是一个现代性现象。吉登斯将现代人这种失去方向感、归属感与不在家的感觉命名为一种存在性焦虑，而认同是人们寻求自身本体性安全的结果。所谓本体性安全，就是"大多数人对其自我认同之连续性以及对他们行动的社会与物质环境之恒常性所具有的信心"②。新时期以来，建立在道德与理想基础上的传统乌托邦已经逐渐破产，建立在金钱与利益基础上的美丽新世界已经升出地平线。随着现代性进程的加速以及社会经济领域的变革与发展，宗法社会的"三纲五常"与革命年代的"阶级斗争"都已经不再构成全民共同遵循的一元化社会认同体系，而新的意义空间与认同体系又没有建构起来，因此认同与身份就成为每个现代人都不得不真切面对并严肃思考的问题。本节拟从现代性的角度切入，分留守家园、出走城市、征战官场三层面来分析该小说集里的认同危机与身份焦虑。

（一）留守家园

《家住泉乡》无疑是小说集中唯一一个关于美丽家园的文化本位主义文本，当然这里的"文化"是取广义的人类学意义上的"生活方式"之意。汤镇因温泉多而被称为泉乡，这里的生活似乎是自足、安逸的。主人公是一个叫汤美的本地姑娘，她与一个弹棉花的河南人骆从军互生爱意，

141

---

① ［加拿大］查尔斯·泰勒著，韩震译：《自我的根源：现代认同的形成》，南京：译林出版社，2001年，序言第 1 页。

② ［英］安东尼·吉登斯著，田禾译：《现代性的后果》，南京：译林出版社，2000年，第 80 页。

但这里的风俗是本地姑娘一般不外嫁。姑不论该种观念与风俗是否符合现代优生学原理，但是其中折射出来的文化本位主义思想在小说集里却是独一无二的。骆从军为了娶汤美不得不向这种文化本位主义妥协，于是信誓旦旦地如上门女婿一般向汤美父亲发誓说要做一个汤镇人，得到未来岳父首肯后，骆从军处处模仿本地人的日常起居如衣食住行、吃喝拉撒睡等，文中还特别描述了骆从军第一次似本地人一般赤条条洗汤时的窘迫与不安。其实从发生学意义上来说，河南中原一带正是客家人先后南迁的始发站，是客家先民曾经魂牵梦萦的真正意义上的"故土家园"。而现在河南人骆从军却不得不努力融入泉乡的生活状态，做梦也梦见自己成了天天洗汤的汤镇人。是庄周梦蝶还是蝶梦庄周？在自己女儿长大后骆从军也生发出先前岳父的颇具小农意识的想法："女儿日后最好还是不要嫁出汤镇的好。"后来骆从军夫妇出于父母原因只得远走千里之外的河南，但等老人家一安息，他们就迫不及待地举家南迁。

60多年未曾回来的汤美伯父汤财旺也从泰国携妻归来，他因洗汤的经历而与现在这位泰国夫人结缘，现在又一起来寻找曾经日思夜想的少时洗汤的地方，结果这位"番婆"也舍不得离开泉乡而决定在此居家养老了。骆从军夫妇的"雁南飞"与汤财旺夫妇的落叶归根很有古时中原文化那种"万国来朝，四夷宾服"的本位主义风范。家乡是每个人的生命原点与精神高地，因此每个人说起家乡都有一定的文化优越感与地域中心意识，如文艺作品里常说的"月是故乡明""谁不说俺家乡好"等就是如此，但是超过一定限度就会走向文化本位主义与文化一元论。当然，传统的文化本位主义在小说的结尾遭遇了现代性的魅影。伯父汤财旺的归来是"似曾相识燕归来"，以前被迫下南洋的穷小子现在成了国际资本的代言人，他大手笔地斥资亿元在汤镇兴建了现代化的四星级温泉旅游度假村，宁静的泉乡被资本与市场攻城略地，小说乐观主义地描写了汤镇近来出现的现代性魅影："温泉疗养院、温泉美容院、温泉保健院如雨后春笋般争相诞生。遍地温泉的汤镇，遍地是黄金，地皮、房价噌噌噌地直线上升。汤镇人生活在金山银山里。"只是由这种现代性进程所带来的社会变迁、阶层分化与精神迷茫在小说中还来不及叙述。

《火龙》叙述了火龙镇特有的已有270多年历史的烧火龙风俗。火龙是国务院确立的第一批国家级非物质文化遗产，火龙镇是省里授予的"民族民间艺术之乡"、文化部授予的"中国民间艺术之乡"，吕冬至则是广东省文化厅任命的非物质文化遗产项目的代表性传承人，似乎所有的认同与身份都是稳定、安宁的。但当吕冬至亲眼见到城镇生活的便利、舒适甚至奢侈时，现代性的追求已经变得不可遏制："难怪人家要说不愿做农民宁愿做镇里的猪和狗。"在我国相当长的时期里，"农民完全是二等公民，没有平等的就业、居住、旅行、迁徙的自由。农民一辈子最大的希望就是变成城里人，有一张城市户口"①。镇里领导将吕冬至待为座上宾其实怀有不那么纯粹的功利目的，就是希望通过烧火龙表演吸引有钱的乡贤与外地老板都来投资兴业，加快镇里的现代性进程。其实先前竞价擎龙头的商业色彩已经很浓郁，竞价最高的人可以排第一位擎龙头，也预示着他财丁兴旺。在表演时即使赤膊壮汉被火花灼起泡了也被认为是好彩头，"泡""票"谐音，起泡越多票子越多，意味着财源滚滚。在酒桌上说得一时兴起的镇长，意犹未尽地说要把旅游产业与烧火龙表演结合起来，将表演场地围起来，然后成立制火龙和烧火龙的公司。说白了就是将遗产产业化、文化商品化。小说结尾时烧八条火龙意味着招商签约了八个项目，八位签约的投资方老板正是八条龙的擎龙头者。

其实吕冬至喜爱制作龙头无非两个非常传统与世俗的原因，一是因为擎龙头娶了老婆，二是生了对双胞胎儿子，当然吕冬至在记者面前将这些说不出口的原因置换成了那句含混的"唔知几靓"（十分漂亮之意）。虽然大龙答应子承父业做火龙，但当烧火龙已然成了招商引资的工具与手段，那其作为"非遗"的命运不由得令人想起泰勒所谓的"现代性隐忧"，

---

① 茅于轼：《中国人的焦虑从哪里来》，北京：群言出版社，2013年，第15页。

"人们反复表达的一个忧虑是，个人除了失去了其行为中的更大社会和宇宙视野外，还失去了某种重要的东西。有人把这表述为生命的英雄维度的失落。人们不再有更高的目标感，不再感觉到有某种值得以死相趋的东西。……换句话讲，我们受害于激情之缺乏"①。具体到这项"非遗"来说就是开发与保护的平衡问题，过度开发与有效保护有矛盾吗？当开发的效益与所属群落的文化情感认同发生矛盾甚至冲突的时候怎么办？吕雨水因为把龙头做得无精打采而遭报应生了一双瞎目儿女，而吕冬至祖孙三代做龙头有好报应，在元宵节看完烧火龙回来行房而生了对双胞胎儿子，这种前现代的宗法思想与文明理性以及性别平等的现代意识是否格格不入？传统擎龙头的人必须是生有男孩的或未婚的成年男人的规矩与现在可能只要是投资的老板就能擎龙头之间是否存在某种资格矛盾？现代性的追求与传统观念发生冲突时应如何处理？至于那些还来不及呈现的生存的压力、诡异的现实、幽暗的人性将在小说集剩下的篇目中一一道来。

（二）出走城市

《家园》描写了竹林村辈分最高、年纪最大的老人尤大松为村里的基础建设（如建水圳、修水泥坪、打水泥路等）鞠躬尽瘁、死而后已的动人故事。尤大松虽然先后有三任妻子，并且生了六个子女，似乎拥有与《白鹿原》中的白嘉轩一样旺盛的生命力。但因历史语境、年龄身份的差异，他们的道义与担当已经不可同日而语。一个风烛残年的老人家虽然"对电话机这现代玩意看着都发怵"，对现代化的水泥路却一往而情深。尤大松非常享受甚至陶醉于在水泥路上散步的闲暇时光，其间对水泥路又嗅又摸，甚至还像郭沫若当年扑在大地母亲的胸脯中一般躺下来感受水泥路的质地与温度，甚至对那些飞驰而过的摩托车也心生"羡慕嫉妒恨"。"要想富先修路"已然成为全体国人的共识。尤大松年轻时是一个在河上南来北

---

① ［加拿大］查尔斯·泰勒著，程炼译：《现代性之隐忧》，北京：中央编译出版社，2001年，第4页。

往倒腾河鲜海味，日子过得风风光光的"愣头青"，成家后才慢慢稳定下来，先是摆渡后是踏"香车"，自己年轻时到处折腾，那看到现在的年轻人纷纷洗脚进城，留守老人似乎没有什么接受上的困难了。但当年自己的小打小闹与现在的现代性进程根本不是一回事，"现代性完全改变了日常社会生活的实质，影响到了我们的经历中最为个人化的那些方面"①。这应该是留守老人想象不到的。为了延缓或挽回竹林村的颓败，尤大松身先士卒出钱出力要将村里的土泥路改造为水泥路。洗脚进城固然带来了良田荒弃家园破败的后果，但不可否定的是，修路必须自筹的 15 万元经费又不得不向这些老乡募集，离开那些步入城市的老乡们的经济援助，故土家园的建设似乎寸步难行。其实在全国日均消失近百个自然村落的大背景下，尤大松的所作所为分明有点符号化的悲壮意味。最后尤大松操劳过度病发而亡。这里的问题是，如果家园的现代化建设一定要以留守老人的身家性命为代价，那现代性事业的意义又何在？在小说结尾，乡亲们戏剧性地将新马路的竣工仪式与尤大松的丧葬仪式合在一起操办，红白喜事二合一，既缅怀往生者又憧憬新生活，这是否也意味着一个乡土时代的结束与一种现代文明的开端？那洗脚进城后的人们看到了遍地黄金吗？又能否在大城市找到安身立命之所？

《夜游》讲述的是一个看似荒诞但又有点心酸的打工夫妇们的"房事"故事。朱铁与甜菊为了自己夫妻生活方便，给同宿舍的黄春介绍了恋爱对象小风。但又怕他们在外头露天亲热后吹了风送命，于是去公园跟踪并冒充管理人员搅黄他们的好事。在被怀疑后两对夫妻坦诚相见，将晚上划分为两个时间段，各自享用相应的时间段。但两对夫妇似乎都不能适应这种机械的人为安排，于是在小说结尾他们一起在宿舍里共谱小夜曲。彼"房事"影响此"房事"，这无论如何都是一个令人尴尬的结局。农民工处于

145

---

① [英]安东尼·吉登斯著，赵旭东等译：《现代性与自我认同》，北京：生活·读书·新知三联书店，1998 年，第 1 页。

全球化产业链中的最底端，其利益与权利被尽可能多地攫取、褫夺，这些正值壮年的打工夫妇们的"房事"又有谁关怀？"由于居无定所，他们（农民工）没有固定的职业，没有固定的社区，甚至没有固定的城市，今年来这儿，明年就换地方。"① 即使连春节回家也要忍受交通工具涨价的盘剥，喜庆的春节变成了闹心的"春劫"。城市高昂的生活成本与遥不可及的房价使离开"家园"后的农民工不得不像候鸟般在多地之间频繁游走奔袭，"世界上没有哪个国家有这样数量几乎无限的、勤劳温顺的劳动力"②。现实处境既然如此不堪，那随着"人口红利"的慢慢消失与"低人权优势"的逐渐式微，后来遍及珠三角与长三角的"用工荒"也就不难理解了。

《王小米在深圳的日子》叙述了一个法律专业的女大学毕业生王小米试图进入大城市深圳而折戟沉沙的故事。王小米先后供职于几家小型律师事务所和一家报社，开头是因自己看不起小单位的不入流而炒了律师事务所的鱿鱼，后来又因完不成业务量而被报社发行部炒鱿鱼，不管是主动还是被动，这鱿鱼都炒得心酸与不甘。为了能在大城市站稳脚跟，王小米吃的是便宜的快餐，住的是低廉的"城中村"，代步的是最经济的公交车。白天是上司粗暴的吆喝，晚上是收音机寂寞的陪伴，给家人的电话永远是报喜不报忧。正如小说中写的："都快奔三十的人，钱财没捞到，工作还悬着，男人没碰过。"钩心斗角出卖灵魂的事情做不出，强颜欢笑出卖色相的事情又没法做，五年来"深圳的好自己没有分享到多少，深圳好的后面隐着的暗箭则一次次把自己射中了"。当初来深圳时看见鳞次栉比的摩天大厦时曾立下狠誓："生要当深圳人，死也要做深圳鬼。"如今经过五年历练，当年的豪情早已烟消云散，生活的方方面面几乎全线溃败。身心俱疲的王小米除了离开似乎没有别的出路，但家乡还能回得去吗？如果不回

---

① 茅于轼：《中国人的焦虑从哪里来》，北京：群言出版社，2013年，第44页。
② 茅于轼：《中国人的焦虑从哪里来》，北京：群言出版社，2013年，第171页。

家，下一步又往哪里去呢？泰勒认为认同危机是"一种严重的无方向感的形式，人们常用不知他们是谁来表述它，但也可被看作对他们站在何处的极端的不确定性"①。不只王小米现在面临的是这种不确定性与无方向感，就连具有较高社会地位的企业主与政府官员也不能置身事外。

（三）征战官场

《鹿回家》中的主人公李笑办了一个"北鹿南养"试验场，而资金来源却主要依靠扶贫款，因为鹿场是县、镇一个重点农业扶贫龙头项目。李笑也是醉翁之意不在酒，其目的是借养鹿而出名并拿到更多的扶贫款。而为了取悦领导，让他们支持扶贫项目，除了给红包就是杀鹿了，让领导吃新鲜的鹿肉、喝壮阳的鹿血酒，这是一种杀鸡取卵甚至饮鸩止渴的经营模式。后来因市里新老领导交替，一千万扶贫款没着落，鹿场逐渐难以为继最终土崩瓦解，即使煞费苦心地在千禧年的元旦操办一次"云雾县隆重举行放鹿回归大自然活动"也无法绝处逢生。李笑在老婆要离婚、情人另觅新欢、扶贫款没到位、资金周转不灵、鹿场办不下去的四面楚歌声中弃家而逃，而鹿群则重返大自然的家。"自由，比金子还珍贵"，于动物是如此，于人于企业也是如此。一个企业完全依附于权力来运作，唯权力马首是瞻，在平常也许还能勉强维持，但在非常时期如权力交接时期就可能成为"躺着中枪"的牺牲品。小说中最大的胜利者似乎是小梅，当年依靠李笑从服务员变身为老板秘书兼情人，现在老板大势已去，自己又摇身一变成了有头有脸的官太太：镇委书记夫人。在一个具有悠久官本位文化传统的社会里，小梅的两次华丽转身与身份蜕变可谓合情合理。

小说里面有一个场景非常令人动容：李笑的老父亲身患绝症，在油尽灯枯之前，儿子问他还有什么最后的心愿，老父亲竟然说也想尝尝鹿肉，听人家说鹿肉好鲜美。一个养鹿的老板为了赢取领导欢心，已经宰了不知

---

① ［加拿大］查尔斯·泰勒著，韩震译：《自我的根源：现代认同的形成》，南京：译林出版社，2001年，第37页。

多少头鹿了，但尝尝鹿肉竟然成了自己老父亲生前没有完成的遗愿。通读小说，我们没有感觉到市场这只"看不见的手"在如何发挥作用，只看到权力这只"看得见的手"在搅浑河水而浑水摸鱼，左支右绌而割肉自肥，看到"劣币驱逐良币"导致的资源配置失当与社会畸形发展。"中国的企业很难抵制政府的腐败，不得不随势顺流，靠腐败来生存，甚至谋取竞争中的优势。"① 如果这里作者还只是通过小微企业的艰难生存来折射现代政治经济制度的建设任重道远的话，那么《只差一米》则直接将笔墨对准了官场。

不论是人物心理的把握还是叙述技巧的运用，《只差一米》都是小说集里最成熟的一篇。特别是两个悬念的营构使得整个叙事跌宕起伏，逻辑绵密细致，有效地吊住了读者的"胃口"。直到最后真相大白，读者心中的各种疑问才被次第解开，充分满足了读者的好奇心。题目"只差一米"本身就是个悬念，随着小说开场读者知道这是丈夫马会迁睡梦中的一句呓语，而作为女主人公的妻子郝靓靓则被这个莫名其妙的"只差一米"折磨得心神不宁、寝食难安，在寻找答案的过程中，男女主人公的生活轨迹、心理活动与人情世故都波澜不惊地依次呈现。原来丈夫马会迁这些年风生水起、官运亨通，身份轨迹为：小学教师—资料员—副主任—镇长—教育局局长—财政局局长—常务副县长。等到最后那个符合读者情感期待与社会理性要求的"双规"结局出现，"只差一米"的谜底也终于得以揭晓。原来这是马会迁的升迁愿望与人生前行的动力，也是马会迁日思夜想的焦虑所在：从办公室副主任到坐上县长的宝座，两个办公室大门之间好像只有短短一米的距离。心理迷局于是豁然而解。我们常说"不想当元帅的士兵不是好士兵"，但一个不择手段只想当元帅的士兵肯定是个坏士兵。目标正当不意味着手段正当，实体正义只能通过程序正义来实现。

其实小说还隐藏着同样吸引读者的另一个悬念，就是马会迁与郝靓靓

---

① 茅于轼：《中国人的焦虑从哪里来》，北京：群言出版社，2013 年，第 15 页。

的夫妻生活。马会迁从迎来送往、坐以待毙到运筹帷幄、坐以待"币"，官越做越大，钱越贪越多，但他们夫妻间的距离也越来越远。郝靓靓与丈夫的关系是从平视到仰视，白天基本看不到，联系基本靠手机，晚上即使同睡一张床也感觉近在咫尺远在天边。对此郝靓靓自己也曾疑惑过，好友何飞飞也曾督促她别犯傻，要抓紧点看管老公"交粮"，但对于一天到晚神龙见首不见尾的丈夫，自己也没有太多的行动与办法。唯一可以交心谈话的朋友是何飞飞，她儿女双全，夫妻生活滋润甜蜜。想想自己，女儿在千里之外读大学，丈夫的饭局应接不暇，邻居同事也是对其敬而远之。平时形单影只的，于是自己只好装清高，晚上不是绣十字绣就是练瑜伽，但这绣的是寂寞，练的是无奈啊！到后来官太太与人说话都成问题了，基本上不是自言自语就是对着未接通的手机说话。何飞飞好像是一只快乐的唧唧啾啾的麻雀，而自己则如那只从黄昏一直叫到天明的孤单失意的无名鸟，又好似张爱玲所言的绣在屏风上的鸟，虽然漂亮但没有生气。以前他们虽然过的是小日子、穷日子，但夫妻关系融洽、甜蜜而温馨；现在虽然过的是"大"日子、"好"日子，但是凌空蹈虚不接地气，夫妻关系更是江河日下。最后随着"只差一米"的谜底揭晓，夫妻生活的谜底不久也被揭开。原来丈夫真有一个漂亮情妇，而他的东窗事发也是坏在这个女人手上。马会迁既然飞黄腾达，那么他的"工资基本不动，烟酒基本靠送，老婆基本不碰"读者也就不难理解了。关键是这个漂亮情妇犹如《蝴蝶梦》中的吕蓓卡，从未出现但无处不在，郝靓靓的情感起伏、聚散离合其实与她息息相关。只是处于风暴眼内的郝靓靓是最后一个知道消息的，外头风起云涌天旋地转，而她所处的风暴眼则风平浪静碧空如洗。这个既在意料之外又在情理之中的情妇的设置无疑给了读者更深层次的心理冲击与审美满足。"情妇反腐"似乎已经成了当下官场生态的独特风景线，其实"对我们来讲，最重要的是要形成一种反腐、防腐的机制体系，从最开始的源

头把贪污腐败杜绝掉"①。在小说结尾，丈夫的身份由一个万人之上的副县长沦落为阶下囚，而郝靓靓的生活似乎并没有太多的变化，还是两件事：绣十字绣与练瑜伽。只是绣的技巧越来越高超，瑜伽也修炼到冥想、静定的高级阶段了。

随着现代性的开启与全球化的推进，"一切坚固的东西都烟消云散了，一切神圣的东西都被亵渎了"②。现代社会的急剧变动性、不确定性、风险性与多样性使人们眼花缭乱、无所适从。在身不由己的忙碌与奔走后，结局似乎都不尽如人意：泉乡被国际资本占领，火龙被招商引资收编，李笑在权力的夹缝里落荒而逃，马会迁在身份的焦虑中银铛入狱，尤大松为了一条水泥路奔走呼号、操劳而死，农民工与大学生在大城市里东奔西走，头无片瓦遮身、脚无立锥之地。"日益增强的空间与社会流动性不断增强着人们对身份的关注……个体丧失了前后一致的自我感，其焦虑不断增加，并且产生了对新信仰的渴望。"③ 但新的信仰又在哪里？"我是谁？从哪里来？到哪里去？"这个涉及认同与身份的古老哲学命题在当下中国又重新获得了现实的意义。故土不再安宁，家园不再清晰。既然衰败、凋敝、空心化的物质性家园令人触目惊心，那宁静、平和、自足的精神性家园又要去何处寻觅？对于身处现代性转型期的人们来说，这并不是一个玄而又玄的理论问题，而已然成为一种扑面而来的尖锐追问。

二、客家三部曲：家园母题与爱情症候

家园既是人们肉身的栖息之地，也是精神的生命之根。对于乡土中国来说，没有比家园更重要的地方了。小到光宗耀祖、"修齐治平"的个人

---

① 郎咸平：《郎咸平说：让人头疼的热点》，北京：东方出版社，2013 年，第 102 页。

② 中共中央马克思恩格斯列宁斯大林著作编译局编译：《马克思恩格斯选集》（第 1 卷），北京：人民出版社，1972 年，第 254 页。

③ ［美］丹尼尔·贝尔著，张国清译：《意识形态的终结：50 年代政治观念衰微之考察》，南京：江苏人民出版社，2001 年，第 4 页。

理想与安土重迁、安居乐业、落叶归根的传统观念，大到重农抑商的经济政策与家国同构的社会组织结构，皆与家园观念的内化或拓展密不可分。一直到今天，这种家园观念还在很多层面影响着我们的政治、经济与文化生活。因此，家园对于国人来说，已经不仅仅是话题或命题，而是具有了母题（motif）的意义。母题的概念言人人殊，文学理论与批评认为，这是"对不同作品所表现出来的主题或题材的一致性或延续性的概括"①。十多年来，广东作家翰儒笔耕不辍，其文学创作系列就潜伏着一个值得注意的反复出现的家园母题，不管是乡土散文集《远去的风景》《岁月有情》中的家园回望还是中篇小说集《家园》②里的家园焦虑，抑或是皇皇"客家三部曲"③里的家园迁徙、重建与寻梦，概莫能外。有家就有爱，爱情亦是文学的永恒主题，此处所谓的"爱情症候"是指对爱情的书写必须"把明确的论述与那些欠缺部分、空白点和沉默之处结合起来读"④，草蛇灰线，伏脉千里，这样或许才能寻绎到文本中的爱情真相与人生真义。下文拟从本事时间的顺序、结合本文时间来探析"客家三部曲"里的家园母题与爱情症候。

（一）《春秋渡》：客从何来

客家源流，众说纷纭。罗香林先生在《客家研究导论》第二章"客家的源流"里提出的客家民系形成与发展的五次大迁徙观点获得世人认可。

---

① 王先霈、王又平主编：《文学理论批评术语汇释》，北京：高等教育出版社，2006 年，第248 页。

② 翰儒：《远去的风景》，北京：现代出版社，2013 年；翰儒：《岁月有情》，北京：现代出版社，2016 年；翰儒：《家园》，广州：花城出版社，2013 年。相关评论参见张劲松：《"家园"内外的认同危机与身份焦虑——试论翰儒中篇小说集〈家园〉的现代性书写》，《嘉应学院学报》，2015 年第 10 期，第 61－65 页；张劲松：《家园回望与精神返乡——翰儒乡土散文探析》，《肇庆学院学报》，2017 年第 38 卷第 6 期，第 26－29 页。

③ 翰儒：《归宿》，广州：花城出版社，2018 年；翰儒：《流年河》，广州：花城出版社，2021 年；翰儒：《春秋渡》，广州：花城出版社，2023 年。作品引文会在文中一一标出页码，不再另外注释。

④ ［英］戴维·麦克莱伦著，余其铨、赵常林等译：《马克思以后的马克思主义》，北京：中国社会科学出版社，1986 年，第 244 页。

小说《春秋渡》里借用杨安居叙述家史时大致附和了罗氏观点，前三次即永嘉之乱、黄巢之乱、靖康之变完全吻合，第四次略有出入。罗氏的第四次迁徙是明末清初的郑成功迁台和湖广填四川导致，而小说里只是笼统地说成避战乱，时间上也略有推后。而第五次迁徙是咸丰同治年间的太平天国运动失败和广东西路事件所致，因与小说内容无关而被作者略过。

1. 家园：迁徙与重建

在《春秋渡》第五章"南迁"里作者先追叙了高祖父们 1787 年筚路蓝缕的过程：

杨安居南下迁徙到春秋镇竹林村，在他的家史记载中已是第四次迁徙了……他们家祖辈第一次迁移，是晋代永嘉年间，因五胡乱华引起，为避战乱而背井离乡。第二次迁移，起因于黄巢起义。黄巢之乱辗转近半个唐朝江山，祖辈们为救死扶伤，颠沛流离举家迁徙入鄱阳湖平原。第三次迁移遇上宋高宗南渡，元人入侵，祖辈们又不得不迁到福建。他携妻带子一路跋涉迁居到竹林村，感同身受祖辈们迁徙之苦。（第 123 页）

风餐露宿跋山涉水三个月后，杨安居携妻带子来到竹林村，如何安家呢？开始当然是搭建茅寮，暂住下来。然后与从江西启程晚一年到达的朱岁月一家携手重建家园，当然不是照搬旧家园的样子，而是入乡随俗参照了粤闽赣地区的围龙屋，"经过几代人的努力，四横二围的竹林围就这样终于建成了"。而小说里的"镇山居"和"天伦居"是杨安居和朱岁月的第四代后人杨镇山和朱天伦各自从祖屋竹林围搬出来后所建的气派大屋，都是两横一围的围龙屋，各位于祖屋左右两旁，三座大屋蔚为壮观。小说借第一次上门的张山木两公婆之眼对镇山居做了描述：

"镇山居"依山而建，山上是一片树林，大门前是宽阔的禾坪，禾坪前是一口大大的池塘。正门两边各一个侧门。正门进去一个天井，天井两

边为下厅、上厅。两边侧门进去是一排房屋。侧门进去又有上、下两个天井，两个天井之间有一道连着主屋的走廊。（第 11 页）

而小户人家则多是一个破败不堪的简陋家园。如张山木的与郑秀英全家八口挤在爷爷留下来的两间窄小的破泥屋里，捉襟见肘，勉强度日，所以张山木今生最大的心愿和目标就是赶在老婆生儿子之前起一间新屋，好给儿子今后讨心舅，于是一天到晚地积极准备建房木材。结果在山脚有一次伐木还是扛木材时被树压死了。这个"新家未建身先死"的遗憾直到七年后才部分弥补，即在杨镇山帮助下郑秀英新建了一间房。土改运动后，两间老屋快要倒塌了，女儿张惠巧在公婆的支持之下，把娘家这两间快倒塌的老屋修整一新，张山木的遗憾才被彻底弥补。在父母死后，五姐妹第一次重新团聚在新修整的"胞衣迹"，姐妹们以后回娘家也有了一个旧貌换新颜的团圆与落脚之地。顺带一提的是，潮汕人佘隐娘是因日本攻陷汕头后家破人亡逃离家园的人群里的一员，后来嫁给了卢日旺为妻，共建新家园。而朱天伦的小儿子朱文武则被国军抓了壮丁，后来又被带去了远离故土家园的台湾。

当土改运动来临的时候，杨镇山因听取了守活寡的儿媳张惠巧的卖田分房买店铺的建议而使"镇山居"幸免于难，而"天伦居"的主人则被斗得七零八落惨不忍睹，张惠巧虽然于心不忍，后悔没有事先建议朱家让其躲过这场运动，但马上又释然了。

她又担心"家官"不同意她这样做。为什么呢：一是将自己家这样做的风声走漏出去后，对自己家不利；二是朱文河的父亲也不一定采纳自己的意见；三是他们两家历来不和。（第 224 页）

张惠巧与朱文河黄昏恋的最后栖身家园既不是"镇山居"，也不是"天伦居"，而是张惠巧在"土改"运动时建议公婆卖田分房后买的两间店

铺，开始是每人住一间，后来觉得太浪费了，就只住一间，"这是他们选定的日子，月圆之夜。他们终于走到一起，住在一起"。另一间用来做"文巧文具店"，既可以迎来送往、打发时间，也可以进点小钱、贴补家用。

2. 爱情：不伦之恋

小说里的爱情书写主要体现为三代人的不伦之恋，既有上两代的亲家之恋，第二代的龙阳之恋，也有第三代的跨阶级之恋。

不伦之恋是从张山木死后五年，寡妇郑秀英与准亲家杨镇山之间的第一场亲家之恋开始的。丈夫去世后，郑秀英在梦里丈夫言语的鼓励下，去杨镇山的圩镇店铺针灸治疗头疼，在连着去扎了三次针后，她躺在香气四溢的治疗床上，面对温柔体贴医术高超的杨镇山不禁意乱情迷：

154

当杨镇山再次坐到床边，俯身把她头上的那一枚一枚的针拔下来时，她再也不能自己了，主动去抱搂杨镇山。（第75页）

这样的偷情一直到丈夫在梦里戳穿他们的丑事，后郑秀英受惊吓落水而死为止。前后一直持续了七年，"难怪七年来他不想'见'她"。从弗洛伊德的理论看来，郑秀英在杨镇山那里得到了性满足，也就不会再梦见丈夫了。只是小说里的梦境描写太过冷静、理性，也与弗洛伊德所谓梦有凝缩、移置、象征和润饰的四种语法机制大相径庭。梦就应该是飘忽不定断断续续的，有不连续、不确定、不协调的特征。

杨汪海新婚没几天就不辞而别去过番了，表面理由是不能与像自己妹妹的张惠巧同床共寝以夫妻相待，这个理由在《归宿》里温平和过番的情节那里用过一次，区别仅是温平和与吴盼秋只发生了一次性关系，而张惠巧与杨汪海有两次性关系，结果都是生下了个"遗腹子"。当然这一次不一样的还有一个更深层的理由，就是杨汪海与学绘画的师兄钟胜春的龙阳之恋，两个男性睡一张床上的尴尬事在《流年河》里也写到过，"一个星期六的晚上，林才上好像在做梦，突然转身搂抱郑顺势，下面顶着他的后背"。而这次师兄弟则跨越性别走向了同性之爱，但又有违人伦，最终天人交战的结果是，钟胜春正常结婚生子了，而且还成了杨汪海的亲姐夫，而因逃避婚姻下南洋的杨汪海则在栖身的泰国寺庙里找到归宿。

第二场亲家之恋发生在张山木和郑秀英的小女儿张惠巧，与朱天伦的大儿子朱文河之间。在丈夫杨汪海一去不返音信全无的情况下，作为中心人物的"同妻"张惠巧只能留守家园，年复一年地煎熬着，日复一日地守着公婆和孩子单调过日子。而朱文河正好是儿子的老师，又丧偶未娶，两个单身之人日久生情、互生情愫也是再正常不过，文中两人唯一的一次鱼水之欢写得不期而遇、顺乎自然。

> 就这样你一杯我一杯，她喝晕喝醉喝糊涂了。
> 她昏昏沉沉的，觉得好像坐在美江河的船上荡来荡去，他在划桨，起起落落，摇来晃去，那个美啊！
> 醒来的时候，她才发现自己刚才跟他云雨了一番。（第256页）

因此，与上一代亲家的偷情不同，这里的不伦之恋更多体现为语境局限与世俗偏见，到了后来的正常年代就可以光明正大地住在一起了。

文本里的最后一场不伦之恋是指杨思念与朱清心的跨阶级之恋，如果把不伦广义地理解为颠覆当时纲常伦理的婚恋，那杨朱之恋确实颠覆了当时的门第观念与革命伦理。

> 他们从小学一年级直到高中毕业都是同班同学，然后一起考上同一所大学，现在又分配到市里，虽然不是同一单位，但还是同一系统。（第265页）

两人虽然青梅竹马感情深厚，但在当时"政治挂帅"的语境里，既要

冲破旧有的世仇藩篱,又得跨越地主与富农成分的阶级鸿沟,还是非常考验人性的,好在后面赶上了拨乱反正的新时代,两人的婚姻才没有再经受那些无谓的考验,杨思念的仕途也顺风顺水做到了副市长。

(二)《归宿》:何以为家

人类文明的进程是以两次分离作为标志的:第一次是人类与动物界的分离,人类获得了整体的自由,走向群体本位或社会本位,形成各式各样的传统社会;第二次是个体与社会的分离,人类从而获得个体的自由,走向个体本位或个人独立,现代社会于是诞生。翰儒的长篇小说《归宿》为我们呈现了一幅以"温家围"为代表的传统客家社会分崩离析的画面与现代客家社会隐约浮现的可能愿景。

1. 家园:守望与维护

作为中国传统五大民居建筑之一,客家围龙屋就是在第一次分离过程中形成的"大一统"的客家传统小社会,有着客家历史和文化的"活化石"与"夯土的史书"① 之美誉。因为战乱或饥荒,客家人先后经历了五次大迁徙才辗转聚集到粤闽赣地区,在此,相同血缘的人们抱团取暖、围屋而住,形成相对稳定的客家民系,共同抵御外敌侵袭,一起接受自然的挑战。《归宿》中的温家围就是这样一个聚族而居的传统大家庭,八横四围,房子达三百多间,从明朝绵延五百年,最多时居住一千多人。大家在此风雨同舟、守望相助。而当外在环境不再构成生存挑战时,当市场经济的脚步声越来越清晰时,"第六次迁徙"即走出温家围就成了必然的选择,慢慢地温家围被形态各异的水泥砖瓦楼取代,最终由聚族而居的群体生活(传统大家庭)分离为相对独立的小家庭生活。

我们必须承认"从一种生产方式转到另一种生产方式,必然伴随着新

---

① 周建新:《动荡的围龙屋:一个客家宗族的城市化遭遇与文化抗争》,北京:中国社会科学出版社,2006 年,第 1 页。

空间的产生"①。小说里描写的迁徙契机是县道的落成，大家"像饿坏的鱼"，来不及告别就兴高采烈地从温家围鱼贯而出，先后搬出来另立门户。扎根县道两旁的搬迁户收获了生活便利与市场红利，其他有门路的更是远走高飞，搬到镇里、县里、省城里。不出几年，表面和谐融洽的温家围就搬成了杂草丛生的"空城"。"时光很慢的温家围就在社会迅猛发展中快速荒芜。"想起之前生存的种种罅隙、艰难与不易，许多人老死也不肯回来看看，甚至死时都叮嘱把坟埋得离温家围远一点。

（新楼房）远远望去，像圩市。而温家围则落寞、衰败在那里，像老态龙钟的老人。圩市热闹、崭新在这里，像生机勃勃的小孩。温家围数百年的历史好像终结了。（第 2 页）

157

作为搬出温家围后发展得最好的一个企业家，温尚文在温家三代人里是一个承前启后的灵魂人物。他虽然在里面生活了三十年，但也二十多年没回来过了。现在年过半百，功成名就栖居省城，心儿却距"胞衣迹"越来越近，心怀感恩，饮水思源，他觉得应该把温家围保护起来，让远行的游子认得来时的路，让子孙后代找得到生命之根。后来他因保护温家围过度劳累，致心脏病突发去世，很多平时与他有过节和矛盾的人都来追悼会送别：

原来那几户不配合老围保护和开发的住户温木材、温水生、温火生竟从外地大老远地赶来参加追悼会，那个修缮老围、老在催工钱的工头肖平生也来了……父亲的生命还在，那么多人记得他。

温雷回家后做出了个决定，接手父亲未做完的事，保护和开发温家围。（第 244 页）

---

① 包亚明主编：《现代性与空间的生产》，上海：上海教育出版社，2003 年，第 87 页。

温雷是在温家围生活了十几年的新生代，进入新的生活环境后，温家围的点点滴滴已经被他遗忘殆尽，不但自己找借口不回温家围，连自己在省城出生的两个孩子也从未带回去过。对自己父亲拿钱去修缮旧居温家围也颇不以为然。根在何方？血源何处？这对温雷来说好像从来不是问题。但父亲温尚文的去世使温雷彻底转变，"父母在人生尚有来处，父母去人生只剩归途"，于是温雷继承父亲未完成的事业，自觉投身于温家围的保护和开发。儿子温雷的觉醒则成为温家围和客家文化生命的延续标志，在陆陆续续投入了 200 多万后，在作为现代知识分子代表的严梅红的帮助与催化下，温家围先是评上了省级和国家级"中国古村落"，再到"梅花生态旅游公园"文旅项目的开发，其风雨历程是一次经济与文化勾兑后的守望与维护，是三代客家人的乡愁与现代资本合谋后的更高层次的精神回归。

对于第二次分离，马克思认为只有到了 18 世纪，在市民社会中个人才逐渐独立，也就是说，只有到了现代社会，个人独立以及相关的个人权利、个人自由等才成为历史的事实。改革开放后，不甘命运安排的温家围人，纷纷从单位里辞职独立出来，在市场经济中安身立命。例如温尚文与陈西东都曾是辞职的民办老师，经过打拼，分别做了民办教育的老板与房地产的老板；严梅红也从杂志社辞职，专门负责温家围三个项目的开发工作，出人出力；温顺生夫妇虽然都是体制内的基层人员，但也悄悄开了家"生哥日杂店"；而一心只想做大官、赚大钱的李名望在由正处向副厅的努力过程中不慎翻船，银铛入狱；最难能可贵的是陈西东这个异姓人，竟然为温家围捐了十万，没有了界限与排斥，在后来保护和开发温家围时入股两成，和温雷一起投资合作，不但代表了客家不同姓氏不同宗族之间的团结合作，而且标志着家族企业向现代企业的转型露出了曙光。小说从温家围这个微型标本出发，把在现代社会中客家文化的变迁与发展呈现在我们眼前，让我们看到客家文化的过去、现在和未来。

2．爱情：精神之恋

从群体本位到个体本位，意味着人不仅在自然界中"直立"起来，而且也在社会中"直立"起来，因为人在一个更高的层次上走向独立、自主、自由。在婚姻的世界里也一样，传统婚姻更多体现的是一种基于家族利益的责任攸关与担当，现代婚姻则是一种基于个人爱情的情感共同体。

吴盼秋是温平和家的童养媳，两人成亲天经地义。但温平和无法接受与形同亲妹妹的吴盼秋完婚，父母之命又无法抗拒，于是决绝地于新婚次日远走泰国，客死他乡，最终成为海外孤魂，情系围屋的"归家梦"一生都没实现。也就是说温平和以这种成婚后出逃的决绝方式既遵从了温通气的父命和包办婚姻传统，"看见父亲巴巴求自己的样子，便不再说话"，也遵从了内心的情感选择。为了不辜负没改嫁的妻子，即使在泰国遇到一个喜欢的女孩子也没有跟她结婚，孤独终老。吴盼秋进了洞房就守空房，日复一日地流泪与年复一年地期盼，到死也没有等到丈夫的归来，余生就和儿子相依为命，这悲剧无疑象征着传统童养媳制度的终结。温平和的离开，甚至让阿妈温阿香和妻子吴盼秋"恨屋及乌"，一直不喜欢甚至痛恨温家围，吴盼秋甚至连死后都不愿意回到温家围这个让她一生痛苦的地方。这是一个家族责任与个人情感冲突的人生悲剧。

温尚文与徐冬娘也是父母包办的婚姻。徐冬娘小学没毕业，"不看书，没文化，开口闭口就是柴米油盐酱醋茶"，俗不可耐。在家庭条件差强人意时，两者尚能凑合着和谐度日，而随着温尚文的事业步步高升，他已不满足于和妻子毫无精神交流的日子，开始心猿意马、朝三暮四地寻找起灵魂伴侣来。于是，"有文化，善解人意，人又温柔"，长得周正圆润、气质好的小学民办老师温碧玉成了他的暗恋对象，早年就是因为自己有海外关系，成分不好，无法对她展开正式的追求，饮恨至今，只能"在心里意淫一下温顺生的老婆"。而在与长相得体、富有韵味的知识女性严梅红相处几次后，黄脸婆更成为"怎么也尿不到一壶去"的"衰货"，"怎么也谈不到一块"的"乌鸡"。小说里温尚文还将三位女性做了比较：

先别说内在的吧，光看头发就把她们的档次区分了开来。徐冬娘的头发只是剪短而已，温碧玉则把头发烫了，上面不卷，而小波浪在下面，刚好齐肩。而严梅红呢，把头发绾起来，加上她脖子修长，身段又高挑，绾起来的发型便有了迷人的韵味。

徐冬娘真是朴实无华啊！温碧玉如果不跟严梅红比的话，也算知识女性了，教了大半辈子的书，虽然教的是小学。而严梅红的文化、学识、谈吐、气质要比温碧玉高好几个档次，而且严梅红又比她们年轻。（第42页）

道一千说一万，或许，最后那句话才是重点。因此，分床两年后，徐冬娘因癌症去世时，温尚文的号啕大哭多少显得矫情与夸大其词了。

温尚文认识严梅红的契机是陪同她这个省城杂志社编辑参观温家围，并且答应了跟她去县城见刘主席，将温家围申报为省级古村落，在丈夫李名望要严梅红一起回省城时，她脱口而出：

明天我跟别人的车回去，说不定，明天也还不回去。话说出口，她才惊了一下——跟别人的车回去，"别人"指的正是温尚文吧。还没有跟温尚文说，怎么就随口胡编了这样的理由搪塞李名望，真是生气生糊涂了。（第48页）

这样的开头就预示了两人是"郎有情妾有意"。在严梅红流产再没怀孕后，他们的夫妻关系名存实亡，双方都在有意无意地忙着再寻出路，在与客家老板温尚文通过温家围结缘后，温家围的重生其实也是严梅红的新生，温家围成为她与温尚文爱情的见证。严梅红和李名望渐行渐远离婚了事，而在徐冬娘死后，温尚文与严梅红的好事就顺理成章了。在还没有任何名分的情况下，严梅红竟然陪同温尚文去泰国找寻他父亲的踪迹，孤男寡女，非比寻常，后来温尚文在酒店向严梅红表白求婚了，寻父之旅才变成了两人新婚的蜜月之游。不管如何，温尚文起码在再婚前守住了底线，没有肉体出轨。

严梅红放弃了自己那段令人失望又失败的婚姻后，温尚文就与之开启了一段新的感情。在温尚文去世后，严梅红辞去杂志社的工作，接替温尚文全身心地投入客家文化的保护和传承的工作，在此她似乎找到了人生的价值。温尚文前后砸的 200 多万元温家围保护维修费，表面是给父亲留个回家的线索，其实这未尝不是一笔庞大的恋爱经费？否则，温尚文与严梅红如何结缘于温家围？如何因温家围而相识相知相爱？温尚文的婚姻归宿也由与徐冬娘的责任攸关方走向了与严梅红的爱情共同体。整个文本也几乎没有什么露骨的描写，非常节制，故不管是本事还是本文都可以称为"精神之恋"。

（三）《流年河》：流向何方

《流年河》主要讲述的是高考落榜生郑顺势为出人头地，逆境里学艺打工，翻转人生的故事，从出版时间来看是"三部曲"中的第二部，但从家园逻辑来看，则是最后一部，即从之前的重建、守护家园进展到了现在的生产、开发家园，主人公郑顺势在发家后最终投入房地产开发的行列，成为一个房地产商，即家园的生产者与出售方。

1. 家园：开发与生产

格雷马斯将行动模式划分为四个阶段，分别是"产生欲望、具备能力、实现目标和得到奖赏，从而建立了叙事语法。这四个阶段……之间是具有逻辑关系的"①。其中实现目标是小说核心，产生有目的、有利益的欲望是故事的推动者，使主人公具备实现目标的行动能力是获得方法的重要阶段，获得奖赏则是对故事结局及人物发展的交代。

郑顺势高中读书及照相馆学艺是产生出人头地欲望的第一阶段。郑顺势一家最初的家园是两个旧房间，即一栋四合院左边那道小门进去的第一

---

① 刘小妍：《格雷马斯的叙事语法简介及应用》，《法国研究》，2003 年第 1 期，第 198－203 页。

间和另一栋四合院的一间，一家七口人就挤在这两间破旧老屋里，有了自留地后父母才谋划建一间新房。郑顺势在高中宿舍睡上下床的上铺。后在郑顺势一个人住了照相馆一楼后有了比较，"他总觉得身体慢长开与自己苦闷的生活环境有关"。在照相馆打工赚了点钱就给了父母红包和150元建新房用的资金，还给父母、妹妹买了五双鞋，因为建新房劳作，大家鞋子都磨破了，而正是购买五双鞋这件事使张一定找到了诬陷、排挤郑顺势的借口。郑借坡下驴出走珠三角打工。

郑顺势在东莞工厂打工和在深圳倒卖非法出版物是具备行动能力的第二阶段。当他第一次可以睡在东莞饮料厂的工厂宿舍单人床上时，他激动得辗转反侧，兴奋难眠，难以相信自己可以打工赚钱睡自己的小床了，并不太相信地"拍了下床，是睡在床上。他拧了下腿，是自己"。郑顺势在深圳街头倒卖非法出版物时租住在罗湖区城中村的农民房，后在白石洲租住一户孙姓房东的房子。

后来郑顺势自己开店（小百货店、BP机店、大哥大店、电话机店、手机店、酒楼）设厂开发房地产是实现目标的第三阶段。郑顺势赚钱后在蛇口开了两间小百货店，买了一套两房一厅的套房，后来在白石洲开发新建了两栋小产权房，又在南山兴建了一栋二十几层的商品套房，弟妹两家各买了一套，自己的家园也换成了别墅。和商品洋房相比，别墅有天有地有院子，才是真正意义上的家园。而他老家的旧家园则荒芜了。

郑之初常常走来走去，便又走到那三间新屋前——当年那么辛苦，削坡，挑土，挖石，砌砖，杵墙，没日没夜地干，穿破了鞋，流汗出血，节衣缩食，好不容易把房子建了起来，而现在孩子都出去了，房子没人住了。当初谁能预料到今天这个样子啊！祖祖辈辈一直守下来的家园田地，竟一年一年地冷落下去。（第232－233页）

不管是郑顺势先开发的小产权房还是接着开发的大产权房，这都是在给客户"生产"家园，家园也成了他手里一个明码标价的商品，作为房地产商的他则靠客户的购买与消费来回笼资金、扩大再生产。

郑顺势最后反哺桑梓、载誉归来、弥补缺憾、战胜自卑，是得到奖赏的第四阶段。他先后有走马灯似的投资和一系列眼花缭乱的捐赠活动，如给流年镇投资五百万元建电站，给欧阳月云做校长的平湖小学捐八十万元建新教学楼，给流年中学出资一百万元建一栋学生宿舍楼，给曾经打工学艺的照相馆捐二十万元添置新器材、十万元装修门面等，结果当然是声名远播，流芳后世。

这些真实的事例像春风一样在流年镇吹来吹去，吹得大家心旷神怡。

郑顺势越久没回流年镇，这些事例便会一遍遍地被翻出来加工、包装、传扬，像酿酒一样发酵，香飘四方。有心人不停地在遣词造句上下苦功，千方百计把这些事例说得生动、传神、抓人。（第262页）

而如果用格雷马斯的行动元模式或符号矩阵来看，郑顺势就是主体和X，孙小美就是郑顺势发迹的得力帮手与非反X，生育、操持家务和做小百货店店长就不说了，当初如果不是孙小美给他提供闺房躲避查房，帮他办暂住证，那郑顺势也许早被遣送还乡了；小产权房的开发肯定离不开本地人孙小美及一家人的帮助，外乡人应该没资格开发集体土地上的小产权房，而没有开发小产权房的经验与利润，大产权房的开发也就无从谈起。或许我们可以进一步追问，郑顺势出深圳后的开挂人生为什么缺少反对者或反X？连像流年镇上张一定这样瞧自己不顺眼的人都没有，除了倒卖非法出版物被抓一次和买卖股票持平之外，一切都太顺风顺水，几乎没有什么挫折与失败。套用茨威格的说法，"命运的馈赠"显而易见，"暗中标好的价格"隐而不现。即其间的灰色交易、劳累奔波与艰辛竞争等都被有意无意遮蔽了。

163

2. 爱情：镜像之恋

根据精神分析的理论，我们可以认为欧阳月云和孙小美所拥有的家庭条件和物质基础正好是郑顺势的原初缺憾，是个体欲望对象的缺席，因此欧阳月云和孙小美是另一个完美理想的自我，是一个无法企及的镜像，整个小说是"一个人绝望地试图或获得自己镜中的理想自我的故事"①。

郑顺势与欧阳月云因为都没收到对方的书信而在感情上各奔西东。郑顺势在进厂后发现一起工作的同事宋仙——

长得既有点像欧阳月云，又有点像欧阳雪儿。郑顺势多看了她几眼便会恍惚，看来看去看了半天后觉得她更像欧阳月云。（第136页）

在给欧阳月云写了封信没有回信后，郑就"已在心里萌生要跟宋仙交往和做朋友的想法"，因为长得相似，所以宋仙是欧阳月云的一个镜像与影子，郑在连对方家境都没搞清楚的情况下就被甩了。做了大老板后找的女秘书范小仙，开始只是一个酒楼点菜接待员，郑不只因她名字里有个"仙"字，更是因"无意发现她，当下便丢了魂似的——天哪，那模样，尤其是那眉眼太像宋仙了"。这里的"同像""同名"寓示着范小仙是宋仙的一个影子，而宋仙是欧阳月云的一个替代品，归根到底范小仙还是像初恋欧阳月云，是欧阳月云影子的影子。而宋仙之所以会与郑顺势虚与委蛇，也是因为他有点像自己的前任。也就是说，郑顺势与宋仙产生的是互为自己前任的镜像爱情。范小仙跟了自己七八年后，郑觉得她"年纪上来了不适合当女秘书了"，于是换成了吕丽丽，小说里没写长相，估计和欧阳月云八九不离十。

孙小美是郑在白石洲租房时孙姓房东的女儿，因帮他躲避联防队员查

---

① 戴锦华：《精神分析的视野与现代人的自我寓言：〈情书〉》，《电影批评》，北京：北京大学出版社，2004年，第165页。

房与办理暂住证两件事"让他感动了好几日"，值得注意的是，两人一开始似乎并没有什么一见钟情的爱情萌发，至少男方没有，只有脚踏实地的感动与感恩。因此在郑要搬去蛇口、想请她做店长前才描写了她的外貌：

> 孙小美最动人之处便是笑，笑起来眉毛弯弯，眼睛含情，露出两个小酒窝，笑声又很动听。他曾许多次偷偷打量过孙小美。她虽然长得没有欧阳月云和宋仙那么漂亮，但她有她的优势，她总能知道他在想什么。（第183页）

这样的优势可能并不是恋爱对象的标配，更像是生意助手的要求。在他出来第四个春节，回家过年准备去找欧阳月云时，他才知道对方已结婚生子，爱情的门扉已然关闭，于是提前返回深圳后便向现实低头。在孙小美生日前一晚郑拿了一块夜光表向其求爱，没有紧张出汗，没有意乱情迷，只有曾经沧海后的"不慌不忙，从容淡定"，他居高临下地"读出了孙小美的心思"，在孙小美赞美手表"真精致、漂亮"的时候，郑顺势才顺势回了句"没你漂亮、精致"的客套话。因此，与初恋欧阳月云相比，孙小美不过是一个各方面都还不错的结婚备胎，因为她有两次帮忙的恩情与自己永远不能具备的本地人优势，于是求婚仪式与结婚典礼都被统统省略了，结婚第二年，孙小美生了两个男孩，并一心一意在家打理家事与照顾孩子。但郑的爱情并没有得到满足，因此可以解释他功成名就后以工作为由在外面带着像欧阳月云的女秘书范小仙招摇过市花天酒地，并且几年了都不被妻子发现。这样郑才有了一个完美的人设：爱情美满、婚姻幸福、事业有成的企业家和慷慨解囊、乐善好施、回馈家乡的乡贤。

这里还有两处文本褶皱之处：第一处，凭着孙小美"总能知道他在想什么"的天分以及之前的收租见识与管理能力，还有他两个哥哥以及文中没提及的七大姑八大姨，郑顺势要做到既招摇过市又在妻子面前密不透风，似乎是一个不可能完成的任务，也许这更像是叙述者的一种一厢情愿

的独白。在避免了因原配"闹事"而使郑顺势人设坍塌的同时也维持了其家庭圆满幸福的表象。第二处，比较一下同一代人的爱情，除了郑顺势要风得风要雨得雨外，其他人不是过程落寞就是结局苦涩，如吕一笔虽然官运亨通，但中年丧子，内心够痛苦的了；欧阳月云虽然做了平湖小学的校长，但与丈夫李春来离婚三年后"像过了花期的花"；欧阳雪儿虽然有一对双胞胎儿子，但四十多岁竟成了寡妇，丈夫李旺盛在自家的来记鞋店被后半夜的大火烧成黑炭；张一定因与洪春秀偷情而使相好洪玉珠主动打胎离开了流年镇，去了深圳，其后本人在被曹先旺先打了一顿后，又碰到昔日被他排挤走的郑顺势高光归来，喝闷酒后醉驾，骑摩托撞树而死；下落不明的宋仙据说被上面的谢老板包养起来了；而范小仙则是郑顺势"让她嫁了人，一次性奖励她五十万元"。这样的角色设定好像有点"光看贼娃子吃肉，没看贼娃子挨打"的偏颇。因此，这两处悖谬逻辑使郑的自我并不会因为"理想的自我"而获得完整的实现，他的完美镜像仍然是无法抵达的。

总的来说，"客家三部曲"以散文化的叙事、散点透视的视点与细腻婉转的笔触，开创性地给读者提供了一幅客家家园从传统到现代变迁的全息图景。其家园母题完成了从"重建家园"（《春秋渡》）到"守护家园"（《归宿》）再到"生产家园"（《流年河》）的本事嬗变，而其爱情症候亦凸显出从"一个人的精神之恋"（《归宿》）到"一代人的镜像之恋"（《流年河》）再到"三代人的不伦之恋"（《春秋渡》）的本文流转。翰儒的小说也不可避免地有这样那样的局限性，如整体没有"贴着人物写""滚到里面去写"（沈从文语）；语言散文化，情节跳跃，节奏缓慢，人物语言不够职业化等。假以时日，希望作者能再接再厉、取长补短，在陌生化手法、叙事视角与悬念营构上有更多自觉，写出惊心动魄、荡气回肠的新世纪客家题材的史诗性作品。

第三节 作家访谈：散文、中篇与长篇小说

一、散文与中篇小说

张劲松（以下简称"张"）：作为梅州文坛的中坚力量，你的创作成绩有目共睹，散文和小说左右开弓。2017年加入了中国作协，成了"国家队"的一员，可以为广大的文学爱好者回顾一下自己的文学道路吗？

彭汉如（以下简称"彭"）：确切点说，我是20世纪80年代开始从事业余文学创作的，当时在《嘉应日报》（今为《梅州日报》）发表了则小幽默，引发创作的兴趣。但要算发表像样的文学作品的话，应该是从在《羊城晚报》的"花地"副刊发表散文《凝视风景》开始。那时我在远离城市的一所山区中学教书，信息闭塞，要想在颇负盛名的大报发表作品是很不容易的。所以，我视这篇作品的发表为走上文学道路的发端。除了90年代后半段的几年中止了文学创作外，一直没有停下来。那段时间中止的原因是转行去了县委办，从事新闻报道工作，新岗位，任务又重，担心惹来风言风语，当然还因为那时手头紧，工作之余忙于赚点外快，先踩实大地再仰望星空吧。

从那时到现在，我已出版了三本散文集，一部中篇小说集，一部长篇小说。在《中国作家》《花城》和《人民日报》《光明日报》等报刊发表了中篇小说、散文等一批作品。

张：说点题外话，当年父母给你取名时有何寄托或寓意？大家都知道，你的笔名"翰儒"是本名"汉如"的谐音，虽然如此，你有没有担心不知情的人说你笔名太大了，竟然说自己是一代翰儒？

彭：你这个话题很有意趣。我为什么起这个笔名呢？了解我的人可能

都知道我这个人是很本色、本分的。如果我的名字略略有些好看、好品的话，我是不会另起笔名的。我也不知晓父母怎么给我起的这个名。我父母是农民，农民大都是朴实的，他们不会思考给孩子起名的用意，农村的孩子大都也不会去问。如果真问的话，他们会很不自在地回答——符号，只是个符号，把这个孩子与那个孩子区别开来而已。后来，我听说我的名字是"接生婆"起的，便失去了问的兴致。呵呵，你也不会想到吧？

我在报刊发表文章后，自己的名好不容易变成铅字了，可这两个字的字形仍不太好看，看不顺眼、顺心，于是便想起要起个笔名。曾用过"旋风""黄金人"，但还是不满意，最后才起了"翰儒"，除了谐音外，还因为有内涵。至于"翰"与"儒"放在一块，会容易让人认为我有成为"一代翰儒"的宏大或张狂的想法这一点，倒是没有想过。现在你提到了，我心里倒是一惊。而后又坦然了，"一代翰儒"不是你自己想成为便能成为的，要别人发自内心认为、认可才算数。就好像一部作品，作者自己认为最好也白搭，要交给读者去评定。

张：《客都客家文学选粹·诗歌卷》里收录了你的五首诗歌，你曾经创作过一段时间的诗歌吗？

彭：诗歌、散文、小说作品其实本质上是相通的，只是体裁不同，形式不同，写法不同，表达的情和理是一样的。我为什么选择散文和小说这两种体裁作为文学创作的方向呢？主要是觉得这两种体裁更适合我的表达，让我的表达更舒服、更有效。诗歌也尝试过创作，有时我会把创作的新诗放进小说里，比如中篇小说《鹿回家》、长篇小说《归宿》，里面嵌进了新诗。我创作了一系列写动物的新诗，时机成熟的话，想出一本小诗集。因为诗歌的语言总是含糊、多义的，当然也有直率、明了的，但这样的诗又往往被人认为缺少诗意。诗歌不会是我的文学创作方向。

张：《客都客家文学选粹·小说卷》里收录了你的《只差一米》，并且排在"中篇小说"第一名。在你的中篇小说集《家园》里，这篇也是收录在最前面，说明编者和你个人都非常看好这篇小说，我对你这篇小说里的悬念设置印象很深。为什么这样的官场小说成了绝响？有没有意向朝这个方向继续掘进？

彭：我创作发表了七部中篇小说，七部的题材都不同，官场题材是我计划要创作的。写官场小说容易落俗套，容易雷同。我思考了又思考后，决定从其中某一个点，即容易让人忽视的那个点去创作，即从官太太的生活情状和心理活动去写。正如省作家协会蒋述卓主席评论我的中篇小说《只差一米》：写官场的腐败，并没有从正面强攻，而是从侧面去描写。这个角度很独特，读起来可能更吸引人，也更有力量吧。

张：在现当代文学史上，小说和散文的互渗是普遍现象，既有小说化散文，也有散文化小说。有评论家认为余秋雨的文化散文《文化苦旅》有一个特点就是叙事化，即用写小说的手法写散文，每篇散文其实都是讲一个故事，读者表面是阅读历史文化散文，其实是在阅读一个历史文化故事。至于散文化小说就更普遍了，文学史上也有不少名家名作，如鲁迅的《故乡》、沈从文的《边城》、汪曾祺的《受戒》《大淖记事》等。我觉得你的小说也有散文化特点，这是你的特意追求吗？

彭：我非常喜欢汪曾祺的《大淖记事》这本小说集里的小说，其中包括《受戒》。散文化小说读起来很走心，那感觉是很贴心的。

现代作家中，魏微的这类写法的小说，我很追捧。比如她荣获全国鲁迅文学奖短篇小说奖的作品《大老郑的女人》，我看了好几遍。这种写法更考验作家的笔力、功力。要求笔法很细腻，细节很出彩，只言片语、字里行间便有故事和情节。写得好的话，这类小说拿起来读便放不下了，而且不愿意一口气读完，要读点留点，慢慢享受，像品美酒一样。

张：我在那篇《家园回望与精神返乡》的评论里说："（你）对于宁静乡村的精神返乡与低吟浅唱无疑打开了读者尘封已久的乡村记忆，为心

灵衰败时代的人们打通了记忆与现实的精神通道……其对往昔家园的徐徐回望与追忆充满了感性的忧伤，而对家园此在图景的观照与呈现也暗藏着理性的隐痛。"我所谓"理性的隐痛"一方面是说在现代性徐徐展开的进程中童年与故乡都渐行渐远、回不去了，另一方面意指物资匮乏年代的成长与生活其实并没有如此诗意盎然，有点粗粝甚至不乏野蛮。不知你同意我的说法吗？

彭：几乎认同吧。不少读了我两部散文集《远去的风景》《岁月有情》的读者，认为我把远去的事物写得那么有滋有味，那么生机盎然，那么温暖感人，那么诗情画意，这正是我写散文的追求和努力的方向。我的用意让他们读出来了。这让我很感动，像找到了知音。人生再怎么也还是苦短的，为什么不往好的去写，去想，去活呢！拥有一颗童心的人，总是幸福的。作家史铁生说过这么一句话，大意是：人总是要死的，所以死没必要急着去办。文章柔一些，暖一些，诗意一些，读了让你自在，让生活更美好。我想，这也是文学的力量！

张：你的乡土散文写出了我们那代人的生活状态，有无奈与忧伤、梦想与希冀，但是对于千禧一代和新世纪出生的年轻人来说可能有点隔膜，乡土题材的叙事对于随着电子产品长大的他们来说会不会有点类似"白头宫女在，闲坐说玄宗"？

彭：我写的那批乡土散文，以故乡黄金镇为原型，写熟悉的人和事，我想用文字把这些渐行渐远的东西留下来。时代总是向前的，每个阶段的事物都不相同。我写这些散文的目的，就是记录我了解的，身在其中的那个阶段的人和事。现在的小孩乃至十几二十多岁的年轻人，他们的玩具和快乐不是滚铁圈，不是跳绳，不是捉迷藏，而是手不离手机（或其他电子产品），总是低头玩游戏、微信。而且他们离乡村远了，离农事远了，离真实远了，沉迷在虚拟的世界中，因此也很难付出真情和感动。远离真情实感的人生总是令人担忧的。

张：相比小说而言，我个人更欣赏你以黄金镇为书写对象的乡土散文，我觉得这些散文创作非常出色，不可替代。"黄金镇之于翰儒，恰如湘西之于沈从文，高密之于莫言，商州之于贾平凹。黄金镇是翰儒的生命之根，也是其艺术之源。"但同样是写饥饿与匮乏，与莫言相比，我觉得你的作品多了些温情与诗化，少了些直面与呈现；多了些遮蔽与自得，少了些真相与还原，对于历史和现实缺少一种穿透力与超越感，这在某种程度上可能会影响你作品的力量与分量。不知这与你长期在县委机关如宣传部工作有没有关系？

彭：以我的家乡黄金镇为书写对象，我创作了一系列的散文，比如《竹乡人家》《临溪小镇》等，这些散文收入了散文集《远去的风景》。这些散文作品既有个性，也具共性，即那个年代的乡村故事、乡村情怀。尤其是《打铁师傅》《杀猪师傅》《乡村裁缝》《阉鸡师傅》《木匠师傅》《剃头师傅》一组师傅系列散文，引发了那年代出生的不少读者的共鸣。我总是愿意把散文写柔一点，细一点，暖一点，诗意一点。我也深知，说教的力量，不如旁征博引、引经据典的说理和提升有穿透力和超越感。我也读了不少这类作品，但到头来，除了让你紧张、压抑、呐喊、满怀激情，好像也没真正改变什么。与其这样，还不如带上感动、美好和诗意上路，边走边唱，这样的人生是我所追求的，这与我干宣传工作关系不大，主要是我的追求决定了我的写法。

二、长篇小说

张：我个人觉得散文化小说对作者的情感拿捏、语言表述与文体把握可能有更高的要求。如果功力不够，可能会影响可读性与审美愉悦感。因为读者看小说首选还是故事情节与人物塑造，而散文化小说的弱点就是故事性不强，情节推进不够紧凑，抒情色彩浓厚，叙事动力羸弱，导致读者的期待视野有可能遇挫。用散文化叙事写个短篇还可以，写个中篇是极限，能写个成功的长篇的好像还没有特别成功的先例。你的长篇小说《归

171

宿》算不算一次实验或探索？

彭：《归宿》有些散文化小说的写法。为什么说是有些呢？因为综观整部小说，只是有些章节的写法像散文的笔调。整部小说的故事性还是比较强的，情节发展也比较紧凑。我确实很推崇在写小说的时候多一些融入散文笔法和元素。这样的小说更有韵味，更动人，更入心，更能引起共鸣。读这样的小说，像喝广州的"老火汤"。

张：《归宿》里为保护围龙屋的温尚文，与《家园》里为了一条水泥路奔走呼号的尤大松以及《火龙》里传承非物质文化遗产"火龙"的吕冬至都同样不忘初心，都有同样的使命担当。你的长篇、中篇以及散文其实在"家园故土"的主题上都是一脉相承的，把你的作品归入"乡土文学"范畴你应该会同意吧？你下一步的写作计划中有没有开拓其他题材或转型？

彭：我是农村出生的，读书出来后又一直在县、镇工作。从某种意义来说，还是在基层、在农村，所以对农村的情结很深。乡村的一草一木、一山一水都融入血液里、扎根在灵魂深处。文学创作，往往写的是自己最熟悉的东西。这样写出来的作品才能打动自己、打动别人。闭门造车去创作，终归是胡编乱造，无中生有，虚假生硬，漏洞百出。即使虚构也要建立在你熟悉的事物上进行构思，而不是像无根的浮萍。由于我的生长、生活、工作环境，我的创作大都是农村主题、故园主题。我的下一步计划是创作一部长篇，写一拨 20 世纪 60 年代出生在粤东客家地区、农村山区的高中生，写他们与时代同频共振的人生经历。既写农村，又呈现城市。

张：祝贺你的第二部长篇小说《流年河》出版，小说写的是以郑顺势为代表的一批 60 后高中生的人生经历与命运浮沉，是对那个特定时代的回忆和书写。流年镇很明显有你的家乡黄金镇的影子，里面的人物是以你或你的同学朋友为原型吗？

彭：里面人物有些是有原型的，但又不全是原型，源于生活又高于生活。小说命名为"流年河"，有用意，有象征意义。

张：大作的人物塑造、叙述语言还是你以前熟悉的风格与味道。叙事节奏是先慢后快，这是有意为之还是写着写着就这样了？

彭：是的，节奏前慢后快。因为是长篇，人物要立起来，急不得。慢慢铺垫，顺理成章，水到渠成，才不会漏洞百出。要写得厚实、宽阔，不能猴急，要像写报告文学或长篇通讯。有评论家和文友这样说，我的作品适合慢读细嚼。我很认可，这正是我的写作追求。

张：不过像你的这种平静缓慢的散文化叙事，悬念叙事比较平淡，可能不太利于作品的流通与传播。

彭：有读者给我来电说，《流年河》的故事情节更像看似平静的水面下暗流涌动，当然也有波涛汹涌。这种写法更打动人，吸引人。

张：当然这是萝卜白菜各有所爱了。大作字数约27万字，故事不是太复杂，但主题和内涵容量大，里面有名有姓的人物不少，关系挺庞杂，可能需要仔细梳理一下才能理清晰。

彭：小说的主要人物几乎每个人都有关联，他们的关系是结成网的。比如，郑顺势与欧阳月云是同学（有好感的），郑顺势与吕一笔是同学，欧阳月云的老公李春来与吕一笔的老婆李春风是兄妹。郑顺势曾打工的照相馆老板的女儿欧阳雪儿与张一定打工的鞋店老板是夫妻。张一定与郑顺势是冤家，郑顺势的表姐被张一定勾引。《流年河》的故事情节逻辑性强，伏笔也多，怕忽悠、怠慢读者，我为此精心织了张网，一针一线用功用心用情编织，提醒自己不可让网有破洞。

张：小说总共有十三章，每章都是以该章第一个词作为标题，好像有

点随机，有些好像不是太契合该章内容，如"那个星期""太意外了"等，当初这样安排是出于什么考虑？

彭：每章的标题用这章开篇的第一个词，眼下的长篇有些名家这样做。我觉得挺好的，因为给每章命个标题，会降低读者的阅读兴趣，再说也吃力不讨好，往往统领不了这章的内容。

张：郑顺势的"逆袭"人生其实是由很多偶然因素促成的，如果张一定不冤枉、排挤郑顺势，如果照相机不掉水里，那郑顺势也许就是镇上另一个照相馆老板；如果郑顺势没有和宋仙站在一起上班，也许他就会在东莞的饮料厂一直干下去；如果没有信件遗失，他的生活状态和人生道路肯定不一样。但郑顺势的开窍（非法进关、倒卖黄色扑克牌）好像有点太突然，之前好像是个胆小怕事的人，怎么一下就干非法勾当了？总觉得这个变化有点快。

彭：郑顺势是个很内秀、聪明、机灵的人。他也不是突然想起倒卖非法读物的：一是打工那么久，积不了钱，受穷受困；二是宋仙不辞而别，他认为只因自己穷且卑微；三是他在东莞打工时，亲历过倒卖非法读物的，自己还偷买过。那年代，深圳、东莞等地，这种夜幕下的营生太常见了，新奇、刺激，又提心吊胆。

张：我们都说"马无夜草不肥"，但郑顺势突然去卖黄色扑克牌的非法勾当好像还是有点铺垫不足，感觉有点突兀，并且这第一桶金似乎也太顺风顺水了。小说里郑顺势在这方面的心理活动好像不多，也许我读得有点快，没有留意到。

彭：呵呵，我觉得你可能读得有点快，不够细致了。郑顺势在这方面的心理活动写得不少。在那个茫然又萌动、混乱又激进的年代，违规进关、倒买倒卖非法读物和走私手表，太多人这样干了。郑顺势真正攒的第一桶金，是倒卖走私手表。我熟悉的人中，不少人干"成功"且成了荣归故里的大老板。

张：另外郑顺势的爱情好像有个地方没有交代清楚，就是郑顺势在厂里领了第一个月工资后写了三封信，父亲、弟弟和欧阳月云各一封，同在一个镇，为什么独独欧阳月云没有收到？而欧阳月云写给郑顺势的信，郑顺势也没有收到。多年之后他们见面，郑顺势说他之所以没有收到欧阳月云的信是因为转厂了，这是事实，但也还有一条线索，就是老乡钟近胜还在厂里，理论上来说信还是有可能转到他手里的。至于欧阳月云为什么没有收到郑顺势的信，似乎没有下文了。当年的邮政部门好像也没有如此不靠谱。一方没有收到信，可以说得通，而双方都没有收到对方的信，就好像有点必然，这个"意外"的人为痕迹有点明显，似乎太巧合了。

彭：郑顺势与欧阳月云被刷下来没有参加高考，两人只是有好感，分开后，有思念，还谈不上是恋人。他们的关系很微妙，符合那年代刚踏进社会的年轻人的特点，朦胧、萌动，但又不确定，期待着。那年代信件收不到，也时有发生。转厂后，郑顺势收不到欧阳月云的信，更正常了，无须交代。如果条分缕析交代清楚的话，便寡淡无味了。

张："事出反常必有妖"，"妖"在哪里呢？我觉得那封遗失的信可以处理得更谨慎一点，这是一个非常关键的叙事悬念，不应该这样不了了之。是不是可以把它处理成争风吃醋的一方有意截留了？

彭：一方有意截留那封信，也是可以的设置，但那是另一种写法了。有许许多多种写法的。我思量再三，选择这种，更有意蕴，有震撼力，吸引人！

张：如果信件是被截留了，截留那封信的是不是可以设置为欧阳月云的追求者李春来或他的父亲李诗篇（教办主任），有动机有条件，因为小学的报刊信件都是先送到教办再分发的。

彭：这些建议都有意趣，但那是另一种写法。

张：小说里张一定的意外死亡好像有点不太合情理，毕竟时过境迁了，看到别人发达了有这么想不开吗？因为俗语说，乞丐不会嫉妒富翁，但会嫉妒另一个乞丐。两人相距如此之大，嫉妒好像犯不着了。

彭：这样写张一定的下场，顺理成章。他浪荡、不分是非、不阳光、心理阴暗。你说的别人发达，这个别人，不是随便一个人，是郑顺势，当年被他诬陷，甚至可说被他赶出流年镇的郑顺势。他俩曾因那件事（诬陷郑顺势）对天发过毒誓！郑顺势荣归故里，张一定能舒服吗？

张：当然张一定的死亡（喝酒后骑摩托撞树）确实是多种因素促成的，但如果只看他死亡前后的叙述，好像是嫉妒喝酒而死。

彭：张一定的沉沦，是一天天沉下去的，诬陷郑顺势、勾引冯信贷的女儿、与郑顺势的表姐偷情后被发现而遭殴打、娶不上老婆，最后酗酒成性。他嫉妒郑顺势离开流年镇多年后竟然"乌鸡变凤凰"发达了，心里特别难受，当然也是其中一个主要原因。

张：从另外一个角度来看，郑顺势应该感谢张一定，如果没有张一定的排挤，郑顺势也许就是流年镇上一个照相馆小店主。或者也可以写郑顺势大度地请张一定来见面喝酒，相逢一笑泯恩仇，但回家时张一定撞树上死了（或第二年喝酒醉死了），可能更有戏剧性，也更能见出大老板的格局与境界。

彭：所以说有很多种构思和写法。这正是文学创作、写小说的魅力！

张：评论家谢有顺曾在一次演讲时说，他读小说有时候会替作者着急，觉得有些细节不应该也不能那么写。凑巧的是，我也有这个自以为是的职业病。上面的有些问题可能是我在阅读过程中替你的个别细节瞎着急的结果，不一定对，仅供参考。

彭：我珍视《流年河》，但也清醒地告诉自己，仍存在不足，仍有提升的空间。感谢你多年来为我的作品写了好几篇评论，花了很多心血，还向学生大力推介，心存感激！

（2020 年 10 月 13 日改定）

177

下编 作品论

第五章　童养媳叙事专辑

第一节　叶春萱《菊莲》与黄河文《来香》：
圣母型人格的形成

叶春萱的长篇小说《菊莲》（海风出版社，2010 年）和黄河文的长篇小说《来香》（花城出版社，2015 年）都是以作者亲人（外婆或母亲）为原型的童养媳叙事，小说书写了两个客家女人从懵懂无知的童养媳到德高望重的阿婆隐忍坚强的一生。因为丈夫在异国或他乡乐不思蜀，留守家乡的原配寡居几十年，把一生都默默奉献给自己的子孙后代。她们演绎出了关于职责，关于勤劳，关于聪慧，关于贤淑的任劳任怨的客家山区女子形象。

一、《菊莲》：童养媳叙事的肇始

《菊莲》叙述了童养媳菊莲因丈夫在南洋另娶新妻而在小小吉意村无悔守"活寡"将近一个甲子的经历。20 世纪 40 年代初，菊莲婚后没多久，丈夫锦元留下年幼的孩子和几亩薄田就出南洋打拼了，她从不抱怨，而是一心一意把孩子抚养长大。中途锦元虽然回来过一次，但身边多了一个女子十三妹，菊莲尽管心里委屈，为了维护丈夫面子，也想到一家人终于可以一起过个团圆年，她没有大吵大闹，也没有对女子恶语相对，而是接过女子手中行李说："阿妹，走了远路，辛苦了。"转眼锦元心意已决又要回南洋，她强忍难受和不舍，转身用袖角抹干泪，没有表现出小儿女执意挽留的撒泼情态。在女儿大兰念高一时，锦元和十三妹在南洋去世了，菊莲一家子为这两个已故的人补办丧事，菊莲忍气吞声，以和为贵，让锦元的兄弟们为锦元祈祷，让大侄子给亡魂上香，以尊重逝去的亡灵。除了辛苦抚养一子四女（含锦元和十三妹生的女儿尾兰），她还得以顽强的毅力与锦元兄嫂斗智斗勇，努力守护丈夫留下的房产田地等。孩子上学后，菊莲巧做各式糠粄贩卖以解决五个孩子的学费问题，菊莲希望儿女读书上进，成为文化人，他们才可能有更好的未来。由于旧伦理观念的束缚，菊莲到老都没有再嫁，为婚姻坚守了一辈子。菊莲几十年来很少在孩子面前提到锦元，但心里却没有一天不在想他，她一辈子就认定锦元这个男人。在她的眼里，爱就是始终如一的坚守！

禄叔是锦元小时候一起放牛、掏蜂窝玩耍的好朋友，锦元下南洋后，菊莲和禄叔一家理所当然成了好邻居，两家人一直互帮互助，建立了深厚情谊。在农忙时，两家人会一起干活。禄叔家会往菊莲家送鸡蛋，菊莲会拿自己晒的菜脯到禄叔家里。有一次小女儿尾兰和儿子阿水闹肚子疼，情况紧急，禄叔和菊莲一人背上一个孩子往医院走，才挽回两个娃娃年幼的生命。两家人在生活上总是互相照应，同甘共苦，共同熬过了艰难的岁月。在禄叔老婆难产，大家都觉得这个瘦弱的女人性命肯定不保之时，菊莲用她的心慈和果断，把刚生下来的娃娃抱到禄叔老婆眼前，成功唤醒和挽救了这个临死之人，将其从鬼门关拽了回来。加入游击队后的禄叔因为活动失败，被土匪追赶，跑到菊莲家避难，菊莲巧用浓烟妙计帮助禄叔逃过了一劫，表现出有勇有谋的胆量，其气魄令人惊叹，之后她又让禄叔到自己大女儿家避过祸难。三年饥荒时，菊莲家唯一能给孩子们提供营养的就是禄叔送的蜂蜜。但在禄叔老婆去世后，菊莲先后回绝了大哥满昌和老叔婆撮合她和禄叔的美意，还劝禄叔趁年轻抓紧娶个伴，菊莲始终没有逾越男女之界限。

作为生产队长的菊莲，还要帮助村民发展生产，共同致富，以实际行

动证明了自己存在的价值。1985 年夏天九圳被洪水侵袭，菊莲冒着被洪水淹没的风险，指挥与领导全村人走出洪灾一线，保全了全村人的生命。后来又带领队员培植菌种，使吉意村成为镇里的蘑菇生产基地，一马当先奔走在新生活的幸福道路上。当然如此敢作敢当、独当一面的客家女性形象已经在之前《石榴花红》（海风出版社，2006 年）、《石榴石榴》（海风出版社，2009 年）中通过石榴形象浓墨重彩地刻画过，这里也就驾轻就熟了。

二、《来香》：客家童养媳的圣化

《来香》以叶来香一生情感的因缘际会与跌宕起伏为线索，讲述了近80 年来一众人物的人生命运与社会生活的变化发展。来香本来是黄家抱来的童养媳，与丈夫黄日应该算是青梅竹马，但大叔子的忌恨与挑拨离间屡屡使丈夫黄日误会、嫌弃来香。来香因印堂有伤疤而一度被黄家认为是克夫的灾星，后来她以实际行动得到了婆家认可，被认为是黄家的救星。丈夫黄日转业后在四川当了领导的乘龙快婿，不只家外有花，而且家外有家，一个男人两个家庭，还用下三烂的手段欺骗来香在离婚协议上签字。来香并没有抛家弃子，而是默默忍受，并尽心尽力侍奉奶奶、婆婆。与《菊莲》里禄叔的功能相似，来香有两个日久生情的男性，就是邻居的阿三和工作队的程龙，但兜来兜去还是无果。来香一辈子忍辱负重情路坎坷，丈夫离去归来又离去，反反复复，过程曲折夸张。当丈夫在大运动期间无家可归时她接纳了归来的丈夫，丈夫平反后又回到了四川那个家庭，来香好像也预感到了这种可能性。丈夫退休后脑出血奄奄一息，回到来香身边治病，痊愈两年后又回去四川那边。而来香只得以一个手缝的布人来代替丈夫的存在，这多少已经有精神分裂之征兆。与来香对丈夫这种无原则的退却与忍让相比，当代"陈世美"黄日在两个女人、两个家庭之间的彷徨挣扎好像更体现了人性的真实。一开始就面临大好前程和山疙瘩里苦日子之间的考验与选择，后面在四川铁道和广东茶山之间的奔波与纠葛在作者笔下似乎又显得情有可原，谁还没有过优柔寡断和私心杂念呢？

来香一向宅心仁厚，助人为乐。虽然生活艰难，周围好像充满了小人与仇人，如打游击时有个狗头觊觎来香的身体，同一个祖屋下堂的黄元有事没事找碴儿还打死了她家的小狗，阿三冒充她写检举丈夫的举报信，大叔子黄月一直挑拨离间她与丈夫的感情……但来香从未放弃助人为乐的优良本性，如在生产队时搭救因调戏糟蹋良家妇女而被黄灵达打伤躺在草丛里的黄力；去汕头看望丈夫时义无反顾下水救人，而自己其实不怎么熟悉水性；在去看望母亲时搭救摔断了腿的余兴老婆，还把带给母亲的红参和猪心都给了余兴煮给老婆补身体。

当然，来香有时候的舍己为人似乎太过于无欲无求了，让人印象深刻的是来香两次把大儿子黄小中的参军、工作机会让给别人，第一次是主动出让的，第二次是干儿子苦苦哀求的结果。这两个桥段似乎有点人为拔高来香的道德水准。来香的形象已经接近完美了，在那样的艰难岁月里这几乎是让人无法理解的选择，自己的儿子重要还是别人的孩子重要？与此相比，后面来看有意无意在大儿子黄小中婚事上对自己家庭状况的隐瞒与欺骗更符合真实的情感，包括黄小中对母亲彻底失望后隐瞒父亲来信，顶替弟弟去四川铁道上班，又被同父异母的妹妹挤掉名额打道回府，这更符合生活的真实。症结在于，如果没有最初来香在儿子参军和去煤矿工作方面的"大公无私、大爱无疆"，也就没有后面亲人之间在工作方面的尔虞我诈。这方面的逻辑关系来香是否反思过，午夜梦回是否后悔过自己的"高风亮节"？

在小说前半部分来香还支持黄日上山参加游击队，甚至有扮演商人廖敏太太去刺探敌情的高光时刻，两人应该算是两小无猜加革命情谊，遗憾的是，她的这些超出自身能力的出色表现似乎并没有让她在日后的生活里有什么不一样的职业表现，而是重回了目不识丁的农村妇女在家孝敬公婆、抚养孩子的传统老路。当然，红色书写的兴趣与才能在作者的《红色种子》（海天出版社，2020 年）、《九龙嶂英雄》（广东人民出版社，2021年）、《十六少年绝唱九龙嶂》（广东人民出版社，2022 年）等小说里得到

183

了合乎逻辑的延续。

毋庸讳言，两部小说多少都有圣化童养媳、神化主人公人设的取向，都有因叙述者强势、视点人物所见所闻所思所想的缺失而导致的情感共鸣与角色代入契机缺少等不足之处。但瑕不掩瑜，童养媳叙事的开创式塑造功不可没，后续书写的童养媳形象在此基础上才可能越来越血肉丰满、真切动人。总之，菊莲和来香这两个美丽、勤劳、孝顺、慈善的女人一泥一土把家的城墙砌起来，用汗水浇灌几亩薄田，把子女们抚养长大，使丈夫的血脉延续下去。她们的身姿平凡而挺拔，她们的表情平静而安详。菊莲和来香是众多从旧时代走到新社会的客家童养媳的化身，她们的一生就是无数客家妇女不平命运与苦难人生的缩影。

第二节　陈冠强《有竹人家》：下宫坝四美图

儒家美学对大自然中山水花鸟的审美观照，更倾向于用其外部表现特性来比附君子应该有的内在品德与理想人格，这是一个源远流长的比德传统，如乐山乐水、岁寒三友、花中四君子等。长篇小说《有竹人家》[①] 的题目用的就是这种比德手法，作者用看似柔弱但生命力顽强、特性坚韧的竹子来象征以女主角怀梅为代表的客家女性的品德。另外几个主要女性角色的名字如兰香、兰芳、菊芳等也用了这种比德手法，将几种具有高尚寓意的花植几乎尽收囊中，名字彰显了那个时代的审美趣味与价值观念。对于客家民系来说，女性对于家庭的主心骨作用是普遍意义上的，而不仅仅是个案。因此竹子既可以指小说主人公怀梅，也可象征整个客家妇女群体，"有竹人家"既指怀梅的家庭，也可以指包含客家妇女在内的整个客家民系。

---

① 陈冠强：《有竹人家》，福州：海峡文艺出版社，2020 年。

之所以将怀梅或客家妇女看似累赘地特意指出来，是因为很多时候，这个民系是因勤劳、坚韧的女性而出名的。正如作者在书的"楔子"里谈到关于怀梅原型时说的："我写的外婆，既是自己的外婆，也可能是你的外婆，还可能是他的外婆，但是不管是谁的外婆，那都是血脉的维系，对逝去的亲人的怀念，还有受外婆影响的对世界的认知。"① 这一点也被中外文化学者们一再加以佐证与诠释。美国传教士罗伯·史密斯曾说："客家妇女是我所见到的任何一族妇女中最值得赞叹的。在客家中，一切稍微粗重的工作几乎是女人做。她们做这些工作，不仅能力上可以胜任，而且在精神上非常愉快，因为她们不是被压迫的，反之，她们是主动的。"② 罗香林也曾说："客家妇女在中国可以说是最刻苦耐劳，并且最自重自立，于社会和国家都最有贡献，而最足以令人产生敬佩之情的妇女。"③ 从这个意义上来说，这篇小说不仅仅是几个客家女人的赞歌，而且成了整个客家民系妇女的史诗。下文拟分析《有竹人家》里的四个女性形象。

一、怀梅：从童养媳到有情女

童养媳曾经是一个普遍的社会现象，如果从流行此婚俗的宋末元初算起，距今已有七八百年的历史。一般贫苦人家会考虑把女婴卖给条件稍好一点的人家做童养媳，一方面可以免除抚养女孩的生活成本，另一方面也可以得到一定的经济补偿贴补家用。当然买家的家庭条件也不见得特别好，因为条件很好的人家也不用抱养童养媳了，只有条件一般般，担心儿子长大后找老婆有困难的中等条件人家才会考虑童养媳。童养媳从小养大，知根知底，更重要的是女孩稍大一点会做点家务事，长大成为劳动力后也可增加家庭收入，减轻家庭负担，再大一点就可以和男方成婚延续香火了，可以节约一大笔婚嫁费用。正如书中所言："（再说）世道艰难，改

---

① 陈冠强：《有竹人家》，福州：海峡文艺出版社，2020年，第3页。
② 黄马金：《客家妇女》，北京：中国妇女出版社，1995年，第8页。
③ 罗香林：《客家研究导论》，兴宁：希山书藏，1933年，第299页。

朝换代，军阀割据，民不聊生，现在家道可以，谁知道以后会怎么样呢，先花低价钱买个童养媳是很划算的。"① 因此，男女双方家里的经济因素考量，应该是童养媳习俗盛行于旧社会的最重要原因。小说里的珍娘、怀梅和兰芳就是三代童养媳。

怀梅本是梅城下市角陈屋寡妇丽嫂的女儿，抚养女儿已经超出了丽嫂作为寡妇的能力，于是，由远房亲戚牵线搭桥，丽嫂把不到一岁的怀梅卖给了城郊下宫坝古屋珍娘的三岁儿子古用文做童养媳，怀梅在下宫坝的生活从此开始。而婆婆珍娘也是一个童养媳，珍娘的男人消失多年了，音信全无、不知死活。于是珍娘调教起怀梅来就用尽全副心思又轻车熟路，怀梅五六岁起就学会了打水给用文和婆婆洗脚，八九岁时就开始去田地里学习干农活，十六七岁时已然学会了犁耙辘轴种养管收等所有农活，基本上可以独当一面了。怀梅与用文完婚后很快就生下女儿，但非常不幸的是，没多久怀梅就因喝了黄酒睡得沉而把女儿压死了，她内心的愧疚和自责可想而知。在浑浑噩噩过了半个多月后，本来就对她不甚满意的丈夫就和别的女人私奔了，消失了二十年。正如小说里描写的，丈夫用文对家庭的贡献趋于零甚至是负数，他的所作所为也没对家庭结构造成致命影响，而如果没有了怀梅这个作为顶梁柱的家庭主妇，家就无疑不成为家了。

好像命中注定一样，作为童养媳的婆婆珍娘的悲剧命运又在儿媳妇怀梅身上重演了，珍娘和怀梅都成了等待失踪丈夫回来的客家女。除了用"管他天上雷公碎天，命长正食得饭多"这句话来安慰、宽解自己，也没有其他好办法。好在收养兰芳没多久，她发现自己又怀孕了，于是赡养婆婆、静待孩子出生就是生活重心了。婆婆过世时她也承诺自己不会嫁人，会守着小院子和孩子们过一辈子。在基本无人帮忙的情况下，生下儿子乐乐后，怀梅就一心一意抚养乐乐、兰芳和后来收养的女儿菊芳。当天旱收成不好，物价上涨时，机智的怀梅带着孩子们拿着畚箕、灶篓、桶去河里

---

① 陈冠强：《有竹人家》，福州：海峡文艺出版社，2020 年，第 4 页。

捞蚬子吃。当家庭条件只容许乐乐上学时，怀梅不得不让女儿们辍学，在"卖掉了离家较远的四亩水田和做家具剩下的木料"后，才凑足了乐乐去省城读书的学费。

颇富戏剧性的是，在海难里大难不死、死里逃生的公公古平祥（古公太）出人意料地荣归故里了。他非常感谢这位贤惠的儿媳，在老婆病逝、儿子失踪的情况下还让他这个在外漂泊了半辈子的人回来有个温暖的家，还有了个可爱的孙子。在大摆筵席大宴宾客后，他表示可以带孙子乐乐和怀梅一起出马来西亚生活，并继承自己在那里置办的家业。但思考良久的怀梅最后拒绝了，"老古言语，金窝银窝不如自己的狗窝，她已经习惯了下宫坝的生活，呼吸惯了下宫坝的空气，喝惯了老井里清甜的水，再说还有永清师父（和兰芳是自己无法放弃的）"。于是古公太留下了一笔钱后独自再度前往马来西亚。

怀梅一生坎坷，劳累奔波。先是自己被亲妈卖给古家做童养媳，婚后睡觉时将自家闺女压死了，这种身不由己或无心之失也许还可以想办法去排遣与应对，但意想不到的亲情伤害却使她一度不知所措：不告而别的丈夫，屡次加害的哥哥，恩断义绝的永清，恩将仇报的养女，四个至亲至爱的亲人却使她一再受到打击，这种伤害差点成为压垮这个守活寡女人的最后一根稻草。毋庸置疑的是，人性的自私与复杂在特定的语境里会被放大到狰狞的程度。

多年的寡居让一个男人慢慢走进了她的心田，让她看到了生活的希望，尽管对方只是梵音庙里的和尚永清，对方身份的特殊注定了这是一段阻碍重重、不能开花结果的感情。

怀梅曾经非常理解春红的敢作敢为，并羡慕她能奋不顾身地追求自身的幸福。当知道好朋友春红决定违抗父母意愿私自去找火生的时候，怀梅"虽然不赞同春红的做法，但内心也都很羡慕她，敢于表达自家的爱恨，

敢于追求自家的幸福"①。这应该是一个知音才具有的心理。丈夫杳无音信，归来遥遥无期，而身旁的示爱和骚扰又此起彼伏。示爱指的是对自己一直有意并在身旁默默付出的快三十了的阿二哥，但其五大三粗、长相丑陋、性格憨厚而且耳聋难以让怀梅心动与接受，即使怀梅偶尔主动示意阿二哥，他也觉得自卑而不知所措；骚扰指的是人老心不老的、先暗后明地屡次有不伦之举的和顺叔公。在这样的情境下，怀梅和永清师父慢慢进入了彼此的视野。

永清师父先是被怀梅清丽动听的歌声和善良坚毅的个性吸引，"怀梅，你是个勤劳善良而又坚强的女人。……我在你身上看到了力量和美，我很欣赏你敬佩你。我希望你在这关键时刻，一定要挺住，要始终相信自己"②。继而怀梅又被永清师父在瘟疫期间为乐乐口对口喂药的行为感动得泣不成声，两颗纯真的心越走越近。后来永清在暗恋永清的泉明师父所下的春药的刺激下，两人就此跨越了世俗藩篱并频频约会，即使是偷情事发差点被和顺叔公沉塘，怀梅也无怨无悔："（自己）还那么小就被阿姆嫌弃，卖到了下宫坝，长大了嫁给不爱自家的老公，生了第一个孩子又给自家压死了，兰芳和乐乐也是多病多灾的，相依为命的家娘又早早离开了，让她一个妇道人家独自支撑着这么一个家。好在遇到了永清师父，给自家的生活增添了许多快乐……感受到了什么叫幸福，但是现在却遇到了大灾，她不后悔和永清师父的私情，如果人生就此结束，再翻来一次，她也不会闪一下眼睛的。"③ 以怀梅为视点的这段独白未尝不可以看作她的爱情宣言。

在冲破世俗罗网、打破礼教枷锁、追求个人幸福的道路上，女性往往表现得比男性更坚毅、更果敢决绝、更奋不顾身，这在现实生活和文学经典里的例证比比皆是。最后在权衡利弊之后，永清师父回头是岸，并劝怀

① 陈冠强：《有竹人家》，福州：海峡文艺出版社，2020年，第18页。
② 陈冠强：《有竹人家》，福州：海峡文艺出版社，2020年，第102页。
③ 陈冠强：《有竹人家》，福州：海峡文艺出版社，2020年，第136页。

梅放下这段感情。怀梅在理智上也觉得有道理，但感情上还是难以割舍，即使永清师父远走他乡了，怀梅还是无法彻底释怀。当知道他在江西时，怀梅利用第二次挑盐担上江西的机会找到了永清师父，但永清师父只留下一串佛珠就绝情而去，事已至此，覆水难收了，怀梅也就只得成全永清，尊重他最后的选择。

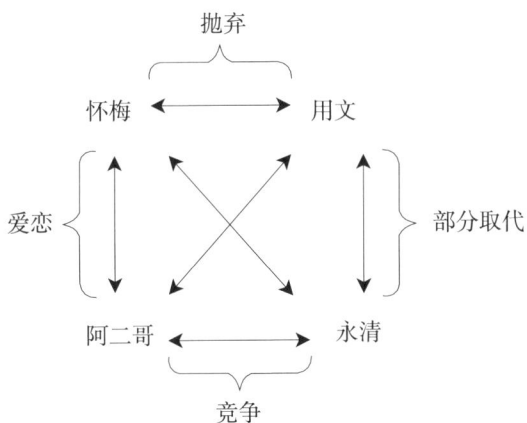

图 5-1　怀梅四人情感关系的格雷马斯矩阵分析

　　怀梅在三个男性之间的情感纠葛正好对应法国结构主义学家格雷马斯的符号矩阵，怀梅是 X，丈夫是反 X，永清和尚是非 X，阿二哥是非反 X。怀梅和丈夫犹如参商二星此出彼没，势不两立。怀梅和永清是有出家与否的矛盾但并不对立，但随着东窗事发，因凤招色诱和顺、永清自动退出而告一段落，也为后来用文的回归留下空位。怀梅和阿二哥是郎有情女无意的尴尬关系，好在阿二哥不求回报地为怀梅默默付出，帮助怀梅越过了生活里数不清的坎坷与波折。再加上丈夫与女同事私奔，永清被同性泉明纠缠，凤招与阿二哥修成正果，还有下一代情感走向，众多人物之间的复杂情感关系使得情节的推进颇具动力，主要人物也由此塑造得饱满、丰富与立体，避免了同类小说中人物理想化、概念化的流弊。

二、兰香：从小寡妇到传奇女

清末诗人黄遵宪曾这样评价客家女性："（客家）妇女之贤劳，竟为天下各种类之所未有。"[①] 客家妇女一般都具有尽人皆知的几项妇功和美德：家头教尾（养育子女辈）、灶头锅（镬）尾（做一日三餐）、针头线尾（做针线活）、田头地尾（种菜）、岭头坑尾（开荒拓种）、墙头屋尾（打扫卫生）等。本书中的客家女性几乎都是独自一人寡居在家操持家务，要不丈夫死了自己是名副其实的寡妇，如丽嫂（陈婆太）、凤招；要不丈夫出外谋生杳无音信，自己守活寡，如珍娘、怀梅、兰香。她们虽然年龄不同，情况各异，但都在乱世中苦苦支撑着一个并不完整的家。

兰香比怀梅大几岁，是个做豆腐、熬猪红的好手，勤俭持家，无怨无悔。虽然说是寡妇，其实只是丈夫无缘无故失踪了，兰香本就和丈夫没什么感情，也没觉得多大事，就与十岁的儿子龙飞相依为命地过日子。因为没有其他更好的出路，读书就成了客家人改变命运的主要方式，所以客家人自古就有"讨食也要叫子女读书""宁愿挑担、砍柴，也要缴子女读书"的传统和风尚。为了给儿子攒上学的学费，兰香于是和怀梅、春红等人一起去挑盐担上江西。

所谓挑盐担上江西，就是用肩膀挑一担盐北上江西，赚取微薄的收入。粤东盐多粮少，而赣南则盐少粮多，于是贩运盐米就成了两地商人的生意，不过因山路崎岖，只能靠人力肩挑，去时一担盐，回时一担米，来回十来天，要走二百多公里。"可以说，'盐米之路'上洒满了挑盐担的客家妇女的血汗和泪水……路途还多有路障、风雨、暑热、匪患、瘟疫等等，可想而知，挑盐担人的辛苦和危险，是常人难以忍受的，不是生活很艰辛的人，不会愿意去受这样的苦。"并且挑盐担的几乎都是客家女人，客家男人都受不了这样的苦，也有因体质虚弱导致半途而废、打道回府，

---

① 黄公度：《李母钟太安人百龄寿序》，《新民月刊》，1935 年第 5 期。

甚至倒毙路旁、魂归故里的。

　　在挑盐担的路上，客家女性比男人还要多一重风险，那就是被劫匪劫财劫色劫人，兰香和春红就因为没跟上大队伍而被劫匪劫走了。春红是自己挣脱跑走并寻找到了心上人——从春红家出走革命根据地的长工：地下共产党员火生。兰香就没那么幸运了，她被劫到一个小山村并囚禁在劫匪家里，劫匪树根是光棍，他打劫的初衷就是抢一个梅州老婆，因为梅州女人的贤惠和能干是出了名的。不幸中的万幸是劫匪母子人还算诚厚老实，对自己也很好，并没有用暴力使兰香就范，而是一再用真诚试图感动兰香。有一次两人都喝了不少酒睡在一起，兰香怀孕了，不久一个胖小子出生了。既然生米煮成了熟饭，兰香只好劝解自己答应了这婚事。"除死无大灾"，生活还得继续，何况对方也并非那么令人讨厌。"健妇持门户，亦胜一丈夫"，在晦暗历史的艰难岁月里，"客家男子不少出外谋生或参军，成为寡妇似乎是大多客家女性的宿命。正是因为常年辛勤地劳作，所以她们无论处于怎样恶劣的生存环境，即使与丈夫离婚或是丈夫去世，她们的生命仍然是延续的，由此减去了所谓女性命运悲惨的宿论"①。当年中央苏区主要建立在粤闽赣等客家地区，组成中央红军有生力量的也多是客家子弟。据统计，在土地革命战争时期，4500 多名英雄梅州儿女为革命牺牲了，梅州人民为中国革命作出了巨大牺牲；而分布在全市不同地方的革命根据地为中央苏区核心区域输送了大批食盐、药品等紧缺物资和大批革命骨干，为中央苏区的形成和发展作出了不可磨灭的贡献。2013 年，经中共中央党史研究室研究确认，梅州全域都属于中央苏区范围。在革命战争年代，有些客家妇女亲赴战场，活跃在革命第一线，有些则在大后方以各种方式支援革命，如进行扩红宣传，如做军鞋、抬担架，如舍小家保大家，以"母送子参战，妻送郎当红军"的方式支援前线与革命等等。小说里的春红属于前一种，兰香属于后一种。

---

　　① 关华：《梅县的妇女》，《湖南妇女》，1940 年第 6 期。

春红和火生来找兰香时，发现火生竟然是树根走散多年的同胞兄弟。后来兰香与树根帮助火生建立红色交通站，"在镇上租了一家店面，由火生和兰香负责经营"，秘密收购一些会送到中央苏区的盐巴、大米、黄豆、布匹等。兰香不但在大后方冒险为革命事业工作，而且其年纪轻轻的儿子龙飞也为革命光荣牺牲了，只留下一把长命锁。长期艰苦动荡的迁徙生活与革命运动，锻造了兰香等客家妇女勇敢、坚韧的刚烈性格与大义凛然的巾帼气概。正如谭元亨所言："然而这也正是在艰难的磨砺中，使她们有着罕见的顽强生命力，能经受住生活中一般人无法经受住的痛苦、疾病与灾难，每每能从余烬中再度站立，显示其健壮的体魄。"①

三、兰芳：从等郎妹到新女性

等郎妹是一种更畸形、更残酷的童养媳类型。等郎妹是旧社会客家山区对"未有子先抱媳"婚俗的特有称呼，其他地方的称呼有"望郎媳""招弟女""扎花等""揽花顶""带花顶"等。幼女被卖到没有男孩的家里，等待婆婆为自己生一个小丈夫，而婆婆何时能生个男孩也是未定之事，因此女孩一般会比男孩大几岁，而夸张的更有如民歌唱的"十八娇娘三岁郎，半夜想起痛心肠，等郎长大妹已老，等花开了叶已黄"。比较而言，等郎妹比童养媳更让人焦灼甚至绝望，因为童养媳至少还有个看得见摸得着的小丈夫，等郎妹却只能被动地等待那个属于自己的小男孩快点出生，然后再把这个小男孩带大成男人。这完全是靠天吃饭，万一等不到郎怎么办？如果婆婆没生男孩或生了又夭折了，婆家就可能让等郎妹守寡一辈子，或招赘，或外卖，或改做养女另配。反正命运掌握在婆家手里，不管怎样自己都无可奈何。而兰芳则是一个新时代觉醒了的等郎妹。

兰芳不是怀梅的亲生女儿。怀梅在梅城买尿时机缘巧合与谢嫂相识，因谢嫂女儿多，于是从谢嫂那里抱来兰芳做等郎妹。兰芳在怀梅家里勤劳

---

① 谭元亨：《客家魂·客家女》，北京：十月文艺出版社，1997 年。

懂事，从小学会扫地烧柴洗碗，有次迷迷糊糊没睡醒去打水，不慎掉下井里，结果她抱着井绳继续瞌睡，令人忍俊不禁。她对弟弟乐乐也是爱护有加，给他穿衣穿鞋、端尿洗尿布。她和乐乐一起读过几年书，后来因家穷才被迫辍学。新知识带来新思想，所以等长大了大人们要求她和弟弟乐乐结婚时，她以没有爱情为由明确拒绝了。怀梅可能也意识到了自己的一切不幸都是当初婆婆逼婚的结果，而婆婆的不幸也可能是婆婆当初被逼婚的后果。落后的婚俗陈陈相因，不幸的命运代代相传。揽镜自照，殷鉴不远。因此怀梅并没有强迫等郎妹兰芳和儿子乐乐结婚，而是让他们自己做主，自由择偶，从而避免了自身悲剧的重演。历史在此改变了方向。

小说有一明一暗两条主线：明线是以怀梅为代表的客家妇女困苦却顽强的生活史，暗线是以革命者良叔、欧阳老师、龙飞和火生为代表的包含土地革命在内的革命史。龙飞不但是怀梅的等郎妹兰芳儿时的玩伴，也是她长大后的心仪对象。在县政府召集全县人民为抗战"有钱出钱、有力出力"的时候，怀梅曾带着兰芳、乐乐和菊芳去大厅捐了两块大洋。后来当一群年轻人在良叔家商量迎接解放的事情时，说到龙飞，兰芳激动地说："龙飞哥曾对我们说，他早就做好了牺牲的准备，所以敌人严刑拷打他，把他的骨头都打断了，他都没有屈服，在我眼里，他就是大英雄，比古代岳飞那些英雄还了不起！"[①] 所以，小时候有怀梅的言传身教，懂事后又深受龙飞影响，这些使兰芳一直具有家国情怀与爱国意识。两条主线就此成功将山区和老区结合起来，将小人物童养媳的爱情与宏大的历史革命联系起来，共同完成一个既感人至深又发人深省的历史主题。

在龙飞英勇就义后，兰芳尽管对自己的意中人并没有一个明确的概念，择偶时甚至差点被木匠欺骗，但在众人的帮助下，她对自己的追求者——城里人陈儒元——进行了考验，证明陈儒元是真心爱自己、会听自己的话后，兰芳才与他结婚。兰芳婚后在一所小学担任临聘教师，后通过

---

① 陈冠强：《有竹人家》，福州：海峡文艺出版社，2020年，第199－200页。

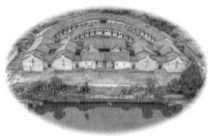

自己努力成功应聘为一名正式的小学老师，成功改写了自己等郎妹的命运。兰芳与张木匠、龙飞、陈儒元的情感纠葛用格雷马斯的符号矩阵来表示如图 5 – 2 所示：

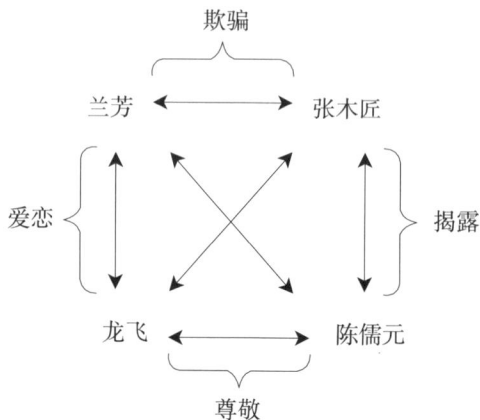

图 5 – 2　兰芳四人情感关系的格雷马斯矩阵分析

比较而言，第一代童养媳珍娘在丈夫失踪的情况下，自己畏天知命、安分守己，至死也没有等到丈夫的归来；第二代童养媳怀梅在丈夫失踪的情况下，勇敢追寻心上人，虽然无果，但谋事在人、成事在天，也无怨无悔了，表现了女性初步的意识觉醒，20 年后丈夫虽然回来了，两人基本也是形同陌路；第三代童养媳（等郎妹）兰芳在成年后一开始就拒绝了大人们给自己安排的等郎妹命运，明确说要选择与追求自己的幸福，表现出了新时代女性自觉的独立精神与女性意识。三代童养媳不同的自我意识与个性追求无疑彰显了社会的文明与进步，与社会的妇女解放运动基本同步。

小说最后，怀梅的女婿陈儒元引用《楚辞》说："白玉兮为镇。玉可碎而不改其白，竹可黄而不改其节。由此可见竹之高贵。竹子挺拔秀丽，清新脱俗，顶天立地，用处多多，房前屋后种些竹子，茂林修竹，雅居洁舍，多好啊。"① 乐乐也说："古人云，宁可食无肉，不可居无竹。"于是他们把小院子叫作"有竹人家"，还给院子写上了春联，上联是"无恙之处处处春回大地"，下联是"有竹人家家家福满人间"，横批是"喜迎新社会"。大团圆的结局和节制的叙述掩盖不住作者对外婆无尽无穷的追思与不绝如缕的同情，而丈夫用文出走二十年的来龙去脉并未明示就全文结束了，这种开放式的结尾不但为读者留下了悬念，也为《有竹人家2》的写作埋下了伏笔。

四、凤招：从风尘女到从良妇

妓女是一个具有数千年历史的古老职业，作为一个专为满足男人声色之需而延续存在的社会群体，妓女既对中国文化的发展产生过深远影响，也给文明社会以一定的腐蚀和污染。"与守贞型的淑女文化、服役型的婢女文化、避世型的尼冠文化、越轨型的逆女文化相比，妓女文化实际上是一种病态型的女性文化形态。"② 当然"妓女也有低级与高级之分，而后者竭力让自己的特殊性得到承认：如果她成功了，她就能期待高贵的命运"③。高级妓女即誉满天下的名妓，如南朝貌绝青楼、文才横溢而又红颜薄命的钱塘诗妓苏小小，迷倒一代君王宋徽宗的汴京李师师，让吴三桂"冲冠一怒为红颜"、致使李自成辛苦打下的江山付诸东流的陈圆圆等。

妓女是文学殿堂里的一个异数。她们的生活往往在一种超常的情景中折射最隐秘的世道人心，凸显最真实的社会图景，提供最新鲜的非比寻常的审美经验。中国现当代文学史中以妓女为题材的作品有老舍的《月牙儿》、沈从文的《柏子》、白先勇的《金大班的最后一夜》等，里面的妓女基本都是处在社会最底端的低级妓女，她们或是被批判的，或是作者同

---

① 陈冠强：《有竹人家》，福州：海峡文艺出版社，2020年，第229页。
② 武舟：《中国妓女文化史》，上海：东方出版中心，2006年，第6页。
③ ［法］西蒙·波娃著，桑竹影、南珊译：《第二性——女人》，长沙：湖南文艺出版社，1986年，第408页。

情的对象，在人们的心目中，她们都与丑恶、毒瘤、下贱、伤风败俗、肮脏等词语相伴为伍。《有竹人家》里的凤招也不例外。

凤招读过几年书，因名声不太好就嫁到了下宫坝，后来她老公莫名其妙地死在梵音庙附近，还赤身裸体的，此事众说纷纭，后来也不了了之，她独自去城里做起了皮肉生意，村里人都瞧不起她，不愿与她来往。怀梅"对凤招既不讨厌也没有好感，见了面就招呼下"，凤招见怀梅不像村里人那样嫌弃她，于是就热心肠地告诉怀梅多注意自己老公和店里新来的女店员的关系，事情的发展果然不出凤招所料。因此凤招和怀梅关系就更进了一步，怀梅需要识字的时候第一个想起的就是凤招，如喊凤招来请插子神，拿绑架乐乐的人写的纸条给凤招看，两个孤独的人自然而然地越走越近了。凤招之所以没有被村里人赶走，是因为和顺叔公的庇护，表面上和顺叔公说"没有证据证明她干的那些事，有什么理由赶她走？"其实更内在的原因是和顺叔公接受了凤招的性贿赂。后来怀梅与永清师父的事因为泉明的鼓捣而东窗事发，和顺叔公就公私夹杂地将怀梅关在了一间专门关押违反族规的人的房子里，并声明要将其沉塘示众。为了让和顺叔公尽快释放怀梅，凤招于是又去性贿赂和顺叔公，软硬兼施之下，和顺叔公只得提前将怀梅放了出来。

身边真心实意帮助怀梅的除了凤招就是阿二哥了，于是怀梅自然就想到把这两位好心肠的人凑一起。阿二哥虽然爱慕怀梅，却有深深的自卑感，觉得自己配不上怀梅，即使有一次怀梅主动示意并将他的手拉过来，阿二哥也是惊慌不已不知所措："阿二哥吃了一惊，身体痉挛了一下，很快把手缩了回去，脸臊得通红，他奇怪地看了怀梅一眼，连酒也不喝，就回家去了，留下怀梅一个人傻呆在那里。"面对不对等、不匹配的爱情，阿二哥"是那么拘谨，话也说不顺溜，连下面的东西都不会硬"[1]。但他和凤招在一起时却放松得很，在经历了阴差阳错的捅马蜂窝事件后，凤招悉

---

① 陈冠强：《有竹人家》，福州：海峡文艺出版社，2020年，第153页。

心照料被毒蜂蜇得鼻青脸肿的阿二哥，两人的感情已经好到谈婚论嫁的程度。于是，在怀梅的张罗与良叔的主持下，在众人的见证下，这对丑八怪和风尘女热热闹闹、风风光光地结婚了。作者以独特的悲天悯人视角将这对惯于被鄙视的边缘人放在特殊的生存环境中，挖掘出了潜藏在这些看似"下贱"的乡下人形象里的生存真相与人性光辉。

《有竹人家》里以怀梅、兰香、兰芳和凤招为代表的客家女性形象看似柔弱卑微且文化水平不高，却如竹子般坚韧、刚毅且深藏力量，"她们是一组组美丽的群像，随着岁月的流逝，褪去的是斑驳沧桑、平庸丑陋，留下的是香肌玉颜、风华绝代"①。她们栩栩如生又熠熠生辉的形象反衬了物质的贫瘠与人性的晦暗，其温润人心、触及历史的传奇故事彰显了客家女性的勤劳与伟大，她们传承的不仅是一个家庭和家族的血脉，而且是整个民系和民族不屈不挠的灵魂与绵延不绝的密码。

197

第三节　陈冠强访谈：题目与特色

一、题目由来

张劲松（以下简称"张"）：冠强兄，新年好！陈姓名人有好些用的也是"冠"字，如陈冠中、陈冠三等，"冠"是颍川陈氏的辈分吗？

陈冠强（以下简称"陈"）：谢谢张教授的抬爱，也祝你新年快乐！"冠"字并不是颍川陈氏的辈分，我想这纯粹是巧合吧。

张：在退休前，您一直在《梅州日报》工作，长年的文字工作使您对语言的把握相当敏感、细腻。《有竹人家》的语言风格不是华丽绮靡，而

---

① 陈冠强：《有竹人家》，福州：海峡文艺出版社，2020年，第2页。

是恰如其分，流畅好读。用王国维的话来说就是"不隔"，形象鲜明，如在眼前，有味道，有境界。能具体介绍一下您之前的文学创作和积累吗？

陈：我从20世纪70年代末就开始文学创作，写过小说、散文、诗歌、报告文学等，以小说为主攻方向。我在90年代曾经集中精力写过几个中篇小说，大都以客家题材为主，发表在《五色雀》《嘉应文学》《珠海文学》《佛山文艺》等刊物上。中篇小说的写作使我在结构、节奏、语言风格、人物塑造等方面有了一些历练和积累，为《有竹人家》打下了一定的基础。当然，长期的文字编辑工作对我语言的锤炼也是很有帮助的，使我逐渐形成了自己的语言特点。我反对玩弄文字游戏，或者故意弄些晦涩难懂故作高深的东西来卖弄自己。小说语言既是为塑造人物、推进情节、阐述作者的思想主张服务的，也是为读者服务的，所以做到语言畅顺"不隔"是最起码的。

张：《有竹人家》是齐白石的一幅表现湖南湘潭风情的山水作品，曾拍出400多万的价格，齐白石含"竹"字的山水作品还有《竹林人家》《竹映书屋》《万竹山居》等，大作命名有受过齐白石画作的影响吗？

陈：看过齐白石的名画《有竹人家》，很是喜欢。竹子在南方是最常见的一种植物，很是讨喜。它可以在河边、山冈、田头、屋背生长，只要给它一点土，它就可以长得蓬蓬勃勃。竹子坚韧不拔，还喜欢抱团生长，这很符合客家人的特质。每墩竹子你别看他盘根错节纠缠在一起，像有许多根须，其实它就只有一条根，就像一个家庭一个族群一个国家，团结凝聚，蓬勃向上，所以我选取了竹子的寓意，既寓意主人公怀梅的性格，又寓意客家人的特征，还寓意中华民族的生生不息。至于说有没有受到名画《竹林人家》的影响，我想如果有影响，也是异曲同工之效吧。

张：在儒家美学的比德传统中，"梅"与"竹"兼列岁寒三友（松、竹、梅）和花中四君子（梅、兰、竹、菊），影响深远，而大作的书名和女主人公的名字把"竹"与"梅"都包含其中，加上次要人物的名字如兰香、兰芳、菊芳等，几乎将上列几种有高尚寓意的花植尽收囊中。这是基于儒家的比德文化还是有其他方面的考虑？

陈：梅州栽种有许多梅树和竹子，潮塘的千年古梅更是享誉全国。我很喜欢梅花和竹子，每年到了季节都会特地去赏梅赏竹，可以说梅竹已经渗透到我的生命中了。在开始创作《有竹人家》的时候，我就考虑到了书名和小说主人公的名字问题，也确实有比德文化的影响。起初我想过取书名为"有梅人家"，但考虑到主人公的名字已经有"梅"了，而且竹子更能形象地契合怀梅的性格特征，更符合下宫坝周围的环境和我想表达的意境，便有了现在的书名。

张："有竹人家"确实比"有梅人家"更有韵味和意境，在主题的表达上也更贴切。有些读者认为您的《有竹人家》偏爱客家妇女，顽强坚韧的女主角怀梅就不用说了，即使是妓女凤招都显得有情有义有担当，相形之下客家男人则逊色得多，不是外貌丑（阿二哥）就是心灵丑（和顺叔公、强华、张木匠），还有泉明师父。您这是出于"美丑对照"的原则而有意为之吗？

陈：我并没有刻意丑化或者矮化客家男性的意思，只是在创作过程中自然就跳出了这样的人物形象。比如张木匠，他是旧时经常可见的游村串户的手艺人，他有文化、手艺好，但油嘴滑舌，专门利用职业色诱良家妇女，这类人在民间是存在且不在少数的，我在塑造他时不用很刻意就能勾勒出他的嘴脸来。泉明师父是虚构的人物，倒是有点为了衬托主人公的形象而设计的，也为故事的展开起到一定作用。再说了，不要老盯着那些丑陋的男人看，我书中也有不少高大正直的男人呀，比如永清师父、龙飞、良叔等。

张：哈哈，问题是您塑造的那些丑陋男人好像更鲜明生动，读者印象

更深刻。在赏读会上您曾说这本小说虚构与真实的比例是三七开，能具体说说主要人物的真实度吗？如怀梅以及她的家人（父母、哥哥、子女）都有原型吗？又有哪些人物是完全虚构的？

陈：怀梅是真实的，她就是我的外婆。还有外公、祖父祖母、父母、舅舅、姨母都是真实的，除了怀梅外，他们的故事也基本很少水分。主要人物和故事都是有原型的，这是确实的。至于其他人物，肯定有不少是虚构的了，但是创作时我是尽量往真实方面靠，也使劲把读者往真实方面引，所以有些虚构的你看着像是真实的，那就是真实的了。

二、作品特色

张：我个人认为文学就是基于个人情感与体验的语言虚构，如果说真实也是艺术的真实、情感的真实，更准确地说是一种真实"感"或真实"性"，像您这种家族史的写作，如何在真实与虚构之间拿捏到位，确实是一门艺术。另外，小说的一大特色就是有大量俚语方言和客家山歌的艺术呈现，充满了客家地区的民俗风情与乡土人情。如果处理不好的话，大量的地方元素和地域特色有可能会淹没主流文化的呈现与表达，写作时有没有过担心作品在非客家地区的传播与接受问题？"越是民族的，就越是世界的"这一说法可能不能作简单理解。

陈：一部反映客家地区的作品如果缺少地方语言和民俗风情，就失去它的意义了，比如闽南语歌、粤语歌、西北风等音乐，如果没有明显的地域印记，就没有了特色和标记。地方特色可以让作品更有活力和看点，让其他地域的人有种新鲜感和另类体验，本地人更有亲切感。我在创作前期做了大量的准备工作，在创作中也查阅了许多资料，包括向不少人请教等，为的就是让小说有足量而浓郁的客家味，并尽可能地把一个客家乡村在特定历史环境中的原生态呈现给读者。书中用了不少客家方言，但我是控制在非客家地区的人都能理解的层面上，有些难懂的则用了注解。使用客家民俗和方言是我整体创作的一个有机组成部分，如果抽离了它们，我是不会写这部书的，也就不会有《有竹人家》了。

　　张：法国作家福楼拜曾说："艺术家不该在他的作品里露面，就像上帝不该在自然里露面一样。"个人觉得您的有些写法有点传统，如频繁出现的作者声音很容易打断读者的思路，将读者一次次地带离小说情境，而再次进入又需要一个时间过程。当时您是怎么考虑的？

　　陈：关于这点我解释一下，在创作之初，我打算玩个与众不同的新花样，就是让不时出现的作者声音成为小说的整体部分，或者可以说是艺术手法，不断地重复和强调我写的东西都是真实发生的，使读者和自己都产生零距离代入感，从而达到融为一体的感觉。但是可能我做得并不成功，包括形式内容都不是很到位，所以给人抽离的感觉。我想如果再版，我会好好考虑这个问题，既保留我自己的想法，又不让读者感觉别扭。

　　张：大作这样处理还是有点冒险，因为现代小说已经将"作者—叙述者—视点（角）"明确区分了开来，再混在一起的话，要不就是传统写作，要不就是故意为之的后现代写作。另外，关于艺术作品里的性爱描写是艺术还是色情的问题，我们一般是依据性爱描写是否必要，是否推动了情节的进展与人物的塑造来判断的。如果是，那就是艺术；如果否，那就是色情。为艺术而描写，删掉就会影响人物塑造的完整性和情节推进的连续性；为色情而色情，删掉也无所谓，不影响什么。根据这一点来判断，我个人认为您作品里的性爱描写是艺术而不是色情，是情节推动与人物塑造过程中必不可少的部分。您当初写作这些部分时有过担心吗？

　　陈：《有竹人家》一出版，就有不少读者说我在性爱方面的描写太露骨，对书中人物会造成损伤。说这话的人我建议他们去读读莫言、陈忠实、贾平凹的小说，看他们是怎么把爱情和性爱写得活色生香的。七情六欲是人之常情，也是烟火气的一种，我不是为性写性，这是在人物塑造和事件推进时必需的。比如永清师父和怀梅的情感交集，如果没有肌肤之

亲，他们也不可能产生那么深的感情，下面的情节也就没有办法推进了，人物也就没有那么丰满了。我多年在党报副刊工作，知道把握色情描写与艺术描写的关系，不会太出格，而出版社审查的时候也是严格把过关的，所以这都不是问题。

张：这可能还是与儒家美学"发乎情，止乎礼""乐而不淫，哀而不伤"等"中和"审美原则对客家文化的影响有关，包括一些作家对理想人性的接受与期待。另外，小说第 147 页预述了菊芳恩将仇报的事情，这相当于提前泄露了关键信息。我个人认为不利于悬念的设置与生成，会降低读者的审美兴奋点与阅读愉悦感。不知您怎么认为？

陈：这是个败笔，谢谢你的提醒。

张：小说里有一明一暗两条主线：明线是三代童养媳困苦顽强的生活史，暗线是火生、龙飞等人为之奋斗的革命史。就后一条主线来说，现代的几次战争都有涉及，最早是介绍永清师父背景时的黄花岗起义，然后是土地革命战争、抗日战争与解放战争，最后还有土改即第五次土地革命。如此密集地让主要人物与政治革命结合在一起，好的一方面是扩容了，即增强了童养媳故事的历史厚重感，但缺陷是因为涉及的点和面太多了，可能使历史画面浮光掠影，历史事件蜻蜓点水，历史人物面目模糊，并且还伴有意识形态方面的风险。但您最终处理得繁简有度、疏密相宜，次要人物也塑造得比较成功，您当初是如何平衡各种详略与权重的？

陈：我写的是底层的普通客家农村人物，没有风起云涌的革命故事，但是他们又不是生活在真空里的人，时代的变幻始终萦绕着他们，让他们不可能置身事外，而只有写大时代背景下的小人物命运，才能让《有竹人家》有更强的现实意义，也更契合历史真实。所以创作之初我就有过统筹考虑，我查阅收集了梅城周围从 20 世纪 20 年代到中华人民共和国成立初的历史事件，发觉其实我要塑造的人物他们本身就自带历史的影子，他们的性格行为都与当时的历史事件紧密相连，我只需把这些串联起来，就可以塑造好这些人物了。比如土改评成分那场大会，短短几千字，我就让书中十多个人物在里面露脸交锋，还让几个平常不是很有表现的人，如兰芳、菊芳、工作队长等人充分展露他们的本来面目，把一场大会写得很有看点，这是我比较得意的。又比如我两次写到挑盐担上江西，这是旧时代梅州客家妇女绕不过去的事件，但遗憾的是以前的长篇文学作品几乎都没有直面写过，我听妈妈等老一辈人说过许多挑盐担的事情，也采访过不少当年挑盐担的妇女，还特地考察过挑盐担上江西的路线、住宿的店铺，查阅过许多资料，所以比较详细地描写了这段历史——当然是与主人公有关的一些事件。我觉得自己有责任去再现这段历史，如果我们这代人不写的话，可能后人就真的只能从资料里去寻找先辈的影子了。

张：就文学与音乐的等级关系而言，自浪漫主义以来的主流观点是"乐为诗本""音乐是最纯粹的艺术""音乐是艺术之母"。听说您在谱曲方面有相当造诣，还获得过国家级别的奖项，能介绍一下吗？建议您把小说里出现的那些客家山歌谱成曲，并把曲谱留在小说第二版里。小说里好像很少会出现曲谱，我认为可能不是因为不合惯例，而是作家一般缺乏谱曲的才华。《红楼梦》里不是还有药方、菜谱和货物清单吗？有这个才华为什么要藏着掖着，谁能保证这些曲谱不会成为小说的一个特点甚至亮点呢？

陈：我是省作协和省音协双料会员。几乎是在文学创作的同期我就开始音乐创作了，有不少人甚至说我的音乐才能比文学才能更有天赋，我倒不这样认为。我的歌曲《又回到老地方》曾获得过全国一等奖，《血脉相连》在央视网播出，《旗袍》获得省二等奖，不少歌曲作品也在中央级刊物发表。但是最终我还是没能成为有成就的音乐家。不过，音乐的专长却让我受益匪浅，比如在《有竹人家》里，就有不少关于音乐的描写，书中主人公也是因音乐结缘的，这样我写起来就得心应手。在书中放曲谱？这想法很大胆，如有再版，可以考虑放进去。

203

张：个人认为您的章回体回目拟得不是太规范，感觉也不太合适，不揣冒昧，我试着给大作拟了些小标题，改成现代小说的形式，供您第二版修改时参考：第一章"逼婚"、第二章"买尿"、第三章"挑盐担"、第四章"燃豆萁"、第五章"错爱"、第六章"脱肛"、第七章"梵音庙"、第八章"返乡"、第九章"沉塘"、第十章"捡瓦"、第十一章"解脱"、第十二章"捐躯"、第十三章"考验"、第十四章"重逢"、第十五章"回归"。不知您出第二版时有没有想过把文体改为现代小说形式？

陈：谢谢教授这么热心细心，可以统筹考虑。

张：小说里的丈夫用文出走二十年，其来龙去脉并未明示就全文结束了，我认为这种开放式的结尾不但为读者留下了悬念，也为《有竹人家2》的写作埋下了伏笔。您现在有构思准备续集的写作吗？非常期待您的下一部作品。

陈：暂时没有，过几年再看看吧。再次谢谢你！

（2021 年 9 月 9 日改定）

第六章 职场叙事专辑

第一节 朱红娜《案子在你手上》：情理法与千千结

新媒体时代流行快餐式、碎片化阅读，也许这是小小说兴起的契机。但小小说的名称还没统一，一些文献上对小小说的叫法有几十种之多，如"微型小说""疾风小说""超短篇小说""掌篇小说""精短篇小说""超精短小说""瞬间小说""摄影小说""镜头小说""闪小说"等，不一而足。小小说界最权威的两种刊物《小小说选刊》和《微型小说选刊》也没有统一名称。俗话说"名不正则言不顺"，小小说名称混乱有可能会影响到其发展。

因为篇幅限制，小小说的情节不太可能充分铺陈与展开，一些细节也不太可能去饱和渲染与铺垫，只能在"螺蛳壳里做道场，方寸之间做腾挪"，尽量做到短平快、稳准狠，只攻一点不及其余，以期能有一针见血、一剑封喉的效果。但现实生活往往是丰富而复杂的，没有小小说中那么单线索和单维面。很多小小说作者往往是在快节奏的工作之余，稍有点灵感和想法就抓紧时间一蹴而就、一气呵成。朱红娜也一样，她曾在《没胆人》（中国文联出版社，2016年）的后记里说：自己"偏爱小小说，缘于工作性质，紧张忙碌的编辑工作无法允许大块的时间用于阅读与写作，小小说正满足了我零敲碎打的享受"。

也许是性别的关系，朱红娜的小小说大部分是以婚姻情感为主要题

材，即使是廉政法治主题也会与情感纠结在一起，《案子在你手上》也不例外。该小说曾因获"特等奖"而作为全书首篇收入《法律卫士："光辉奖"第六届法治微型小说征文大赛作品选》（台海出版社，2020年），次年也被作者作为头篇收在个人的小小说集《归去来兮》（百花洲文艺出版社，2021年），无疑这是作者言简义丰构思巧妙的代表作。《案子在你手上》通篇仅1500多字，但男女主人公的对话与博弈约有十个回合，两回合后"她"就反客为主变为出招方，而老耿则步步后退沦为接招方，最后还未能接住，晕倒后住进了医院。整篇小说层层推进，跌宕起伏，一波三折，连连反转，特别是因男女感情纠葛而延伸出来的国法事理人情冲突，矛盾点多，信息量大，意蕴丰富，读完有意犹未尽、余音绕梁之感。下面是该小说里男女主人公的十回合对话。

老耿：你过得还好吧？
她摇头，眼泪一直在滴。

老耿：我能帮你吗？
她：只有你能帮我了。

她：案子现在就在你的手上。
老耿：那个受害女孩是你女儿？你放心，我一定会为你主持公道。

她：错了，男孩是我儿子，他太不争气了。
老耿本能地"啊"了一声。

她：是我没有教育好儿子。
老耿以沉默击退她不切实际的幻想。

她：我求求你了。

老耿：我不能逾越法律。

她：如果是你儿子呢？

老耿：也一样。老耿几乎没有犹豫冲口而出。话一出口，才反应过来，你说什么？他是我儿子？

她点头：不然我也不会来求你了。

老耿：为什么不早告诉我？老耿埋怨。

她：早告诉又能咋样？

老耿：这就是惩罚啊！

她：每个人都要为自己的行为负责，儿子的惩罚就让他自己承受吧。

老耿蓄在眼眶的泪，再也没有控制住，滴滴答答地滴在手机上。

这篇小说女主人公是"她"，无具体姓名。一开篇就是二十年未见的恋人相约见面，两人见面地点未明说。根据第一句里"袅袅娜娜地向他走来"和后面她喝的拿铁咖啡推测，见面地点应该是在咖啡馆，因家里有现任与女儿，和前任见面肯定不方便，办公室一般也不会有制作工序相对麻烦的拿铁咖啡，再说在家里或办公室，应该是开门见人，而不会是"向他走来"。那么所来何事呢？第一回合是老耿为了打破沉默与尴尬，主动说了第一句客套话"你过得还好吧？"这句话让对方梨花带雨，泣不成声，答案自然是过得不好了。于是进入第二回合，老耿出于职业习惯，知道对方不可能是来叙旧续情，肯定是有事来找他帮忙，就说了第二句话"我能帮你吗？"女方顺势就回了一句："（现在也）只有你能帮我了。"那对方是来借钱还是求情？如果是前者，老耿自然会尽力而为，而如果是后者就

棘手了，因为作为法官的老耿最怕的就是别人因官司来求情。第三回合一开始女方就说"案子现在就在你的手上"，果不其然，哪壶不开提哪壶啊！但老耿转念一想，不就是手上这起青少年强奸案吗？做个顺水人情还不简单，于是老耿老神在在地说："那个受害女孩是你女儿？你放心，我一定会为你主持公道。"这里的反问句是不需要回答的，答案似乎就在问句中，并借老耿的内心活动简单复述了一下案情："一个不满十八岁的女孩，竟然被一个十九岁的男孩在一群男孩面前强暴了。"

第一次转折从第四回合开始，女方说"错了，男孩是我儿子，他太不争气了"，没想到强奸犯是前任的儿子，这下就不好办了，于是老耿在"啊"了一声后就让对话落地了，因为无法接话干脆沉默以对。第五回合女方以退为进"是我没有教育好儿子"，老耿想继续以沉默击退她不切实际的幻想。而第六回合女方直接动之以情地祈求"我求求你了"，而老耿则晓之以理地回应："我不能逾越法律。"毋庸置疑，法不容情，此案没有说情的余地。

第二次转折是从第七回合开始的，没想到女方说"如果是你儿子呢？""也一样。"老耿几乎没有犹豫冲口而出。话一出口，才反应过来，又补充道："你说什么？他是我儿子？"第八回合是女方点头，并说"不然我也不会来求你了"，她的意思很明显，我自己的孩子就不会来骚扰你，可这也是你的孩子啊。老耿顺口追问了一句："为什么不早告诉我？"第九回合是她反问："早告诉又能咋样？"多说无益，说什么都于事无补，空气凝固。根据案情，儿子的量刑范围在十年以上至死刑，这里面的转圜余地太大了，怎么办？情理法的冲突让"老耿胸口堵得慌"，急火攻心，老耿晕倒住进了医院，醒来后反复说："这就是惩罚啊！"

第三次转折是作为结尾的第十回合，她离开医院后给老耿发了一则短信："每个人都要为自己的行为负责，儿子的惩罚就让他自己承受吧。"其实是接受让老耿秉公执法大义灭亲了，而老耿"再也没有控制住"，老泪纵横。这可能是感激前任对自己工作的理解与支持，也可能是自己对前任与儿子的深深愧疚。当办案法官碰上曾经的恋人，公平正义碰上情感孽债，职业道德碰上亲情伦理，到底该怎么办？虽然作者没有明说老耿最后会怎么判，但"滴滴答答地滴在手机上"的泪水似乎已经告诉了我们光明的答案：老耿牺牲了亲情与私心而选择了正义与公平。

从接受美学的视域看，任何文本都会留下许多空白与未定点。因篇幅问题，小小说在这点上更加明显。如这篇小说里的她，在老耿印象里，她丈夫死皮赖脸猥琐不堪，那她嫁给他的动机是什么？两人的情感发展与现在的状态是什么样的？她在现任面前又是怎么能够做到滴水不漏的？现任就没有发现过任何蛛丝马迹吗？这么多年她为何能成功瞒着丈夫这样一个惊天秘密？面对丈夫她就没有愧疚吗？儿子成为强奸犯是家长（单亲或双亲？）宠溺纵容的结果吗？老耿的反应似乎也有可追问之处，老耿为什么对这个突然出现的儿子没有丝毫的怀疑与些许的质询？毕竟事情过去这么多年了，对方有没有可能因救子心切而编排故事？没有科学检测作为依据，哪个男性愿意在阔别二十年后无条件信仰对方呢？这是否也有违法官应有的理性质疑与冷静判别的职业精神？兹事体大，牵涉面太广了，当然，小小说的字数与篇幅限制了这些问题的描述与解答，或许要扩展为短篇或中篇才能兜得住。

情理法的冲突在古希腊索福克勒斯的《安提戈涅》里已经得到了充分彰显，经黑格尔的诠释开启了后世对于自然法与实在法冲突的论争，余音袅袅的容隐制似乎是古老东方在此议题上的遥远回响。小说好像合乎情理地结束了，但这里还有一个"回避制"的法律问题不容回避。我国自古就有亲属回避制度，经元代确定的听讼回避制度，已经由一种任意性规范发展为强制性规范，所以《窦娥冤》里窦天章为自己女儿平反昭雪的桥段不太可能在当时社会出现。而在中国特色社会主义新时代，相关规定更加完备完善了。那么小说里的老耿猝不及防遇到回避制又该如何处理呢？这里关涉的已经不仅仅是怎么量刑判案的问题，而是老耿能不能判案的问题了，案子还会在他手上吗？瞒天过海肯定是违反相关纪律与条例了，也许

209

一时半会儿不会被发现，但万一穿帮了就可能晚节不保，留下职业污点。再说只要儿子没被自己判死刑，被害的女方就有质疑的道理与空间。而回避呢？在有了作为书面依据的亲子鉴定后，回避是理所当然的。但这无异于将案件拱手让人，儿子的小命就攥在别人手里了，自己还要把那点"陈芝麻烂谷子"公之于众，除对个人形象会有影响外，还将无可避免地引爆家庭矛盾。由此，老耿不期然地陷入了另一种"两难未知结构"（余秋雨语）。

第二节　黄育培《客家寻梦》：山歌缘与职场梦

《客家寻梦》① 是梅州市梅县区作家协会主席黄育培先生创作的职场题材长篇小说，小说以 21 世纪初"客都"梅州的经济蝶变、商旅大繁荣为背景，以曾经商海浮沉的作家自己为原型，演绎了原汁原味独具魅力的客家风情与针锋相对扣人心弦的职场拼搏。小说浓墨重彩地叙述了男主人公汪涛与老财主涂添财极具戏剧化的冲突，以及与欧阳英子、李静儿、何可人三位女性之间"不是亲人胜似亲人，不是情侣情谊悠悠"的现代职场情谊。特别值得重视的是小说里那些反反复复出现的客家山歌，被作者运用得出神入化、风生水起。在职场上，汪涛创造性地把客家山歌运用为公关营销手段，取得了令人耳目一新的良好效果；在社交场上，汪涛非常娴熟地用客家山歌来处理人际关系，更让他在社会交往中如虎添翼；在情场上，他的文学才华更是令众多女性为之倾倒，他似乎成为众星拱月的"男神"。下文拟从职场、社交场、情场三个方面入手，分析汪涛深入骨髓的山歌缘与纷繁复杂的职场梦。

---

① 黄育培：《客家寻梦》，广州：花城出版社，2015 年。

一、山歌与职场江湖

小说主人公汪涛是客家留守儿童，父母下南洋谋生，自己自立自强，通过自学考试获得了名牌大学文凭，成长为一名中学教师。后因在客家杂志上发表一篇散文而被一间大酒店的张总看中，在张总的劝说下汪涛抓住机遇，毅然决然辞职跳槽，成为一名大酒店的公关营业部经理，从此迈向人生新的转折点。"新官上任三把火"，汪涛在三个月内就把酒店管理得井井有条，订单源源不断，客户关系网强大稳健，并且他还顺应当代人不断升温的保健理念，筹建大酒店健康中心项目，也正是该项目让他与能歌善舞的云南小妹欧阳英子结识，欧阳英子凭借美妙的歌喉助了汪涛一臂之力。

（一）解困局

作为深圳总公司的高级人才，欧阳英子在书中的主要身份是总经理汪涛的专业助理，因为梅州分公司的健康中心要新开张，人才缺乏，她被安排来梅州分公司，特聘为健康中心主任兼培训师。在职场上，欧阳英子是汪涛的得力干将，她以自己的职业素养游刃有余地为汪涛解决了很多工作上的棘手问题与麻烦，使汪涛去除了许多后顾之忧。因为出身特殊，她从小就学会了各种生存的本领，如谨小慎微、察言观色、揣摩他人心思、权衡自身得失。长大进入职场后，她很容易就练就了看透人性的本领，还能提前预见职场上的各种危机和挑战并未雨绸缪，在文人出身的汪涛因心思过细而犹疑踌躇、优柔寡断时，英子总能给他快刀斩乱麻，各种令汪涛费思量的难题在英子的帮助下迎刃而解。如：要汪涛自己主动去争取加薪，不能光为公司发展殚精竭虑却不计回报；在游船遇险时果断决策，想方设法稳定大家情绪，鼓励大家同舟共济，成功克服了翻船危机；而对品行不正、屡教不改的员工徐娇娇，汪涛有点太仁慈，拖泥带水的，下不了开除的决心，是英子建议他坚决开除，以绝后患。作为职场达人的她精明能干，胆识过人，成功弥补了汪涛因文人和教师出身而过于菩萨心肠等职场

方面的弱点和缺憾。

　　酒店的管理并不同于其他行业，酒店经理不仅要负责制定企业的经营方针，确定和寻找酒店的客源市场和发展目标，还要有极强的应变能力。在小说的第六章中，被汪涛称为伯乐的陈总有几个大型的庆典和推介活动要在酒店举行，众多的社会名流和企业老总届时会前来参加，始料未及的是，酒店主打女歌手因胃病住院，另外一位女歌手则因家中有事不能前来。突发情况可谓火烧眉毛，那如何解决这个迫在眉睫的问题呢？正当经理们一筹莫展的时候，作为酒店的公关经理，汪涛短时间内构思出一套大胆的方案——把能歌善舞的欧阳英子搬上晚会舞台，情急之下欧阳英子便成为庆典活动表演的救命稻草。舞台上，欧阳英子靓丽青春的外表震惊四座，悠扬甜美的歌声更是获得了众人的认可和赞赏。客家山歌作为客家人的传统娱乐项目之一，在娱乐场所是必不可少的，很快就有嘉宾提起要听客家山歌，外地来的欧阳英子却临危不乱、从容应对，用一口并不标准的客家话唱道：

　　　　对面那只系瞒人？日头呈眼看唔真！
　　　　你系有心过来嬲，莫来假作两边人！

　　　　食你茶来领你情，茶杯照影影照人！
　　　　连茶带影吞落肚，十分难舍你人情！①

　　这首山歌是传统的松口客家山歌，山歌中的"瞒"在客家方言中意为"谁"，"嬲"（读"料"）在客家方言中意为"聊天""玩耍"，客家人以茶待客的热情在山歌中有所表现。在这样的公众娱乐场合中，欧阳英子如此本土热情的表演，令庆典活动的气氛空前活跃，使得嘉宾聆听客家山歌

---

① 黄育培：《客家寻梦》，广州：花城出版社，2015年，第42页。

的兴致高涨，欧阳英子搬出了神秘人"少江南""俏茉莉"合作谱写的《客家阿妹会情郎》，在表演过程中，欧阳英子跟观众们一时兴起，对起了歌：

哎呀哩——
太阳出来喜洋洋，阿妹穿起新衣裳！
花枝招展真漂亮，走出一个美新娘！

（众人）哎呦！去哪儿呀？（阿妹）你猜猜嘛！（众人）猜不着！

唔系出门去远方，唔系酒楼贪排场！
有个阿哥看妹子，阿妹今日会情郎！

满桌酒菜喷喷香，轻声笑语祝酒忙！
阿妹阿哥排排坐，双双殷勤敬爹娘！

（众人）哎呦！吃什么呀？（阿妹）你猜猜嘛！（众人）猜不着！

清蒸双丸先出场，芹菜腐竹甜笋汤；
客家娘酒，鸡翼尖，红烧鲤鱼尺八长！

酒过三巡话语长，论了吉日论嫁妆！
阿哥桌棚牵妹手，阿妹娇羞不声张！

（众人）哈哈哈！谈成了吗？（阿妹）你猜猜嘛！（众人）猜不着！

春天相恋正开场，夏季热天百事忙；

秋花秋月秋风起，月圆人圆闹洞房！

（众人）恭喜恭喜！哈哈哈哈！①

"在一切艺术中，音乐是最原始的艺术。没有一个原始民族会生活在一个没有音乐的环境中；准确地说，在所有原始民族生活中，音乐是一种基本的文化生活形式，它既是保障氏族（部落）生活正常进行的最基本的神秘仪式，又是氏族成员之间相互传递信息、表达情感的常规方式。"② 客家山歌作为客家人的独特艺术，其交际功能在此体现得淋漓尽致，欧阳英子通过对歌的形式与现场观众交流，表达情感，使得整个活动气氛空前高涨。客家山歌总是将歌和民俗融为一体，汪涛与何可人合作谱写的这首山歌描写了客家青年男女谈婚论嫁"摆酒"的场景，在婚嫁礼仪当中无不体现客家特有的风土民情。菜肴"清蒸双丸"的"双"体现了客家人对婚嫁男女成双成对的美好祝愿，而"丸"在客家方言中读成"圆"，表达客家人对新人团团圆圆的祝福。这种活跃的对歌场景很明显在汪涛的意料之外，他怎么也没有想到，自己临危想出的方案竟然可以如此轻松地突破困境，汪涛冒险将欧阳英子推上舞台，巧妙地凭借客家山歌化解了工作上的尴尬，从这也可以看出汪涛敢于冒险、足智多谋、随机应变、临危不乱的性格特征。

（二）创特色

客家文化极具特色，客家山歌这种天籁，自然是一个不可多得的旅游资源，客家山歌在社会的发展过程当中，所处的角色也开始慢慢地发生改变，正如"昔日的山歌，是农耕经济的产物，是客家人在田间、深山里艰难地劳作时，对自己人生境遇的歌唱，完全是发自肺腑的天籁。但是随着

① 黄育培：《客家寻梦》，广州：花城出版社，2015 年，第 43 - 44 页。
② 肖鹰：《美学与艺术欣赏》，北京：高等教育出版社，2004 年，第 76 页。

中国传统社会的现代化转型，传统的经济模式已经转向社会主义市场经济模式"①。对于有强大经济头脑的客家人，这种商机怎么会让它白白流失？汪涛在酒店管理方面特别注重"特色"二字，他认为特色是酒店的生命力，特色出品是酒店的重要生产力，汪涛深知客家山歌作为客家人的口头文学，通俗易懂且乡味浓厚，极具客家特色，如果能将客家文化作为酒店招牌，既能给酒店带来效益，又能弘扬客家文化，他敏锐地察觉到客家山歌是一个商机。

世界客都梅州是一座旅游城市，而中秋国庆相连，是不可多得的旅游黄金周，全城的酒店各出奇招，五花八门地想办法吸引客源。汪涛秉持"普中有特、人无我有、人有我精"的酒店管理理念，开始对酒店进行整改：点菜、仓库货源、菜单、服务等都要改善，而这次整改的重中之重，便是晚会包场的表演节目。上次突发事件的完美解决，让汪涛意识到了客家山歌在客家地区占有一席之地，客家山歌作为客家人喜闻乐见的乡土艺术，若能在酒店中推广出去，绝对会成为一大特色。果然不出他所料，在朱老板公司的活动宴请中，汪涛的想法应验了。欧阳英子的出场和"少江南""俏茉莉"的曲谱《美梦升起的地方》，引得嘉宾的一致赞赏：

> 啊——
> 山岗叠翠在风中轻轻荡漾，
> 梅江悠悠啊滋润着四季花香！
> 城在绿丛新楼林立蓝天下，
> 美丽客家啊美梦升起的地方！
>
> 美景如画梅江岸人来客往，
> 清风明月歌舞升平笑语荡漾！

---

① 谭元亨：《客家文化史（下）》，广州：华南理工大学出版社，2009 年，第 741 页。

城里乡间蝴蝶飞呀鸟儿唱，

梅花绽放是客家永远的芬芳！

山美水美神奇客家人也美，

娘酒甜山茶香教人荡气回肠！

客家游子远走天涯也回首，

只为牵挂这美梦升起的地方！①

汪涛和何可人合作谱写的山歌可谓无可挑剔，歌中客家风光美景如画，浓厚的客家风情被欧阳英子演绎得淋漓尽致，如此浓郁的客家特色，使得酒店的生意爆满，同时也验证了汪涛用客家山歌宣扬酒店特色的想法。

李静儿本是总经理汪涛的得力部下，三十岁，笑容甜美，身材迷人，凭借着自己出色的工作能力，年纪轻轻就当上了客房部长。她读书时期因为家庭变故，高三那年就辍学打工养家，因为勤快又精明，在人际交往上又能协调好和部门员工的关系，"（带）领员工像大姐带小妹一样服服帖帖"，很快成长为一位职场精英，但在婚姻方面却遇人不淑、败走麦城。善良温顺的李静儿婚前只注重家世背景的门当户对，却忽视了两人三观的慢慢磨合和心灵的意气相投，也缺少对婚后感情的培养与共通兴趣爱好的经营。除了工作，李静儿的全部心血都花在忙活家务和照料父母与女儿玲玲上，生活中的鸡毛蒜皮让作为父亲与丈夫的"甩手掌柜"彻底"甩手"了。婚姻基础不牢，婚后地动山摇。一个职业素养过人、备受下属爱戴和领导信任的职场达人最终在情场上翻船了。好在因为总经理汪涛与众同事的嘘寒问暖与体贴安排，李静儿的家庭生活与婚姻失败才未对职场产生太多不利影响。

216

---

① 黄育培：《客家寻梦》，广州：花城出版社，2015年，第87页。

在职场上，汪涛借用山歌行走江湖，不但灵活处理了工作危机，还巧妙地利用人际交往的技巧——"在交际对象心中建起'同胞'意识"①，这里的"同胞"意识就是一种亲近意识。汪涛利用客家方言以及、客家地区人人能懂人人会唱的客家山歌，在交际中迅速建立起了"同胞"意识，通过同乡关系拉近了酒店与嘉宾的距离，使人倍感亲切，从另一个角度来说，也为酒店树立了客家特色，圈住了一批客户资源。由此我们可以看出汪涛在职场中不凡的交际手段和变色龙般的应变能力。

二、山歌与社交公关

在社交场合中，人际关系至关重要，正所谓"人际交往是公共关系中最活跃、最生动的组成部分，掌握公共关系中人际交往的基本规律对公关人员塑造良好的个人形象和组织形象，实现公共关系目标具有至关重要的意义"②。作为公关经理，汪涛不仅要计划指导公司的项目，维持好公司的公众形象，还要善于维护协调与客户资源、合作伙伴之间的关系，所以，强大的人际沟通能力和广阔的人际网络，对于公关经理胜任工作是不可或缺的。

（一）挽订单

在小说第十八章中，因酒店容量过小，汪涛所接的何可人单位的大订单被取消，严重影响酒店的营业额，汪涛作为酒店的公关经理特别重视此事，于是他独自一人到何可人的办公室，找她挽回大订单。何可人是一位精明能干的女干部，不但是汪涛的大客户，也是汪涛在文化界的老朋友，她一直欣赏汪涛的才情，两个人志同道合，经常一起创作客家山歌，因为这一重特殊的关系，何可人决定减少参加活动人数，帮汪涛挽回大订单。由于汪涛用山歌发展客家特色酒店的手段深入人心，何可人对欧阳英子大

---

① 张岩松：《公关交际艺术》，北京：经济管理出版社，2004年，第80页。
② 张岩松：《公关交际艺术》，北京：经济管理出版社，2004年，第3页。

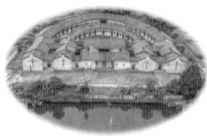

加赞赏，而且特别要求欧阳英子在活动中上台表演。等到公司活动宴会的那天，欧阳英子的一首《江畔飞歌到天涯》镇住全场：

> 哎——
>
> 高山流水响哗哗，百花洲上看百花！
> 梅江两岸美如画，青山绿水绕客家！
>
> 风吹绿树舞娑娑，处处鲜花映彩霞！
> 新城崛起江岸上，园林丛中是我家！
>
> 悠悠一碗客家酒，悠悠一杯客家茶！
> 江南漫步江北转，夜夜休闲笑开花！
>
> 禾雀开花花串花，碧水长流连万家！
> 阿妹花丛歌一曲，江畔飞歌到天涯！①

山歌里描绘了梅州新城悠闲自在的自然风景，歌中似乎飘来客家娘酒和客家山茶的美妙味道，令人流连忘返。这位来自彩云之南的妹子，歌声柔情似水，舞蹈婀娜多姿，客家山歌在她的演绎中产生了别样的风情，令人耳目一新。这两次酒会的成功表演，已经证实了汪涛用客家山歌创造特色酒店想法的可行性，嘉宾们高涨的热情也表明了客家山歌在客家地区仍具有较大的市场，酒店之所以能够获得如此大的经济效益，与汪涛善于把握机遇的头脑、敏锐的觉察力和左右逢源的人缘不无关系。

（二）续人情

何可人是汪涛的大客户，汪涛若想要订单来源滚滚，就必须维护和协

---

① 黄育培：《客家寻梦》，广州：花城出版社，2015年，第135－136页。

调好与何可人的关系。天下攘攘，皆为利往，何可人也有意与汪涛合作，于是，创造双赢的局面就此打开。何可人作为单位里精明能干的女干部、女领导，其公关手段跟汪涛的不相上下，隔三岔五便与汪涛相约谱写客家山歌。何可人与汪涛有同样的兴趣爱好，经常见面无可厚非，这种相约也是有维持生意合作伙伴关系的成分在里面，汪涛心知肚明，对于这种邀请从不拒绝推辞，且准时赴约，不仅如此，汪涛融入何可人的朋友圈子，加入她们的"红梅客家女子乐坊"，创作客家山歌。在小说第四十章中，何可人邀请汪涛参加社区晚会，并演奏她与汪涛合作的作品：

> 村里有个红梅姑娘，
> 大学毕业回到了村庄。
> 啊！她站在村头的山冈上，
> 花儿朵朵为她盛开，
> 泉水淙淙为她纳凉，
> 蝴蝶飞舞，百鸟飞翔！
>
> 村里有个红梅姑娘，
> 城里开会回到了村庄。
> 啊！她站在村中田野上，
> 稻田金浪为她起舞，
> 农机隆隆为她伴唱，
> 茶果飘香，鱼跃池塘！
>
> 村里有个红梅姑娘，
> 科学耕种成了好榜样，
> 啊！她月夜小河边唱歌，
> 竹林清风为她弹琴，

两岸笑声邀她对唱，

新歌新曲，笑声荡漾！

聪明美丽的红梅姑娘，

走家串户成了好村长。

啊！丰收时节她笑成花，

茶田绿带为她起舞，

男女老少为她伴唱，

古老村庄，变了模样！①

对于客家人而言，客家山歌不仅仅有娱乐的功能，而且是一种特殊的交际方式，客家人通过客家山歌来抒发情感，同时也实现了社会交际。"在客属地区，有个奇怪的现象，这样交际、交往的功能则由客家山歌来承担，即使到了新中国成立前夕，客家人的交际、交往中山歌的媒介还是相当重要的环节。"② 汪涛与何可人作为客家人，客家山歌对他们的影响可谓深远而巨大。汪涛正是巧妙地运用了客家山歌的娱乐和交际功能，既娱乐了身心，又实现了社会交际。

三、山歌与情场风流

小说塑造的汪涛不仅文质彬彬、风流倜傥，待人接物也是悠游自如，是典型的潇洒型男性，正因为如此，汪涛收获了欧阳英子、李静儿、何可人的好感，汪涛对这三位女性的态度也非常暧昧。欧阳英子外表青春靓丽如出水芙蓉，性格率真冷艳高傲；李静儿端庄俏丽、身姿妙曼、楚楚动人；何可人面若桃花、知书达理、精明能干，汪涛都以"大哥"的身份陪

---

① 黄育培：《客家寻梦》，广州：花城出版社，2015 年，第 284 页。

② 谭元亨：《客家文化史（下）》，广州：华南理工大学出版社，2009 年，第 736 页。

伴在这三位女性身边，却又表达出朦胧的男女之情。鉴于李静儿与汪涛谱唱客家山歌的交集较少，以下仅对何可人、欧阳英子两位女性与汪涛的关系进行分析。

（一）何可人

何可人是政府部门里的副处级干部，乃地方高官后代，学历高，外表靓丽，能歌善舞又精通乐器，唱歌谱曲样样精通，精神生活丰富而充实。在外人看来这简直是一名完美的女性，殊不知她遭遇了不幸的婚姻，育有一女，丈夫留学国外却踏入婚姻雷池，最后导致离异。尽管何可人的下属杨文对其穷追不舍，她却对其不屑一顾，偶尔约几个文艺友人，业余相聚自娱自乐，汪涛便是文艺友人中的一个。汪涛与何可人曾经有过合作写歌得奖的经历，而且都非常热爱文学艺术，"少江南"和"俏茉莉"正是两个人私底下的私密昵称，一个男人与一个离异独身的女性频繁相处，自然会产生一些暧昧的情愫，汪涛乐在其中却从不点破，适可而止。在情感生活方面她本着"树正不怕月影斜"的观念坦然面对和下属的绯闻，在与汪涛交往过程中从不拐弯抹角，更多的是坦诚相对与直截了当，"日后值得我邀请来心灵相通的男士，只有一个，叫做'少江南'"，"只你我二人，敢不敢来呀？"在办公室见面时，何可人说："你好，少江南，客家才子，我们的作家……"在电话邀约时说："我们敬爱的作家，你山村采风的文章我已经拜读了。"在道别的时候说："改天请你听新歌吧！（知道汪涛会作词）"她尽量将美丽大方、贤良淑德等魅力展现给汪涛，结交这个在精神生活方面情投意合的朋友。对比一下妻子吴媛的"冷漠，泼辣"，何可人的体贴入微让汪涛安闲舒适。

在小说第三十二章中，何可人以听山歌为理由，邀请汪涛来家中做客，并亲自下厨款待汪涛，在聊天过程中，汪涛试探询问何可人与下属杨文的关系，不料何可人回答"其实，他这人窝囊，怎比你我聊得有知识、

有趣味。和你在一起休闲聊天，才真正觉得快乐"①。透露出对汪涛别样的感情，在何可人心中，杨文只是一个下属，毫无趣味可言。仅杨文抛弃妻子李静儿一事，他在何可人心里的地位已经削去半截，况且杨文追求自己的行为已经传出了绯闻，这让何可人更看不起杨文了。在何可人眼中，汪涛是一个职场能者，更是一个文人，热爱客家山歌，有着和自己同样的兴趣爱好，且工作能力强，杨文和汪涛根本就不能相提并论。在两个人的接触中，何可人心中已经容不下第二个男人，甚至做了一个关于汪涛的梦，令何可人羞涩不已。吃完晚饭后，两个人开始切磋音乐，试唱由两人谱写的客家山歌《我家住在梅江边》：

哎——

绿水青山碧连天，

我家住在梅江边！

雕栏石岸，新楼连营，

园林美景映水湾！

悠悠一碗客家酒，

几多豪情在心间！

长堤园林映蓝天，

我家住在梅江边！

清风明月，轻歌曼舞，

欢声笑语岸柳间！

悠悠一碗客家茶，

几多韵味在里边！②

①　黄育培：《客家寻梦》，广州：花城出版社，2015 年，第 234 页。

②　黄育培：《客家寻梦》广州：花城出版社，2015 年，第 236 页。

这首山歌演绎得恰到好处，"少江南"作词，"俏茉莉"谱曲，已经成为两个人合作的惯例。何可人那弹奏钢琴的优雅身姿、柔情似水的歌喉令汪涛热血沸腾。他佩服何可人的工作能力，更欣赏她的音乐天赋，而她对汪涛也是情有独钟，在山歌合作的一来一回中，两个人都对彼此都有了更深一层的了解。创作山歌时，两个人默契十足，在一番交流后，汪涛和着钢琴高兴地试唱起来：

噢嗨——

牵条牛钻过岭排，
山背阿妹正等涯！
打个嗬嗨过山去，
喜鹊声声闹猜猜？

借问阿鹊猜脉介？
妹系阿哥一朵梅！
唔怕山高路又细，
涯帮阿妹春耕来！

山顶乌云雨做堆，
淋湿衣衫淋湿鞋！
躲罢阵雨牛走远，
追得阿哥脚歪歪！

风吹山歌飞过溪，
听妹歌声劲头来！
三步并两快快走，
山花含笑为谁开？

牵条牛钻过岭排，

山背阿妹正等涯！

三步并两快快走，

山花含笑为谁开？①

在这种浪漫美妙的夜里，汪涛与何可人的关系亲密无间，文中写道："他们像朋友，像知己同事，又有点儿像恋人，或者像切磋才艺的学者，在歌声中享受快乐。"②汪涛和一名优雅的女性独处一室，但始终毕恭毕敬、不敢越雷池一步，而何可人对汪涛的心思也有所表露，在两人握手告别时，何可人对汪涛说："如果不怕绯闻，日后值得我邀请前来的心灵相通的男士，只有一个，叫作'少江南'，怕不怕呀？"③汪涛有所领会，却始终没有捅破这一层关系。汪涛的婚姻并不幸福，妻子吴媛性格古怪、言语刻薄，常常令汪涛产生感受找不到家庭温暖的悲伤，即便如此，面对何可人这样优秀，有情趣，又对自己有感情的女人，汪涛却始终站稳自己的脚跟，守住了底线，没有做出背叛婚姻的事情。

（二）欧阳英子

小说并未对汪涛总经理和欧阳英子助理的工作管理与配合大张旗鼓地进行压倒性的叙述，而是有意无意地对两人那种"发乎情，止乎礼"的情感作了必不可少的描述。下班后，两人相伴在江边散步。英子为汪涛做按摩，踩背。夜晚睡不着，相约一处喝茶，讲故事。有次英子主动邀汪涛去游泳，碍于公司同事的闲言碎语，汪涛婉拒了邀请，本以为这事就告吹了，作者又写到英子"将踏出门，又猛回头，幽幽地看着他，眼里仿佛藏着化不开的春水"。她在感情方面拿捏得非常有分寸，能在不逾越道德底线的基础上得到汪涛信任与赏识，又能与汪涛保持不远不近的距离，给予

---

① 黄育培：《客家寻梦》，广州：花城出版社，2015 年，第 237 页。

② 黄育培：《客家寻梦》，广州：花城出版社，2015 年，第 238 页。

③ 黄育培：《客家寻梦》，广州：花城出版社，2015 年，第 238 页。

汪涛心灵调剂的同时，又保护了自身，令同事们无话可说、钦佩不已。但对于已婚的汪涛来说，这是非常危险的道德冒险，所以文中总用"不是亲人胜似亲人，不是情侣情谊悠悠"的说法来避嫌。于是，在这样一位美丽大方善解人意的"红颜知己"的情感安慰下，汪涛与家里的糟糠之妻虽然没有多少心灵沟通，但也不至于婚姻翻船，小说结尾甚至在汪涛还没有越雷池半步之时，就直接让这位红颜知己因为家庭原因而自行离开，同时也保住了汪涛的形象与口碑。

其实在小说开篇汪涛的梦境中就出现了一首山歌《静静梅江水长流》：

哎——
青山悠悠，碧水悠悠；
长堤园林，绿映新楼！
两岸游人笑语难休，
静静梅江啊水长流！

不是亲人，亲情悠悠；
不是情侣，情意悠悠！
人生旅途情意相投，
静静梅江啊水长流！

天地悠悠，客家悠悠；
清风明月，轻拂岸柳！
相约相牵寻梦时候，
静静梅江啊水长流！①

---

① 黄育培：《客家寻梦》，广州：花城出版社，2015年，第3页。

梦境中出现的这首歌预示着汪涛和欧阳英子的结识，欧阳英子的歌声与梦境中的歌声如出一辙，令汪涛对这个云南小妹多了一份关注和爱护。欧阳英子因为遭遇暴雨洪灾失去父亲，母亲悲伤过度疾病缠身，却被无赖强行逼迫，欧阳英子在家庭暴力中屈辱生活，在如此恶劣不堪的环境中，欧阳英子自力更生。然而长大成人后，母亲去世，继父见钱眼开，想把欧阳英子交易给镇上的恶棍，欧阳英子趁机逃走，被一位客家大姐收留，从此成为新客家人。这种悲惨的经历，造就了她冷艳无比的性格，汪涛极其欣赏她，处处关照、维护她，两个人既是上司下属关系，又是朋友关系，隐约中又透露出些许男女关系，正如歌中所唱"不是亲人，亲情悠悠；不是情侣，情意悠悠"。

欧阳英子出生在彩云之南，唱歌舞蹈自然是不在话下，在客家山歌盛行的梅州，欧阳英子的才能可谓展示得淋漓尽致，她不仅民歌唱得好，也能将客家山歌唱出别样的味道。汪涛可以说是欧阳英子的客家山歌启蒙老师，在小说第二章，汪涛就教欧阳英子客家童谣：

阿妹妹，好懒怠，

日出半天还在睡！

起得床来唔洗面，

入差菜园摘差菜！

隔远看到有人来，

心头啪啪跳得快！

羞羞涩涩丢呀撇，

扭扭捏捏唔敢爱！①

欧阳英子自小聪慧过人，学习能力强，在汪涛的启蒙下，欧阳英子的

---

① 黄育培：《客家寻梦》，广州：花城出版社，2015 年，第 14 页。

客家山歌唱得越发好。汪涛第一次领教欧阳英子唱的客家山歌是在一次修车厂黎老板的歌舞厅聚会中，令汪涛惊奇的是，自己曾经放在办公桌上的新歌《笑声如潮荡过来》，竟然被欧阳英子演绎得如此动人：

啊——
东山月亮吔爬上来，
长堤园林吔添异彩！
迷人的音乐在飘荡，
桂花香里吔搭歌台！

城在绿中人悠然哎，
人在绿丛吔心花开！
月下走啰月下笑啊，
健身歌舞吔跳起来！

月色迷蒙人呢哝哎，
歌声笑声吔叠叠来！
得拼搏时要拼搏啰，
得开怀处呀且开怀！

几分清醒吔几分醉，
少点忧愁添几分爱！
客家都市休闲夜呀，
笑声如潮啊荡过来！①

---

① 黄育培：《客家寻梦》，广州：花城出版社，2015年，第19－20页。

　　这首山歌描写客家人的日常生活，虽呈平淡，却被欧阳英子唱得婉转动人。从这里也可以看出欧阳英子对汪涛不一般的感情，若没有这一层感情，又怎么会对汪涛随手一放的山歌如此上心，而且能在短时间内学完并在公共场合演唱给汪涛听呢？除此之外，在小说第八章，汪涛与欧阳英子在梅江岸上聚餐时，欧阳英子也尝试加入汪涛的圈子，写起了山歌《漫步梅江岸》：

　　　　啊——
　　　　梅江岸上月色朦胧，
　　　　江畔园林桂花香浓；
　　　　彩灯迷离美如画，
　　　　碧水悠悠映夜空！
　　　　与君漫步啊梅江岸，
　　　　多少话儿哪般情浓？

　　　　梅江岸上游人匆匆，
　　　　绿道花丛笑语呢哝；
　　　　山歌小调情款款，
　　　　月色迷蒙如梦中！
　　　　与君漫步啊梅江岸，
　　　　多少话儿哪般情浓？

　　　　梅江岸上微微清风，
　　　　相约客家知己相逢；
　　　　月下美景连天涯，
　　　　梅水岸边花正红！
　　　　与君漫步啊梅江岸，

多少话儿哪般情浓？①

山歌中的梅江岸月色迷蒙、清风阵阵，君与女子梅江漫步，情意绵绵，正如此刻汪涛与欧阳英子朦朦胧胧的关系，既是上司下属，又是朋友，既是兄妹，又似情侣。欧阳英子悲惨的生活经历让她成了一个自立自强又极其冷艳的女子，远在他乡遇到汪涛这样处处为人着想的上司，心里不免一阵暖意，况且汪涛才华横溢，眼光独特又极具魅力，怎么不令一个年轻的女子心头荡漾？在汪涛心里，欧阳英子像是带刺的野玫瑰，外表娇艳无比，可内心却被过去的现实生活伤害得支离破碎，面对一个如此令人怜悯的小姑娘，汪涛对欧阳英子更多的是一种照顾和关心，和一种情同手足、互相依靠的亲情。

由此我们可以看到小说中的汪涛因情场风流而呈现出更复杂、立体和丰满的形象。

229

四、结语

上文通过职场、社交场、情场三方面分析了小说《客家寻梦》中汪涛与客家山歌的不解之缘。汪涛作为地道的客家人，深受客家文化的影响，客家人的性情在他身上都有体现。在职场上，他抓住机遇跳槽，从普普通通的企业人员成为大酒店的公关经理，对客家山歌情有独钟、热爱文学的他不仅在职场能利用客家山歌解决工作困局，更能巧用山歌作为自己的营销手段，给公司创造巨大的业绩，令人刮目相看。在社交场上，他独创性地运用客家文化资源结起一张客户网，用谱写山歌维持、协调与客户资源、合作伙伴之间的关系。在感情中，虽然他与欧阳英子、李静儿、何可人三位女性都保持一种似是而非的男女关系，但他始终没有冲破界限，他谱写客家山歌的才情以及令人暖心的"大哥"形象令欧阳英子、李静儿、

---

① 黄育培：《客家寻梦》，广州：花城出版社，2015年，第55-56页。

何可人等为之倾倒。从小说中我们可以看到客家人寄情于山歌，无论是情感世界的悲与喜，还是劳动生活的心酸与愉悦；无论是歌颂客家的风光美景，还是展现客家人独特的风土民情，客家人始终在山歌里唱心中所思、唱心中所想。但在原生态文化日益退化的现代社会中，如何对客家山歌进行保护、传承和创新，这是一个任重道远又令人深思的命题。

（张劲松　罗　益）

第三节　黄育培访谈：散文与小说

一、散文创作

张劲松（以下简称"张"）：黄老师，您好！首先祝贺您刚获得中国散文网第八届中外诗歌散文邀请赛一等奖，这是个什么样的奖项？

黄育培（以下简称"黄"）：张教授好！这是中国散文网举办的第八届中外诗歌散文邀请赛。参赛者每人诗歌限 3 首（现代诗），60 行以内；散文限 1 篇，2500 字以内；要求格调高雅、立意新颖，反映新时代的现实生活。今年 6 月中旬，我在浏览"凤凰网"时偶然发现这个邀请赛，而且几天后（6 月 20 日）截止，因此按其征文规定，从编辑中的出版稿中拿出两首原创现代诗稿《红梅姑娘》《双喜临门》，以试水心态发出。真是没想到，7 月下旬突然收到中国邮政的快递，拆开发现是荣获一等奖的喜报。当时又惊又喜，太高兴了。中国散文网今年的颁奖大会设于贵州省贵阳市，于 8 月 13 日报到，然后举行颁奖典礼及黄果树瀑布风景区采风活动。但我因故未能参加，是 8 月底收到组委会寄来的获奖证书、一等奖金色奖杯和"当代精美诗歌"奖牌的。

张：获奖诗歌的具体内容是什么?

黄：我的两首诗歌皆入选"当代精美诗歌"，其中《红梅姑娘》被评为一等奖。这两首现代诗都是乡村振兴题材，每首虽然只有 4 节 20 余行，但主题鲜明，意境高雅，故事生动，诗韵流畅。《红梅姑娘》中的红梅是个"大学生村官"，带领村民走农业现代化道路，发展农业科技和网络销售，活跃乡村文化，诗的最后写道："富了村庄乐了农户，古老村落变成美丽模样。"《双喜临门》描述山村学子李睿高考后与父母早上卖菜归来，即将离任的第一书记送来"种养致富"金匾，祝贺脱贫攻坚成功。紧接着又一辆公务车前来，这是清华大学校长亲自送来全国最高分学子的录取通知书。村民前来祝贺，喜气洋洋。照相留念时，李睿的小妹妹拉住校长的手喊"我也要上名校学堂"，顿时惹得"双喜临门啊笑声在山村飞扬"。

文学源于生活。这两首诗歌的魅力正是来自生活、反映生活、凝练生动，意境深远。因而脱贫攻坚、乡村振兴的故事在这个文学形式里表现得如此动人。

张：您今年 70 余岁了，像您这么大年龄还耕耘在创作一线，老当益壮，令人钦佩! 您当初是怎样进入文学领域的?

黄：其实，作家不计较年龄。许多人都是 60 岁以后才进入作品爆发的黄金期，可以说是厚积薄发。其实年龄有三：出生年龄，心理年龄和健康年龄，各不相同。梅州是长寿之乡，我认识的好几个作家，80 余岁了，但无论是外观、心理、健康都停留在 60 岁，谈笑风生。搞文学的多数精力充沛、快乐、长寿。可惜有点后继乏人，小学毕业的老华侨归来诗对满腹，读大学的归来却写民歌都难，咋办?

我曾经历苦难，但苦难给我补偿了一副好身体。我是与共和国共成长的一代，是新中国成立时最后一批父母出国谋生的留守儿童，而且经历了"文革"。但是恰巧"文革"时梅县的业余文艺创作和演出非常活跃，成就了被打入"另册"的青年，他们后来成为名成家。我于 1971 年因连续发

表诗歌参加县文化局创作会，那时进城必须有公社的证明，而我每年到城里开几次会。我们的创作辅导老师是中山大学中文系毕业的王华老师，现在86岁左右还坚持写作，出版过长篇小说、散文故事。我是"文革"结束后才获中大汉语言文学专业文凭（国家级自学考试）的。我曾经在中学教书，于1990年秋进城在企业任职，后来成为大酒店总经理。我业余坚持写作，于2008年加入广东省作协，又于2012年成为家乡梅县的作协主席。我的文学之路走了50余年吧！

张：这些经历在您的散文集《乡村记事》里有不同层面和不同角度的叙述。您获得的奖项不少，这也说明了您的创作得到了专家和社会的认可。具体有哪些奖项？

黄：获奖有一些。20世纪90年代中期我连续获得4个北京中央人民广播电台的征文奖，文章向世界广播。进入21世纪以后我继续拿奖，其中诗歌与人合作谱曲，多次获省级、市级奖项。比较突出的，是2019年9月底，我荣获广东省庆祝新中国成立70周年"岭南童谣节"大赛特等奖，童谣《美丽乡村是我家》在会场展示。2020年6月，我凭《乡村记事》荣获梅州市"双精"工程奖文学出版奖。2021年8月，我荣获中国散文网第八届中外诗歌散文邀请赛一等奖及"当代精美诗歌"奖。

长篇小说《客家寻梦》、散文集《乡村记事》是我的文学代表作，也是我最大的心灵慰藉。

张：您还在编辑出版《客都文学》刊物，经费怎么解决？出版了多少期了？有没有想过与时俱进，同时做《客都文学》的电子版刊物，或者要年轻编辑弄个公众号之类的？

黄：为了培养人才，我自筹经费创立了《客都文学》为文学园地，这本杂志立足本地、面向梅州，稿件来自各地。办刊是要本钱的，这得益于我曾经在酒店当老总时得到的公关智慧，以及各方面的帮助。《客都文学》

已经出版了 14 期，全部免费送阅，包括我送出的小说散文，创造了百万元以上的送阅价值。近期杂志还发了稿费呢！至于电子版或公众号，要先了解一下，有水才能行船，下一步吧！

张：您的散文集《乡村记事》分为乡村记事、乡野风情、乡情似水、梅园絮语、客家故事和附录六部分，共收录有 60 篇。写作最早的是哪一篇？因为有些旧文没有标注写作时间、缘起和发表阵地，读者可能只得揣测。

黄：我把素材积累算上吧！这本散文集虽然多为近年之作，但有些作品其实来自我在"文革"时期写的日记。那时我独自生活，是生产队保管员，白天干活，晚上关在房间里，我找了许多书籍来阅读，写日记、做笔记。我还卖了两担干薯苗换回一支二胡，进行自我文艺熏陶。自从发表作品、参加了梅城的创作会以后，我几乎成了我们公社的知名人物，也成了恶邻嫉妒的对象。那时节，刚好隔邻路边开了一间供销社特批的小卖部。我记着叔公们的生动故事，晚上有时跑到小卖部听故事。因此，《乡村记事》的散文故事早就有了深厚的基础，如《只爱床下两双鞋》《花鼓妹的故事》《美丽的血色小花》《荷田·七贤古今传奇》等。这本集子最先发表的作品应该是乡村爱情故事《唔该丢撒涯长生》，发表在 20 世纪 80 年代初的《梅江文艺》（即《嘉应文学》前身）。而《叶小姐巧答诸生诗》却是为完成文化部门的民间故事征集任务，我将荷泗与白渡乡村的叔公故事张冠李戴拼合，发表在 80 年代初的《梅州侨乡月报》上的。几年后该文被人抄袭了多次，去年又见叶小姐的家乡将此故事当作资料放在村志上。《山村童话》是我在中学教书时的口头创作，当时轰动了山村中学师生千余人呢！

张：写作时间基本横跨了您既往 50 余年的文学生涯，每篇旧文的背后都有一个故事，都弥足珍贵。比较而言，我个人觉得，其中意义和价值最

大的可能还是关于您自己人生故事的篇章，如贫困而孤独的童年、悲情的初恋、救赎的文学、被人顶替的教职、"不友善"的村邻、出走的凤兰姐姐、海外迟归的母亲与妹妹等，既是您个人的生命历程记录，也留有深深的族群特色与时代烙印，这些都是别人替代不了或写不出来的。因此这应是非常独特的篇章吧？您觉得呢？

黄：文学是为社会为人民服务的。其意义和价值是反映社会生活，弘扬真善美，鞭笞假丑恶，其带着社会性、知识性、趣味性，被人喜欢，因而产生教育人、鼓舞人的作用。祖籍客家的英籍华裔作家韩素音1995年回梅州，在望江楼大酒店举办创作座谈，她说海外的作家都是非常刻苦而现实的，写自己熟悉的故事很是生动。每个人都有不同的独特经历，自己的经历故事是别人写不出来也抄袭不了的。最好的是写自己的、身边的生动故事，一般3000字以内为宜。后来，她赞助《客家人》杂志搞了一个300字的短文故事比赛；一等奖空缺，我的《泪不轻弹》为二等奖首篇，收集在《乡村记事》里。我的写作思维正好与其所说的不谋而合，我的经历其实就是带着传奇色彩的。

二、小说创作

张：把您的传奇人生记下来就是一部小说。听说您手上有本自传体小说《荷田记事》书稿，为什么现在还不出版呢？是想继续打磨还是有其他什么顾虑？

黄：是的！《荷田记事》节选了3章放在《乡村记事》附录里。它是部自传体小说，带着对"文革"年代社会生活的真实描写。"文革"时代背景具有普遍性，但是作为小说，却是真实而独特的故事。它的独特在于史无前例的社会背景，在于当年文艺萧条下出现的典型、活跃的文艺创作情景。在5万字的作品里，难得地反映了"文革"时期文艺青年的真实情景。因为考虑到多方面的因素，时至今日，虽然作品中重要的两个反面人物原型已经不在了，但仍有顾虑。这大概就是没能出版成书的原因吧！等待时机成熟、稿子进一步完善之时，我想，会与读者见面的。

张：希望书稿早日出版面世。您的长篇小说《客家寻梦》是梅州新华书店的第一本长篇职场小说，出版后的反响如何？

黄：这本书填补了梅州职场题材长篇小说的空白，摆上了省作协的展示厅，省作协还奖励我粤北采风呢！它卖得也可以，社会反响良好。

张：当初您是为什么想起写这本小说的？有什么样的创作动机和创作冲动？

黄：酒店是社会生活的窗口。在世纪之交的繁荣年代，改革开放高潮迭起，最生动的就是大酒店了，吃喝玩乐五花八门。这年头，夜生活丰富多彩，节假日旅游热热闹闹。我一边上班一边业余写作，小说写了6年之久（含沉淀期）。至于写作冲动，应感谢在报社、电视台以及当公务员的文友，前来酒店泡茶听我讲故事，然后鼓动我写出来。另外就是我加入了省作协，必须有自己的代表作，这也是一个动力。生动素材积累深厚之时，写作兴趣就来了。

张：有无心插柳、厚积薄发的意思。您创作的客家山歌也获过奖，是只填词还是也谱曲？《客家寻梦》里的"少江南"和"俏茉莉"是自己和合作者的写照吗？

黄：唱歌、听歌、写歌都是快乐的。梅州曾经举办3届客家新山歌创作演艺大赛，我获奖是凭歌词。我能参加省市民歌大赛都应感谢合作者，其中一次为八省联赛。《客家寻梦》特色之一是贯穿了许多民歌，其中描写"少江南"和"俏茉莉"合作写歌的情节，有我自己的影子吧！"俏茉莉"是有原型的，是几位女性的融合。作为小说，原型与虚构融合在一起，实为写人物性格塑造或故事需要而已。

235

张：难怪大作《客家寻梦》里有很多的客家山歌元素。您觉得小说里大量客家山歌的创作和演出有没有影响到（或促进了）小说的形象塑造与主题表达？

黄：文学反映社会生活。这部小说反映的年代大概是1995—2005年，社会上卡拉OK风行，各城市的大酒店夜总会、餐厅厢房都非常热闹甚至疯狂，夜夜笙歌燕舞。我当年在大酒店从经理干到老总，对当时的社会生活再熟悉不过，小说里的人物故事随手捡来罢了。作品的民歌描写是为人物性格服务的，没有生活体验的作家或许写不出来。另外客家人大迁徙以来以耕读生活为主，后许多游子因仕途、经商走向国内外其他地方。山歌是客家文化特色，是客家人喜闻乐见的文艺形式，是游子的乡愁。因此，作为客家题材的长篇小说，有山歌及其现代民歌融入是真实生动的，对塑造人物、为主题服务是一种创作方法而已。我发现有的作家看了我的书后也生硬地往小说里插民歌，可惜写得没有节奏和韵味，是欠佳的。

236

张：您以前教过书，搞过创作，后来又长期从事酒店管理工作。开句玩笑话，您可能是酒店业里最能写的，又是文学圈里最擅长酒店管理的。我读了您小说的后记，知道这本小说里的男主人公汪涛是以您自己为原型的，那其他人物也有原型吗？

黄：这部小说的人物，可以说大部分是有原型的。我塑造人物当然离不开自己的生动故事，但不能说这个人物就是我，因为小说人物都是带着虚构或融合的，甚至是你中有我、我中有你。我在小说"楔子"里就写道："他哪里是他？她也不一定是她！"作为职场题材长篇小说，其中人物貌似逼真，但请读者朋友千万不要对号入座。

张：一般人可能比较难以做到哦！早在100年前，鲁迅先生的《阿Q正传》出版后，不少人因此惴惴不安，甚至有人认为是在骂他。我觉得您的小说里一些人名取得有点意思。涂添财是不是"徒添财"的谐音？何可人是不是"去何方寻找合适可心的人"的意思？李静儿事实上是"树欲静而风不止"吧？您这样给人物取名字有这方面的寓意吗？

黄：书中人物名字有一些有寓意，但不全是。这些人物都是由其原型综合而来。特别是涂添财是职场中的笑料，作为一个外地人想来客家搞钱、找美女、寻理想生活，但自身文化素质低、粗鲁，隐秘的欲望暴露无遗，可怜又可笑。何可人是个绝佳的文艺人才，南下干部子女、科级公务员，大学毕业后却成为婚姻怪圈的受害者，离婚后高不成低不就，抱着找个朋友的心态生活。李静儿的故事是农村打工女性中普遍而典型的。那些年，客家女孩许多中学毕业便因为家里穷而不愿读大学，跑到深圳打工再回来嫁人。但是，她遇到心性怪异的酒徒不得不离婚，又遭遇涂添财的骚扰。这些故事从职场人的真实经历而来，就发生在身为老总的作者身边。

张：职场小说当然主要写职场故事，书中对男主人公汪涛的家庭生活着笔很少，几处提到形象负面的妻子也是间接地一笔带过。相反倒写了对手老财主涂添财的不少家庭生活，如和二女儿的关系，还有李静儿的离婚、钟豪的结婚等，这些家庭生活也为职场形象的塑造增色不少，那您有没有担心过对汪涛的家庭生活着笔太少会影响到其形象的丰富性、立体感以及自己现实的家庭生活？

黄：其实，对主人公汪涛的家庭和生活有多处描写，包括对他小时候差点被洪水卷走、他苦难中自学大学课程的刻苦描写，还有他待岗时妻子对他的冷淡讽刺及恶行，面对雪上加霜的话语他只能说气话："若再上岗，不回来了！"这方面当然也包含着作者"怕"的心态。

张：小说里主要写的是大富豪酒店内部的职场争斗，而非和其他酒店对手竞争的场景，大富豪酒店与其说是被竞争搞垮的，还不如说是自己人弄垮的，特别是老财主的胡作非为，但小说里又写了酒店业兴衰的规律，您觉得大富豪酒店的衰败是客观规律还是人为使然？

黄： 那一时期的星级大酒店是有兴衰规律的。一般而言，非绝对罢！作品中大富豪酒店级别高，无论硬件还是软件都很优秀，其他酒店难以与其竞争。但是，深圳投资者只为应酬家乡感情，结果鞭长莫及，被文化低却有点手段的涂添财利用。待发现感情用事、用人和管理策略皆错误，导致人才、客户大量流失时，只能对涂添财"挥刀"处理，而生意却无力回天。当时，犯这种高级错误的不止一家，包括最豪华的某大酒店。我搞销售，曾经把两间连锁的豪华星级大酒店搞得热闹非凡，但酒店是家族式管理，亲戚内斗频仍。生意特好时，董事长电话指示对我重奖，而我们根本未曾谋面。因此这个重奖到酒店开会宣扬时，我只拿了 500 元，3 个高层管理者悄声无息地每人分了 10000 元。后来我离开去了别家大酒店任职，红红火火之时，该董事长回来开会当场发火，叫人动员我回去，但晚了。当年搞企业的有许多目光短浅的投资者和管理人，却严重缺乏大学学历的管理人才，而且客家人那时的妒才心里颇为严重，这也是形成兴衰规律的重要原因罢！因此，小说的大富豪酒店的衰败主要是人为使然吧！

张： 小说全书 30 万字，46 章，平均一章 6500 字，好像每一章的字数有点少，您在写作时感觉情节的起承转合转圜得开吗？

黄： 我读过的长篇小说一般一章也就是 5000 字左右，网络长篇也是。如果再版，许多故事都会修改的。不过，现在作家都有点追求离奇情节做卖点，对传统的东西，包括起承转合的圆润似乎不那么重要了。2020 年春节前，新华书店说有 5 本《客家寻梦》被人翻成破旧书籍，要求我照顾换新的。我同意了。这是因为一批退休干部每天上午前去看 2～3 章，中午是不回家的上班族前去看。几天后，有个退休老干部找到我家，要求送他一本旧书。他说，他以前偶尔酒店消费，没想到酒店故事这么生动。若再版，他希望我增加新奇的男女葱花情节。

张：我也感觉故事可以再叙述得跌宕起伏，更有张力一点，感觉故事的悬念感有时好像有点弱，个别地方的语言有点直白，甚至有点时政化，文学性似乎受到了点影响，但瑕不掩瑜。另外小说的每一章标题都是7个字，整饬划一，个别章节还有"且听下回分解"的结语，但大作又不是章回体小说，这样安排出于何种考虑？

黄：前者是经验及构思问题吧！《客家寻梦》每章标题7个字，是吸取民歌句子美观、朗朗上口，便于记忆的优点吧！个别章节有"且听下回分解"的结语，其实是引用了一点章回小说吸引读者往下读的传统习惯，为读者留下悬念而已。

张：虽然我们常说"越是民族的，就越是世界的"，但个人觉得对此不能作简单化理解：民族的、地方的题材与元素如果不具有普世性的文化内涵和现代性的价值取向，可能就很难成为世界的、主流的。莫言的小说之所以成功，就是把世界文学的现代技巧、形式与本土的、地方的、民间的题材结合了起来，如果没有把西方的东西重新民族化和语境化，或者说没有把民族、民间的东西以现代的文学形式呈现出来，很难想象莫言能够获得诺贝尔文学奖评委们的青睐和赏识。所以如果再版，个人建议您把每章标题改为2～3字，每章10000字左右，并且可以把"且听下回分解"之类的话语删去，力求具有更多现代小说的形式，因为这个职场故事本身就是围绕一家现代大酒店展开的，用传统小说的形式或用民歌7字句作为标题可能缺少了点现代感与时代性。另外小说最后有一个大团圆似的结尾，有什么象征意义吗？

黄：感谢好建议！这部《客家寻梦》的封面有3句话：美丽迷人的客家风情，难以忘怀的职场故事，企业发展的奥秘解码。因为深圳总部派来的总监涂添财瞒上欺下、胡作非为，而总部因另有重点项目，鞭长莫及而让他得逞。这是当年梅州好几间大酒店的现实情况，那个年代的酒店企业常常出现问题。因此小说写了值得企业家借鉴的奥秘解码。而小说的大团

圆结尾，是基于现实情况，是基于职场人的心理现象的必然。同时，企业是发展的，而且总会吸取教训，领略科学发展观。大团圆结局其实也是对读者的一种交代，一种心灵慰藉，为读者留下想象的空间。小说"楔子"写道："追寻梦想的职场动人故事，谁个读懂？"小说最后也写道："相约客家的寻梦故事远未结束，诸君可想象着慢慢品味乎？"

张：结尾风格的转变感觉有点儿突兀，刚才还是东奔西跑、天各一方，怎么一下就全聚齐了？好像有点象征主义味道。您觉得《客家寻梦》还有其他什么遗憾或不足吗？

黄：作为我第一部长篇小说，得到花城出版社编审"精品"的表扬，得到省作协邀请采风的奖励，得到本城读者的认可（出版数个月收获十五万元的市场成绩），是我最大的欣慰。但是，因为缺乏出版方面的经验，没有在其他城市销售的人脉，更没有找到影视名家合作，是最大的遗憾。如果再版，肯定会将小说内容、结构根据专家、读者意见认真考究，把故事描写大胆地往深层展开。

张：现在能写的年轻人基本去写网络文学了，网络文学周期很短，出名和变现都很快，可能没有多少年轻人能够忍受投稿和一审二审再审的长周期折磨，文学人才的青黄不接也就成了一个普遍现象。当然，网络文学写手也是文学人才，因为门槛不高，自认为有能耐的写手都可以来一试身手，所以能够在网络文学界写出来也不是一件容易的事，这不但是对智商极限的考验，也是对身体极限的挑战。话说回来，作为梅县区的作协主席，您如何看待当下本地的文艺现状？

黄：文艺作品源于生活而高于生活。社会是发展的，文艺也随着社会的发展而发展。但是，文学必须得到读者的欢迎和认可。作家反映的历史时代故事应有其社会特征，带着感情色彩胡乱编造没有社会价值，难免变垃圾。我们是优秀文化之乡，而写作人才后继乏人是诸多问题引起的！如今有的人根据有关资料改编小说，或把纪实文混为小说；有的是出版社没把选题归类为小说，却在销售时说成小说；还有的是把知名小说的情节翻炒作为卖点，被读者发现似曾相识的模仿问题。我们已处于社会主义新时代，作家似乎很难找到有卖点的好题材，因此，网络小说都写到别的星球上了，或脱离现实以离奇情节为卖点，其中的暴力幻想令人难以想象。其实现代社会同样有许多生动故事的，比如官场、企业、脱贫、爱情和婚姻。因此，您在做的这个事情正是社会非常需要的，真希望您这样的访谈与评论能够引导文艺的发展。

张：惭愧了。就您小说的影视改编问题，我曾经咨询过国内的一线编剧汪海林，他说以前大陆有过《大酒店》这样的酒店题材连续剧，口碑一般。您的小说特色是酒店题材加客家山歌元素，在影视改编方面可能得好好拿捏一下，因为地域性的客家山歌在小说里可能是地方特色，但在大众媒介里过多的地方特色可能并不是传播的加分项。另外，在影视作品的制作方面编剧工作往往不是最先的，一般是导演看中了这个故事，然后去找投资机构和编剧演员等，或者先有投资方看上了某个故事，评估后愿意投资，再来启动项目，找主创人员包括导演、演员、编剧等。这些投资相对于工薪阶层来说都是天文数字，个人一般没这个能力，都是机构运作。并且投资是追求回报的，为了减少风险，影视作品一般也是多方联合投资与出品。他的建议供您参考，希望大作能早日等到影视传媒方面的有缘人。您下一步有什么创作计划吗？

黄：谢谢您的咨询和编剧汪海林老师的建议！但是，我学生时代的电影《刘三姐》《五朵金花》却是以地方民歌特色闻名而走向世界的，其歌曲流传至今。目前我正在筹备出版诗歌选集的工作。至于《客都文学》将总结经验，更好服务于"科技创新、乡村振兴、改革开放"的新时代。在条件许可的情况下，再来讲述贴近生活的客家精彩故事吧！

张：这些经典电影都有一个甲子的时光了，社会发展日新月异，受众群体更替交叠，影视传媒的投资、制作、发行、放映和衍生品等产业链也发生了翻天覆地的变化。今天是阳历的 9 月 9 日，祝您健康长寿，快乐久久，永葆生活激情与创作活力，同时希望您的自传体小说和诗歌选集早日出版。这样您在文学创作的体裁方面就可以说全面开花结果了，不管是对您自己还是对梅州文学，这都将是一件意义重大的盛事。

黄：谢谢您的祝福！经历了《客家寻梦》《乡村记事》的自费出版与销售，感触良多。对文学作品的评价不是请媒体、名人等进行自吹自擂，而是读者、市场说了算。作为扎根基层一线的作家，作品来自生活、反映社会生活而成精品之作，才是受人们欢迎的。作品的打磨、沉淀也必然要经受时间的检验；投机取巧、粗制滥造就会经不起考验，难免成为垃圾书。记得是 2009 年春，广东省作协派员前来梅州举办迎春座谈会，有位领导在回答提问时说："有人一辈子出了几十本书，但全部是垃圾；而有人只出了一本，甚至只有一两首诗歌，却在历史长河闪着光芒。"

其实，专家的切实评论对文学的发展极为重要。但愿梅州的文艺评论家协会早日成立。在这里，非常感谢张教授您对我的专访，对我的创作提出这么多感触至深的建议，而且对我寄予了创作、出版的期待和鼓励，谨此说声："谢谢!"

（2021 年 9 月 15 日改定）

第七章　诗歌专辑

第一节　吴伟华《无法隐瞒》中的真诚告白

　　《无法隐瞒》是吴伟华的第一部诗集，从创作内容上看，他的诗歌善于从生活的所见所感中提炼出创作灵感，他对病痛与死亡有着异于常人的敏锐触觉，对时间流逝有着一种近似于执拗的害怕。他爱生活中的每一个人，甚至于一草一木，关怀世间每一个鲜活的生命，相信每一个生命都能被生活温柔对待。但他又是一个木讷、自卑，却又颇有几分书生傲气的人，对诗歌有着一种异常纯粹的信仰，对功利化的诗歌有着本能的排斥，正如陈培浩先生所言"他不拿诗歌置换外物，除了一种诗意长进的满足感"①。所以他的诗歌如同他的为人一般，不卑不亢、平而不淡，从不为迎合世俗的眼光而添加各种物化的添加剂，只想做一个平凡而真实的自己。从写作角度看，他的诗歌长于小处着眼，笔触清灵，宛若一眼清泉，似淡实甘，汩汩而出。从写作手法看，他长于叙事诗的写作，收录在《无法隐瞒》中的叙事诗《白菊花》与《青梨》就是他的叙事诗代表作。本节拟从个人、家庭、社会三个层面剖析吴伟华诗集《无法隐瞒》里传递的内心声音。

---

① 吴伟华：《不再重米》，北京：中国戏剧出版社，2013 年，第 124 页。

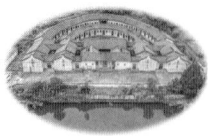

一、平而不淡的个人感触

吴伟华的人生轨迹基本就在本乡本土，可以说是一个寓居于尘世间彻头彻尾的平凡人。他的诗歌取材充满了生活中柴米油盐的味道，多数的意象都是具体而又生动的，甚至说无时无刻不在我们生活中出现。所以说他的诗歌是平凡的，充满了烟火味，足以让读者通过各自的生活经历仔细体味。吴伟华诗集《无法隐瞒》中的这类充满了个人感触的诗歌主要分为两种，一类是对现阶段生活现象的思考，另一类则是对过去生活中青葱岁月的怀念。

（一）对当下欲望的思考

诗歌作为诗人内心世界的映像，传递出来的所思所想应当是作者本人的心理欲望的真实流露，在《无法隐瞒》中的这类代表个人生活感触的诗歌，既是其心理语言的载体，又是无意识在幕后表演的舞台，诗歌流露的应当是内心中的"本我"活跃的话本。

> 众多娇艳的声音
>
> 淹没在或浓或淡的脂粉气息里
>
> 暧昧的言辞跟着姑娘们的手指游走
>
> 挑逗着我们的消费欲望①

这是他在东莞洗脚房里与一位名为小郑的姑娘相遇的经历，他的语言毫不忸怩作态，真诚地反映了他当时躁动的内心活动，自如地表现了自己无限的遐想。暧昧的大环境使他在不知不觉中麻痹了敏锐度，"自我"失去了对"本我"本该有的戒心，隐藏在内心的无意识从暗流中缓缓向潜意识流动，直至被意识接纳，成功支配着"我"的一举一动。这里就很好地

① 吴伟华：《无法隐瞒》，西安：太白文艺出版社，2010年，第49页。

展示了"本我"的真实姿态，它不屈从于现实规则的百般束缚，这里的"我"就是一个真实的我，在灯红酒绿中完全超离了现实伦理的角色要求，在这个短暂的时空间中，仿佛中断了一切外在的因素。再如

> 从舞台上下来。激烈的音乐
> 淌过她的曼妙腰肢，慢慢归于轻柔
> 坐在最前排，她依旧是耀眼的①

这是吴伟华的一次观舞经历，字里行间无不流露出他对这位身材曼妙的女子的向往之情，这毫无疑问是一场精神的出轨，一次内心的狂欢，也足以见其内心对于"本我"的抑制之深，这是一种本能地对于肉欲的真实感受，是一种对美好肉体的欣赏与爱，更是一场"本我"自由的表演。这里的"我"是一个有血有肉的真实而毫不做作的男人，敢于勇敢地表达自己的欲望。

（二）对青葱岁月的怀念

时间在诗人的世界里是一个永恒的主题，而在吴伟华眼里只怕更甚，他在另一部诗集《不再重来》的自序中曾提到过"我总是莫名地想到储存卡，我担忧它会遗失、会损坏"②。他连有着坚固躯体的储存卡都不太信任，可见他对于失去的时间有着多么执着的依恋，《无法隐瞒》就收录了大量他对于过去的珍藏回忆。以在《无法隐瞒》中收录的一篇《青梨》为例，该诗主要记叙了他与一位童年病友在病房里相遇，并成了好朋友，在频繁的书信往来之后，在朋友的邀请下去了他家，走时朋友敲下了一筐青梨作为送别的礼物，多年后，街角再见依然不忍相见，最终在女儿递过来的青梨中体味到当年友谊的青涩。

---

① 吴伟华：《无法隐瞒》，西安：太白文艺出版社，2010 年，第 51 页。
② 吴伟华：《无法隐瞒》，西安：太白文艺出版社，2010 年，第 2 页。

245

全篇的主人公是两个年龄相仿的男孩，另一个小男孩如同一面镜子，使得因病来县城的作者发生了镜像认同。在作者眼中对床的小男孩是自己心中理想化的映像，他的父亲是工业局出纳，会开各种玩笑，而自己的父亲木讷。就连实习的护士都喜欢对床的小男孩，给他编了小狗，而送给自己的，只有一个更小的金鱼。一个生长在较为封闭的农村的小男孩，通过互相间简单的镜像对照，不自觉地把对床的小男孩当作对自己的一次认同，即"镜子阶段的功能就是意象功能的一个殊例，这个功能在于建立起机体与它的实在之间的关系，或者如人们所说的建立内在世界与外在世界的联系"①，实则是从中开始产生了自我意识，意识到我与世界的不同，这首诗歌完整地记录了吴伟华对世界的第一次认同。第二次相见时，"面对贫穷的山村，败破的老屋/我心里竟有些许的高兴"。吴伟华发现原来对床的小男孩家境并不宽裕，与自己并没有太大的差别，记忆中理想的我被现实无情地摔碎。以至于后来，来回的信笺只有寥寥数语。从中足以解释吴伟华为什么如此依恋过去的时光。因为在过去的时光中吴伟华一次次找到属于自己的认同感，在记忆中完整无误地保存着自己珍藏的最理想的形象。只有在过去的时光中，他才能找到一方皈依自己心灵的处所，而在这方的天地中，有着久违的安全感。他在童年时将自己的缺憾投射在对床的小男孩身上，与他的交往实则满足了他对于理想自我的狂想，也正如他在诗末写到的那样：

> 一次，我放假回到县城，远远看你
> 在肉丸铺子里卖力地挥动双臂
> 我像犯了错的人，不敢走近你②

---

① ［法］拉康著，褚孝泉译：《拉康选集》，上海：上海三联书店，2001 年，第 93 页。
② 吴伟华：《无法隐瞒》，西安：太白文艺出版社，2010 年，第 70 页。

因为他在成年后意识到当年的小男孩从心理上实则成为他的矫形形式的狂想的再现，再加上对朋友的爱与责任的鞭挞，所以他对当年的小男孩感到有所亏欠，使得他不敢与其相见。即便是这样一个善良与真实的人，也不敢直面无情的现实，而把这份姗姗来迟的勇敢随着岁月的沉淀封存在自己的诗歌中。

二、其乐融融的家庭结构

作为一个平凡人的吴伟华，人生经历与普通人一般，有着一个其乐融融的家庭，上有老父，下有妻女，既是父亲孝顺的二儿子，又是爱护妻子的好丈夫，还是疼爱女儿的好父亲。所以他总能在描写亲人时，以第一人称视角倾注满满的柔情。吴伟华诗集《无法隐瞒》中的这类描写家庭的诗歌主要分为两类，一类是对妻女无限的疼惜，另一类则是对老一辈亲人的敬爱。

（一）对妻女的疼爱

作者在生活中作为一位丈夫，或者说是一位父亲，从诗歌中的表现来看，无疑是相当成功的。他在《无法隐瞒》中对妻子的描写，从来不流于辞藻的华美，总带着一种深情而又轻柔的语气，缓缓地铺叙，毫不矫情做作，给人既干净又舒畅的感觉。例如在《纪念日》中是这样描写的：

> 临睡前，你喜欢抱着我的胳膊，和我说着话
> 慢慢入睡。就像现在
> 熟睡后的你，双手依旧握着我的手①

在结婚纪念日，两人并非像西方人那样举办一场轰轰烈烈的浪漫活动，而是选择了像东方人那样含蓄委婉的表达方式。在两个人看来，陪伴

---

① 吴伟华：《无法隐瞒》，西安：太白文艺出版社，2010年，第10页。

是最长情的告白，相濡以沫莫过于如此。从这么一个短小的日常生活片段可以看出，只有他的妻子入睡之后，他才肯放心入睡，本该激情四射的纪念日之夜变得如此温婉祥和。这么一个情感细腻、柔情似水的"自我"让他很好地回到了生活中应有的角色。

他在《无法隐瞒》中对女儿的描写总带着一种童趣，以一种呵护的姿态，如同保护一个精致而又易碎的艺术品一般，是那么的小心翼翼，就连下笔描述也是慎之又慎。例如他在《现在》中是这么写的：

> 现在，我带着初生的女儿回到故乡
> 她在我的怀里恬静沉睡
> 被我入木三分地爱着。青梅竹马地爱着①

初生的生命无时无刻不在提醒着他作为父亲的责任，此刻在吴伟华的眼中，父女间剪不断的血缘纽带，使得他把女儿当作情感寄托的基点，是举世无双的宝物。初恋是极为美好的事物的代名词，在一个那么依恋旧时光的人眼中，"青梅竹马"这个比喻无疑是其潜意识里理想形象的具象化。这种形象自我能动地将作者牢牢地绑在现实原则上，每时每刻提醒他履行父亲的责任，这种高度高到足以使他忘记躁动的"本我"，而将"自我"在潜意识中无限放大。

无论是妻子还是女儿，在吴伟华眼中都是爱与责任深切的寄托，这也正是"自我"在无意识领域对人潜移默化的影响。因此，在吴伟华看来，比起妻女对他的关爱，他更在意自己对妻女的关爱，所以他不断地强化自己在诗歌中扮演的角色，更多地将笔墨花在自己的行动上，总在无意识间把妻女的角色淡化。这无疑从侧面反映了他对于妻女特殊的依恋，这种难以言喻的依恋，正是源自他害怕爱的丢失，他只想把这份爱狠狠地攥在手中。

---

① 吴伟华：《无法隐瞒》，西安：太白文艺出版社，2010年，第6页。

（二）对父亲的敬爱

吴伟华的父亲在诗歌中的形象是一位典型的东方式父亲，木讷、不善于表达自己的情感，却又对自己的孩子有着深沉的爱，纵使自己背负一生的苦难，也不愿意在人前展露出来。收录在《无法隐瞒》中有关他的父亲的诗歌内容，主要集中在父亲患淋巴瘤在医院做手术后的片段。面对病床上痛苦不已的父亲，他是如此描述的：

> 我抚摸着父亲，教育女儿一样
> 给他讲道理，不要乱动，不要乱想
> 不要拔呼吸机插管。要忍受疼痛和烦躁①

多年前患阑尾炎穿孔的少年已为人父，而当年泪洒化验单的父亲却辗转在病床。多年间的不善言辞隔开了两个本应最亲的人，最后两人又因肿瘤戏剧般地贴近。在羸弱的父亲面前，作为儿子的吴伟华深深体验到当年看似木讷的父亲为什么会因为自己的急症泪洒化验单。他抛去了当年嫌弃父亲木讷的眼神，收起了对城里少年的父亲的羡慕，岁月抹去了自我的棱角，换回一次次频繁的抚摸，一声声发自肺腑的"阿爸"，他用行动告诉被切开喉管的父亲，在最后的人生旅程，父子俩要心贴心地一起走。在最后的时光里，他对父亲的爱，是一种经历后理解的爱，是一种带着尊敬的爱。这种隐秘的类似"俄狄浦斯情结"的内在心理驱动力，既驱动了吴伟华在儿童时期对父亲的不解与嫌弃，当父亲对其不再构成难以克服的障碍之后，又役使吴伟华对年迈无力的父亲产生忏悔心理。

吴伟华在诗集中基本没有提及自己的母亲，相反的是，他不断回忆起自己与父亲的往事和对父亲患病时无微不至的照顾，甚至时常在完全与父亲不相干的内容里，深深地怀念自己早年患病的时光，然而他早年的疾病中只有两个角色参与——他和他的父亲，从中不难推测他的母亲在他成长

---

① 吴伟华：《无法隐瞒》，西安：太白文艺出版社，2010 年，第21页。

过程中的缺位，这使得他一直以来都受到父亲潜移默化的影响，后来他谈及自己的性格时，是这么描述的：

> 我留给别人的第一印象，经常是两个极端：一是木讷，不善言辞；二是孤傲，目中无人。①

从中可以看出他与父亲的性格有着非同寻常的相似度，更为值得注意的是，他在展现"自我"的诗歌中也有着一个出现极为频繁的词汇，那就是"孤独"，例如他在《花开》一诗中是这样描述的："我看见里面的蔷薇/隐蔽地盛开，孤单得没有比喻/只剩下花。"② 可见他其实也是一个比较缺乏安全感的人，这点可由他害怕失去过去的时光佐证，正是因为害怕失去，所以他对父亲，对一切可能失去的东西，都有着难以言喻的依恋。也正是这份依恋，使得他爱着身边的一切事物，把一切能把握住的东西深深地留在心里。

三、以小见大的社会视角

《无法隐瞒》中的第五辑名为"考试记"，主要记录他对于社会生活的感悟，这里的考试，并非寻常意义上的以笔作答的考试，而是用心、用行动作答的考试。诗集中思考社会现象的诗歌取材基本来源于生活中的小事，往往又从小事中投射出一些社会化的思考，主要分为两种：一种是对传统文化的依恋与挽留，另一种则是以一个有良心的诗人的视角，对于社会上种种实事的自我理解与批判。

（一）对传统文化的依恋

诗人对于文化生态的变化是敏感的，吴伟华也不例外，他的诗集里对于某些不合时宜的文化角落，总有着一种难以割舍的依恋，总带着一种自

---

① 吴伟华：《无法隐瞒》，西安：太白文艺出版社，2010年，第177页。
② 吴伟华：《无法隐瞒》，西安：太白文艺出版社，2010年，第153页。

然而然的亲近感，仿佛在他的内心世界里，对传统文化有着一种天然的依赖。他像是一架被时代抛弃的留声机，总在固执地唱着阳春白雪，一如他性格中孤傲的那一面，不迁就于时光，不将就于社会，抓着仅存的一些文化角落，在物欲横流的时代孤独地坚持着自己对于传统文化难以言述的依恋与挽留。

在这类与传统文化有关的诗歌作品里，尽管他没有在创作中意识到集体无意识的存在，作品却带着深深的集体无意识的烙印，例如他在《唯一的同里》中曾这样描述苏州的风物人情：

> 经过红木家具上的温润
> 经过桃花的粉、烟雨的轻
> 经过错落有致的亭台楼阁
> 厅堂房轩、廊坊桥榭①

吴伟华对于同里的文化氛围有着天然的亲切感，古老的韵味隔绝了现代化的钢筋水泥的侵蚀，别样的宁静消去了车水马龙的喧嚣，在这里不只有桃花的粉，还有烟雨的轻；除了有缓缓走过的布衣女子，还有喜着长袍的古人。这种内容包括各类型的文化形式投射在现实生活中的具体映像，这些映像往往带有独特的文化内涵。再如他在《旧时光》里是这样缅怀即将逝去的传统文化的：

> 两尊威严的门神依旧站在
> 紧闭的大门上
> 门口那一层爆竹屑
> 已零落成泥，失去了红润②

---

① 吴伟华：《无法隐瞒》，西安：太白文艺出版社，2010年，第86页。
② 吴伟华：《无法隐瞒》，西安：太白文艺出版社，2010年，第144页。

　　无论是褪色的鞭炮屑，还是肃穆的门神，都本该是充满喜庆的"原型"，在吴伟华眼中，无一例外都在传递着传统文化被现实生活冷落的境遇，这些意象都是中华民族在长期的民族生活中共同的民族记忆，是一种不从属于某一个体的珍贵的情感积淀，在这个文化氛围里成长的国人都有着同样天然的亲近感。对于吴伟华而言，无疑是一处可以停下脚步的精神家园，一方可以歇足休憩的文化处所。

　　在他的笔下，总对被时代隔离的文化角落的留存有着别样的责任感，甚至为了抵挡时间的消逝，他要将这些美好的传统文化写进自己的诗集里，封存在自己的记忆中。传统在他身上的表现，是一种和风细雨似的轻柔，敦促他在有限的时间空间里，为那些被时代冷落的精神家园开辟一个可以容身的处所。借用他笔下的美好，给予在尘世中奔波的人们一种美的契机，在集体无意识的沐浴中，重新呼唤他们去感受尘封在自己心中的精神家园的美好。这也是他的诗歌里对于爱与责任最为真实的表达。

（二）对消费时代的反思

　　当今时代是一个消费时代，任何事物都能被人们开发出消费的路数，人们对于物质生活的渴求，往往超越了实际需求的限度，进而造成了各种社会问题。作为诗人的吴伟华，既不是一个曲意逢迎于时代的歌唱家，也不是一个闭门造车的隐居式诗人，他是一个虽委身于平凡生活，却不将就于时代的有心人。他虽然在平远这片故土，始终与主流社会保持着一定程度的疏离，但是他用有限的视角去折射、去思考社会中存在的问题。

　　从某种意义上看，这种强烈的使命感也可以说是一种良知，它从心理上劝导社会中的成员脱离个体化的范畴，站在群体共同利益的高度去思考社会共同的问题。例如他在《送礼记》中是这样描述一名送礼的数学老师的：

> 他准备好圆规、参考书。月光的阴影下
> 他像个循环小数点语无伦次

中心翼翼求证领导脸上笑容的面积①

吴伟华的妻子是一名中学语文教师，这是一件发生在他身边的故事，他却将这件事毫不避讳地放进了自己的诗集。对于谙熟于人情世故的聪明人来说，这的确不是一件明智的事情，吴伟华的写作行为实则源自他埋藏于深处的木讷固执的性格，社会价值观的淘洗促使他对公平有着无比坚定的执着追求。叙事诗的主角是一名教书育人的人民教师，而教师负责塑造孩子们的价值观，如果上梁不正，那么下梁的倾斜不是可预见的吗？如果连梁子都歪了，那么这座房屋不就成了危房吗？社会共同的生存空间不就因此而坍塌了吗？他特意将数学知识与诗歌语言相结合，突出了数学知识在送礼中的巧妙迁移，这无疑在语言上对这名数学教师以绝大的反讽，这么一个看似生活中的常态被他投放在诗歌中，并将行贿者塑造成了一个诗歌主角，将全部聚光灯都投向一场幕后交易，实则促使每个读者思考腐败的无孔不入。

再如吴伟华在《考试记》中是如此描述在 D 校考试的经历的：

> 监考官的眼睛——棕榈树上的果实
> 密密麻麻。考场纪律，它不是多项选择
> 关闭手机里的身份证、准考证
> 有老师进来给学生递答案——②

看似平淡的字句里，实则绵里藏针，看似森严的考试纪律，实则不过是一个摆设，以密密麻麻的监考官的视线与关闭的手机对称，揭示明目张胆的作弊。看似牢不可破的监督制度成了没牙的纸老虎，只能在风中张牙舞爪，两者间巨大的反差令人感到意味深长。面对这种敏感的题材，吴伟

---

① 吴伟华：《无法隐瞒》，西安：太白文艺出版社，2010 年，第 172 页。
② 吴伟华：《无法隐瞒》，西安：太白文艺出版社，2010 年，第 173 页。

华从来都是敢于描述，甚至将细节刻画得清清楚楚，就连具体的考试科目都敢于直接添加在诗末，并且从不吝啬该有的讽刺。超我的存在主导了吴伟华内外部世界的冲突，内部世界对于个人终极价值的追求战胜了外部世界对于现实利益的追求，促使他脱离出人情考量的个人范畴，将社会共同利益凌驾于个人得失。

这样一种独特的身份与对社会的爱和责任，使得他按捺不住自己作为一名诗人的良知。也正是这么一种"超我"的心理驱动力，使得他敢于正视社会在每个人的生活中投射出来的问题。他是一个默默的观测者，将这些在消费时代中看似无伤大雅的问题予以恰如其分的记录与描摹。

《无法隐瞒》是一部诚意之作，作为一位梅州本土诗人，吴伟华善于将有限的生活素材转化为自己笔下潺潺流淌的诗意，在这片不太宽阔的天地中能耕耘出一方属于自己的净土，实属不易。正如他的挚友游子矜所说的那样，"乙一是一个平凡人，一个在你身边随处可见的人；你可以相信他说的话"①。他总怀着最大的善意去关怀每一个生命，他总是用最真诚的心酿成诗歌，将心迹袒露给每一个愿意走近他的人，他又是一个博爱的人，爱着自己、爱着家庭、爱着社会。也正是因为这份热爱，他选择了责任，对自己、对家庭、对社会，总是有着一腔热血与一颗坦诚的心。他的诗歌真实而不做作，细腻而又温婉，一如生活般细水长流，他总是用内心最温柔的角落去触碰生活的棱角，尽管遍体鳞伤，却不曾失去作为一名诗人的骄傲与光荣，如同带着桎梏的舞者，在仅仅方圆几尺的舞台上竭力告诉世界爱与责任。在这个车水马龙的时代，诗人呼唤人们想起各自内心最质朴的所在，在字里行间缓缓流露的是脉脉温情，剪不断的是对生活无限的向往。

（张劲松　扶耀明）

---

① 吴伟华：《不再重来》，北京：中国戏剧出版社，2013 年，第 123 页。

第二节　游子衿诗歌中的死亡书写

　　如果说爱情是文学的永恒主题，那么死亡就是文学的终极母题。有爱情就有生命和创造，有生命则有逝去和死亡。一般来说，人们"认为'生'是盈满着生机，充溢着温暖、活力、光明、拥有；而'死'则是生机顿失，是冰冷、枯竭、黑暗、丧失"①。于是，人们就通过各种活动来逃避死亡，否认它是人的终极宿命，试图以此战胜死亡。但是，"如果我们不改变视点，仍然坚持立足于'生'来探讨'死'，那么我们的思想永远只能停留在'生'的延长线上"②。其实，死亡既是生活的反题，也是生存的镜像。死亡是一把处于"悬临状态"的任何人都无从回避的达摩克利斯之剑。《时光书简》③ 和《薄雾》④ 是游子衿的两部诗集，时光一轮，诗集两部。文学创作素有时间上的快慢之分，却并不意味着质量方面的高低之别。对于身处客家地区的作者来说，更好的选择也许就是深思熟虑和厚积薄发。纵观这两部诗集，关于"死亡"的体验与思考一直贯穿其中。《时光书简》虽然有着只言片语的死亡呓语，但几乎还没有以死亡为主题的篇目，而到了诗集《薄雾》里就出现了死亡的反复书写，死亡之思成了横亘在《薄雾》文本中的粗大红线。据初步统计，约有 15 首死亡主题的诗，占该诗集一成比例，诗集里的关键字"死"也出现了 23 次。那作者对死亡到底有一种什么样的思考与态度呢？文本的态度往往折射出作者的文学观念、写作立场和艺术构思。下文不揣冒昧，拟从对死亡的视、思和诗三个层面来探讨游子衿诗歌中的死亡之思。

---

　① 王瑞军：《论现代生死观的哲学意蕴》，《医学与哲学》，2012 年第 7 期，第 16 – 19 页。
　② ［日］青木新门著，左汉卿译：《纳棺夫日记》，海口：南海出版社，2010 年，第 71 页。
　③ 游子衿：《时光书简》，珠海：珠海出版社，2010 年。
　④ 游子衿：《薄雾》，昆明：云南人民出版社，2022 年。

一、视：在死之旁

世事无常，变动不居。太阳底下没有新鲜的事物，世界上各种偶然与突发情况其实都有必然的逻辑，只是我们的认知有限，无法提前预知罢了。司空见惯的死亡事件也一样。

（一）旁观

死亡始终被当成不断的"偶然事件"来看待，虽然"人终有一死，但自己当下还没碰上"①，只是身边有这个人或那个人"死"了。这种忙于俗务的自我与死亡呈现出一种逃遁的关系，因此对死亡总是漠然，可以将其推迟到遥远未来的某一天，这是被海德格尔称为"日常沉沦着在死之前闪避是一种非本真的向死存在"②。

诗集里首先出现的是物的死亡，如《时光书简·夏日的玫瑰》的枯萎："你很快就将萎去/但他们愿意看你灿烂地死亡/直达那首歌结束/夏天过去之后/你化作了秋天的尘土/铺上了那一条小路。"群芳怒放过后零落成泥，那是另一层次的回归与成就。《时光书简·日子》里云朵的流逝："我并没有与这片旷野/融为一体。我有一片我自己的/每天下午，都会有一朵云/在那里死去，有一片黑暗/在那里诞生。"对于流水一样逝去的日子，"我"持有深深的怀疑与恐惧。"我思故我在"，与之抵抗的只有将自身的思考和与众不同的独特性标识出来，在"我"的那片旷野里，云朵会死去，黑暗将诞生，抑或另有更大的目的与寄托，这是认识世界的复杂性与自我的丰富性之后的终极宣告吗？

死亡对于人们具有不可经历性，本质上我们都是死亡的旁观者，都是在死之旁，因为无人可以亲历死亡，因此，平时人们事不关己，似乎可以

---

① ［德］马丁·海德格尔著，陈嘉映、王庆节译：《存在与时间》，北京：生活·读书·新知三联书店，1999 年，第 290 页。

② ［德］马丁·海德格尔著，陈嘉映、王庆节译：《存在与时间》，北京：生活·读书·新知三联书店，1999 年，第 298 页。

高高挂起，将死亡遮蔽与忽视。我们都是这样开始接触死亡的。按诗中所述，"你还会被一条突然出现的小路/带走，对即将到来的死亡一无所知"，我们别无他法，只能"静静等待"（《时光书简·冥想的树林》）。为什么要"看在所有不知名的死者的份上，时光倒流"（《时光书简·发生史》），是死者为大吗？还是过往的一切非常重要？"一个人成为遗物，占据着一处地方/这个过程需要一个瞬间/也许肉体会站出来反驳：需要一段亲密的时光"（《时光书简·发生史》），这里所谓的"一段亲密的时光"意味着要爱过、恨过，即生活过，这样的人世才是有价值和意义的。"那个广受尊重的人/已在多年之前去世……一个无名的城市/一个无尽的黑夜"（《时光书简·1月6日》），无名的城市和无尽的黑夜对应的却是言之凿凿的"广受尊重的人"和"1月6日"，这是一种使全诗构架具有一定张力的矛盾与悖论。"我"偶遇到的一片桉树叶子已经不是七年前的那片叶子了，时间地点甚至名字都对不上，再说了，"过去的我，已经死去"（《时光书简·偶遇》）。其实，现在的"我"也正在死去，将来的"我"终有一天也会死去。

《时光书简·真相》是一首叙事诗，第一节写了安石榴一行来梅州为《客家人》杂志社"四处拉赞助，最后进账6万"，这在当时可不是一个小数目。第二节交代了梅州当时出现的新事物新变化。第三节写安石榴遭遇车祸，脑袋直接被大货车碾压，然后是处理后事，骨灰被"送回了广西老家"。但诡异的是第四节，我在"夜深人静"的一个晚上竟然接到了安石榴从广州打来的电话，还说对"梅州所发生的一切/他毕生难忘"，安石榴的死亡是我的想象，还是10天后安石榴的来电是梦境？庄周梦蝶还是蝶梦庄周？到底何为想象，何为真相？

死亡对于个体而言是一个如影随形的存在，是一种时时刻刻的威胁。但人们只有在面对突如其来的灾难或意想之外的打击时才会意识到死亡的问题，随之而来的是恐惧与不安，怎么办呢？我们一般会暂缓、搁置、隐藏，顶多是旁观死亡，这样才会缓解死亡带来的恐惧、焦虑与不安。《薄

257

雾·异乡的早晨》就是表现酒店大堂里路人初闻噩耗痛悲伤，遥忆音容欲断肠。面对前夫突如其来的死亡消息，她（路人）不禁号啕大哭，这是人之常情、应激反应，而痛定思痛后她不得不去酒店前台办理日常俗务，死亡的"终极"与眼前的"苟且"必须选择后者，于是，中年妇女"恢复了常态，带着悲伤的神情/处理下一步事务……开始慢慢地向前走去"。从距离上看，中年妇女是前夫死亡的旁观者，而"我"只是一个旁观者的旁观者，因此叙述者是一个冷眼的双重旁观者，死亡对于叙述者来说是双重遮蔽的。一切似乎都遥不可及。

（二）凝视

"生命中最确定的事实是，我们都会死亡，最不确定的事实是，死亡将于何时降临。"[①] 路人之死，我们可以旁观，但亲友之亡就无从逃避，甚至会痛彻肺腑。按照奥古斯丁"一个人只有面对死亡的时候才真正地出生了"的说法，那么诗人在此真正地出生了。

《时光书简·雨季来临——摆在姐姐的墓前》叙述了姐姐的死亡情景与三个男人悼念后的进店避雨场景，雨季来临的时间点是三个男人出现的时间点，是葬礼结束还是清明节来临？诗里并无明确答案，但看题目关键词"雨季""墓前"，似乎是指清明节来临。而诗里"砖缝里的血迹/已被雨水冲洗干净、融入大地""她的红色的伞/已经倒在殉难者的血泊里"以及"她把思想交给土地/把情感交给人民"的表述似乎又告诉我们："姐姐"的死亡或许不仅仅是小家庭的一场大事件，而可能是更有历史感的语境与背景。黄钟大吕，天地无言；桃花如血，悲伤成河，尽管"雨季冲不淡阳光里的烙痕"，但历史与时代的"足音阵阵/响彻黎明"。

人们都是从身边亲友的死亡事件里感受死亡之痛的。《时光书简·寒冷》里写到"我知道寒冷对我意味着什么/我不在人世的祖父，我的父亲、母亲/我的姐姐、妻子、情人"，诸多亲人的离去让"我"身在人世却如处

---

① 赵运帆：《"死亡"的艺术表现》，北京：群言出版社，1997年，第34页。

寒冷之境，思念成雨，悲伤成河。《薄雾·亲人们俱都安好》写的是自己三位去世的亲人。面对扑面而来的死亡事件，诗人以诗的形式进入三代人死亡的场域。死亡似乎已经无可回避，因为这是身边亲人的死亡。长辈的死亡（父亲）似乎可以理解为生命轮回的自然规律，而同辈的死亡触目惊心，晚辈阿琴（敏芝）的死亡则使诗人痛彻心扉。在和晚辈平时絮叨着告平安和唠家常后，至于阿琴（敏芝）为什么梦里梦外杳无踪迹，似乎已经没那么重要了，因为谁也无法给出准确的答案，岁月就在如此这般中平静如水。我们常说"父母在人生尚有来处，父母去人生只剩归途"，父亲的去世对于诗人而言无疑是一个里程碑式的生活事件，否则去世的父亲在诗集里也不会反复出现多次。《薄雾·亲密关系》中"中国南方炽热的阳光/让我和当地的植物/打成了一片"，让人（包括我和去世多年的父亲、朴直的前妻）与植物打成一片，植物与人亲密得彼此不分，那些深埋的往事犹如植物的种子，终将发芽长叶、开花结果。在所有提及去世父亲的诗里，《薄雾·晚霞》是一首单独写给父亲的诗。晚霞是金色的，芦苇随风起伏，遇见（即"想起"）父亲的天气是好的，昨天的美好是否喻示着今天（雨天）的伤感与惆怅？

二、思：到死中去

人最大的无奈是无意识而生，人最大的恐惧就是有意识而亡。每个人的出生都是不请自来，而每个人的死亡都是不期而至，依依不舍，因为大家都流连忘返、乐不思蜀了，鲜有人能够视死如归的。海德格尔认为存在的有限性只能在虚无的超越境界中显示自身，因此此在（自我）若想获得本真的存在，获得"自由"，就要"向死而在"。

（一）星星之喻

海德格尔认为："死亡作为此在的终结乃是最本己的、无所关联的而又无可逾越的、确知的，而作为其本身则是不确定的、不可逾越的可能

性。死，作为此在的一个终结存在，存在在这一存在者向其终结的存在之中。"① 而这种终极性、必然性、偶然性与绝对性正是人恐惧它的缘由，因此，人们都是被宣判了死刑却不知道什么时候执行的"死刑犯"，正是这种执行时间的未知与执行方式的不确定使人们焦虑与不安。

梅城是一个多雨的南方小城，雨水会在没有任何预兆的情况下骤然而至、倏忽而去。"雨"也是诗人特别钟情的意象，光看诗歌题目就足见一斑，如诗集《时光书简》里的《雨夜》《雨夜书》《雨夜纪事》以及《雨中的黄昏》《雨的变奏》《暴风雨之夜》，还有《薄雾》里的《雨夜》《雨天》《雨水》《雨夜之灯》《雨打芭蕉》《暴风雨》《〈寄雨城南〉补记》《雨后》《谷雨》《听雨》《蒙蒙细雨中》。在古典诗词里，"雨"往往作为愁绪、相思、险恶环境或生活艰难的载体，而诗人却通过星星将忧愁、伤感、惆怅的"雨"意象与死亡关联起来。

《时光书简》里，"星星"基本还是本意，如"星星的光辉变得更冷时"（《时光书简·寒冷》），"应夏夜繁星之邀"（《时光书简·青春之歌》），"淡淡的星光"（《时光书简·离歌》），"让繁星隐去"（《时光书简·雨夜书》），"没有一颗星星/不在天上"（《时光书简·梅隆铁路旧址》），"只剩下星星的时候"（《时光书简·最初的秋凉》）；《时光书简·夏令营》将星星和雨点联系了起来："仰望星空，群星闪烁/这多得数不清的钻石/像雨点一样纷纷扬扬。"

而在《薄雾》里，星星就和死亡联系了起来。一个人死后变为天上的一颗星星，这应该是人类关于死者归宿最早的朴素思考，"在许多神话传说里，人们把星星理解为是死去的人变成的"②。因为亡灵和星星一样神秘又遥不可及，《薄雾·雨天》里星星的大小和人离开的时间成反比，但大

---

① ［德］马丁·海德格尔著，陈嘉映、王庆节译：《存在与时间》，北京：生活·读书·新知三联书店，1999 年，第 297 页。

② ［德］比德曼著，刘玉红等译：《世界文化象征辞典》，桂林：漓江出版社，1999 年，第 383 页。

小星星"一到雨天/它们全都消失不见",雨天是不是上苍特意隔绝了人们
对于死亡的思考?在河南方言里,下雨叫"滴星",古典诗歌似乎只有辛
弃疾的词"七八个星天外,两三点雨山前""东风夜放花千树,更吹落、
星如雨"将雨和星两个意象结合到了化境。《薄雾·数星星》里将数不完
的星星与走不完的行人对应起来,"行人走着走着/走到天上变成了星星"。
但诗的结尾诗风一转,令人忍俊不禁,"难道他们都解开了/那道数学题,
得到班上女生的青睐/把我孤零零地,留在放学的路上",从这里可以知
道,该诗是儿童视角下的死亡思考,展现生命伊始与终极之思的悖论,将
儿童视角的天真与死亡问题的沉重相对照,由此形成了一种张力。《薄
雾·星》叙述了一个虔诚笃定而有个性的女性,去世之后变为了一颗独特
的、"无人在那里交谈"的星。《薄雾·星星索》里作为回应的内心黑暗
"不能发出声音/只能用自身微弱的光/它携带着绝望,比星光更微弱",是
什么样的内心黑暗如此微弱而绝望?

261

(二) 自我思考

"死亡的不可经验性、不可替代性却使人们在心灵底处对死亡产生一
种刻骨铭心的畏惧与困顿,于是世人不再也不敢直言死亡(尤其是自我生
命的必然终结),死亡便被华丽的世俗'外衣'重重包裹起来,'无所谓'
的流俗心态使得人们无法自觉地直面死亡并思考死亡,生之欲望就无限度
地张扬开来。"① 而死亡问题因为诗人的思考而越来越迫近、清晰与鲜明。
"一个人如果经常面对死亡却不能习惯地去接受,那么死亡就一定会激发
出他对生命的思考,对生存质量的深度关怀。"② 海德格尔认为对待死亡的
两种态度;一种是"非本真的向死而在":因对死亡的恐惧而忧心忡忡、
沉沦。一种是"本真的向死而在",不逃避死亡,"先行到死中去",人们

---

① 谢亚平、李强:《死亡之思的永恒困顿——关于海德格尔哲学思想的思考》,《湛江师范学
院学报》,2004 年第 25 卷第 5 期,第 98 – 103 页。

② 苑学智:《毕淑敏:直面死亡　感悟生命》,《辽宁师专学报(社会科学版)》,1999 年第
1 期,第 47 – 49 页。

只有背水一战、置之死地而后生，向死而在，直面死亡，从沉沦中惊醒，积极筹划未来。

《时光书简·城市生活》里 "直到他死去/也不会有人知道。他就是我：游子衿，请把他遗忘"，个人的渺小、城市生活的程式化和无意义在此昭然若揭。《时光书简·青春之歌》里写道："我唱第一遍时/曾给了它们甘美的享受。那是在十五年前/当时，邀请者还有一具来历不明的骷髅。"为什么我唱第二遍、第三遍时它们意兴阑珊呢，是不是因为有了一具来历不明的骷髅的邀请而使第一遍演唱 "给了它们甘美的享受"？那骷髅又代指什么呢，是一次不可言说的死亡事件？还是一种不可名状的死亡感受与惘惘的威胁？《时光书简·冬夜为什么温暖》写了一次死亡经历："那是1998 年/我感到了寒冷……从一次彻底的死亡中恢复了知觉。" 既然是 "一次彻底的死亡"，为什么又能 "恢复了知觉"，感知寒冷？原因是我从擦亮的火柴里取了暖，而忧伤的火柴是黑暗的小巷，被冷冽寒风擦亮了红色碎花棉袄。这应该是一次刻骨铭心的心死体会与苏醒记忆。《时光书简·往事》中 "我死于一次肉搏，刺刀入脑/死于一颗炸弹，血肉横飞/以及一次被俘后，被枪决"，似乎走火入魔的作者想象出自己以后会有一种惊天动地、光彩夺目的死亡方式。

《薄雾·它的名字叫红》写自己的一次遭遇，路边 "被遗弃的/棺木上，尚未剥落的一块油漆"，不明就里的我 "满怀惊喜地/我向它走去……我走向你，你是一颗孤悬的晚星"。这是一次平时只能在梦里实现的向 "你" 的跨越与靠近，是一次傍晚散步的意外发现。看见棺木上的油漆而追怀故人，思考死亡的逻辑是很清晰的，也很坚韧。死亡黑夜里的一点红就是漫漫长夜里的爱，孤悬天边的晚星就是无边无际的虚无里的生命。生是什么？生就是去死。生就是走在死亡的道路上，而且每时每刻死亡都可能来临，因为死神每天都在切香肠，方生方死，方死方生。

《薄雾·我将活着离开这个世界》的题目看似一个悖论，人怎么能活着离开这个世界？这其实就是先行到死中去，向死而生，充分思考死亡的本质与意义。与中国古代"未知生，焉知死"的逃避态度不一样，诗人对生死的看法就是把生和死合并起来看：未知死，焉知生？或者由生知死，由死知生。生就是去死，死就在生中。

三、诗：偕死栖居

人死后是什么感受，我们无法知道，死亡作为"尚未"，是一种"悬临"于此在中的境域，"死亡不是尚未现成的东西，不是减缩到极小值的最后亏欠或悬欠，毋宁说是一种悬临"①，这正说明了死的不确定性，那一瞬间倏然离去的感受我们不可能直接体验，因为离去即意味着失去一切知觉，因此维特根斯坦说："死是不可体验的。"伊壁鸠鲁曾说："我们存在时，死（狭义）不会降临；等到死神降临时，我们已不存在。"②

（一）死里逃生

岁月日长，死亡步步逼近，以前用来遮蔽与掩盖死亡的一切慢慢褪去，人们最终不得不独自"面对"死亡并展开自我独白式领会、建构此在自身的自由能在。海德格尔认为在人的生活中，死亡对他是一个"不可能的可能性"，是一个底线，但也是个目标。就是当人意识到自己是会死的，他就有了生活的目标，就能够对自己的一生加以筹划，加以设计。他最终要成一个什么人，全部由自己筹划，尽可能地把自己的能量、可能性发挥到极致，实现最大的可能性。有死的人因死亡的思考而使人生成了个体，成了有意义的"一生"。创造力往往是死亡逼出来的，正如蒙田所言：谁学会了死亡，谁就不再有被奴役的心灵，就能无视一切束缚和强制。

《时光书简·永生之境》里"我的一生，只不过是死亡的/一个仪式。说来简单：孤独中/度过童年。青年时期在爱情的苦痛中挣扎/此后的光阴，一直都在为抹去内心的阴影/而忙碌……它们将带我走向永生"，在生

---

① ［德］马丁·海德格尔著，陈嘉映、王庆节译：《存在与时间》，北京：读书·生活·新知三联书店，1999 年，第 287 页。

② 宋永毅、姚晓华：《死亡论》，广州：广州文化出版社，1988 年，第 45 页。

死观上诗人似乎早熟了，他很早就明白了自己这一辈子三个关键时期的关心主旨和永生秘诀。《时光书简·雨夜》里诗人说自己的一生就是"一场下了三十五年的雨/曾经被这些事物打断：/童年，秋天的来临，向死亡迈出的第一步/无名小花的幽蓝"，自己就是活在一场下了三十五年的雨里，一辈子都是湿漉漉的，太令人忧郁和伤心了。"任谁也不能从他人那里取走他的死……只要死亡'存在'，它依其本质就向来是我自己的死亡"①，死亡体验始终是属于我的，即无法取代或顶替的。

《薄雾·生死两茫茫》中叙述"我"早已经死了，她还活着吗？或者活着的意思是爱着，她也想"我"吗？哀莫大于心死，"我"死了的意思应该就是"我"不爱了，既然如此，为何还要念念不忘对方是否活着与爱着呢？人们只是存在于别人的记忆里，没有了别人的记忆，人也就完全消失了。《薄雾·勿忘我》中你在心底大声呼喊"我"的名字才使"我"死里逃生，没有彻底变为自然的一部分，这是一场记忆犹新的濒死体验。

（二）向死而在

海德格尔说"畏"是此在基本状态，是对死的体验。而死作为此在之本质，并不是停止呼吸或停止思维的那一刻，因为这只是狭义的死亡概念，死亡是伴随着人的一生过程的始终，无时不在的心理体验。"向死而在"的意思就是人们时时刻刻都要想到"死"，对死亡进行思考，这样就会有活着的惊醒与生的动力。死并不再是另外一种生，而是与存在完全结合在一起的虚无。也就是说，死亡就是一种生活。我们每时每刻都在生，每时每刻都在死，死亡就渗透在生活之中。"把死亡当作一种一直渗透到当前现在里来的努力，这种信仰要求我们紧紧把握当前现在，促使我按照超越存在的尺度永不停息地从事实践，从而使当前对我来说更为鲜明。"②

---

① ［德］马丁·海德格尔著，陈嘉映、王庆节译：《存在与时间》，北京：读书·生活·新知三联书店，1999年，第276页。

② 中国科学院哲学研究所西方哲学史组编：《存在主义哲学》，北京：商务印书馆，1963年，第191页。

《时光书简·音与义》中写道"'生'：死者的叹息"，生死一线之间，死生一体，又有何畏？《时光书简·水中的事物》里说："有时候，我从现在/往前迈进了一步，抵达死亡/这小小的一步，穿过了一道/喇叭花的墙。"既然生死一墙之隔，那我们如果想要自由地、积极地生活，就必须事先对死亡有所思考与感悟，人会认识到自己的现实性，这样人就会超越死亡并担负起生命的责任，真实地去选择自己的人生，从而使自己的一生成为一种本真的存在。《时光书简·谢谢你》："世界是慢慢变得辽阔的，所有的事物/都是慢慢出现的……有了语言：新的冒险……你让我在这个世界上/出现，孤独而富足/并且通过一次短暂的旅行。"这里的"慢慢"就是一个人掌握语言的过程，作为深情告白的结束诗，诗人感恩人世间的所有。

《薄雾·相信》是关于时间永恒与个体有限、大地无垠与个人渺小的思考。《薄雾·不，谢谢》说明的道理是逝者已矣，生者坚强。人类生命的轮回与万物生长的周期都是一个道理。天道轮回，因果循环，福祸相依，吉凶有定。《薄雾·暮色》里说："一个人经历的事情多了/他就会死去，心甘情愿地死去。"心如死水或心如死灰，埋葬的是自己曾经的喜悦与悲伤等情感，"正从死亡之路上赶来"是说心如死水或心如死灰越来越严重了吗？大地又如何阻拦他们呢？这是一个难题。《薄雾·禁不住潸然泪下》里说"禁不住潸然泪下……与落叶无关，与咆哮的大海/无关，与父亲的去世无关"，而日月不居，春秋代序，斗转星移，万物乾坤。因此，这一切都应该与万物的生生不息相关，与死亡的如影随形相关，与天地玄黄、沧海横流相关，与地老天荒、海枯石烂相关。

诗人一方面广泛吸收中外诗歌的各种养分，另一方面又从自己的生活和思考出发，不随俗跟风，不断拓展和丰富着自己的创作疆域。诗人在芸芸世界中看到了人生的全真图景，体悟到了生命的本真意义。时光不语，海晏河清，薄雾散尽，天地澄明。叔本华曾指出："由于对死亡的认识所

带来的反省致使人类获得形而上学的见解，并由此得到一种慰藉。"① 面对终极的威胁，诗人终于执诗之手，偕死栖居。"在一定意义上，我们甚至可以说，人类的历史就是一个从越来越深的层面上猜度死亡的历史。"② 诗人在两部诗集里的死亡之思，其实是在告诉贫乏时代的人们：终有一死从而注定不再有明天的我们，只有如海德格尔那样采用诗意作为人的尺度，去召唤人们"诗意地栖居在大地上"，才能完成生命的自我救赎与诗意超越，从而获得一种存在本体论意义上的显露、敞开与照亮，或许这就是海德格尔所谓的"（我们）必须学会倾听诗人的言说"的微言大义吧!？

第三节　游子衿与黄召晖访谈：现代性之春容

一、游子衿：现代性的抵达

（一）个人创作

张劲松（以下简称"张"）：子衿兄好！你对诗歌的爱好大概是什么时候开始的？诗歌创作始于深大时期还是毕业之后？你曾经做过记者和播音员，履历很丰富，那些工作会丰富你的诗歌创作经验吗？

游子衿（以下简称"游"）：我的诗歌创作始于初中，即 1985 年左右。被当时日渐风行于中国大陆的港台流行歌曲打开"脑洞"，开始诗歌阅读、创作。曾经有一个时期，我起了放弃诗歌写作的念头，倒不是因为遇到什么特殊困难，而是商业文明的冲击力实在太强。1992 年 23 岁时，我去了一趟香港，繁荣的大都市图景，高度发达的商业文明，瞬间把我击垮，并使我立志投身其中。当然后来事与愿违，虽然在经济领域做出了一些努力，但商业行为实在无法激活我的生命活力，回到文学道路上，是一种来

---

① ［德］叔本华，陈晓南译：《爱与生的苦恼》，北京：中国和平出版社，1986 年，第 149 页。
② 段德智：《西方死亡哲学》，北京：北京大学出版社，2006 年，第 4 页。

自内心自然的选择。

在向阳的山坡上，拿着诗集，踩着朝露，向着远方遥望……这是我少年时代向往的一个生命图景，时至今日，这个图景也一直没有消失，或许这是我坚持写作与阅读的原动力，即对美好生命状态的向往。在写作与阅读中感到快乐，这是最根本的动力。

在生活的层面上，现在我是体制内的专业作家，写作是我必须端稳的饭碗。数十年的艰辛探索，已经让我放弃了其他的谋生技能。在生命的层面上，诗歌当然是我安身立命的本钱，我依靠它成就最重要的那个自己。

张：诗歌写作对你意味着什么？你如何理解诗歌的现代性观念？

游：我们这一茬50岁左右的汉语诗人，能够冲破重重迷雾，最终抵达现代主义的堤岸的并不多。时代给了我们太多的考验和太少的指引。事实上，在现代主义的视野下，世界是开阔的，题材是丰富的。世间万物都向你展示了生命的风姿，都向你表达了倾诉的愿望。静止的山要求奔跑，飞逝的时间想要停下，过去的事情渴望重现……所有的秘密慢慢地被披露出来，包括蕴含其间的尊严与价值。十多年前，我曾信手写下这样一段文字："我想习艺生涯总会有终止的一天。有一天，我会停止写诗，放弃这磨炼了一生的技艺，让呈现之物自行离去，回到它们存在的真相之中，不为人知也更为美丽。它们也许会回来看我吧，它们会在我这里互相认识，从此建立了紧密的联系。爱与尊严，时刻彼此提醒、彼此给予。它们会原谅我似是而非的介入。"这些"呈现之物"，只有枝干和叶子，耸立与流逝，仅在大风吹过时发出一点声响。

我曾孜孜不倦地为万物歌唱。这歌唱，是尝试着为它们说出自己。这种写作贯穿了我的很长一段时期，我一直没有觉得需要去改变什么。也许一直这样写下去，也没有什么大的问题。直到几年前的一天，我的个人生活发生剧变，暗夜独行，心中无神时，我才发现，以前所关注的事物，它们并不存在什么问题，每一片叶子的飘落，都那么的大美无言。倒是我们

自己，作为人类，在这样的时代面临的问题才是更多的、更复杂的、更具悲剧性的。这些诗歌并不能帮助我走出困境，只是和我一起走向了一个新的地方，思考一个新的问题，就是人与时代的关系。这个时代发生的大事件，和我们每个人身上发生的小事件，是怎样相互取代、相互交织的。一己悲欢价值何在，在时代之光中呈现什么样的一种诗意微茫？在巨大的喧嚣中，寂静发出了什么样的声响？此刻，我无法顾及在更长的时间河流中人们将走向何方，我只关注当下的社会环境、政治环境，以及自己能够涉及的岁月，在其中，我有过什么样的遭遇，有了什么样的感受。

诗人不是解决问题的人，也不应该是。诗人的责任是让这个世界诗意盎然，任何的其他企图都是僭越。每个人都有自己的问题，每个时代都有自己的问题，诗人面对这些问题时，必须牢记自己的角色。其实所有问题都大同小异，但在不同的诗人遇到时，却会涌现不同的秘密。这种不同，才是无限的，多姿多彩的。面对冲突，用自己的语言，写一首新的诗歌。独一、恰切、永不衰败的诗意，一种微小的改变世界的力量，一直在寂静中召唤着我。

张：有论者说你两部诗集阅读下来发现"文笔越来越冷静老练，诗意愈加复杂难解"，而我的感觉正好相反，特别是诗意问题，第一部《时光书简》的诗意比第二部《薄雾》要更复杂难解，《时光书简》里的很多篇目我总觉得意高词深，难以捉摸。现在对你的诗歌评价主要有哪些？

游：评价自己的诗歌风格好像有点不适合，我比较认同如下几个诗人、评论家对我的诗歌的评价——

杨克（中国诗歌学会会长）：游子衿的诗歌写作代表的是另一种方向，代表了一种对"原在"的坚守，对一种原在事物进行表达，他写得很沉静、平和，宛如静水流深。他的诗祥和、淡然、自然，这一点继承了中国诗歌和西方诗歌的优秀传统。

陈红旗（海南大学人文学院教授）：游子衿的诗歌很好地解决了情感、

智力与境界之间的绞缠关系，令诸多充满矛盾和悖论的经验、体验和言语化为一个富含艺术统一性的诗歌世界。

胡磊（东莞市作协主席、评论家）：游子衿的诗歌在艺术追求与表现上，注重通过意象的凝聚和组合给对象以分散或整体的象征效果，注重以出其不意的意象和联想，以象征、印象、变形等多种多样的手法，使作品扑朔迷离，具有抽象性和超脱性特征。他不主故常，思想情感自由驰骋，表现形式无所羁绊，舒卷自如，行于所当行，止于所不可不止，拓宽了其诗歌的表现领域，丰富了诗歌的技巧和表现手法，强化了诗歌的暗示意味。

陈培浩（福建师范大学教授、评论家）：游子衿的诗歌强调感性情感经验、深沉纯粹，但主情而不流于滥情；既特别追求语言现代性，又不走向生硬晦涩。他的诗歌在寻求诗歌最动人的情感内核的同时，也追求抒情主义的现代性方式，这是最有启示的地方。他让我们明白，即使在某种极为单纯的情感领域中，也可以创造出诗歌的精纯技艺。

在我的创作历程中，有过一个很重要的转折。20世纪80—90年代，是"朦胧诗"在中国诗坛开始风行的时候，其美学特征比较模糊，既带有西方现代主义诗歌的某些特点，又无法摆脱中国传统诗歌的束缚，是典型的一个中国诗歌发展的瓶颈。另外，技法单一的政治抒情诗、乡土抒情诗也大行其道。受其影响，我个人的创作也大体是这一种情形。直到接触到漓江出版社在20世纪90年代中期出版的"获诺贝尔文学奖作家丛书"中的两位希腊诗人（塞菲里斯、埃利蒂斯）的合集《英雄挽歌》后，我被塞菲里斯的《海伦》等诗歌深深震撼，开始了对西方诗歌的全面阅读，一扇一扇的窗口向我敞开，让我踏进了现代诗歌之门。当然，那一段时期的改变是很艰难的，但又是决定性的。

张：你对自己的诗歌作品满意吗？你的诗歌特征与艺术追求是什么？有下一步的写作计划吗？

游：我之前的诗歌都是在写一些缓慢、恒在的事物：群山、大海、记忆等，接下来必须介入前行中的事物，比如人的遭遇、动物的境遇、被改变中的一切，更深切地介入历史和未来，把握并发现其诗歌色彩，成就更可靠的诗歌作品。就我的观察，身边的诗人大多都具有明确的诗歌美学追求。他们的问题在于不成熟的诗歌技艺，无法帮助他们实现。

我的写作有一定的计划性，即计划自己在某一段时期内置身于写作状态。到目前为止，出版两本个人诗集：《时光书简》《薄雾》。创作总数无法统计。一年平均大约创作40首。

张：你曾说除了诗歌，自己也会经常阅读一些小说，你觉得阅读对自己的诗歌写作重要吗？

游：没有高质量的阅读，就没有高质量的写作。阅读对一个任何文体的写作者而言，都是重要的。对于一个诗歌写作者，阅读的重要性体现在：对不同诗歌的阅读，可借鉴其表现技法；对大师级诗歌作品的阅读，可以开启智慧之门；对各种风格诗歌的阅读，可以明确自己的诗歌道路。对哲学的阅读，可以形成自身对这个世界的认知体系。对自然科学的阅读，可以准确地把握万物的本质，并掌握其运行规律。一个诗人，必须有这些阅读，才能对这个世界有一个正确认知，并理解和发现其灿烂美好的时刻、场景。在此层面上的诗歌写作，才是可靠的。

这些阅读过程也会给诗人带来源源不断的灵感，新的认知总会触发诗人灵感的火花。阅读当然是具体的诗歌灵感的重要来源。

我身边优秀的诗人肯定是重视阅读的，但每个人阅读的广度、层次都不一样，这也决定了其诗歌作品质量的高低。

张：你经常会出现在从小学到大学的一些校园诗歌现场。我小孩在上小学的时候有次回家说一个大胡子诗人来班里了，我就知道是你。你太有热情了，让诗歌进课堂。她的一首小诗还被你选中上了《梅州日报》，对于小孩来说也是非常有意义的一次诗歌经验。近年你发起的诗歌活动有哪些？

游：近年，梅州开展的较大型的诗歌活动有 2021 年 4 月由梅州市作协、梅州市客家文学院主办的"粤东诗人手稿展"，展出数十份诗人手稿，粤东五市诗人代表等近 70 人参加活动，产生了较大影响。2021 年至今，由梅州市作协、嘉应学院文学院联合举办了第一届梅州市当代诗人诗歌创作学术研讨会、游子衿诗集《薄雾》学术研讨会，并邀请著名诗人杨克来梅举办学术讲座。

张：作为梅州有影响力和识别度的诗人，你觉得要如何提升诗人的写作水平和实力？对梅州诗歌的发展你曾经有过什么样的策略和措施？

游：一个地方诗人的实力和影响力，我觉得应该从两个方面来考量。

一方面，我们知道，一个文学家尤其是诗人，他必须经过一系列的成长，成为一个具有独立的思想、独特的表达风格的人，对人类内心情感的体认、尊重，对人类与世界万物之间关系的密切洞察、准确把握，对彼此尊严的相互唤醒，对时代风云中翻滚的事物心怀悲悯、予以安慰，这是诗人最重要的使命。一个诗人的实力与影响力，取决于他在这些方面体现出来的情怀与能力。他不是时代的应声虫，而是每个时代真正的朋友和亲人。一个地方，这样的诗人有多少，就决定了那个地方的实力和影响力。而这种诗人的出现，似乎也和某种策略和措施无关，只关乎一个地方的传统，以及其他一些偶然的因素，外力能起到的作用很小。

另一方面，我们说到社会层面或说官方层面的实力和影响力，这就需要有一些迎合潮流、符合官方需要的诗人和作品，并举办各种诗歌活动，争取资源，推出这些诗人和作品。梅州当然也有一些自觉或不自觉地存在这种写作倾向的所谓诗人，但在梅州，他们是得不到鼓励的，因为这是一方已经觉醒的土壤。

真正有意义的实力和影响力来自第一方面，需要有先觉者的引领，需

要形成属于文学的共识，而不是表面的荣誉与利益。

当时我接手射门诗社，为了扫除梅州散发着陈腐气息的所谓"乡土抒情诗"写作，把《射门诗报》改为《故乡》，不再专发诗社社员的作品，而是向全国范围的诗人约稿，连续、集中发表他们带有强烈现代主义气息的优秀作品。产生的效果前面已有提及，此处不再赘述。此举引起了射门诗社社员们的强烈不满，各种渠道、各种方式的"骂娘"此起彼伏，煞是热闹，本人自然就是被集中轰炸的对象。但对的就是对的，数十年之后可以看到，梅州诗歌若不是经过那一场小地方的大变革，就只能像现在的韶关，被五月诗社的陈腐诗风所笼罩，毫无生机与活力，甚至渐渐成为一个笑话。

梅州近年来虽然没有涌现让人眼前一亮的诗歌新人，但诗歌氛围依然是健康的，依然走在正确的道路上。文人相轻的情况也许在很多地方存在，但也属于正常情况。如果正确的一方站在潮头，并不会给地方诗歌带来根本的损害。这依然取决于该地的传统与底蕴。

（二）岭南诗歌

张：梅州诗歌协会和活动比较多，其中影响最大的是不是射门诗社？你觉得比较有影响有意义的是哪些诗社及活动？

游：20 世纪 80 年代末，梅州射门诗社创办了民刊《射门诗报》（主编黄焕新、黄新桥等），它在梅州存在的时间约 7 年，曾得到过市委宣传部少量的一次资金支持。该报为射门诗社社员的发表平台，诗歌多为乡土抒情诗，水平参差不齐，但也为梅州本土诗人提供了交流的平台，营造出较好的创作氛围。20 世纪 90 年代中后期，脱胎于《射门诗报》的诗歌民刊《故乡》（主编游子衿）出刊，该民刊汇集了当时广东、湖北、江浙、福建等地创作水平处于国内前沿但尚未被广泛认可的诗人作品，同时推出正在形成"梅州次生林"诗群成员的作品，编排、印刷在当时堪称精美，诗刊出版后受到广泛关注。其主导的现代主义诗歌立场也为当时的广东诗坛现代主义转型作出标志性贡献，其影响力在粤东地区尤为明显。《故乡》的出现，树立了梅州诗歌新的高度，也引导梅州诗歌走上了正确的发展方向。现在《故乡》仍以不定期的方式出版。《射门诗报》《故乡》未获地方财政支持，均以自筹资金的方式办刊。

梅州目前没有较固定的诗人组织，但有较成形的诗群："梅州次生林"诗群。"梅州次生林"诗群是在诗人游子衿的主导下创立的一个青年诗群，发轫于 1997 年，至 1999 年初步形成，以《故乡》《梅州作家（校园版）》《青年作家》为阵地，主要成员包括 1997—1999 年嘉应学院一、二期诗歌讲习班学员以及其他校园的优秀诗歌写作者。经过 20 年的发展和变迁，"梅州次生林"诗群成员遍布广东各地，以吴乙一、边城、郑坤杰、周旭金、墨痕、朝歌等成员为代表，已经成长为广东诗坛的一股有生力量。"梅州次生林"诗群的成员现在大多散落在珠三角地区，目前梅州本土的中青年诗歌写作者有不少，但水平普遍不高。35 岁以下的诗人中，周华襄、李龙华较有基础，但均受各种条件限制，发展前景并不乐观。

273

张：梅州有代表性的诗人有哪些？作品发表与诗集出版情况如何？能否进行简单介绍与评价？

游：梅州现在较为活跃的诗人有游子衿、吴乙一、管细周、薛依依（旅居东莞）等。

游子衿（不便评价自己，请参阅相关评论），2017 年"第一朗读者·最佳诗人奖"授奖词：游子衿长期偏居梅州山区，坚持现代诗歌的探索近30 年，不仅个人创作成绩斐然，而且带动了周边地区一大批现代诗人的成长，对中国当代诗歌的发展作出了不可代替的贡献。游子衿的诗歌创作，坚持诗性的纯洁和个体灵魂的高贵，常取材于自我的日常生活和个体情感，诗人自身的生命轨迹和地域性的文化符号隐现其中，在历史与想象、现实与精神的巨大张力空间中施展出个人才华与才情，同时表现出高度的语言自觉和人性温度。

吴乙一，发表作品较多，曾获第六届"红高粱"诗歌奖等奖项。吴乙

一是一位创作底蕴丰厚，对现实生活有着澄澈理解或感悟的青年诗人，他的内心旷达而真诚，作品语言朴素、沉稳，表达明晰，善于透过平凡的生活场面完整地呈现那些直抵我们心灵深处的情感与场景。其弱点在于缺乏个性，与当前流行于各大官刊上的诗歌同质化的情况较明显。

管细周，发表诗歌较少，但对现代诗歌的理解较透彻，语言扎实，不少作品已经达到较高的水平，但稳定性不够，产量偏少。

薛依依，她的诗语言灵动，贴近生命体验，行文随感受而动，不落俗套。在当前诗坛同质化诗作泛滥的形态下，她的写作体现了作为诗人应有的创新意识。作为近年冒出来的新人，她在各方面的基础也还需要进一步夯实。

梅州诗人发表作品的情况当然是不理想的。我和吴乙一作为比较受外界认可的诗人，在省级以上刊物发表作品的机会较多，其他作者则很难有机会。在诗集出版方面，梅州本土诗人在2021—2022年一共有四部诗集（包括选集）正式出版，包括此前出版的一些。综合而言，还是有较多的诗集问世，但除了《时光书简》《薄雾》（游子衿）和《无法隐瞒》（吴乙一）外，质量均不值一提。（说明："梅州次生林"诗群成员多数散居珠三角等地，他们均有作品出版，但此次不计入）

张：我们文学院和你们作协有过一些合作，你觉得对于诗歌写作与评论有帮助吗？

游：2020年，梅州市客家文学院、市作协和嘉应学院文学院签订了合作协议，并开展了实质性的合作。如开办专场文学讲座，请嘉应学院文学院的教授为本地作者授课；以文学院教授为主体，召开以本地作者作品为主题的研讨会；由市作协出面，邀请省内外著名作家、诗人来嘉应学院开设文学讲座。合作取得的成绩是显著的，梅州本土作者的作品得到了高质量的研讨并推出，基层作者得到了有针对性的引导。文学院的老师们在这一系列的活动中，也走出了学院的象牙塔，得以接触并介入当下的文学创作现场，激发他们写出了一批有质量、有见地的评论文章。可见，充分利用地方大学及其文学专业，对地方诗歌的发展是能够起到一定作用的。

嘉应学院文学院一批中青年教授担负起了诗歌评论的任务，近两年的时间里，对梅州的诗歌状况进行评论和梳理，体现了较强的学养和洞察力。假以时日，如果他们有意识地倾向于诗歌评论，应该可以成长为优秀的诗歌评论家。一个地方拥有自己的诗歌评论力量当然是很重要的，可以及时地向外界推出本地的优秀诗人及作品，也可以引导本地的诗人少走弯路，尽快健康成长。

大学资源的利用还体现在培养校园诗人方面。20多年前，本人就以嘉应大学为基地，以周末授课的方式，培养了"梅州次生林"诗群的一批青年诗人。地方文学力量和大学资源的有机结合，是发展地方文学的一条捷径。

275

张：在中国现代诗歌的历史上，梅州是有特殊地位的，在中国新诗的发生阶段，最早提出"诗界革命"的是黄遵宪，中国第一个象征主义诗人李金发也是梅州走出来的。你觉得这些优良的现代诗歌基因对梅州当代诗人有实质性的影响吗？梅州现代诗歌的发展过程具体是怎样展开的？

游：黄遵宪、李金发都是有国外生活的创作背景的，黄遵宪曾出使日本，李金发在法国留学。尤其是李金发，把法国的象征主义诗歌移植到当时的中国，影响深远。这与客家人的民系特性是有关系的。客家人来自中原，崇文重教的传统让客家人一直置身于文化高地，而近代客家人大批迁徙海外，得西学滋养，反哺家乡，也能引风气之先，李金发即是典型代表，延伸至美术界，则有林风眠。这些先贤对当代梅州诗人的写作很难说能产生什么直接的影响，因为他们的写作在今天来看，并没有太多值得吸收的营养，但他们给梅州留下了深厚的诗歌传统，以及客家人在汉文明进程中稳健的坚持，所以，梅州在每个年代都能涌现出色的诗人、作家，应该说是水到渠成，这是再自然不过的事。

梅州现代诗歌早期有李金发开一代诗风，在抗战时期有蒲风、温流、任钧、野曼等左联诗人，其中以蒲风的抗战诗歌影响较大。新时期有成立于 20 世纪 80 年代末的射门诗社，诗人黄焕新带领梅州本土的一群诗歌爱好者创办《射门诗报》，创作倾向以乡土抒情诗为主，在广东诗坛有一定影响。20 世纪 90 年代，我以诗歌民刊《故乡》为阵地，大力推动本土诗歌的现代主义转型，在当时的国内诗坛产生了一定的影响，尤其是对粤东地区的诗歌创作有较大的影响力，促进了广东诗歌的发展，也催生了以吴乙一、吾同树（已故）、郑坤杰、朝歌等人为代表的"梅州次生林"诗群。《故乡》被认为是 20 世纪 90 年代中国影响最大的十大诗歌民刊之一。

张：作为身处山区和老区的作家，你认为地域的边缘化和经济的劣势对梅州诗歌影响如何？地方文化能否为诗歌写作提供某种特殊的地域优势？

游：梅州偏僻的地理位置，给诗人带来的影响是明显的。一方面，因为和外界的交往较少，诗人可以避免被潮流裹挟，保持清醒的状态，潜心读书和写作，开辟自己的诗歌道路。当然，这必须建立在诗人本身具有较开阔的视野，不会被地理位置所限制的基础上。另一方面，偏僻的地理位置，使诗人失去了与各地诗人交往的便利，思想交流的机会较少，同时诗人也难以获得话语权，其诗歌水准如果不是特别突出，就很难被外界发现并承认。这应该也是三、四线城市诗人所遭遇的共同困难。目前信息交流日渐便利，这两方面的影响也有所缓解。

我觉得利用特殊地域的地方文化作为写作题材是一种错误的选择。诗歌不能去重复表达一种文化，而是要在思想和美学的高度上，对文化形成一种引领。

张：你觉得地方政府对梅州诗歌重视吗？在各门艺术中，梅州诗歌的得奖情况如何？有举办过梅州诗歌节吗？

游：由于本人在市文联工作，同时在市作协任常务副主席，这一两年市文联对梅州的诗歌创作较为重视，在协助出版、组织作品研讨等方面做了一些工作。一般而言，地方上的情况是文化部门领导比较喜欢哪个艺术门类，哪个门类就能获得更多的扶持，梅州的情况也不外如此。

政府如果能对本土诗歌创作给予经济资助，对本身具有一定实力的作者是有帮助的，例如诗集能够出版，举办诗歌活动为诗人争取资源，使其获得发表作品、获得诗歌奖项的机会。但从诗歌本质而言，诗人的出现带有其偶然性，需要氛围唤醒其写作天命，需要传统帮助其认定诗人身份。这些，政府的资助会有帮助，但不是决定性的。

梅州没有地方性诗歌奖项。梅州诗歌获省级以上奖项的主要有：游子衿诗集《时光书简》2014 年获首届广东省"桂城杯"诗歌奖，吴乙一2018 年获第六届"红高粱"诗歌奖。梅州地处偏僻的粤东一隅，又是经济欠发达的四线城市，无法经常举办较有影响的诗歌活动，让梅州的优秀诗人缺乏推介自己的机会，即使作品出色，也无法及时得到广泛的关注，这是一个地方诗人要获得重要诗歌奖项的重要限制。但这也不是决定性的限制，要获得中国诗歌界的重要奖项，创作实力是其次，能否调动各种资源推介自己才是更重要的因素。

张：当今社会一方面真正阅读诗歌的人数应该不多，一方面又有一些诗歌网络事件和诗歌网红夺人眼球。你对全国诗歌、岭南诗歌的现状看法如何？经济落后地区（含梅州）与珠三角在诗歌创作上是否存在如同两者在经济上一样的差距？你一直不认同梅州文学落后于其他地区的说法，特别是诗歌，你要展开说一下吗？我们这些经济落后地区有可能在诗歌水准上逆袭吗？

游：目前中国诗歌的总体水平如何，这个问题我还真的没有去想过，但与西方诗歌相比较一下，就一个创作者而非一个研究者而言，却是一件有趣的事。其实时至今日，中国现代诗歌（特别说明：古典诗歌不列在内）一直处于对西方现代诗歌的学习之中。以前艾青对维尔哈伦的学习，

李金发对法国象征主义诗歌的学习，北岛对特朗斯特罗姆的学习，都对他们的创作产生了决定性的影响，也深刻地影响了中国现代诗歌的进程。时至今日，对西方现代诗歌的推崇仍然普遍，中国现代诗歌在诗歌美学上应该怎样构成才能建立它的明确面貌？中国诗人目前似乎也没有能力回答这个问题。就我个人而言，我也觉得这不是我作为一个诗人的问题，我要做的是怎样通过我的诗歌给予这个世界更多的温暖与照耀。体现在诗歌的艺术水准上，我觉得自己已经做到了中国现代汉语诗人的最好，单独拿一些诗歌来和西方诗歌比较，在我所能接触到的抒情诗中，并不落下风，但在思想、情怀的广度与厚度上，与世界级大师相比，则还存在比较大的差距。这种情况，也许是中国现代诗歌的一个缩影？中国诗歌的创作生态总体而言没问题。反正在当下中国，没有人要求你必须写什么，只有人要求你必须写什么才能发表、才能获奖。现在，很多人在按照这个要求奔跑忙碌，也有少数人不接受这个要求，自己在暗夜行路，走在辽阔的旷野上。诗歌创作归根结底还是诗人自己的事，清醒、独立才是一个诗人应有的品质。中国诗坛看上去很热闹，那是因为玩票的人很多，真正的诗人是很少的。

广东诗歌的水平大致和其他省的水平不相上下吧，算不上强，也算不上弱。因为对其他省份的诗歌缺乏观察，我觉得自己很难准确回答这个问题。广东人务实低调，有一些堪称优秀的诗人涌现，这是广东诗歌的主要成就。但评论界存在各种各样的问题，对本省优秀诗人、诗歌的推介不够，我觉得这可能是主要问题。

以优秀诗人的数量来作比较的话，经济落后地区和发达地区好像是有比较大的差距的，但以优秀诗歌的水准来作比较的话，又有什么差距呢？诗歌摆脱经济规律的束缚，单独发展为一个地方的高端产品或优势文化，在理论或经验上都是可能的。古人早已说过："国家不幸诗家幸。"苦难的土地催生伟大的文学，这就是艺术规律与经济规律之间的关系。面对这种被"独立"出来的态势，粤东西北的诗人们应该对诗歌的本质有更清醒的认识，明白诗歌的功能、诗人的使命，不至于为名利所牵制，自乱阵脚，而是要坚持自己的理想，保持自己的节奏，坚定地走自己的诗歌道路。在整体方面，粤东西北诗歌界应该有人站出来，整合现有的诗歌资源，包括官刊、民刊，给予诗歌更多的发表机会，集体、个人都要有有组织的亮相，明确自身面貌。走在前面的诗人，要有使命感，多创造机会，指导、扶掖有潜质的新人，让他们早日走上更高的平台。

（2024 年 4 月 21 日改定）

二、黄召晖：雨后春容清更丽

（一）诗歌表达无非情理志

张劲松（以下简称"张"）：黄老师好，祝贺您的新诗选《春天的味道》出版。您在诗选后记中提到"坚持不看天气预报"写诗，"坚持不写老百姓看不懂的诗，坚持不写没有真情、热情和激情的诗"，显示您对诗歌创作的个性追求。此次约您做个访谈，想请您谈一谈新诗创作的感受，以及您对新诗现状的看法等。

黄召晖（以下简称"黄"）：很高兴能接受您的访谈邀请。我们就从诗选集中的具体问题谈起吧。

张：您的诗选新诗分为《情感流韵》《梅州放歌》《哲品性悟》《生活浅吟》等四辑。我觉得四辑的顺序大致符合您在第五辑诗评《诗如人生——评诗歌的志、情、理》所说的情景理志，从小到大，由己及人，逻辑非常清晰。当初是怎么考虑的？

黄：以我的理解，无论古今中外，诗歌归纳起来要表达的东西，无非就是情、理、志。我在诗评《诗如人生》里对诗歌的情、理、志进行了阐述。您这么一说，书的排序真的符合这三个条件，除了第二辑《梅州放歌》外，它的顺序是情、理、志，与诗评的"志、情、理"相符，但书中的排列顺序更符合您说的"从小到大，由己及人"，渐渐向更高层次的精

神和思想维度推进为目的。嘉应学院文学院副教授冉正宝在《2024 年，梅州客家文学的情绪价值》中用一段文字评价《春天的味道》："这是他四十多年情感历程的浓缩和照见，用不易察觉的客家人思维忖度着客家山水和人物的性灵，带着积极向善的目光打量生活中的每一处细节。读这本诗集完全是在读一颗透着光的灵魂，收获一种面向春天的味道，每每不忍放下。"当我读到他的这段文字，有种心灵相通的感觉。"情感历程的浓缩和照见""客家山水和人物的性灵""积极向善的目光打量生活中的每一处细节""一颗透着光的灵魂"等，正是我要表达的思想感情和坦荡心灵。清代诗人郑板桥有句诗"直摅血性为文章"，说的就是写文章要直截了当抒发自己的情感和认知，要蕴含自己的血肉性情。他在《与丹翁书》也说："千古好文章，只是即景即情，得事得理。"写叙事诗更应如此。

张：诗选中，可以看出您对梅州的炽热之情，专门列出第二辑为梅州的人物风情由衷放歌。像《油罗街的空气都是香的》《梅州状元桥》《对视林风眠雕像》《寻根》等，读之有一股浓厚的乡土气息扑面而来。请您谈谈创作的感受。

黄：梅州是我生于斯、长于斯的地方，对她有特殊的感情、特殊的爱。这种感情、这种爱自然会反映到我的文学作品中。因为工作关系，我走遍了全市所有乡镇，对各地的风土人情多有了解，写诗时自然而然抒发情感融入其中。这一辑中，全市八个县（市、区）我都选录最少一首诗作。这些诗，写的都是当地有特色、有影响的人文风物，都是我的独特感受、特别致敬。是否如此？希望读者验证。

张：在诗选中，我确实感受到了您的诗"渐渐向更高层次精神和思想维度推进为目的"。在第四辑中明显感受到两方面加强了，一是诗意的蕴藉感加强，二是对社会民生的关注度加强。我最惊喜的是阅读了像《孩子，妈妈没法抱你》《那八个人》《马斯克，你给人类一片晴空》等诗作，给人一种热血沸腾和酣畅淋漓的感受，但没有逾矩。您是怎样把握好这个"度"的？

黄：这正如我在《后记》中说的：作为一名生活在基层，热爱生活、热爱社会的诗人，必须要有与老百姓一致的"责任感""使命感"。同时，写诗一定要说真话，表真情。我认为，只要是有利于抒发向上力量的诗、有利于不良因素消失的诗，就是在传播正能量。这个"度"把握住了，就不会"越界"了，写出的诗歌就是社会和民众所需要的作品，这也是我进行诗歌创作的信心和源泉。

（二）对新诗发展充满信心

张：恕我孤陋寡闻，您在诗评里说当前新诗面临低潮，您是怎样判断当前是新诗的低潮期？您对今后新诗发展又有什么希望？

黄：我对当前新诗面临的现状作的判断，完全是一家之言。中国新诗的诞生和发展历程也就一百多年。我在诗评《新诗面临的低潮与展望》中提出的新诗发展路径也是自我判断：新诗以郭沫若等为代表的中国诗人，从美国诗人惠特曼的诗为借鉴，结合胡适、刘半农等以中国民歌为借鉴，成为新诗当初的模型，充满具有热情、激情的极具感染力的诗风，推动新诗的发展壮大。也就是说，由郭沫若从日本吸收美国惠特曼等诗歌的元素，加上胡适、刘半农、闻一多等结合中国古诗词和民歌的元素，形成了白话诗、自由诗（新诗）的表现形式。口号式、吼叫式和浅意式诗歌随之产生。它的特点是易于被大众接受，产生共鸣，起到引导性的作用，但由于政治倾向性明显，真情少，假意多，逐渐不被民众喜欢和接受。发展到20世纪70年代末80年代初，以艾青、流沙河、白桦、骆耕野、叶文福等为代表的新现实主义诗作，把新诗推向一个高峰。当然，中间有新诗的各种流派，如紧随郭沫若其后的新月派诗人徐志摩、象征主义诗人李金发、朦胧诗诗人北岛等，都对新诗创作的形式进行有益探索，但都不如富有激情、想象空间和现代语言艺术特点的惠特曼加民歌式新诗，更易被民众接受。

现在我看报刊上发表的有些诗作，既没有这派那派的特点，又没有关

注现实社会民生等情怀，更多的是抒发个人或小圈子的感受，也就较难被民众接受，致使新诗的读者市场越来越小。由此，我认为新诗进入了发展的低潮期。这与一些报刊编辑的引导也有关系。我对新诗的发展充满信心，希望新诗创作者不忘初心、牢记使命，多写民众看得懂的诗，多写有真情、热情和激情的诗，新诗就能焕发勃勃生机。

张：您是什么时候加入中国诗歌学会的？现在还进行诗歌创作吗？

黄：我于2014年2月加入中国诗歌学会，一直在进行诗歌创作。去年"五一"，黄建度先生在梅大高速上下跪的义举，挽救了后续车辆人员的生命。我被他的无畏精神感动，激发了写诗的热情和激情，一气呵成创作了《跪》这首诗。诗选出版后，有不少文友问我为何这首《跪》没有选入？因为诗选集在2023年3月已经定稿了。我举这个例子，一是验证了郑板桥的"即景即情，得事得理"的正确性，是好文章、好诗的血肉骨架。诗就应该这样写。二是在说明好的诗，一定能够使读者从中得到思想启迪、感情领悟和生活共鸣，并能起到净化灵魂的作用；好的诗，一定能够使读者从中得到快乐、释放忧愁和坚定信念。今后，还会继续写诗，反映世事，抒发情感，表达思想。

张：您的创作是对白居易"文章合为时而著，歌诗合为事而作"的呼应。像您这样充满激情，不耽于诗艺的诗人似乎越来越少了。您今后文学创作的努力方向是什么？有什么新作？

黄：白居易是我推崇的诗人。用人生认知底色演绎社会底色，是我文学创作的要求和方向。我已完成了《〈红楼梦〉里的政治学》等五部书的创作，正在创作两部作品，下一部要出版的书可能是散文随笔集《重温那春水》。

（2025年1月6日改定）

第八章　散文专辑

第一节　李新耀《春风有信》与陈彦儒 《浪漫珠海》：花儿的双城

一、《春风有信》：花儿为什么这样红

李新耀先生先后任中国人民银行梅州市中心支行、揭阳市中心支行主要负责人，中国人民银行文联作家协会理事，中国人民银行文联广州分会作家协会主席，揭阳市金融文联主席。其在任时不但在金融领域运筹帷幄、"纸（币）醉金迷"，而且痴迷舞文弄墨、笔耕不辍。套用时下一句流行的戏谑语，李新耀可能是一位被金融工作耽误了的作家，是梅州金融行业里最能写的，当然也可以反过来说，他也许是梅州作家队伍里最懂金融的。短短四年时间，他已经出版两部散文集《梦随雁归》（花城出版社，2017年）《春风有信》（花城出版社，2021年）。比较而言，第二部《春风有信》有更多的可喜立意与可观篇目，字里行间尽显才情，文学性也大大增强。

《春风有信》分春风生、夏日长、秋叶红和冬阳暖四辑，加上"开卷篇"总共52篇，具体包含有乡土抒怀、缅怀父母、友朋游历和职业纪事等题材。散文集里很多篇名都是七言诗句，如《热血丹心铸金魂》《古城芳华伴春归》《云卷云舒莲花山》《凤凰山下凤凰红》《满目青山夕照明》

《喜看稻菽千重浪》《一路寒风半春色》等，皆语句优美，深情款款，诗意盎然。作者曾说自己生活在一个鲜花忘了季节、四季常开不败的村庄，家园被鲜花簇拥着，春日山花烂漫，夏有含笑、紫薇，秋有"桂花、簕杜鹃……茶花、醉蝶花、格桑花"（《与春常驻的村庄》），冬有涧水畔盛开的鸭脚树花，寒梅暗香悄然把春报。而令笔者印象最为深刻的是他含情脉脉地对姹紫嫣红的紫荆花、木棉花、梅花、莲花、桂花、石榴花和凤凰花等花卉的专篇书写，而这里的前五种分别是香港、广州、梅州、揭阳与杭州的市（区）花。因为一朵花，记住一座城。王国维曾说"一切景语皆情语"，下文拟探讨这五种市（区）花的花语和情感寄寓，分析《春风有信》里的花儿为什么这样红。

《紫荆花又开》以最惊艳的岭南特有花卉"冬日仙子"紫荆花为题，乃开卷第一篇。紫荆花为大众所熟知，可能是因为香港。因为早在1965年，香港就采用紫荆花作为市花，1997年7月1日后香港特别行政区"采纳了紫荆花元素作为区徽、区旗及硬币的设计图案"。紫荆花"一簇簇一团团"地生长，是一种顶部有分叉、柄部却结合在一起的花，意味着花束在任何情况下都不会分离，寓意香港永远是祖国不可分割的一部分。作者继而回忆了学生时代到越秀山拍照的情景，一卷胶片咔嚓咔嚓很快就拍完了，"不免心生遗憾……唯有紫荆花唯美的画面定格在心间"。最后记述爱国"港商叶先生回乡投资兴办实业……建设千亩茶田……从景区入口至村里的各路两旁植草栽花种树，其中一旁种的便全是紫荆花树……奉献长达三个多月的十里花海，引来八方游客围观"，港商这种对紫荆花树的偏爱，应该是源于一种爱国爱港的思乡情怀，而作者"我"也选择了紫荆花畔的长教客家文化新村作为自己的第二故乡。这里的一草一木似乎都饱含着深情爱意，新村有着古朴淳厚的民风，虽然一开始落户时"心里多少还是有点忐忑不安。可是每每回村居住，早上起来，门把或窗台不时挂着邻居刚从地里采摘的蔬菜，走村串户的小商贩依时来到门前叫卖，或依约定，直接将肉菜等生活用品悬挂于窗户"（《春风有信　山河生辉》）。面对邻居们友善的眼神和淳朴的乡情，作者也就慢慢地"淡去了乡愁，舒展了眉头"。由国而家，由远到近，紫荆花就此完成了一个爱国爱港爱家的主题表达。

《铁血红棉染春秋》里的木棉树巍峨挺拔，英姿勃勃，尽显昂扬向上之气概，颇有无所畏惧之风骨，是最具有崇高感的树种。那木棉树的崇高感从何而来呢？首先从词源学上看，崇高（sublime）的拉丁文意义是"及至门楣"，从空间上高于常人的高度转义为属性上的"超越性"以及品性上的"出类拔萃"。正如书里所言："木棉树挺拔高大，顶天立地的姿态犹如烈士的风骨，被誉为英雄树"，铮铮铁骨、满腔热血。木棉花花朵饱满硕大，气宇轩昂，花色橙红，如炬似火，赤焰灼灼，"铁血丹心就像爱国爱民的英雄，被誉为南国英雄花。"广州素有"花城"之誉，而木棉花正是广州市的市花。三四月的广州，满城绽放英雄花，红色基因融进了花城的文化肌理，革命传统是其鲜亮的历史底色。作者初识木棉是因为小时候看电影《刑场上的婚礼》，"烈士热血浇开的爱情之花，染红了一树树木棉"，然后是在广州上学时去广州起义烈士陵园开展祭扫活动，"红棉花展现的何止是视觉盛宴，分明是一幅幅壮丽的历史画卷"，而广州起义的主要领导者叶剑英也对红棉花情有独钟，"1978 年梅州由镇建市之际，市政府门前的……两排木棉树，整齐划一，神似两列英姿飒爽的战士。多年来，在他的母校东山中学门口校区、梅江两岸、剑英公园等公共绿地，广泛栽种木棉树"。叶帅与世长辞后，遵照遗嘱，骨灰被"安放在广州起义烈士陵园，在英雄树下与他的战友长眠相伴"，正所谓：烈士陵园眠烈士，英雄树下慰英雄。

作为花中四君子和岁寒三友的唯二双料花卉，梅花是中国十大名花之首，其在中国花卉文化中具有重要地位与意义。梅开盛世，香雪飞舞，凌寒傲雪，喻品高洁，坊间亦有多种咏梅诗集传世。而梅州又是中国唯一以梅花命名的地级市，因此梅花自然而然成为梅州的市花。在《暗香浮动春满城》里作者以"爱梅者咏志，痴梅者动情。北宋诗人林逋，栽种梅花

365 棵，许梅为妻，终身未娶，与梅鹤为伴，感天动地" 开篇，频频将读者思绪拉回到遥远的宋代。"南宋诗人杨万里在梅州被人频频提及，亦结缘于梅花（诗）"，他路过梅州写下十里梅花盛景的传世咏梅诗篇，也成为梅州广种梅花的铁证。现今梅城最能使世人情思联想至宋朝的花卉当属梅县区城东镇潮塘村的千年古梅了，据专家考证，该梅属宋梅，被授名 "潮塘宫粉"，花开时 "暗香流溢，清风中隐隐约约传来嗡嗡声……独树傲立，群山失色。近观粉嫩掩枝，如云霞入目……粉面含羞与玉骨清香……千年嘉应已成为真正的梅城……远方的游子该起程，缓缓归矣"。当然，实事求是地说，梅州地区古代因盛产梅花而得名只是地名来源的一种说法，其他还有梅鋗说、山水地形说和王十朋说等。① 其中影响较大的是旌表西汉名将梅鋗之功说，今湖广等地的梅城、梅山（梅峰）、梅溪（梅水）、梅乡（梅村）等地名皆因梅鋗而得名。如作为千年古邑与繁华之处的 "梅城"，现在可知就有三处同名之地：一个是广东省梅州市梅江区和梅县区的合称，因多地种植梅花或梅鋗此人得名，一个是浙江省杭州建德市的梅城古镇，因城墙垛形似梅花得名，一个是湖南省益阳市安化县的梅城古镇，因梅山（旌表梅鋗）文化得名。三处 "梅城" 得名各异，但各得其安，各安其好。

翻过云卷云舒的莲花山就来到了潮客交融、共生共荣的海滨邹鲁——揭阳。揭阳因地形而具 "浮水葫芦" "水上莲花" 之名，市花是莲花，花语为高洁和美丽。周敦颐融合莲花作为佛门圣物与道教标识的内涵，《爱莲说》让莲花成为宋代理学士大夫人格的象征，并且使莲花与君子人格的比附成为中华民族文化记忆，康德认为美是主观、表象为客观，是 "对象借以被给予我们的那个表象中的合目的性的单纯形式"②，作为客体形式的

---

① 参见："梅州" 由来的几种民间说法，https：//mp. weixin. qq. com/s?＿biz ＝MzUyM-DE3NzMxNQ ＝＝&mid ＝2247492500&idx ＝2&sn ＝330e1a58a6f0d843a43715ac1d08ceee&chksm ＝f9ecf0 58ce9b794eb37c96eba2e9019b157d55fca295cb3e299fd66d5001079d2eabd1691dea&scene ＝27。

② ［德］康德著，邓晓芒译：《判断力批判（第3版）》，北京：人民出版社，2017 年，第57 页。

莲花之"出淤泥而不染，濯清涟而不妖"，被审美主体周敦颐灌注君子在黑暗官场不同流合污、质朴纯真、不显妖媚的人格特质，"中通外直，不蔓不枝"表征了君子内心通达、行为正直、不攀附权贵的高贵品格，"香远益清，亭亭净植，可远观而不可亵玩焉"象征了君子高雅正直而美名远扬、高洁挺拔而独立豁达、自尊自爱而不可侮谩的高尚精神。作者在揭阳默默耕耘，砥砺前行，"水上莲花离不开一池绿叶，我们年年植树造林不就是为这片荷塘枝繁叶茂"（《但求荷塘绿满池》）。而家乡的莲花更是让其魂牵梦萦："蕉岭九岭村十里荷花正香，大埔北塘莲花如画，剑英公园接天莲叶无穷碧，泮坑映日荷花别样红，嘉大荷塘月色朦胧美……"（《卷舒开合任天真》）到了清秋时节，"荷香依稀辩，残影已满塘……蛙声起伏间，仿佛是荷的浅语，萦绕于心"（《乡村抒怀》）。即使偶遇秋雨绵绵之日，"满目凋零的枯枝，残叶绿枯相间，有弯腰亲水的，有随意横卧的，有悠然伸展着身子的……红衣落尽秋风生，白藕断丝根基在。经过严冬的洗礼，待明年春暖花开时，又会嫩藕初长，小荷露角，蜻蜓立头，开始崭新的轮回。我想大自然之万事万物，莫不是如此"（《留得枯荷听雨声》）。这是作者面对自然美景的切身体会与形上领悟。

　　桂花是中国传统十大名花之一，也是杭州的市花，花语吉祥、友好。桂贵同音，古人临别之际会以桂花作为离别礼物，寓意珍贵的友情。书中记叙了生活中偶遇的两位"桂人"：一位是新家园里的中国好邻居丘师傅，另一位是富春江畔清纯如水顾盼生辉的培训老师。《春风有信　山河生辉》里描述家园的小叶榕换种桂花树时，在搬运过程中一枝树枝划裂开口，经过丘门"孝子"丘师傅上药包扎固定，救活了过来，每到金秋"满树繁花，蜂飞蝶舞，成为村里一道亮丽的风景，引来游人围观拍照，邻居们自发组织了一次桂花晚会庆祝"。在新家园里有这么友善的邻居，还有什么不称心的呢？"欣赏一个人，始于颜值，敬于才华，合于性格，久于善良，终于人品。"因为一个人，爱上一座城。《杭州四月天》里作者大致叙述了23年来和负责培训的杭州女老师六次见面始末，因 1994 年的一个培训班

而结识了"西子化身"的老师，五年后再次来到杭州，巧的是地陪竟然认识这位老师，于是便有了第二次见面，没想到这位老师早就出来创业了，搞影视制作、开餐饮店，忙得不亦乐乎，现在已经小有所成并初为人母了，"眼前这个柔情似水的女子，干事创业竟如此不让须眉，听着就（让人）敬佩不已"。杭州的美不论是激滟碧水边的青青柳色，或是江河阡陌旁的烟柳画桥，还是黛瓦白墙的民居小巷，都"几乎找不出瑕疵，城乡交融，生态文明。古城风貌和现代建筑相得益彰，自然和谐"。皆如康德所言"在它的形式中的合目的性却必须看起来像是摆脱了有意规则的一切强制，以至于它好像只是一个自然的产物"①，就是粗看之下没有显现出任何人为的痕迹，即使是人为的建筑或艺术也具有"清水出芙蓉，天然去雕饰"之风貌，已经宛然第二自然了。

凝思静虑，风过有痕；感恩生活，花木衔情；心中有爱，无处不美。也许这就是《春风有信》里花儿这么红的原因吧！王国维曾在《人间词话》里区分了有我之境和无我之境："有我之境，以我观物，故物皆着我之色彩；无我之境，以物观物，故不知何者为我，何者为物。"假如作者能在无我之境方面多加考量，努力"摆脱了有意规则的一切强制"，相信其下一部作品能达至一个更新、更高的境界。

二、《浪漫珠海》：一个人的"双城记"

陈彦儒，1975 年生于广东梅州兴宁，童年时光在兴宁的四望嶂矿区度过。中技毕业后，他南下珠海，开始了打工生涯。在珠海，他经历了一段艰辛的"寻食使"岁月，最终凭借不懈努力，进入珠海某家晚报担任记者。他爱好文学，笔耕不辍，以其敏锐的观察力和深刻的洞察力，在《珠海特区报》《梅州日报》等报刊发表了大量新闻报道，展现了其扎实的文

---

① ［德］康德著，邓晓芒译：《判断力批判（第 3 版）》，北京：人民出版社，2017 年，第 115 页。

字功底与对社会的深切关怀。他先后出版《放牧星群》（珠海出版社2009），《白天失踪的少女》（中国文化艺术出版社2014）《印象兴宁水墨珠海》（现代出版社2016）《新闻课——如何学会与读者"拍拖"》（九州出版社2018）《好烦丫头的假期》（现代教育出版社2023）等作品。2021年凭借非虚构著作《浪漫珠海－我从古代来》（团结出版社2021，下文简称《珠海》）获得珠海市第四届苏曼殊文学奖。

《珠海》共分《香山密码》《疍家启示录》《容闳的N次方》《陈芳悖论》《红色海岸线》《舌尖上的时间旅行》《科技遇上龙舟》《元宇宙里的沙田民歌》等八个专辑，陈彦儒以个人生命历程为线索，细致观察生活点滴，积极思考时代变迁，深入挖掘故乡兴宁与特区珠海在其生命和创作中的独特意义。兴宁作为陈彦儒的故乡，承载了他对祖先、乡亲的深厚情感以及对年少岁月的深情眷恋。他以细腻的笔触记录了城市化进程中家乡人们生活方式的巨大转变，字里行间展现了传统与现代的交融与碰撞。而珠海作为他"寻食使"的特区，则以开放、创新的精神潜移默化地影响了他的思想与创作，成为他生命中不可或缺的一部分。陈彦儒通过"双城记"的叙事方式，既抒发了游子对故乡的眷恋与乡愁，又揭示了特区日新月异的风貌与深厚的人文底蕴。他对双城风物与美食的描绘，笔触自然流畅、意趣盎然，构建了一幅充满"人间烟火"气息的城乡图景。这部作品不仅展现了个人与城市的情感联结，也折射出时代变迁中城乡发展的深刻变化与人文关怀，下面拟分四个主题分论之。

（一）风雨故人来

故乡是每个人生命的起点，也是精神的归宿，时光在这里镌刻了悲欢离合的岁月痕迹。追忆往昔、思念故人，构成了陈彦儒非虚构创作的核心情感脉络。流逝的岁月如大浪淘沙，不断磨砺着作者的记忆与情丝，乡村的花开花落、草长莺飞、农耕生活、风俗习惯、人情世故，在他历经沧桑的笔下一一重现，往昔的片段如星星般闪耀，散发出深厚而广阔的情感光芒。无论选择"归隐田园"还是"投身社会"，作者对乡村的深情始终如

一。对于那片孕育生命、见证成长的土地，对于埋葬着祖先的故乡，他心中始终怀有一种深沉的眷恋与神圣的信仰。这种情感不仅是对过去的怀念，更是对生命根源的敬畏与坚守。

在"四望嶂情结"这一辑中，陈彦儒将目光聚焦于故乡的土地，他的选材倾注于那些曾经熟悉的乡邻。这些朴实无华的乡邻，如同乡间的青草与河畔的芦苇般平凡，若非作者的笔墨记录，他们的一生或许会悄然湮没于时光的风尘之中。在描绘这些难忘的乡邻时，陈彦儒既不刻意美化，也不掩饰瑕疵，而是以平实的笔触，真实地刻画了他们平凡却充满个性的人生轨迹与心路历程。例如，曾在八六海战中痛歼国民党军舰的张森华，立下赫赫战功后，却选择回归平凡，回到故乡开车床、带徒弟，在平凡的岗位上默默奉献；曾参加抗美援朝的退伍老兵袁庆彩，在枪林弹雨中不顾自身安危，救下受伤的老人与孩童，其舍己为人的精神令人动容；张淑芳与张继学的爱情虽未得到家长祝福，却在四望嶂工友的帮助下，毅然前往南京旅行结婚，成就了一段佳话；干外婆年轻时丈夫早逝，她独自挑起家庭重担，含辛茹苦将孩子抚养成人，晚年却饱受大儿媳的委屈与虐待，令人唏嘘；四望嶂的矿工们，在爬出矿井时，眼睛亮如星辰，这不仅因为他们满身煤灰，肩负家庭重任，更是对生命的欣喜与对家人的期盼；薛君林曾尝试木匠、修自行车、卖猪肉等多种营生，历经艰辛，最终在时代的浪潮中抓住机遇，经营废钢加工，成功崛起；楠平姐在年少时便展现出果断与周全的品格，一次组织伙伴爬山摘杜鹃花的活动中，因发现年幼的作者偷偷跟随，考虑到安全风险，果断解散活动，给童年的作者留下了深刻印象。

张远华气质儒雅，为人谦和，凭借独到的眼光与不凡的鉴赏能力，收藏了许多珍贵藏品，并以过人的胆识创办了珠海华天隆经贸有限公司与华天隆物流公司，同时牵头成立珠海市兴宁商会，为兴宁籍乡亲打造了一个温馨的家园；《夜明村的出山路》中，居住在兴宁深山老林的吴玩辉，因医疗资源匮乏，曾在冰冷的雨夜抬着难产的妻子吴琼香，跋涉崎岖山路赶往镇卫生站。平日里大家挑着百斤肥料翻山越岭，辛劳一天仅赚 8 公分，烧不起煤炭，只能烧"撸萁"，砌猪栏买不起砖头，只能自己打土砖，生活艰难，但随着国家脱贫攻坚战的推进，夜明村通过种植蒲公英等项目，逐步摆脱贫困，村民的生活幸福感显著提升，脸上也绽放出笑容。陈彦儒以细腻的笔触，将这些乡邻的故事娓娓道来，既展现了他们的坚韧与平凡，也折射出时代的变迁与人性的光辉。他的文字不仅是对故乡的深情回望，更是对普通人生命价值的礼赞。

作为一名记者，陈彦儒凭借敏锐的洞察力与细腻的笔触，记录下时代变革的窗口，捕捉到故乡人民生活的细微变化，将平凡乡民的生活描绘得栩栩如生。这些人物既闪耀着温暖的人性光辉，也带有普通人难以避免的缺陷，同时深受时代局限的影响。字里行间，流淌着作者对负重前行的底层人们的绵绵温情与深深敬意。从更广阔的视角来看，正是这些看似微不足道的个体，活跃于民间的每一个角落，构成了历史长河中的重要角色。他们的生老病死、喜怒哀乐，为陈彦儒笔下的非虚构世界增添了丰富的色彩与历史的深度。这些平凡人物的故事，不仅是对个体生命的真实记录，更是对时代变迁的深刻映照，展现了普通人在历史洪流中的坚韧与光辉。作者将对现实的深刻洞察与对历史的深情回望有机结合，使得他的叙述既扎实厚重，又充满动人的力量，为读者呈现出一幅幅充满温度与深度的时代画卷。

（二）天下父母心

陈彦儒的家谱可追溯至元朝天历年间，其中记载其九十四世祖曾官至太守，后选择归隐山林。至晚清时期，其高祖父陈献君虽为文弱书生，却心怀热血，追随康有为、梁启超等人上书，积极参与革命活动。因此，陈彦儒身上那种既不故作高傲的的质朴、也不刻意迎合的耿直，半承簪缨世族的遗韵，半袭革命先驱的肝胆。

家庭始终是每个人生活的核心环境，它不仅塑造了个体的性格与思维模式，还深刻影响着家庭成员人生目标的确立与实现。在陈彦儒的成长过

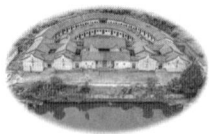

程中，母亲、父亲和祖母对其产生了深远的影响。在《母亲的晚年》中，陈彦儒深情描绘了母亲作为传统女性的形象。母亲勤劳善良，性格温婉，对父亲关怀备至。父亲年轻时嗜酒，一次与酒友聚餐后，醉了两天，呕吐不止。母亲见状，拉着我向酒友哭诉："要是他有个三长两短，我也不活了，我家孩子你帮我养大。"自此，再无人敢邀父亲喝酒。到了父亲晚年病重时，母亲更是日夜守护在父亲床边，第二天一早又从医院赶到市场买菜，并在我上班前赶来接替我照顾父亲。她的勤劳、无私与坚韧，令人动容。

在《四望嶂记事》中，陈彦儒生动刻画了父亲陈公旻的形象。陈公旻不仅学识渊博，常为"我"讲解地壳运动的原理，还在自然灾害来临时，耐心传授防冰雹、防雷暴的安全知识。他热爱生活，兴趣广泛，喜欢大碗喝酒、写毛笔字、打羽毛球、糊风筝、玩手影，还精通多种生活技能，如开荒种地、捕鱼、做木匠活等。作为广东省省建一处的机电工程师，他在关键设备紧缺时总能亲自出马，圆满完成任务，其实干精神和动手能力令人钦佩。退休后，他依然闲不住，用十几块颜色各异、形状奇特的矿渣砌成了一座山水盆景，形神兼备，妙趣横生，展现了他对生活的热爱与创造力。他颇具经济头脑，常在出差途中将途经市县的果蔬特产倒卖获利。他还在黄槐镇租下店面，开了当地第一家家具店，生意一度红火。然而，他很快对开店的生活节奏感到厌倦，便在生意淡季来临前将店面和存货转让出去，这种率性而为的作风似有魏晋名士风范。父亲深爱着儿子，但因工作原因不得不与幼年的作者分离。面对哭喊追赶的陈彦儒，父亲骑车时只得走走停停，频频回头，脸上写满了落寞、彷徨与无奈。他为人随和，乐于助人，常常雪中送炭，像"及时雨"宋江一样豪爽，但在教育孩子时，有时也脾气暴躁，缺乏耐心，有一次他甚至抽出皮带要抽打久教不会的哥哥。父亲重病多年，临死前他还惦记着作者的编制问题，令人泪目。父爱如山，不无性格缺点的父亲角色因此更加真实鲜活而立体，也更加自然可信。

在兴宁，仅靠"稻草"生火做饭显然不够，于是乡民们便割取"撸萁"作为柴火，这是 1980 年前兴宁农村最主要的燃料来源。在《百年侃柴史》中，作者详细描述了奶奶背着沉重的"撸萁"，翻越曲折陡峭的山路，步行十几里回家的情景。不仅往返路途艰辛，割"撸萁"的过程也充满挑战，草丛中时常窜出蛇鼠等小动物，更令人畏惧的是地蜂，一旦被叮咬，便会肿起又痛又痒的大包。而长达两个月的雨季更是雪上加霜，柴草堆被雨水浸湿，左邻右舍都难以生火做饭。幸而曾祖母拿出家中的藏书分给大家引火，才帮助众人度过了这段艰难时光。对于焚书做饭的无奈之举，作者感慨道："善本、珍本如今看来固然珍贵值钱，但…人的生存始终应排在第一位。"1979 年，改革的春风吹来，煤炭逐渐进入人们的生活，煤球取代了"柴火"。虽然煤球减轻了奶奶的劳动负担，但其制作过程依然繁琐，令她感到困扰。随着改革开放的深入和市场物资的丰富，上世纪 80 年代后期，液化煤气罐逐渐成为家庭用火的普遍方式。然而，由于服务业尚未兴起，作者小小年纪不得不推着自行车为液化煤气罐充气，过马路时常常遇到素质低下的司机，险象环生的场面给他留下了深刻的后怕印象。

（三）人间烟火味

《珠海》的作者以其敏锐的洞察力，捕捉到了生活中的灵动与幸福，文字中洋溢着浓郁的烟火气息，同时也展现了鲜明的个体生命体验。无论是平易近人的日常饮食，还是朴素的家常小吃，都在作者的笔下化作了津津乐道的美食，营造出"一花一叶皆有情，一茶一饭过一生"的超然境界。通过作者的细腻描绘，人间真情得以生动呈现，八方美食及其背后蕴含的民间智慧被娓娓道来，凡尘俗事中的生命体验也被赋予了温馨与深意。这些篇目不仅展现了生活的美好与真实，也传递了对平凡生活的深刻感悟与热爱。

作者详细描述了《兴宁鸡炒酒》的食材选用与制作方法，其中特别提到，煮好的"鸡炒酒"并不能立即食用，而是需要让时间像子弹一样飞一

会儿，留出充分的发酵时间。这种等待的过程，恰如人间许多事物，都需要时间的沉淀与酝酿，方能焕发出真正的韵味。据说《酿豆腐》这一美食的发明是为了同时满足两兄弟一个想吃豆腐、一个想吃肉的需求，体现了兴宁人的大度、包容与智慧。《水果入菜来》或是将莲雾入菜，与牛肉、青椒、西红柿搭配，使莲雾的甜美融入菜品，增添口感的层次感；或是将四月的青李子与猪肠同煮，增加酸甜的口感，激活味蕾，让人在舌尖的丰富感受中体验食材的滋味与大自然的馈赠。作者在美食配菜上的开拓创新，或许也是受到了经济特区兼容并包的气魄所影响。

在《神湾菠萝》中，陈彦儒在神湾铁炉峰目睹了塞了酒曲的菠萝爆炸的场面，见识了神奇的菠萝酿酒法后，敏锐而大胆地提出将神湾菠萝种植基地打造成"DIY制造菠萝酒"的旅游景点，不仅能增加游客的互动体验，还能为当地创收。而在《粽子的派对》中，作者旁征博引，引用刘克庄的《即事》诗介绍广州波罗粽的来历，又根据包青天的民间传说交代了肇庆裹蒸粽的由来，不仅提及《续齐谐记》，还引用了宋代多位名家描写端午的诗句，融汇了各种民间传说。作者以幽默风趣的方式，生动展现了各地粽子齐聚一堂后所碰撞出的火花，融民风民俗、历史典故与个人体悟于一体，既有活色生香的"情趣"，又充满了余味无穷的"情意"。

品味美食似是现在人们生活的标配，而在物资贫乏的年代，生存并非易事，而是需要拼尽全力才能勉强维持。《聊聊客家方言中的"寻食使"》以"寻食使"这一客家话词汇为线索，细致描绘了陈家五代人百年来的"谋生"血泪史。文章通过外曾祖父与爷爷在兴宁开牙医诊所却生意惨淡，最终不得不背井离乡北上"寻食"的辛酸经历，展现了那个时代的艰难；曾祖母和奶奶白天忙于农活，夜晚还要轮流纺线，直到鸡鸣才得以休息；干外婆在丈夫早逝后，为了抚养幼子，挑着一百八十多斤的盐担翻山越岭，从兴宁走到赣州，再挑米返回，以此艰难谋生。若途中遇暴雨，盐遇水则化，便会血本无归，甚至重病不起；外公为了养活六个子女，靠搬运、载客为生，生活拮据，一次骑车载物时不慎滚下山坡，幸得好心人相救，才捡回一命。

祖先们在故园与他乡的"寻食使"中遭遇了种种磨难，而作者在特区的"寻食使"同样充满艰辛。中技毕业后，作者南下工厂打工，繁忙琐碎的工作与三班倒的作息令他疲于奔命。然而，凭借坚韧的意志，他不断寻求"突围"与"发展"：通过自考获得大专文凭，做过报社记者并发表多篇报道，担任过外资企业品牌主管，也干过企业宣传工作，尝尽酸甜苦辣后，终于在恩师的推荐下进入中央媒体分社工作，并获得了众多新闻奖项，不过后来的事情也一言难尽，现埋首《珠海客家史》的编辑工作。虽然"家里几代人干什么行业，什么行业就是属于同时代的没落行业"，但那些可爱可敬的亲人们与作者自己从未被"寻食使"的艰难所击倒，他们始终保持着淡然与坚韧的生命力量，沉默而努力地生活着。该文后来略加增补，以《百年艰难"寻食使"》为题发表于《梅州日报》（2023. 6. 19）和《天津文学》（2023 年第 4 期），引起了较大反响。文章不仅展现了家族百年来的奋斗史，也折射出时代变迁中普通人面对困境时的坚韧与不屈。

（四）古韵新风逸

分处粤东北与正南方的兴宁和珠海两座城市，共同融汇成作者思想与创作中独特的"双城"生命体验。如果说淳朴的古城兴宁寄托着作者深厚的乡愁，那么作为谋生之地的现代化城市珠海，则以其独特的开放、创新与活力等特区精神，不断激发着作者的创作灵感。岭南名士的事迹与现代特区的风貌，共同揭示了珠海丰厚的历史张力与独特的文化魅力。

《我从古代来》中的张世杰在崖山海战即将失败、南宋政权濒临崩溃之际，面对元将张弘范的威逼利诱，大义凛然地回应："吾知降，生且富贵，但为主死不移耳。"这句铿锵有力的话语彰显了他宁死不屈的气节和对国家的无限忠诚。这种舍生取义的精神，不仅是对个人名节的坚守，更是对民族大义的捍卫，不仅堪当历史丰碑，更是照亮未来的明灯。文天祥被俘后，面对张弘范劝降张世杰的请求，他义正言辞地拒绝："吾不能捍

父母，乃教人叛父母，可乎？"并在过零丁洋时写下千古名句"人生自古谁无死，留取丹心照汗青"，以豪迈的气概展现了其宁死不屈的忠诚与气节，彰显了他对国家和民族的无限忠诚，终成后世敬仰之楷模。《千年驿道和她魂牵梦绕的情人》中的李纲与杨万里不仅才华横溢，善于以笔墨书写情怀，还在粤东地域文化中留下了许多传世佳话。夜明驿道因这些历史名人的足迹而熠熠生辉，而这些名人也因驿道的文化底蕴而更显卓越。李纲的抗敌精神和杨万里的忧国忧民情怀，不仅是他们个人的选择，更是那个时代知识分子对国家命运的深切关怀与担当。这些历史人物的精神与事迹，不仅为后人树立了榜样，也为南粤地域文化增添了深厚的历史底蕴与人文光辉。

在《爬山虎与特区精神》中，面对 2018 年的超级台风"山竹"，看似脆弱的爬山虎并未被掀翻在地，依然顽强地攀附在光滑的墙壁上，不屈不挠地向前挺进。这种锐意进取的开拓精神，正是珠海精神的生动写照。近代以来，珠海涌现出许多如爬山虎般具有开拓精神与韧性的人物。"中国留学生之父"容闳，忧心国人对外部世界的无知，决心通过"西方教育"复兴中国。尽管多次向清廷官员提议未果，他仍坚持不懈，经过十八年的努力，终于实现了教育救国的理想；耄耋之年的陈福炎老人，对第三批国家级非物质文化遗产——三灶鹤舞进行了系统的总结与整理，为传承当地文化遗产呕心沥血；"天堂纪念网"创始人贾永清，为了推广移风易俗的绿色网祭，改变传统祭扫方式中浪费纸张、木材资源以及燃烧香烛纸钱污染空气的现象，甘愿耗费千万巨资，建立四十多家分网，致力于推广绿色网祭。珠海人以务实创新的精神风貌，生动诠释了这座城市的时代品格，成为新时代特区精神的鲜活注脚。这些人物与故事，不仅展现了珠海人坚韧不拔的意志与开拓进取的勇气，也为特区精神注入了深厚的人文内涵与时代价值。

作为经济特区，四十七年来珠海始终以锐意进取的开拓精神和不屈不挠的韧性走在时代前沿。在《往来横琴的黑脸琵鹭》中，珠海的生态环境保护理念为国家二级保护动物——琵鹭提供了良好的生存环境。在城市发展的同时，珠海规划了三百九十八公顷的横琴湿地公园，修复了六十六万平方米的海滨湿地，并严格控制污染物入海，确保水质的纯净。在《与中华白海豚共享蓝天碧海》中，为了珠江口中华白海豚自然保护区，港珠澳大桥的走线方案从前期研究到最终敲定，历时整整四年，最终实现了环境零污染和中华白海豚零伤亡的目标。珠海以开放包容的特区精神为引领，将生态环境保护融入城市发展的血脉，以绿色创新驱动可持续未来，诠释了新时代特区精神的生态担当与远见卓识。作为"百岛之市"，珠海的生态环境建设走在全国前列，展现了特区在经济发展与生态保护之间的平衡智慧，为全国乃至全球提供了宝贵的经验与示范。在《珠港澳大桥抒思》中，陈彦儒回望历史，这片曾历经无数屈辱与灾难的土地，终于迎来了崛起与强盛，而港珠澳大桥正是这一历程的象征性标志之一。它的建造过程突破了重重技术难关，首次在世界沉管隧道建设史上实现了毫米级的精度。与宋至晚清时期国人因循守旧、固步自封的历史局限形成鲜明对比，现代珠海以创新为引擎，引领"中国智造"迈向全球科技前沿，彰显了新时代中国发展的蓬勃活力与无限可能。

297

在《珠海》中，作者以细腻的笔触记录了兴宁城市化进程中的物质变迁，描绘了珠海在时代洪流中的独特风貌，刻画了普通人在历史变迁中的生活百态，展现了兴宁与珠海两座城市独特的文化魅力。双城在作者的生命中交织，字里行间既承载了对故乡的深情眷恋，也展现了特区发展的蓬勃生机，形成了作者笔下独特的情感酝酿与思想表达。陈彦儒通过对普通人生活百态的细致观察与生动描绘，揭示了历史洪流中个体命运的跌宕起伏，传递了对时代变迁的思考与对人性光辉的礼赞，为读者呈现了一幅既有历史厚重感又充满生活气息的双城画卷。

（张劲松　谢欢）

第二节 冉正宝《荒二代的麦浪》：物性的书写

新世纪以来，国内外学术界出现了明显的"物转向"思潮，这被视为对以"语言学转向"和"文化转向"为代表的后结构主义的超越。受"后人文主义"和"去人类中心主义"思潮的影响，以松散的"思辨实在论"哲学流派为代表的"物转向"思潮试图终结那种认为客体是语言文化的建构，故不可认知或根本不存在的非本质主义理论预设让人们重新回到客体自身，去探索人类之外作为"自主存在的显现"之物，承认物的力量与本真，思考人与物的真实关系，探讨自然生态共同体的可能、意义与限度。与此"物转向"相应的是，越来越多的文学研究者在承认"文学是人学"这种传统人文主义文学观的前提下，也把研究重心逐渐聚焦于以前被有意无意忽略的"物"身上，文学既是"人学"，也是"物学"，"所谓文学批评中的'物转向'，就是将聚光灯对准原先处于陪衬地位的物，使其和人一道成为文学研究的主要对象"①。

《荒二代的麦浪》②（以下简称《麦浪》）是冉正宝最新出版的一本"荒二代"历史回望散文集，除序言与附录外，具体分为"荒二代"的乐土、"荒二代"的影像、"荒一代"的骊歌、北大荒的内涵四辑，主要是从"我"的第一人称限制视角忆叙了很多与北大荒有关的人和物。其中的人都是作者生活中所见所知之人，也是作者生命的一部分，意义自不待言。但笔者更感兴趣的是文本中那些重点描写之物或者重复出现之物，那是作者成长过程中更为本源性的存在场域与生命乐土，也是作者为了实现创作意图而写入其中的不可替换的存在之物，从"物"的角度进入文本或许可

---

① 傅修延：《文学是"人学"也是"物学"——物叙事与意义世界的形成》，《天津社会科学》，2021 年第 5 卷第 5 期，第 161－173 页。

② 冉正宝：《荒二代的麦浪》，广州：花城出版社，2022 年。

以让我们更好地感受"荒二代"所遭遇的人、事、理以及萦绕其间的柔情与忧伤。下文拟从物性功能的三种类型，即"物"在文本中承担具有客体性的文化符号、作为具有主体性的物和显示本体物性三个层次来解读《麦浪》之物性书写。

一、承担文化符号

人类生存离不开物，人的动机或欲望往往也是对物的拥有或欲求，用《麦浪》里作者的话来说就是："一味从精神视域看问题是不行的，也要有物质视域才行得通。"① 在我们传统认知里，早期的"物"作为人类社会的附属物或生产物，作为一种主体之外的客体性存在，是一种分离的物。文学作品里的"物"也往往被相应地作为一种文化符号来解读，具有反映社会、历史、文化的作用。除了北大荒这个大背景之外，承担文化符号的美食和玩具一直伴随着作者幸福童年的快乐时光。

（一）美食

据说，每个人的家乡都是宇宙的中心，每个人的童年食物都是世界上最美味的佳肴，一个人的口味喜好与味蕾敏感度从童年开始形成并影响终身，所以许多华侨在异国他乡心心念念的可能只是老家不一定起眼的土特产。而为了保证婴儿的第一口奶能吃到自己品牌的奶粉，很多奶粉厂商都会免费提供给新生儿家属一些小袋装的配方奶粉，目的就是让婴儿"自然而然"产生口味倾向与品牌忠诚度。远离家乡约四千公里的作者也是这样，对于北大荒那些具有"酸甜苦辣香凉鲜"之物性的童年美食依然心驰神往。

"酸"味美食既有夏季里酸酸的"酸浆、狗尾巴梢和野葡萄秧叶"，也包括秋季里酸甜酸甜的"山丁子、山里红"，以及冬季里味苦酸涩的"绿

---

① 冉正宝：《给我无限视域的北大荒》，《荒二代的麦浪》，广州：花城出版社，2022 年，第131 页。

松针"①。

"甜"指的是北大荒黑土地上野果子黑天天的甜，还有刺毛果的绵软香甜，生榛子的生甜（翻炒后会香得流油），以及甜杆儿和瓜地果园里香瓜、西瓜、沙果等水果自然的甜味，而红彤彤圆溜溜的山草莓"咬一口自然清香的甜蜜便扩散满嘴"②。

"苦"较为罕见，一般小孩都会排斥，但母亲别出心裁，曾经把鸡鸭鹅喜欢吃的苦麻菜"弄到了自家的餐桌上"，对于这种具有淡淡清苦味道的野菜，一家人"吃得津津有味"，"这大概是我第一次意识到人还可以和动物吃一样的菜"③。"辣"特指由艾青设计商标的"北大荒"白酒，因物美价廉与入口的烈性而深得农场职工喜爱。父亲经常往家里拎，像宝贝一样收起来，喝酒时"会像很多父亲一样，用筷子头蘸一点酒，哄着塞进我嘴里，看到我被辣得紧着鼻子、眯着眼，就开心地笑了"④。

"香"既指春节里飘满的油香、瓜子香、灶膛里被慢慢烤熟的土豆的糯香、白面馒头散发的麦香，也包括木工房里的美味食材黑盖子虫经油盐翻炒后外焦里嫩的酥香，还有被誉为东北山珍第四宝榛蘑"集草香、木香和肉香为一体"⑤的混合香。

"凉"可指东北特色的"油炸冰溜子""油炸冰棍"，更指冻梨那种凉丝丝甜丝丝的劲儿，并顺便解答了南方人的疑惑：北方人之所以在天寒地冻的冬季喜欢吃冷菜（如凉菜、雪糕、冰糖葫芦、冻柿子、凉啤酒），是因为"北方人内心的火热，既有生理上的热气，也有心里随时可以迸发出

---

① 冉正宝：《小吃货的心中永远有春天》，《荒二代的麦浪》，广州：花城出版社，2022年，第54－55页。

② 冉正宝：《小吃货的心中永远有春天》，《荒二代的麦浪》，广州：花城出版社，2022年，第56页。

③ 冉正宝：《少年时在北大荒干过的那些活儿》，《荒二代的麦浪》，广州：花城出版社，2022年，第27页。

④ 冉正宝：《大烟炮、嘎拉哈、北大荒白酒和冻梨》，《荒二代的麦浪》，广州：花城出版社，2022年，第16页。

⑤ 冉正宝：《小吃货的心中永远有春天》，《荒二代的麦浪》，广州：花城出版社，2022年，第56页。

的热情"①。

"鲜"指的是物资匮乏时代水果罐头里看似新鲜的水果片或水果块，现在人们知道，那些经过加工的水果罐头只是看上去新鲜而已，营养有限。因为稀少所以珍贵，加之里面还有不少白糖水，因此当时被"我"视为"最高级的食品和大人之间送礼的佳品"，让人垂涎，令人难忘，何况吃完后空罐头瓶还"可以拿来到废品收购站去卖钱"或做成春节时"拎着的流动的灯笼"②。

（二）玩具

游戏先于文明，因为动物也是在游戏中成长并习得各种生存本领的。赫伊津哈曾断言：文明在游戏中诞生，并且以游戏的面目出现，"历经多年，我逐渐信服文明是在游戏中并作为游戏兴起并开展的"③。其研究表明了游戏在人类进化和文化发展中的重要作用，彰显了游戏对文化近乎全面的影响。

每个人的童年都有许多因地制宜、妙趣横生的游戏与就地取材、五花八门的玩具，不过北大荒的游戏一般都是聚堆玩耍的集体活动，"'集体娱乐'贯穿始终，很少有哪个游戏可以自己独立完成"，即使是大人最喜欢的打扑克游戏活动，"实际上打的是嘴仗"，穿插其间的是骂骂咧咧的争论与有意无意的插科打诨，整个晚上都在左盼右顾前仰后合，乐此不疲。在一望无际的荒野上，人与人之间的交流才是最重要的，只有这样才能"互相交流，相互激励，抱团取暖，这是他们能够战胜枯燥和繁重劳作的动力之源"④。

---

① 冉正宝：《大烟炮、嘎拉哈、北大荒白酒和冻梨》，《荒二代的麦浪》，广州：花城出版社，2022年，第18页。

② 冉正宝：《水果罐头瓶子里闪动的春节》，《荒二代的麦浪》，广州：花城出版社，2022年，第36－37页。

③ ［荷］约翰·赫伊津哈著，多人译：《游戏的人》，杭州：中国美术学院出版社，1996年，前言第1页。

④ 冉正宝：《北大荒式的娱乐精神》，《荒二代的麦浪》，广州：花城出版社，2022年，第287－288页。

　　小孩子的游戏与玩具除了集体性之外，还更具地域特色：春节里玩各种噼里啪啦的鞭炮；到麦地里捉蝈蝈玩；其他地方的小孩听都没听过的嘎拉哈（动物腿膜骨）；用"房檐下那排诱人的冰溜子"作为比画交战的武器，虽然是"用嘴里的厮杀声营造气势，待像斗鸡一样都逗出了'火'，才硬碰硬地让两根冰溜子碰撞在一起，同归于尽"①；溜冰的工具与方式有从简易低级到复杂高级的四种：刺溜冰、冰滑子、冰刀和爬犁，那是童真与智慧、速度与激情、寒冷与汗水、洁白与透明的快乐。②

　　即使是小时候去干活，贪玩的小孩也能把生产工具玩具化，"把一些活计当成一种游戏"，如挑水、砸煤、割家禽吃的野菜、割树皮、采蘑菇、割苕条、掏煤灰、砍树根等，都能从中找到属于孩子独有的乐趣，同时扩大朋友交际圈，启发自身对大自然之物的体认，"还能悟出一些处世的道理和人生的道理，无师自通"，如"诚信原则和契约精神"与"劳动的人才是真可爱的人"③ 等。

（三）北大荒

　　作为世界级的三大黑土地（美国、乌克兰、中国）之一，北大荒誉满中外。北大荒由三个各具物性的汉字组成："北"是方位，指黑龙江北部在三江平原、黑龙江沿河平原及嫩江流域的广大荒芜地区；"大"指的是面积，有5万多平方公里；"荒"体现北大荒的主要物性，大致分为"地荒，人荒、情荒"三方面。

　　"地荒"即野性十足。北大荒的一种英语翻译是 Wild North，即狂野北方。出于历史的原因，这里曾经人烟稀少甚至荒无人烟，"那时的北大荒是野草丛生，野花绽放，野味满山，野菜遍地，野兽出没，野鸡乱飞"，

---

① 冉正宝：《房檐下那排诱人的冰溜子》，《荒二代的麦浪》，广州：花城出版社，2022 年，第 9 页。

② 冉正宝：《刺溜滑、冰滑子、冰刀和爬犁》，《荒二代的麦浪》，广州：花城出版社，2022 年，第 44 页。

③ 冉正宝：《少年时在北大荒干过的那些活儿》，《荒二代的麦浪》，广州：花城出版社，2022 年，第 29、31 页。

可谓"棒打狍子瓢舀鱼，野鸡飞到饭锅里"。总之，这是一片偏远辽阔，人迹罕至之地，"到处都是野生动物，这里是毒虫猛兽的乐土"。

"人荒"即荒无人烟。杂文家聂绀弩曾在《北大荒歌》里把北大荒描写成一个"三不来"的地方：

> 遨游牧民携篷帐，逐水草，牧牛羊，不来北大荒；农业居民治田庄，拓土地，种食粮，不择北大荒；部落酋长逞豪强，驰战马，动刀枪，不在北大荒。①

1947年开始的北大荒开垦就是一场与天斗、与地斗的开天辟地过程，经过上百万先驱者（含部队复转军人、山东支边青年和知识青年三股力量）的奉献与驯服，北大荒才一步步被改造成现在的北大仓。在"人多力量大"的年代，一百多万人前赴后继使"人荒"得以缓解，北大荒也逐渐成为中国农业的发动机，为黑龙江乃至全国的粮食安全起到了"压舱石"作用。如2021年黑龙江粮食产量1573.5亿斤，占全国总产量11.5%，连续11年位居全国第一。

"情荒"指的是人因感情没着落而不接地气，不能安下心来。人不是机器，有各种情感的需要，要让来了的人留下来并长久居住，就要解决"情荒"的问题，只有安家落户，开枝散叶，才能扎根边疆。"荒一代"的爱情主要以分配和组织关心为主，"很多'荒二代'的结合都是父辈沿袭组织分配的惯性，给一一指定的"②。而"荒二代"与知青的爱情结局也因人而异，一言难尽。那亲情方面呢？北大荒人亲情关系的建设方式主要有亲属带亲属、村带村、城带城、人找人等四种，因此北大荒人的亲情关系具有了以非血缘关系的亲情链条为主、发展空间极度狭窄、地域稳定性不

---

① 冉正宝：《野性的北大荒》，《荒二代的麦浪》，广州：花城出版社，2022年，第255–256页。

② 冉正宝：《"荒二代"的爱情背景》，《荒二代的麦浪》，广州：花城出版社，2022年，第120页。

够和组织关系往往优于亲情关系等四方面的特点。①

不知是有意遮蔽还是无意忽略，作品里基本没有正式提及"退耕还荒"政策，只是在第一篇《尖山子，凝望一座精神的乌托邦》里引用郁百雄的话语时，间接提及过一次环境保护问题。经过半个多世纪的耕耘，黑土地其实在逐渐变薄、变瘦、变硬，据说已由当初的 80～100 厘米下降到现在的 20～30 厘米，若不加以保护，黑土地将会在 50 年后消失。"退耕还荒"政策其实是为了生态平衡与可持续发展，是为了让这片过度开垦和提前透支的黑土地能够休养生息。2001 年开始，黑龙江省政府做出了停止开发湿地、退耕还荒（林）、退牧还草（湿地）的具有深远意义的战略决策。正是在这一年，作者做出了举家客迁的家庭决策。与父辈自觉响应国家号召奔赴北大荒不一样的是，"荒二代"是迂回呼应"退耕还荒"，沿着母亲只身闯关东的轨迹（约 2000 公里），逆行两倍距离（约 4000 公里）"逃离"北大荒，举家南下到另一个移民城市：客都梅州。父母对北大荒黑土地有多深情，儿辈转身离开的背影就有多决绝。2022 年 6 月 24 日，第十三届全国人民代表大会常务委员会第三十五次会议通过《中华人民共和国黑土地保护法》，自 2022 年 8 月 1 日起施行，在世界三大黑土区里，中国是唯一在国家层面专门立法保护黑土地的国家，这无疑释放了保护耕地、惜土如金的重要信号。

北大荒反映了一个时代的变化，承载着两代人的记忆。它是作者历史回溯与文化寻根的对象，也是探索共和国历史的一个重要视角。其间"大荒、垦荒、还荒"的正反合逻辑令人深思：正题"大荒"是本然状态，千百年来皆如此；反题"向地球开战、向荒原要粮"是特定年代的一次北大荒实践，那时北大荒只是一个被征服的野性客体与待开发的潜在粮仓；而"退耕还荒"的合题已经把北大荒当成一个富有活性的具备主体性甚至本

① 冉正宝：《北大荒人亲情关系的建设与特点》，《荒二代的麦浪》，广州：花城出版社，2022 年，第 300、302 页。

体性的物了。

二、具备主体性

在"物转向"思潮的背景下，文学研究者研究文本中的"物"在作品中扮演着积极作用，冀能更好地还原"物"的主体地位，重新思考主客的双重位置，使"物"从人类的控制之中解放出来。《麦浪》中的"国有农场""砖瓦房""麦子"和"王震雕像"就扮演着主体的角色，它们不仅是人的工具，还在特定的环境中发挥着主体力量，作用于"人"，并对"人"产生深远影响。于是，主与客的依从关系有可能会倒置，人与物的附属关系有可能被颠覆。

（一）国有农场

我们"向地球开战"的成果之一，就是在广袤的北大荒土地上粗放地建立起了 113 个农场。其实，农场除了是一般的生产生活单位外，还具有等级区隔与身份标识作用。

作者父母是在八五二农场三分场四队工作的工人。作为特殊历史时期的体制，农场是国有的，工作人员虽然干农活，但并不是农民，而是吃国家粮、有城市户口、操作着机械的农业工人。所以"我们"从小就与周围的本地土著很少往来，也基本不通婚。这应该算是城市户口对于农村户口根深蒂固的优越感，作者对此有详细比较：居住方面，农民住漏风漏雨容易倒塌的草坯房，"我们"住保暖结实美观的砖瓦房；饮食方面，农民主要吃粗粮，我们吃的是细粮，细粮和猪肉、豆油一样，按月供应。

在教育上的差别也很明显，在农场没有听说过我的同龄人中有不上学的，再调皮、再厌学的孩子也得规规矩矩坐在教室里听老师的训诫，而周边农村的孩子们是可以不上学的。偶尔我们去农村玩，会看到不少"野孩子"，他们很少洗澡，不洗脸，不刷牙，满脸污垢，头发蓬乱，衣服脏旧，满大街乱跑，看到农场来的孩子有时还会做出挑衅的动作，当然双方难免

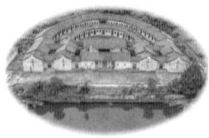

有孩子式的小冲突，埋下一个又一个结怨的种子。①

从上面的文字我们可以看出，两者的差距是全方位的，作为主体的"我们"对他者的歧视与鄙夷也是显而易见的。因此，多年之后，当"（我）站在（老同学）老范经营的一望无际的稻田中，看着他摆在田间空地的两桌宴席，我一时还适应不过来"②，这种公私颠倒主客易位的陌生感让"我"神情恍惚且手足无措。

父亲开始是开拖拉机的，后来在修配所上班，当时民间有顺口溜说："一汽车，二修配，加工厂第三位；砖瓦厂你甭想，生产队是白屎废；啥都是瞎胡扯，宁死不嫁水利队！"在这些种高低贵贱工种秩序里，父亲的工作始终是数一数二的，"身上抹了油，对象不用愁"，相信那时父亲也是许多姑娘心中的梦中情人和白马王子。修配所是个香饽饽，"尤其是'荒二代'陆续成长起来后，其中的一些'高干子弟'当仁不让地选择了修配所"③。高低贵贱工种秩序的最终体现就是收入的高低，后来一些知青和支青之所以逃离北大荒，除了条件太艰苦之外，内部待遇的不公平也是诱因："当年转业官兵平均月工资为41.60元……而支边青年平均月工资26元。"④ 如果说条件艰苦还算天灾，那么待遇不公平则属于人祸。在"不患寡而患不均"的传统思想影响下，人祸可能比天灾更能让人产生对不公平的不满与怨恨。

（二）砖瓦房

尽管身处穷乡僻壤，但能在当时的"豪宅"——俗称"八大户"的砖瓦房里住上14年（1970—1984），其位居金字塔塔尖的幸福指数与优越感

---

① 冉正宝：《在国营农场体制内慢慢长大的"荒二代"》，《荒二代的麦浪》，广州：花城出版社，2022年，第65-66页。

② 冉正宝：《国营农场的淡淡背影》，《荒二代的麦浪》，广州：花城出版社，2022年，第124页。

③ 冉正宝：《父亲的修配所》，《荒二代的麦浪》，广州：花城出版社，2022年，第167、168页。

④ 冉正宝：《逃离北大荒》，《荒二代的麦浪》，广州：花城出版社，2022年，第248页。

是不言而喻的，因为几千人的三分场只有 24 户家庭才有资格住进去。而这种优越感到了"荒二代"那里具有放大效用，因为吃国家粮与住豪宅的优越身份好像是先天就具有的，似乎天经地义且天长地久。所以作者才说"荒二代"的精神气质是"本分、简单、快乐、高贵和浪漫"，而且"沾了点贵族气质"。也因其如此，知青给"我"取的第一个外号叫"小地主"，除了揶揄"我"的外形，可能也和"我"良好的家庭条件有关联。如上所述，这种自诩"高贵""贵族"的"嘚瑟"除了相对于外面的本地土著与住不上豪宅的内部员工而言，有时也会体现在家庭内部。

"我"那声音柔和、字正腔圆的"农场腔"没有"父母携带的地方口音和方言"，也没有东北腔的"土"和"垮"①，甚至"我是大学毕业了几年以后，才真正学会骂人的"②。为什么"我"会如此字正腔圆品位超群，因为"我"根正苗红，出身工人家庭。"我"父亲是部队复转军人亲属，母亲是山东支边青年，"我"从小就跟大城市里来的知青学习各种高雅的课本知识和高尚的文学艺术，"我"得到了北大荒三股力量（部队复转军人、山东支边青年和知识青年）的合力呵护、照拂与培育，可谓集三股力量之宠爱于一身，因此其自诩"高贵"与"贵族"，也就不难理解了。"我"甚至从小对母亲那种"整包，佐帆啦"③"打哄花呀打哄花"④ 之类的鲁味乡音具有歧视性的身份优势，在母亲因"我们"不爱惜粮食而准备大发雷霆教训人时，"我"和姐姐会利用纠正母亲读错字"千里召召"的机会来"'压制'母亲的气势，往往都很奏效"⑤，因为母亲敬畏知识和文化人，看到孩子比自己有文化，那以后肯定会更有出息啊，有什么比"后

---

① 冉正宝：《荒二代的麦浪·序二》，广州：花城出版社，2022 年，序第 11 页。
② 冉正宝：《我终于学会了骂人》，《荒二代的麦浪》，广州：花城出版社，2022 年，第 98 页。
③ 冉正宝：《灶膛里慢慢烤熟的土豆》，《荒二代的麦浪》，广州：花城出版社，2022 年，第52 页。
④ 冉正宝：《一个人的音乐会》，《荒二代的麦浪》，广州：花城出版社，2022 年，第 84 页。
⑤ 冉正宝：《山东支青与城市知青在北大荒的缘分》，《荒二代的麦浪》，广州：花城出版社，2022 年，第 234 页。

浪推前浪""一代比一代强"更能令天下父母欣慰的呢？眼前的一点小过错又算得了什么!?

"我"父亲是吉林人，有二人转癖好，对此"我"一直嫌弃、抵制；而对于父亲业余参加分场的秧歌队，"我"也瞧不上眼：

（父亲）喜欢哼哼二人转，我天生好像就讨厌这种唱腔中浪叽叽的味道，一直加以抵制，只要他开口，我就会捂上小耳朵直跺脚，弄得父亲在我们面前只会"啷哏儿哩哏儿咙"地糊弄几声了事。①

1979年知识青年大量返城后的几年，分场才有了自己的秧歌队伍，父亲还是最早一批的打鼓人，我春节回家，偶尔会看上两眼，可心里总觉得别别扭扭的。②

总之，"我"对乡土民间的俗文化不以为然，会撇小嘴、翻白眼，对"高大上"的城市文化与规范的文艺演出则心驰神往、趋之若鹜。殊不知，这种乡音和癖好正好说明父辈是有根的人，即使离家千里也是有根的人。是故，文艺采风得到民间去，因为乡土生活才是文艺的根，才是文艺的源头活水。而"我们"这些荒二代虽然根正苗红，却是漂着的无根的一代，无乡音无族谱无乡土意识。阿尔都塞的询唤机制可能会把"荒二代"的个体轻而易举地询唤为主体，而该主体则先验地、心悦诚服地认同着询唤它的大他者，直至计划体制被市场体制所取代。当然，这个认清大他者和历史真相的过程是非常痛苦乃至残酷的。

（三）小麦

小麦和麦浪、麦秸垛是同类物的集合。在《"荒二代"的麦浪》一文里，作者说自己"有很深的麦浪情结，就像眷念母亲一样"，除了左春绿、

---

① 冉正宝：《一个人的音乐会》，《荒二代的麦浪》，广州：花城出版社，2022年，第84页。
② 冉正宝：《北大荒式的娱乐精神》，《荒二代的麦浪》，广州：花城出版社，2022年，第289页。

右秋黄的季节景象和可供游乐玩耍的麦田、麦秸垛之外，对于"我"来说，主要还是指麦收后餐桌上暌违已久的白面馒头。因为这种粮食中的"贵族"能抚慰"我"那荒芜许久的肠胃，那是大家都念叨的幸福味道，那是激动人心的甜蜜时刻，也是家庭富有、生活富裕的美好象征。

收割前在三分场场部礼堂里，都要隆重召开一次麦收动员誓师大会，就像古代战将在出征前的祭祀仪式，每个人的表情都是严肃的，干劲都是十足的，食堂的饭桌上满是猪肉的香味。而对于我来说，麦收就是餐桌上久违的白面馒头，是凭票供应的细粮，是紧缺的稀罕之物，也是松软的麦秸垛散发出的清香气息。①

"物的出场像是一道强光，立即映照出一部分人的拥有和另一部分人的匮乏。"② 能不能吃上白面馒头在身份上就有明显的差别，因此小麦不仅有商品属性，还有社会属性，能够影射人的社会地位和身份。

民间有些地方用麦子和榛子的凹凸外形喻指婴儿的性别。在《北大荒的小麦散发母性的芳香》里作者曾根据麦秸垛、豆秸垛和玉米秸垛的软硬和燃烧时的火焰刚柔程度把小麦比喻为母性植物，大豆和玉米是父性植物。这一说法当然是依据作者的个人生活经历所作的饶有趣味的区分，小时候的作者其实一度五谷不分，很长一段时间里分不清麦苗和韭菜，后来经由常老师提示与讲解后才有意识去用眼睛观察，并放入嘴里品嚼来区分。现在的"我"终于领悟到"母性的植物配上女性的画面才和谐妥当"，铁凝就曾"把麦秸垛比喻成矗立在大地上的女人的乳房"③，张洁《拣麦穗》刻画的是"一个想把自己嫁给那个卖灶糖老汉的小姑娘"，世界著名

309

---

① 冉正宝：《"荒二代"的麦浪》，《荒二代的麦浪》，广州：花城出版社，2022 年，第 60 页。
② 傅修延：《文学是"人学"也是"物学"——物叙事与意义世界的形成》，《天津社会科学》，2021 年第 5 卷第 5 期，第 161 – 173 页。
③ 冉正宝：《"荒二代"的麦浪》，《荒二代的麦浪》，广州：花城出版社，2022 年，第 61 页。

油画《拾穗者》《拾麦穗的女人》共同呈现了女性和麦穗、麦田（大地）的古老暗喻。这里似乎又暗合《周易·坤》里"地势坤，君子以厚德载物"的乾坤男女文化隐喻。

时过境迁，因为体制改革为市场主导，北大荒的麦地似乎越来越少，大部分改种水稻、大豆、玉米等经济作物了，童年时代那种前赴后继的麦浪翻滚景象终于渐行渐远渐渐无迹了。作者这里宣扬"小麦"的社会属性与母性力量，其实还原了"物"的主体地位，与当代"物转向"的主要命题遥相呼应。

（四）王震雕像

在《看不到寺庙的北大荒》一文里作者曾经表示困惑，在北大荒 5 万多平方公里的土地上，竟然看不到一座寺庙，这直接导致了荒二代们对于寺庙的生疏与隔膜，而"自己"也是到了省城读大学时才有机会第一次进入寺庙参观。国有农场不会有祭拜祖先的仪式活动，所以才有文本里"家谱就失传在他们的手上"的说法，更不要说其他民间信仰了，因此作为新生事物的北大荒国有农场里没有寺庙与道观也就不足为怪了。但时移世易，"我"十多年前回到北大荒探亲时，已经有"唱诗班"和"类似于四合院"[①] 的家庭教堂了，这不得不令人有恍如隔世之感。

北大荒虽然没有寺庙，纪念碑却到处都有。两者的区别很明显：一个年代相对久远，一个是新中国成立后才兴建；一个是民间层面的自发信仰，一个是国家层面的自觉的政治纪念。北大荒"到处都是创业者的雕塑和墓碑"，其中还详略不一地写到了不同地方各种不同造型的王震将军雕像。提起王震将军的功绩，人们往往会想到他栉风沐雨的垦荒事业，包括南泥湾、新疆军区的生产建设兵团，在新黑琼滇等边疆地区创建的一大批军垦农场和地方国营农场等，其中就有这里讨论的北大荒。

---

① 冉正宝：《看不到寺庙的北大荒》，《荒二代的麦浪》，广州：花城出版社，2022 年，第271 页。

根据《北大荒人的集体性格》里的记载，王震将军去世半年后，黑龙江的八五一农场就树立起他率师开发北大荒的纪念碑，十年后在八五二农场蛤蟆通水库矗立起将军的汉白玉雕塑，后来还有石河子、农垦大学等全国各地的雕塑等。黑格尔认为，雕塑是古典型艺术，雕塑艺术"处在精神离开有体积的物质而回到精神本身的道路上"①，是理念和形象自由而完满的协调。以王震雕像为代表的纪念碑不是简单的人物雕像，而是一种具有精神性的存在，是物质和精神的完美融合，纪念的是以他为代表的前辈们在披星戴月的垦荒戍边事业中体现出来的大无畏的创造精神以及丰功伟绩。具体到北大荒来说，王震将军不可能事无巨细事必躬亲，但没有当初他亲自点燃的那把烧荒之火，没有他后来十多次的视察，北大荒不可能变成今天的北大仓。

三、显示本体物性

作品中的"物"除了具有文化表征和主体力量的行动者功能之外，还可被描写成具有独立于人类理性之外的本体性存在。因此重视文本中"物"的本体地位，意味着打破人类中心论，构建以"物"为中心的物视角，这是一条深入理解文学作品中写的是什么"物"而又为什么写这个"物"的重要阐释思路。笔者认为在《麦浪》里具有本体地位的"物"大致有尖山子、大烟炮和坟墓三种。

（一）尖山子

这里有个称谓上的细小区别，就是尖山子在"荒一代"牛耕《我的尖山情结》②里从始至终都叫尖山，不见"子"字，而在以《尖山子，凝望一座精神的乌托邦》为代表的散文里则从头到尾都叫尖山子，为什么会有这样的一字之差？我们一般认为"子"是语气词，并无实际意义，当然，

---

① 黑格尔：《美学》，北京：商务印书馆，1979 年，第 109 页。
② 牛耕：《我的尖山情结》，冉正宝：《荒二代的麦浪》，广州：花城出版社，2022 年，第 309 页。

在北方方言里"子"有"小"的意思。不管怎样，一字之差，似乎更显尖山子在"荒二代"眼里的可爱、亲近、昵爱和女性化，而在"荒一代"笔下则更趋冷静、客观与理性，这也是两篇散文的情感区别与风格差异。

尖山子既是八五二农场三分场的风水地理意义上的靠山，也是"我们心中的永远不变的灯塔"，更是出走的"荒二代"们魂牵梦萦的精神家园。其实它很平凡，只不过是"一座平地而起的、形若母亲乳房般丰满柔和的山峰"，但它如母亲一般注视着"（山）脚下，一批又一批垦荒者和建设者来到这里安家落户，一茬又一茬'荒二代'在这里出生长大"①，在抚育"荒二代"的同时也赋予他们"平直仁义"的精神品格。作者在《小吃货的心中永远有春天》的结尾曾引用一位诗人的话"诗人必须是自然之子"②，其实从根本上说，包括人类在内的所有生物又何尝不是自然之子？微生物、植物、动物、人物，这些词汇后面共有的"物"字事实上已经说明了所有生物的属性与极限。

尖山子既是儿童玩乐的伊甸园，也是采摘野果与寻找野味的极乐地。如果照相时人们需要背景，它的风情会分四季不同而与照相者相配合；如果在生产活动中需要石头，它也会尽力奉献，直到人类自己意识到需要量入为出保护环境为止。尖山子始终岿然不动，平静地看着成千上万开垦大军浩浩荡荡而来，而后是成百上千人陆陆续续而去，看着"荒一代"激情澎湃地到来、大力地垦荒拓荒与"荒二代"迷茫地退耕还荒、意兴阑珊地离开。不管身处何方，永恒的尖山子是"我们一辈辈敬畏的神灵"，是我们灵魂深处永远的"一座精神的乌托邦"。只要尖山子在，"在这个世界里，我们不会迷失"③。

---

① 冉正宝：《尖山子，凝望一座精神的乌托邦》，《荒二代的麦浪》，广州：花城出版社，2022年，第3页。

② 冉正宝：《小吃货的心中永远有春天》，《荒二代的麦浪》，广州：花城出版社，2022年，第57页。

③ 冉正宝：《尖山子，凝望一座精神的乌托邦》，《荒二代的麦浪》，广州：花城出版社，2022年，第8页。

（二）大烟炮

初次看到"大烟炮"这个东北方言词汇，笔者还以为和大烟或烟花有关，实则相差十万八千里。它其实就是俗称的白毛风，气象学上的专业名词是"吹雪"或"雪暴"，特指北方地区的大风、降温并伴有降雪的天气。此时，大风强劲猛烈，大雪漫天翻卷，世界一片白茫茫，能见度极低，对人类正常的生活生产活动破坏严重。根据强度大小又分为低吹风、高吹风和暴风雪三类。

大烟炮是作为尖山子的反题存在的，一静一动，一庇护一肆虐。大烟炮来临时的场景是：

> 天低昂，雪飞扬，风癫狂。无昼夜，迷八方。雉不能飞，狍不能走，熊不出洞，野无虎狼。[1]

"我"小时候挺害怕大烟炮，因为一刮起来，昏天黑地，极为寒冷，《麦浪》里记叙了一次"我"小学放学后遇见大烟炮时那种风雪交加的世界末日情景：

> 迎着风我的呼吸都困难起来，几次险些被风吹倒，双手很快就冻得僵硬了。好不容易到了家，可门上挂了锁，我没带钥匙，霎时间有种无助感和绝望感。几个邻居家也都落锁，我只好迈着艰难的步伐向妈妈工作的卖粮组跟跑奔去……
>
> （当）母亲用她的一双大手捂住我的两只小手，暖流瞬间流遍全身，我哭得更委屈了……（这）让我在后来学习《卖火柴的小女孩》时，对小姑娘划火柴取暖产生了更强烈的同情。[2]

---

① 冉正宝：《野性的北大荒》，《荒二代的麦浪》，广州：花城出版社，2022 年，第 255 页。
② 冉正宝：《大烟炮、嘎拉哈、北大荒白酒和冻梨》，《荒二代的麦浪》，广州：花城出版社，2022 年，第 12－13 页。

时至今日，生态系统的恶化会影响到包括人类自身在内的所有生物，因环境和气候的改变，"大烟炮越来越少了，少了肆虐带来的痛感，可也少了一种美感"①。准确地说，这里所谓的"美感"应该是壮美感，或康德所谓的力量的崇高感，是指大自然"冬季的风在平原上可以肆无忌惮，甚至飞扬跋扈"②之时给渺小卑微的人们带来的那种无与伦比的肉体震慑与心灵震撼。人们只有等到大烟炮停止了才能出去活动，或者去欣赏大烟炮的神奇杰作与大自然的鬼斧神工。

在这场人类与大烟炮博弈的互动中，大烟炮是一种能震撼人类心灵的本体物性意义上的自然之力，是脱离了人类意志主导的、能让人们产生激情的非人类代表。作者所遭遇到的大烟炮，其对生命的暂时阻滞"是一种以痛感为桥梁而且就由痛感转化过来的快感"③，此时的人类已经不再是大地的主宰，也不是自然的主人，而是在大地上暂时栖息的自然之一部分，是浩瀚宇宙里的一粒尘埃。这就是作为本体物性的大烟炮所暗示的人与物的真实关系。

《麦浪》中的"尖山子"和"大烟炮"分别代表美好的精神家园与邪魔的灾难状态。其实物本体无所谓善恶特质，一切都是人的尺度与视角使然。也许通过考察更为终极性的坟墓遭遇与死亡书写，我们可以更为透彻地思考人与物的内在关联。

（三）坟墓

如果说尖山是很多"荒二代"的精神乌托邦，那坟墓则是所有人的肉身归宿地。根据精神分析学的说法，生命的进化和发展只是偶然现象，须归因于外部，生命向寂灭状态的回归才是它的本质和目标所在。与生的本

---

① 冉正宝：《大烟炮、嘎拉哈、北大荒白酒和冻梨》，《荒二代的麦浪》，广州：花城出版社，2022年，第14页。

② 冉正宝：《大烟炮、嘎拉哈、北大荒白酒和冻梨》，《荒二代的麦浪》，广州：花城出版社，2022年，第14页。

③ 朱光潜：《西方美学史》，北京：人民文学出版社，1963年，第371页。

能相比，死的本能是生命更内在的本能，是无情而至高无上的自然法则，其侵略、攻击、毁灭的本性会驱使个体生命回到有生命之前的无机物状态。"食色本能常欲将生命的物质集合而成较大的整体，而死亡本能则反对这个趋势，它要将生命的物质重返于无机的状态。"① 这其实就是热力学第二定律所谓的宇宙万物都必须遵守的熵增定律。"尘归尘，土归土"，在永恒的黑暗之所，人与物、人与人实现了最终意义上的平等与和解。

　　每个人从小都会从长辈等人的死亡信息中知晓死亡事件，但恐怕大都来不及多想。作者多次写到他人之死，如"老'八大户'已经有几个老人驾鹤西去了……他们的音容笑貌似乎还在眼前"②；1959 年秋收结束之后，因为受不了恶劣的生存环境和不公平的待遇，有支边青年试图逃离北大荒，结果他们难免遭遇死亡陷阱：

　　大批农垦系统的山东支边青年开始逃离北大荒……他们中有的深夜迷失了方向，饿死在草甸子里，有的在树林子里被黑熊咬死或被狼吃掉半个身子，还有的爬上火车空油罐里活活被冻死在里边的。来到六分场的六百多山东支边青年，到 1961 年底只剩下近三百人。③

　　知青的死亡就更多了，不过因为作者当时还小，记忆有限，所以获知死者信息的主要途径是那些年龄更大的知青们的回忆录。如郁百雄的《艰苦岁月的回忆》详细记述了 1959 年 112 名上海知青满腔热血奔赴北大荒的来龙去脉。在文章末尾，他伤感地写道：还在农场的有三十多人，"其他人先后离开去了全国各地。去世的已有十多人，而其中有好几位都长眠在

---

① ［奥］弗洛伊德著，高觉敷译：《精神分析引论新编》，北京：商务印书馆，1987 年，第 84 页。
② 冉正宝：《"八大户"被放养的孩子们》，《荒二代的麦浪》，广州：花城出版社，2022 年，第 93 页。
③ 冉正宝：《逃离北大荒》，《荒二代的麦浪》，广州：花城出版社，2022 年，第 248 页。

北大荒的土地上了"①。作者还从贾宏图的《我们的故事——一百个北大荒老知青的人生形态》里知道了很多知青的意外死亡原委，如有因抢救公家财产而溺亡的，有死于"食物中毒的、出车祸的、误中枪弹的、烈火吞噬的、伐木砸死的，还有跳到河里捞电线杆献身的"② 等不一而足。人间正道是沧桑，我们要为那些逝去的年轻生命浓墨重彩地追述、铭记与缅怀。

　　作者自己也曾有过一次濒临死亡的体验，就是刺溜冰时不小心滑倒躺浮在冰洞上，也许是年少懵懂不想事，也许是人多热闹不怕死，反正当时不害怕，事后也无阴影：

　　这是我的记忆深处第一次面临死亡的感觉，天空湛蓝，万物寂静，似乎有一道光在背后托着我，暖暖的。我没有恐惧，没有对冰面产生心理阴影，照常和小伙伴们玩着这个游戏。③

　　但是当作者独自一人面对死亡或坟墓时，情景就完全不一样了。作者虽然曾说辘轳井是母性的，但当自己好奇地向辘轳井井口小心翼翼地探望时：

　　深深的水井，隐约可以看到碗口般大小的水面，幽森幽森地像故事里鬼魂的眼睛，就把自己吓跑了。从此我很少去井边，但水井从底向上飘出的那种静谧感，一直留在心底。④

　　① 郁百雄：《艰苦岁月的回忆》，冉正宝：《荒二代的麦浪》，广州：花城出版社，2022 年，第 325 页。
　　② 冉正宝：《知青该不该返城》，《荒二代的麦浪》，广州：花城出版社，2022 年，第 222 页。
　　③ 冉正宝：《刺溜滑、冰滑子、冰刀和爬犁》，《荒二代的麦浪》，广州：花城出版社，2022 年，第 45 页。
　　④ 冉正宝：《心里的那口摇把儿辘轳井》，《荒二代的麦浪》，广州：花城出版社，2022 年，第 23 页。

一旦联想到鬼魂的眼睛，"我"就闻风丧胆、望风而逃。而当"我"去采野韭菜时，令"我"望而生畏的坟墓使"味道比较冲"的野韭菜也笼罩在死亡的阴影里：

听一些大孩子们说尖山子东侧的坟包附近野韭菜比较多，可我再想采也挡不住面对死亡的恐惧，就从来没敢涉足过，后来对野韭菜也敬而远之了。直到现在一想起野韭菜，还能感受一股子死亡气息。①

另外，小时候"我"玩耍时很少去尖山子的南侧面，因为那里有坟墓，白天路过那里时也许没有感觉，但到了晚上就会屏住呼吸汗毛竖起，并且一路小跑，"其实墓地离砂石路还有一些距离，可对死亡的原始恐怖却无处不在"②。

时过境迁，年过半百的作者如今已经坦然、释然，"我生本无乡，心安是归处"（白居易《初出城留别》）。那些尖山子脚下的墓地大都是垦荒者寿终正寝之后的永远安歇之地，"尖山子用她博大的胸怀接纳了这些为祖国建设奉献了一生的游子"③。他们虽非生于斯，但长于斯，活于斯，歌于斯，念兹在兹，最后葬于斯，可谓死得其所，夫复何求！？

文本里的"物"，首先是一种作为文化符号的客体，如具有"酸甜苦辣香凉鲜"之物性的童年美食，就地取材妙趣横生的童年玩具，以及有待征服、涵盖"地荒、人荒、情荒"的北大荒。其次，"物"在特定环境下能发挥着主体力量，拥有自己的话语权，如小麦和王震雕像扮演着主体的角色，小麦是母性的，王震雕像则是物质和精神的完美融合。最后，作为

317

---

① 冉正宝：《小吃货的心中永远有春天》，《荒二代的麦浪》，广州：花城出版社，2022年，第55页。
② 冉正宝：《尖山子，凝望一座精神的乌托邦》，《荒二代的麦浪》，广州：花城出版社，2022年，第8页。
③ 冉正宝：《尖山子，凝望一座精神的乌托邦》，《荒二代的麦浪》，广州：花城出版社，2022年，第8页。

本体物性的自然之物，尖山子是作者灵魂深处永远的"一座精神的乌托邦"，大烟炮是脱离了人类意志主导的非人类代表，而坟墓是个体生命回到无机物状态后的肉身归宿地。"物对于故事来说虽然重要，但单纯依靠物质性本身是无法维持叙事兴趣的"①，可是缺乏物性书写的写作也是难以想象的。在后疫情时代，从《麦浪》中那些温情脉脉的有关衣食住行、吃穿用度的物性书写，我们或许能够跨越时空阻隔，透过物的表象抵达其本然状态，理解作者的创作意旨与文本的时代隐喻，追寻物"独立于人类的生命及活性"②，管窥文本中物人平等与万物相依的审美理想及其实现可能性。

第三节　冉正宝访谈：忧伤的回眸

一、北大荒随想

张劲松（以下简称"张"）：首先祝贺大作《荒二代的麦浪》的顺利出版和研讨会的成功召开。我们是二十来年的同事，本应该很熟悉，也一直觉得我们很熟悉，但看了大作后，我才发现你有许多我不知道的出生与成长的故事。我一直把你当东北人，顶多是黑龙江人，没想到你还是北大荒走出来的"荒二代"。好像"荒二代"的概念是你厘定清晰的，以前的概念不是很准确？

冉正宝（以下简称"冉"）："荒二代"是这本散文集的一个核心概念，是我想要通过个体经历和群体表现厘定清楚的一个概念。没有这个概

---

① ［美］玛丽-劳拉·瑞安著，唐伟胜译：《人类化的物与怪异的物：论物在叙事中的主动作用》，《江西社会科学》，2020年第40卷第1期，第134-141，255页。

② 尹晓霞、唐伟胜：《文化符号、主体性、实在性：论"物"的三种叙事功能》，《山东外语教学》，2019年第40卷第2期，第76-84页。

念，这本书就是一本散沙一团的文章大杂烩了。从代际传递关系的角度看，这个概念还是比较容易界定的，就是北大荒的第二代建设者。几代国家领导人都到黑龙江垦区（北大荒）考察指导过工作，将北大荒的建设归功于三代人的努力。由此可见，北大荒的建设是存在几代人的概念的，"北大荒的第二代建设者"包含其中。但是从其具体的范围看，这个概念就很难界定清楚了，一个难点在于"北大荒的第一代建设者"包含的范围，它直接决定了第二代的范围，比如知青算不算第一代的问题；另一个难点在于遗传学上的"辈分"是不是划分三代北大荒人的铁定标准，如果是的话，很多老铁道兵（或更早前来北大荒的垦荒者）都是知青的长辈，那么知青就很难划入第一代的范畴了。对"荒二代"概念的理解在我之前已经有北大荒人在思考了，比如我在"后记"中提到的刘文涛先生（曾在黑龙江省农垦总局史志办工作）和黄黎先生（八五二农场建场场长黄振荣之子）的划分观点。我的观点与他们的观点有所不同，年过七旬的黄黎先生看过拙作后还专门和我说他不同意我的观点，可见我也是很难像你说的那样"厘定清晰"。我能做到的是，把"荒二代"作为一个明确的概念提出来，用这本具有历史回忆性质的散文集去阐释这个概念存在的理由和特征。当然即使是这个概念的名称，也有"荒二代"表示不同意，比如杨锡迎先生希望用"垦二代"来表述，但我觉得这样的话就把"北大荒"这个历史概念剥离出去了，也不符合国家领导人和一般北大荒人的认知表述。

张：我看了你"后记"中提到的两位前辈的"荒二代"界定，我不是太认同，特别是刘文涛先生的说法，如果按照刘先生的标准来区分革命党人，那20世纪一二十年代的革命者是"红一代"，三四十年代的是"红二代"，五六十年代的是"红三代"，逻辑上明显说不通。现在流行说"红二代""官二代""星二代""富二代"，而少有人说"工二代""农二代""教二代"，包括你这里的"荒二代"，我觉得里面可能有流行文化的逻辑，因为前者有某种令人歆羡的权力、金钱的资源光环，一般老百姓多少是

"羡慕嫉妒恨"的，而后者几乎没有，和老百姓几乎没有多大区别，所以也流行不起来。好像明星就应该漂亮，路人就很普通。所以我觉得后者应该都是一个小众概念。

冉：是的，我们作为在大学工作的老师，比较喜欢通过形成一个概念进而建立一个叙事体系，因此"荒二代"只是一个为了叙事需要而刻意模仿诸如"红二代"这样的大众概念、主观而为的小众概念，不具有推广价值，况且这个群体也已经不像"荒一代"那样可以有写进历史的资本（我在《"荒二代"会被写进历史吗》一文中有具体的阐释），因而这个概念离开北大荒的环境后，也就没有太大的实际意义了。

张：你四爷开始在北大荒干什么工作？后来一直干到退休吗？你自序里说读大学第一次见到了四爷，那时他老人家退休了吗？

冉：我四爷在北大荒待了三四年的光景就调到哈尔滨了，做一个单位的领导工作，直到退休。我到哈尔滨读大学时，他已经退休。听父亲说，我四爷离开北大荒"那是一次机会"，复转军人不是说都那么"豪情万丈"的，一有机会大都想"逃离"北大荒最初的那个艰苦环境。父亲随后被我四爷叫到哈尔滨，在道外区干一份临时工作，准备找机会安排稳定的工作，但由于农场急需技术人员，就派人把我父亲又领回农场了。长大后我和姐姐知道父亲这段经历时，还埋怨过父亲为什么回农场，不然"我们就是大城市的人了"。

张：八卦一下。你父母具体是怎么经组织安排走到一起结婚的？这个组织安排很有意思，因为一般农村都是媒人介绍的，大家都熟悉。你说母亲读了两三年书，父亲文化水平如何？你觉得他们有地域隔阂或隔膜吗？

冉：我觉得我父辈们的婚姻从普遍性上说受下面三个因素的影响比较大：一是北大荒的初始建设者多为复转军人，各级各部门的领导大都是军人，因此军垦文化很盛，说白了就是"严格遵守纪律"与"服从组织安排"，这是精神上或潜意识里的主观决定条件；二是北大荒特殊客观条件的制约吧，大姑娘少，等待婚配的小伙子多，王震将军听到来自基层的诸种抱怨后，第二年就从山东、河北等地"号召"来很多大姑娘，我母亲就是其中的一个，等待组织分配工作的同时，其实心里都明白，也在等待组织分配一个如意郎君；三是那个时代的人特别相信组织，而北大荒的"组织"其功能也的确强而广，什么事情都会想到，什么事情都能解决，所以有时候和父母聊天的时候会觉得，他们是从农村式的"封建包办婚姻"中走出来，进入了一个新中国特殊时期和环境下的"组织包办婚姻"之中。据我观察，父辈们的婚姻生活大都和和美美，南方与北方的、东部与西部的、吃辣椒和不吃辣椒的、不同口音的，似乎都能在偏僻荒凉的北大荒融合到一起，我很少能感受到其中的地域隔阂或隔膜。虽然我的母亲比父亲强势，但两个人一辈子和和顺顺白头到老，没有因为婚姻问题而在我和姐姐的心里留下什么阴影，反而让我们非常相信婚姻的幸福和美满。我母亲的文化水平的确很低，是我一直用来"攻击"她的工具，每每在她凶我的时候见效。父亲的文化水平在当时来说还是比较"高"的，但也只是上完初二就毕业工作了，我曾经在他60多岁时领他回了一趟他的母校吉林省榆树县二中，他望着校园时的那种"少年"神态我至今难忘。

321

张：从文本里我们知道去北大荒前，你父亲在宜春林业局工作，我们觉得工作也很不错，后来被四爷召唤去了北大荒，你听说过在待遇上有什么改善或提高吗？在三分场先开拖拉机，后来在修配所，工作转换大概是什么时间和契机？还有印象吗？

冉：父亲在林业局当通讯员，是给领导跑跑腿的公差，从现在来看还算比较轻松稳定，但在当时的环境下，林业部门都是在深山老林里作业，四处"安营扎寨"，风餐露宿，艰苦的程度可想而知。四爷到了农场后在一个生产连队当领导，从老家把我四奶和姑姑、叔叔都接过来，也把从小一直看到大的我父亲调到身边，算是一种家族团聚意识的体现吧。模糊的

时间印象我是有的，就是我出生后父亲从四队调到分场场部，从一个拖拉机手转变为一名机械修理工，转变的契机就是当时急缺修理工人。父亲的工作是技术活，很受尊重，大体能反映出那个正迈向机械化时代的人们的价值标准，放到今天就是苦活累活了。

张：其实我是"教二代"，我的父亲是教师，母亲是农村的，我家这种情况俗称"半边户"，两头受歧视，在农村挣工分挣不过农村户口的，也因为配偶在农村，父亲单位很多"双职工"福利我家就享受不了。特别我是小学毕业后在父亲教书的高中旁边的一个国企子弟学校借读初中，被国企子弟狠狠地歧视与鄙视过，因此对你书中描写的"优越感"与"高贵意识"我是有点切肤之痛的，多少有点心理阴影。

冉：你的这个问题其实也点到了我们的痛感——一个关于失去的痛感。的确作为"国营"的农场，我们这些"荒二代"在物质和精神条件上都比周边"地方上的人"（我们的称呼）要好一些，父母按月领工资，每个月还有一点小结余，无形中滋生了一种可以称为"优越感"的小心思。但是随着20世纪80年代改革开放越来越深入，这一切让我们感知到优越的条件在慢慢消失，直到"地方上的人"开始比我们死板经营模式下的农业工人有钱了，教育也比我们发达了，我们就有了比较严重的失落感，进而变成一种痛感积储在意识深处。"高贵意识"大概是另外一个层面的精神存在，主要表征是不低头、不求人，我现在还是这样，我的很多"荒二代"同伴也是这样，我觉得最直接原因是那个时代我们的父辈不用为"三斗米折腰"，以及国有农场自给自足的状况赋予了我们这个稍有普遍性的表征。

张："八大户"在当时三分场总共约有多少人多少户？有印象吗？因为你说三农场最多时有5000多人，但不知当时情况怎么样。

冉：这个是我父亲的单位修配所自己修建的三栋砖瓦房，在当时来看非常气派，每栋八户人家，一共二十四户，三分场的人称之为"八大户"。那个时期正是三分场人口的高峰期，大量知青涌入，"荒二代"出生率比较高，还有很多非农场的人通过各种关系和渠道流入（我们称他们为"盲流子"，没有农场户口，但可以找到挣钱的活计），因此出现了八五二农场场志上可以查到的5292人的最高纪录。可以想象，那时的八大户因为孩子多而有多么热闹，那时的三分场中小学因为学生多而有多么热闹，所以我对家乡的原始理解就是热闹，加上母亲是个极喜热闹的人，我的记忆中五湖四海的北大荒人就是热闹，这也就有了到南方工作后每次返乡时的巨大落差，满大街看不到什么人了，也难见青年人了。

张：哦，是父亲单位修配所自己修建的三栋砖瓦房啊，我还以为是整个三分场修建的三栋砖瓦房，我还想如果是这样，几千号人来分配二十四套房，竞争得多激烈啊，那是我理解有误。你们小时候逢年过节没有祭祀祖先的风俗吧？是完全没有还是有些人偷偷摸摸地去祭祀？

冉：北大荒都是移民，没有历史传承，荒野一片，也没有寺庙，加上建场没有几年就开始"破四旧"运动，就更没有祭祀祖先的"封建迷信"活动了。我接触到的家庭和人，一年四季都没有祭祀的习俗，所以这种民间文化在我和很多"荒二代"身上都是空白的，留在记忆里的祭祀影像都是在小人书或电影上看到的，并几乎都是从批判的视角呈现的。我笔下的真实人物"荒二代"小溪，在我领着她去灵光寺的时候，竟然会大声地说那些神真丑的话，可见她和我一样，是一个心中没有"祖先或神敬畏感的人"。祭祀文化成了我到南方后被快速"补课"的一项内容，我去了很多寺庙，在河边、路边、山脚、树下等处的香火旁，也会驻足良久，同时从内心深处羡慕那些逢年过节回客家祖屋祭祀的客家人，觉得他们是有根的人，而我却没有。

张：你们回父亲老家会看到族谱吗？有没有支持老家的族谱修缮工作？只知道你有自己的微博和博客，但我一直没有关注，因为自己没有玩

这个，感觉自己挺落伍的。我们小时候的区别到长大了还是有，像你小时候被那些城市里来的知青老师教育、教导，比较全面地发展，如今也多才多艺，不像我们在小学时期完全是玩泥巴。

冉：我了解的家族虽然也有几辈人、几个支脉分出，但一直没有族谱，曾祖父的老坟在父亲的老家，再往上就没有了，甚至有一年父亲去给他的爷爷修坟，他爷爷和奶奶的姓名竟然都不知道了，在村子里也没有打听到，从中也能够看到我的这个家族一直是在社会底层挣扎流离的。至于你说的"落伍"，每个人都有成长的沃土和发展的趋势，比如你已经长成了"博士"，而我还在玩泥巴似的玩着"学士"学位。不过城市知青对我个体和整个"荒二代"的正向影响是北大荒人早有的共识，他们把当时全国最先进的理念和文化带到荒芜之地，对于我们开拓视野和形成属于北大荒人的文化气质，起着不可或缺的重要作用。尤其是所谓的"才艺"方面，知青们吹拉弹唱、琴棋书画无所不能，我们的确从小就在这个环境里熏染着。

二、文本印象

张：我拿到大作也很仔细地看了封面，确实独具匠心。上面有句话"容纳两辈人生命刻度"，我斟酌了一下，感觉和你的"荒一代""荒二代"的概念有点冲突，因为你的"荒一代""荒二代"概念是跨越了年龄辈分的概念，像四爷、父亲和自己是三辈人，但是四爷和父亲同属于荒一代，所以"两辈人"改为"两代人"是不是更合适一点？

冉：你看得很细，琢磨得也很到位，的确在"辈"这个用词上是不当的，我也没有意识到，应该用"代"才最为准确。封面设计是花城出版社委托专业团队设计的，看样稿时我眼前一亮，一下子就敲定了，感觉能够全面呈现我内心一直存在的那个画面。同时，包括"希望我们自始至终都是理想主义者"等封面用语，是责任编辑提炼的，也都非常专业，直接指向散文集的核心内容，令我满意。花城出版社在出版文学作品方面真的是专业的，只是在细节上我这个作者没有最终把好关，只能留待以后作为一种经验给自己和其他人提个醒了。

　　张：感觉大作有点跨文体写作，有抒情散文、记人散文，有些还有点杂文范甚至论文范。不过在分了四辑后又不突兀，较好地融为了一体。听说在北大荒群落中有很大反响？

　　冉：在文体上我也有很多困惑。作为一个教大学生写作的老师，在讲到散文创作的时候，面对学生的很多散文概念边界的问题，我曾提出过"大散文"的概念，以便向学生圆上自己的很多说辞。所以这本书可以用"大散文"的概念去理解，既叙事和抒情，也议论和说理，既有随笔和日记的感性散漫，也有杂文和一般议论文的收敛刻板，总之是从不同的散文类型去指向一个核心的问题吧。至于这本书的影响是在我期望中的，扉页特别编辑上"献给父辈，献给北大荒的黑土地"一句话，就是期望这本书能够得到北大荒人的关注，虽然只有区区百十万人口，但毕竟也是国家不可或缺的一个特殊组成部分，理应得到一本本书的致敬，而我的就是其中的一本。因为是第一本明确地以"荒二代"为视角写北大荒的书，《北大荒日报》、在北大荒颇具影响力的微信公众号"黑土名家""浓情黑土地"等媒体，还有北大荒作家协会、北大荒博物馆、北大荒文学院等单位，都给予了特别的关注和推介，北大荒三代人都有大量的阅读反馈，尤其是北京、上海、天津、杭州、哈尔滨的知青们，反响较为强烈。其实我还有一个"私心"，就是让年迈的父母在有生之年看到这本书，我的愿望终于实现了。

　　张：那要祝贺你在北大荒群落暴得大名，也希望大作能走出这个圈子，被越来越多的读者看到并喜欢。对于全书来说，"荒二代"确实是一个提纲挈领的概念。我觉得大作里好像缺少了一样童年时期的娱乐活动就是看电影，不知那时候的农场有没有露天电影？

冉：哪里有"大名"啊，我倒是希望这本书能慢慢发酵，让更多的人了解"荒二代"，并从这个视角认识历史和社会。你看得很准，的确没有用专门的文章描写那个时代颇具代表性的场景——露天电影。农场的文化生活是比较发达的，印象里周周都会有电影放映，到了炎热的夏天就几乎是露天电影了。和很多描写露天电影的散文或歌词一样，那里有占座或霸座，有童年的嬉戏和瞌睡，有放纵的笑声或哭声，也有革命电影里响彻场部夜空的枪炮声，只是那时我还看不到或意识不到偷偷离开露天电影现场去偷欢的那些青年男女。

张：在《小溪的任性与韧性配得上这三场暴风雨》里你介绍了小溪爸爸的经历，我发现小溪爸爸和你四爷的经历几乎一样，都是1958年随十万转业官兵到北大荒戍边的尉官，参加过抗美援朝战争，那小溪爸爸和你的四爷是同辈吗？也就是你作品里提到的四爷到底是父亲辈还是爷爷辈？我有个伯父牺牲在朝鲜战场，已婚未育，后来伯母改嫁了，开始还有走动，后来慢慢就淡了。我想如果我那个伯父能活着回来，说不定也会成为"荒一代"，那我们家族的历史就要改写了。

冉：呵呵，个体历史真就是由某个人书写的啊。如果你的伯父能从朝鲜战场上光荣而归，然后复转到了八五二农场三分场，然后把一些亲属也召唤而来，包括你父亲，那么你或许就是我们"八大户"中的一个70后小男孩，跟在我这个60后大哥的屁股后面泪汪汪地寻求保护。我的父亲就是这样，被他的复转军人四叔（我爷爷的四弟，和小溪的父亲是同龄的一代人）召唤到北大荒，一起参加工作，都是"荒一代"，所以前面我说"辈分"是否可以作为"代际划分"的标准，指的就是这个意思。像这样不同辈分的亲属同时到北大荒参与建设的案例有很多，他们都应该是"北大荒第一代建设者"（"荒一代"），而不能因为辈分不同就不是"代际关系"上的一代人了。因此我在《自序：我是荒二代》中明确了这一看法，"'荒一代'是指北大荒的开拓者和初始建设的参与者"，我父亲和我四爷都是北大荒第一代的建设者，简称"荒一代"。

张：非常遗憾的是我的足迹最北就到过沈阳，对于你们熟悉的东北平原我其实有点陌生，只有和你们这些来自那片土地的南下人员接触。当然还有赵本山及其徒弟的小品，我到沈阳印象最深的就是当地人喜欢听说书，遛弯时带着收音机听，出租车上司机也听这个，这是在其他地方没见过的，所以赵本山他们的走红也有文化土壤熏陶和民俗环境培育的原因，不过他们拍的《乡村爱情》我没怎么看。因为北大荒人的地域来源、年龄代际、文化程度、政治成分太复杂，内部差异很可能大于内外之别，所以就很难归类或概括，所以你在《北大荒人的集体性格》里其实也不太好给出具体答案，而以"艰苦奋斗、勇于开拓、顾全大局、无私奉献"十六字的政治态度或工作精神来作为集体性格的概括。

冉：嗯嗯，那个时代说评书的名人单田芳、田连元、袁阔成和刘兰芳都是辽宁人显然不是偶然的现象，而是你说的"文化土壤熏陶和民俗环境培育"的必然结果。从大范围说这"评书四大家"都是东北人，但不能就此说东北人都能"说"，黑龙江人、吉林人与辽宁人相比，我觉得前二者是远远"说"不过辽宁人的。赵本山也是辽宁人，他的很多徒弟也是辽宁人，因此给公众一个假象，东北人如何如何会说，能搞笑，其实是辽宁人有语言天赋的人很多很多，把其他两个省的借光了。我是想说你的这个理解也因此非常准确，"内部差异很可能大于内外之别"，东北人的内部差异其实是很大的，在某些方面和某种程度上来说，的确可能大于与其他地域的差别。北大荒人就是这样，看似是统一的群体，但其实除了台湾、西藏和新疆等地的人外，几乎涵盖了其他所有省份和自治区、直辖市的人，用"五湖四海"来概括是最形象的。让混杂程度如此高的群体一下子形成非常稳定的"集体性格"并非易事，我在《北大荒人的集体性格》中试图去描画特殊生存环境下"逼迫"出的集体性格，在某种精神的照耀下（精神风貌是很容易统一出来的）折射出的集体性格，而不是很准确地概括出

来，因此读者可能会有模糊之感或一种不确定性。

张：在《尖子山脚下三分场中学的喧嚣与沉寂》的结尾你写到了校办工厂的问题，这可能是当时"以经济建设为中心"的国家政策导致"教育产业化"式的教育改革的历史产物。我后来教书的中学也办了一个印刷厂，业务好像还可以，至少那几个负责的人是风光了一阵；后来去读研究生时，听说带我的硕导从领导岗位刚刚下来，原因就是办校办工厂失败了，血本无归，只得引咎辞职。现在想想这些校办工厂的历史也荒唐，一个专门教育培养人（"生产"人）的地方怎么都一窝蜂地去"生产"物，专业和技术都不对口啊！

冉：是的，这是我们60后和70后都看到过的一次"教育改革"，虽然因为有悖教育性质和违反教育规律而失败，但至少是一次"试错"。我还清楚地记得那时校园里呈现出的"兴奋点"和校长脸上的光芒，好像大把的金钱和好日子就在眼前。那个教数学的校长脑子里天天想挣钱，数字后面的单位都是"元""角""分"，现在想想还真滑稽呢。

张：彭汉如的散文里也和你一样，写到了水果罐头，有时候为了吃水果罐头还假装或真生病，物资匮乏时代的事情真令人忍俊不禁。

冉：这可能是我和同龄人彭汉如先生的"集体记忆"了，我们相隔近4000公里，南北方文化差异那么大，但提起水果罐头时的情境和心境却都是一样的，都是那个物资匮乏年代留在我们心田的"甜"。就是这点"甜"，让我至今觉得自己的童年是幸福的，所以《荒二代的麦浪》中的很多文字其实是被这种甜蜜的记忆过滤过的，按照知名文学评论家田忠辉先生的说法就是，我在美化着我的故乡。

张：写作和出版都是遗憾的事情，永远不可能完美。正文里有个别印刷错误，如67页"有很多知（青）"；222页"7位""三位"的数字写法没统一，还有一处因阅读时未做记号而找不到了。这个只能等到再版修改了。

冉：哈哈，有很多处，真是无奈了。责任编辑没有让我最后校稿，我提交的只是匆匆编辑好的"审查稿"，一审就是一年，然后突然告诉我已经制版印刷了。我问过田忠辉教授，他正带出版学方向的研究生，他告诉我说现在都不用作者校对，是责任编辑的工作，所以我只有无奈了。当然还是"底稿"有问题，是我的问题，以后会加倍小心的。

（2022 年 7 月 15 日改定）

第九章　戏剧专辑

第一节　林文祥客家山歌剧中的女性形象

"客家山歌剧是新中国成立之后，在客家地区兴起的小剧种。"[1] 作为地方特色戏种，客家山歌剧虽然有"美丽的山茶花"的美誉，但专职编演人群不多，其中，林文祥先生是演员出身、转型投身到客家山歌剧著名编剧——罗锐曾先生门下学编剧艺术的"一级编剧"。他和罗锐曾先生合作创作的多出客家山歌剧在广东省艺术节上连连拿奖，林文祥先生也因此被行内人士称为客家山歌剧的"金牌编剧"[2]。林文祥的山歌剧作品就像是一幅客家妇女的写真图，在20多年的创作历程里，他集中刻画了一批在命运面前反应各异的客家女性形象，从逆来顺受、一筹莫展的命运顺从者润月（《等郎妹》，2002年）到不甘命运摆布的桃子（《桃花雨》，2008年），从敢于向各种不平发出质问的叩问者秋芬（《围屋旧梦》，2008年）到独立的立春（《红旗纱》，2011年）、顽强的旺嫂（《合家福》，2011年），可以说林文祥笔下的这些女性形象有一明显规律：无论是旦角还是丑角，只要是女性，她们无论有多么美好的品质，都是悲剧性人物。这是为什么？为什么无论她们怎么做都只能以或死或残或孤独一生的悲剧收场？而男性无

论多么不堪，他们都是幸运儿。在命运面前，女性的力量真的如同蝼蚁一般渺小吗？拼尽全力地活着也是等待毁灭？本节试图从较为宏观的角度出发，通过细读文本找出林文祥先生笔下客家妇女形象之间的区别与联系，以此分析其山歌剧中不同女性在命运面前的表现，探究林文祥先生对客家女性命运的关注与思考。

一、听天由命——润月

"在 2002 年的第八届广东省艺术节中，作为林文祥先生练笔之作的《等郎妹》在 18 台参演大戏中一举夺魁。"[①] 剧中的等郎妹润月是一个典型的客家妇女形象，她勤劳能干，吃苦耐劳，坚强贤孝，对于命运给予的一切，她全盘接受，忍辱负重，最后才在王思焕的"阉"与"脱"的抉择中幡然醒悟。原来在王思焕眼中她只是一个为王思焕所独有的物品，可以由王思焕随意送人；原来在王思焕眼中，她脱的只是一块遮羞布。心死的她没有反抗，仍然逆来顺受地接受了"脱"的要求，一直以来听天由命的她最后为金狗挡枪而死。

（一）坚强贤孝

润月是林文祥先生山歌剧《等郎妹》中的主角，作为等郎妹的她，无法为自己作主，更无法决定自己的命运。她从小在婆家做苦力，直到十岁时她的郎——王思焕才出生。此时的她是幸福的，她既开心又腼腆地说："我有老公了。"除了要帮家娘做家务、干农活之外，同样是小孩子的她也不知是娘还是媳地照顾着尚在襁褓中的丈夫，这是她的勤劳能干。

十五年过去，好不容易等到丈夫长大，无奈征兵号角响起。在圆房之夜，还没来得及成为真正夫妻的两人却要分离，润月又要开始漫长的等待。从兵之路一旦踏上，润月当然知道此去有多危险，等郎长大还有期

---

① 方尤瑜：《别出机杼　自显秋色——山歌剧〈等郎妹〉文学文本解读》，《广东外语外贸大学学报》，2003 年第 2 期，第 59 – 62 页。

限，然而等郎回来，归期是何时？无人能知。但是，在丈夫面前，正如她在剧中所唱："藏起哭泣的心，换上甜甜的笑脸。"她收起自己的担忧，收起自己的不舍，藏起自己的忧伤，去安慰和叮嘱王思焕，这是她的顽强贤惠。

又一个五年过去，润月的青春在等待中悄然流失，然而她却没有等来她的丈夫，山古带来的，是王思焕战亡的消息。听到消息的那一刻，她不相信，她打山古，她骂山古。当山古读完信，把三块大洋放到她手上时，她晕了。这时，思焕娘出来了，接到丧报还来不及伤心的她，制止金狗告诉家娘王思焕已死的真相，她找借口，骗家娘说王思焕健健康康身体好，当上干部寄回三块大洋孝敬母亲，这是她的贤淑孝顺。

（二）逆来顺受

润月就这样过着白天瞒着家娘，晚上忍受相思之苦的生活。一年过后，山贼的到来打破了这一年来的平静。在山贼口中，润月知道了王思焕的风流生活，思焕娘知道了王思焕已死。悲伤过后，家娘心疼润月这个苦命人，思量着做媒将润月重托终身于金狗。润月与金狗青梅竹马，金狗也对润月用情至深，如此，该是最好的安排。然而，就在他们大喜之时，只盼风也静浪也平的润月，开始从等郎妹的苦命岁月滑向了悲剧人生。

王思焕回来了，她等了20多年的小丈夫回来了，也正因为他回来了，润月才由外到内深受双重伤害。看王思焕的一言一行，客家人应该觉得有一种莫名的熟悉吧！这些言行举止在你，或者你身边的朋友身上很常见吧！他说："想你的身体染过别人手，我似吞了苍蝇五内翻腾。"难道他忘了他在外面花天酒地的日子，忘了他的风流债了吗？他说："我把润月送给你了。""送？"润月是什么？他要把她送给别人！他说："男人的事，妇人家少插嘴。"真的是男人间的事，不关女人的事吗？不，这不是武侠小说中那种男人间就用男人间的方式解决问题，决不牵扯家人、女人的豪迈。相反，这是一种大男子主义意识下，歧视女性的狭隘观念，反映的是他高高在上的褊狭心理。因为倘若真的是男人间的事，不牵扯女性的话，为什么在他最后的"脱"还是"阉"中会有选择的权利？男人的事，为什么要牵扯女性?

因为"一女嫁二夫"的事实,润月备受煎熬;因为王思焕"戏台休妻",她哭诉苦命;因为在山贼的逼迫下,王思焕选"脱",她心如死灰……面对这一层层的打击,她逆来顺受,没有一丝的反抗,行尸走肉说的大概也就如此吧!

二、叩问命运——秋芬

如果说在命运面前,润月的逆来顺受、忍气吞声令人哀其不幸、怒其不争的话。那么,《围屋旧梦》里的秋芬,一个夹缝中的生命对命运的叩问可谓令人敬佩。她用自己的行动告诉润月,不甘屈服大胆地向命运发问,乃是反抗命运、为自己做主迈出的第一步。

(一)礼教妇道之问

秋芬,她是传统礼教文化桌上的贡品,把她送上供桌的直接刽子手是长山公——一个儒家传统文化的卫道士。"他坚守仁义礼智信;他视赤古为己出;他年轻时冒死从洪水中救玖叔公;他崇文重教,宁卖田地也要让族里的贫困孩子读书。"[1] 同时,因为秋芬和赤古"乱伦",把传统礼教奉为立世准则的他就要把他们俩"浸猪笼"。

当秋芬和赤古被关着的时候,当自己的生命遭受威胁的时候,秋芬恍悟旧制度、旧族规的不合理。"在封建礼教面前,他们的正常人情、人性都得不到最起码的尊重!甚至连人命都不如所谓的族规礼教。"[2] 所以她问苍天:"畜生还能惹人惜,谁来怜我命两条?"她质问传统吃人礼教,是否两条活生生的人命还不如畜生有价值?是否活生生的两条人命还不如墙上挂的文字?

---

[1] 林文祥:《光暗人生——浅述〈围屋旧梦〉的人物定位》,《广东艺术》,2009 年第 4 期,第 18 – 19 页。

[2] 房学嘉、宋德剑、钟晋兰等:《客家妇女社会与文化》,广州:华南理工大学出版社,2012 年,第 55 页。

（二）男女平等之问

秋芬，她在男权意识中是一个茶杯，作此比喻的是玖叔公——一个从南洋回来的，受过西方文明熏陶的富商。他追求自由民主，出资援助革命；他慷慨解囊资助贫困孩子读书；他路见不平，拔枪救下赤古和秋芬……尽管玖叔公受西方文明的熏染，但是他骨子里男尊女卑意识根深蒂固。他口口声声说男女平等，然而秋芬在他眼中只不过是一只漂亮的茶杯。他说男人三妻四妾是再正常不过的事情，正如一个茶壶总要配好几个茶杯的！所以，秋芬再怎么漂亮，也只不过是众多茶杯中的一只而已，她只能衬托茶壶。但是，不甘当陪衬的秋芬巧妙地在玖叔公的言语中找到矛盾之处，她反驳地问："既然你说男女平等，那么，男人能娶 5 个老婆，女人可不可以嫁 5 个老公？"

（三）个人尊严之问

在剧中，秋芬还是鄙陋男性手下的出气筒。红鼻公是第一个出场的男性，因为秋芬在他吃饭时碰掉了他的碗，他对秋芬打打骂骂，秋芬也只是攥着衣角，一个劲地赔礼道歉，秋芬对红鼻公的打骂只有默默承受，没有丝毫的反抗，似乎是一只无辜被主人拿来出气的墙角蜷缩着的猫。这是为何？秋芬是红鼻公的奴婢吗？然而并不是。红鼻公在家族中是有很高地位的人吗？也并没有，看他在长山公面前唯唯诺诺的样子，看他在玖叔公面前卑躬屈膝的丑陋嘴脸，他为什么在秋芬面前如此嚣张呢？原因只不过是他是一个男性罢了，他自恃自己是男性，有至高无上的荣誉感，可以任意侮辱秋芬。他吐唾沫以驱霉运，认为遇到秋芬这个寡妇就会倒霉；他骂秋芬、打秋芬以出气，认为她这个小寡妇也敢撞他，真是没天理了。红鼻公，他有什么能耐？有什么高贵之处？能如此嫌弃、看低一个活生生的生命？只因为他是男性，而秋芬是女性，还是一个寡妇，如此而已。所以，在剧末，秋芬又一次不小心撞到红鼻公，受辱之后她不再唯唯诺诺，她质问道："你为什么打我？"

"寡妇，是一个在任何时代都非常特殊的人群，她们往往是悲惨命运的代名词"①，寡妇秋芬，也是一个在夹缝中苦苦挣扎着的生命，她一出场就给人一种唯唯诺诺的感觉。在长山公、红鼻公、玖叔公面前，她从来不敢直起腰板，抬起头讲话。她总是一副弓着腰、低着头、两只手抓着衣角的模样。这是她寡妇身份带来的卑微感，但是，她并不是一个木讷的人。她虽然困在家里，见识浅薄，但是她有自己的追求、有自己的想法。她敢于追求自己的爱情，敢于向一切不平发问，这是相较于润月的进步之处。

然而，在命运面前，秋芬也只是叩问而已，她早已成为传统文化的忠实守护者。秋芬"和中国传统社会的大多数女性一样，她从来没有摆脱过男权思想的束缚。'三从四德''男尊女卑''女子无才便是德'等一系列男权思想根深蒂固"②。她和赤古被关着的时候，她知道旧制度、旧族规的不合理，她问苍天："畜生还能惹人惜，谁来怜我命两条？"当她被玖叔公救下来后，她知道感恩玖叔公的救命之恩。只是好了伤疤忘了疼的她又回归旧礼教去了，她又化身成了旧祖制的忠实守护者。玖叔公提出送她去女子学校学习，她说："读书是男人的事。"如此，一个完全被封建礼教异化的个体，一个名存实亡的生命，已无反抗可言！当赤古投身革命后，她也只能望着一个赤古送的镜子度日罢了。

三、反抗命运——桃子、立春和旺嫂

从逆来顺受、听天由命的润月到敢于向命运发问的秋芬，我们可以看到林文祥先生对客家妇女命运思考的进步性。此外，林文祥先生通过重新认识和评价女性的价值和地位，刻画了三个反抗命运的客家女性形象，以突出女性的能力。其中，《桃花雨》里的桃子和《红旗纱》里的立春是两

---

① 王剑：《特殊的受众——论寡妇在民间故事传承中的身份》，《语文学刊》，2007 年第 9 期，第 144 – 146 页。

② 安春焕、温航亮：《"三从四德"与封建女性行为规范的形成》，《铜陵学院学报》，2011 年第 6 期，第 78 – 79 页。

个当代文明的剪影,她们既勤劳能干、坚强善良,又具有当代女子追求独立的特性。尽管她们最后还是在困境中寻求男人的帮助,但至少她们不甘命运的摆布,不甘于依附男性,她们依靠自己的力量撑起了半边天。而《合家福》里一生只为儿女而斗争的旺嫂似乎又具有另一种反抗意义。

(一)桃子:撑起半边天

桃子是愿意舍弃一切、和丈夫一起奋斗白手起家的好妻子。她是一个既有传统客家妇女的勤劳善良、仁爱淳朴的美德,又具有敢想敢做、勇于奋进等现代客家妇女新个性的女子。她在丈夫一无所有时,勇于抛弃一切,出城去陪丈夫一起奋斗,白手起家;她愿意在丈夫事业有成时,独自回乡下照顾年迈的家娘;她在丈夫生意失败时,为了给丈夫筹钱,敢于和张树良做交易,亲手炸掉自己的洋房……这是一个聪明伶俐、有担当、有责任感的女人。

桃子不仅在家能撑起半边天,在工作上她更是尽职尽责。在城里工作时,深受老板的称赞;她在代理村长期间把村里大大小小的事情处理妥当,"面对二狗等一群留守儿童,她心疼;面对秋嫂偷情,她陷入深思;面对半公嫲滥赌,她立志改革"①。接二连三的事情,她没有放任自由,没有置之不理,她有着强烈的责任感,下定决心要建设新农村、发展桃溪村,带领桃溪村的乡民过上好日子。于是,她立即行动起来,为了村里的发展,敢于接受老同学也是爱慕者的资助进行新农村建设,和男人一样规划着、应酬着。

桃子虽然如此勤劳能干,有责任感,有魄力。然而,她却是一个被丈夫误会、被上司胁迫的无助者。村里的青年壮丁都随着水生进城找富贵路去了,留下一村的老弱病残,桃子担起了代理村长一职。为了桃溪村的发展,桃子接受了张树良的合作资助,在陪张树良喝酒时,无可奈何接受了张树良的交杯要求,这个场面恰恰被回村里想接桃子和家娘到城里生活的

① 杨苑玲:《沐浴"桃花雨"》,《大众文艺》,2012年第14期,第110页。

水生碰见了，水生嫉妒之意顿起，两人便争吵了起来。就回不回城的问题，两人有了争执。桃子觉得做了代理村长，当村长不在之时就要对村里的人负责，在桃溪新村建设的起步期离开的话，那么一切将前功尽弃，而水生却认为桃子对他不忠，明知张树良对自己有不轨之心，桃子还和他走那么近。一气之下，水生借萧雨来气桃子，并且带着母亲回城里了，留下桃子一人在村里。这时候，桃子知道自己曾经为之抛弃一切的男人，为了一个女人把自己抛弃了。但是，桃子并没有可怜巴巴地求水生，她坚持了自己的理想，选择留下来继续带领乡亲们进行新农村建设。此时的她，俨然一个父母官形象，这是润月和秋芬所没有的果敢。

当水生破产时，桃子求救于张树良，张树良以炸掉桃子的新家为条件出资帮助水生。桃子为了帮助心爱的丈夫，痛下决心炸洋楼。此时，水生又恰巧回来了，看到桃子举起炸弹遥控器要炸新房，他怒意顿起，他说桃子不爱家，狠心把新家炸掉。桃子知道他是失意之人，心情低落，但也难忍心中的苦楚，她唱出心中的压抑。是的，桃子不再逆来顺受，她敢爱也敢怒。当男人误会而她解释了也没用的时候，她绝不强行挽留，更不用说低眉顺眼地求情了。

这就是桃子，一个在悲剧命运面前不认输，顽强抗争的当代女性。然而，尽管她在努力地抗争着，却仍然是误会连连，在悲剧命运的旋涡里她越挣扎却越陷越深。而水生呢？当桃子遇到难题问他该怎么办时，他只甩给她一句"你自己想办法"，这是丈夫说出来的话吗？当桃子坚持留在村里时，他冷冷地说道："你进不进城？"这种没有耐心、没有感情的语句，没有一点理解，没有一点不舍，只有暴风雨来临前的愤怒与不耐烦。因为桃子不是个听话的女人，因为桃子太有思想，所以，这样的桃子挑战了他高高在上的大男子主义权威，所以他毫不在意地离去了。萧雨是一个够听话的女子了吧，结果如何？当水生破产时，萧雨去安慰他，他反而说萧雨是个扫把星，大声呵斥萧雨并让她离他远点。可悲！这种男人就该孤苦一生。然而，作者却还安排他离开家乡，重新开始！所以在作者笔下，女性

337

无论有多么美好的品质，她们都是悲剧性人物；男性无论多么不堪，他们都是幸运儿。

（二）立春：顽强独立

相比于桃子一生的斗争是为了丈夫、为了家娘、为了旧农村的发展，立春的斗争目的则比较纯粹，她因为不甘命运的摆布，不甘依附于男性而去独立斗争，为了给女儿提供一个优越的生活条件而战的同时，也为自己而战，给自己争口气！

少女时代的立春也曾是一个相信爱情、敢于追求爱情的小姑娘。她和知青张德水恋爱，相信张德水的承诺，怀着红婚纱的梦想，甜蜜地恋爱着、憧憬着。此时的她是幸福的，她在张德水面前小鸟依人的样子真美。

张德水回城之后，立春发现自己已经怀孕了，她等着张德水回来。然而，张德水忙于其他事把立春给忘记了，身怀六甲的她只好接受了刘友田的求婚。由于和刘友田结婚多年，却未能为他生下一男半女，刘友田也渐渐地对她失去了年轻时候的冲动。她怀着对张德水的恨，忍受着刘友田的辱骂，忍受着刘友田在外面拈花惹草。为了女儿，她顽强地活着，她不依靠男人，自己创业，不仅给女儿提供了最好的生活，还给村里其他人提供了工作的机会，工厂的生意做得风生水起，此时的她，俨然一个独自创业的女强人。

时代在发展，政策在改变，立春的工厂正发展时，突然遇上了环保意识的兴起，全部有污染的工厂必须关闭，或者安装价值三百多万的污水处理设备。三百万，对于立春的小厂来说还是天文数字。刘友田公然带"二奶"回家，立春的尊严告诉她不能依靠刘友田。命运难料，新上任的环保局局长竟然是张德水，对于往昔抛弃自己的人，她更不可能去求助于他。然而迫于形势，她只能尝试着去见张德水，去看看是否还有别的办法来拯救她的工厂。此时的她，是一只困境中的小绵羊，显得无比迷茫与无助。

立春是一个不屈服于命运的安排，敢于反抗命运去追求自己的幸福，去实现自己的价值的女强人。她努力和抗争了一辈子，然而，还是和桃子一样，无论自己如何努力，最终还得靠男人来收尾，这是她不愿意看到的结果。

（三）旺嫂：为子女而战

桃子曾与丈夫一起奋斗，立春的丈夫虽然在外面拈花惹草，最起码他为立春提供了一个避风港。桃子和立春是事业上的女强人，寡妇旺嫂在与命运的斗争中更多的是孤军作战，她是生活中的超人。

寡妇的悲惨命运是现代文学作品的重要表现主题。与鲁迅笔下的祥林嫂，张爱玲小说中的流苏、曹七巧等命运的牺牲者不同的是：旺嫂是母爱的象征，她是伟大的，她的一生都在为维护儿女而与命运做斗争。然而，她的一生也是悲惨凄凉的。夫丧，女疯，儿淘气，她是一个一生只为别人而活的人，甚至都不能轻易死去。身为寡妇的她，一人带大三女一儿实属不易。从母爱的角度来说，旺嫂无疑是伟大的，然而，她也是没有自我的一个"人"。纵观全剧，她的每一次出场都是为了维护儿女，她的每一次反抗都是为了儿女。

第一次出场，安慰疯女儿。在女儿三凤谈婚论嫁之时，三凤的恋人——夏锦明的父亲夏阿楼见利忘义，为了攀高枝，活生生拆散夏锦明和三凤，导致三凤忧伤过度而疯。没有顶梁柱的她也只能安慰着三凤。第二次出场，反抗夏阿楼，维护与教育儿子。儿子王清明因不满夏锦明的忘恩负义，把鞭炮扔在新房门口以吓新娘新郎。在夏阿楼冷嘲热讽时，她不卑不亢，机智应对，目的是要保护她的儿子。第三次出场，女儿失踪，寻找女儿。第四次出场，因为王清明毁了秋杏的清白，带着儿子去夏家提亲，面对夏阿楼的讥讽、打落，她忍辱负重。第五次出场，年迈的她，因为听到儿子破产了，她瞬时就从病恹恹的状态活了过来，语气坚定地说："为了儿子，我要和阎王爷斗一斗。"

可见，旺嫂对命运的反抗贯穿了全剧，她多次与夏阿楼斗，甚至与鬼神斗，而且都取得了胜利，这应该是最理想最美好的结局。然而，从另一个角度来说，她一生都在为子女而活，她是一个没有自我的人。一个在子

女不需要的时候就病恹恹的，要帮儿子东山再起就"满血复活"的人生，应该也是一种悲剧！

曾被英国人类学家爱德尔在《客家人种志略》和《客家历史纲要》中赞为"中国最优秀的劳动妇女的典型"① 的客家妇女是在客家文化的影响下产生的一个特殊群体，以上三类女性便是林文祥先生刻画的主要客家妇女形象以及她们面对命运悲剧时的三种不同表现。罗锐曾先生曾说过："女性问题是个社会问题，以此为切入口更容易反映复杂的社会、人生。"② 林文祥先生通过刻画在命运面前的顺从者、叩问者以及反抗者三类女性形象，为我们展示了丰富多彩的客家生活与文化。贯穿这些女性的共同点是：美好品质与悲剧命运。林文祥先生为我们展示了从古至今的客家女性的优秀品质，在她们身上，我们看到了勤劳能干，看到了聪明伶俐，看到了她们的坚强大度，看到了贤淑善良，也看到了与时俱进、敢做敢想、敢爱敢恨、敢于追求自己幸福的勇气。这是她们的闪光点，她们贤惠但不懦弱，她们是一群有灵气、有自己独特魅力的人。文学是人学，写戏就是写人，不可置疑的是林文祥先生做到了，他成功地塑造了一批客家女性形象。同时，林文祥先生笔下的女性也如同沼泽里的羔羊，无论是顺从者、叩问者还是反抗者，全都挣脱不掉这命运泥沼的拉力，逃不出这悲凉命运的安排。在命运面前，她们是手无缚鸡之力的无助者，她们无论怎么做都是以悲剧局面收场，所以说，这些女性形象的刻画过程也反映了林文祥先生对于女性的苛刻与严厉。在以勤劳能干著称的客家女性身上有着不同寻常的优秀品质，这样一群女性，在林文祥先生笔下皆命运多舛。然而，那些自私狭隘鄙陋不堪的男性却不知为何"深得林心"？

（张劲松　杨智玲）

---

① 房学嘉、宋德剑、钟晋兰等：《客家妇女社会与文化》，广州：华南理工大学出版社，2012 年，第 13 页。

② 罗锐曾、林文祥主编：《山歌剧研究》，梅州：广东省梅州市戏剧研究工作室，2016 年，第 325 页。

第二节　胡希张《天籁》中的罗进娣形象

客家文学的研究，若从惠州徐旭曾《丰湖杂记》（清嘉庆十三年，即1808年）算起，已有二百余年之久；若从1933年罗香林《客家研究导论》算起，亦已达九十年之久。胡希张先生是研究客家学的湘籍学者及作家，也曾较多关注客家妇女研究，曾担任梅州市文化局副局长、市委宣传部副部长，因工作缘故而与世界客都梅州结缘。他在几十年的工作生涯中累积了不少客家文化资料，在20世纪70年代便开始文学、戏剧的业余创作，退休后更是笔耕不辍，创作了《客家山歌知识大全》（合著）、《客家风华》（合著）、《梅州市志》、《客家竹板歌研究》、《程楷七山歌注释》、《历史文化名城梅州》等二十多本著作。他的长篇小说《天籁：一个从等郎妹到山歌精的故事》是结合了客家山歌、客家风俗、客家妇女等元素进行的创作，本为2008年开始应约创作的42集电视连续剧剧本初稿《进娣》，后来因电视剧拍摄无果而改成了小说，所以小说的剧本痕迹比较重，如对白多，心理描写和环境描写少等。小说写的是主人公罗进娣从一名穷苦人家的"等郎妹"成长为时代大潮中激流勇进的"山歌精"的故事，进娣虽只是一平凡普通的客家女子，我们却能从她身上发现许多人性光辉的一面：她顺从命运、顺从生活，但她又不屈从、不屈服，于矛盾中不断抗争、追求，直至在理想的生活中收获幸福与快乐，下文试从罗进娣跌宕起伏的人生历程分析其形象。

一、顺从

顺从等郎妹的命，顺从客家女人的生活，这是罗进娣从出生到在万盛围生活所表现出来的形象。

341

（一）顺从宿命

罗进娣原名为罗三妹，宣统末年出生在一个时尽运衰的家族中，因家庭潦倒被卖到万盛围（一座三围的大围龙屋）的聪珍家做等郎妹。等郎妹是新中国成立前客家地区极为盛行的婚嫁习俗。所谓"等郎妹"是女孩指从小就被父母卖给还未有男丁的人家，作为未出世男孩的妻子，被授以"等待郎来"的"重任"，如同养女般生活在婆家。这是一种变异的婚姻，这种婚姻的结果，或是女大男小严重的"老妻少夫"，或是天公不作美久等而未见"郎"降世，运气好的等郎妹就有机会被婆家送走转嫁他人，否则只能老死闺房。罗进娣被卖进古家做等郎妹后，取名为"进娣"，谐音"进弟"，希望能带来一个弟弟，从取名开始进娣的"等郎命"就附加在她身上，无时无刻不在提醒她"命"不可违。刚入古家，她婆婆聪珍亦对她不薄。但好运不长，聪珍之后连生五胎都为女婴，自那以后，进娣就结束了快乐的童年生活，突然"长大"成姐姐了，随着旺娣、招娣、银娣、喜娣的相继出世，进娣的日子越来越不好过，被聪珍视为害自己生女不生男的的罪人，不仅像对待奴婢一样对待她，还把她当作出气筒。带妹妹、洗尿布屎片子，听娘使唤，忙里忙外，做错事少不了挨打挨骂，但她又生性硬气，只是默默流泪而已。

好不容易等到婆婆生一男丁（树生），十多岁的进娣满怀"没做妻，先做娘"的心酸。多少个日日夜夜，等郎妹只能凄楚地夜夜对枕哀唱："十八姣姣对岁郎，夜夜抱你上眠床，睡到半夜寻奶吃，我是你妻不是娘。"[①] 这就是等郎妹的命，等来的"郎"就像一根麻绳，把她死死地捆住。如果没等到"郎"，或许还有画眉飞出鸟笼的一天，而现在进娣只能忍受，不单单是没有爹娘疼，事事以"郎"为重，连自己的情欲也得压抑下去。进娣与自己的"郎"相差十多岁，根本就无法日久生男女之情，更别说举案齐眉。在情与欲无法满足的情况下，进娣心头渐渐地生起一股怨

---

① 胡希张：《天籁：一个从等郎妹到山歌精的故事》，广州：花城出版社，2011 年，第 39 页。

气，恨"郎"不适时机出世，恨与他年龄相差那么大。"……本来，我公公、婆婆都商量过了，准备认我做女儿，这样子的话，好好歪歪还能嫁个人家。……现在完啦，有这么个鬼丁筋，什么都别想啦。老公？哼，我都生得他出来。……这么个鬼丁筋，真会折磨人。还小折磨几年，咬咬牙也能过去。可是，这一辈子我怎么过呀?! ……"① 如此看来，进娣最终会沦为等"郎"长大后完成传宗接代任务的生育工具，如此而已。

面对儿时的玩伴、敦实憨厚的来宝，正值春心萌动的进娣难免会倾心于他，劳作时制造两人见面的机会，忙中偷闲时与来宝对唱山歌，甚至偷偷为他做鞋，但碍于等郎妹身份，进娣只能小心翼翼地惦想着；却不敢越位。进娣虽然对这样的生活常有怨言，却仍旧勤勤恳恳地劳作，悉心照顾树生，因为她是等郎妹，不能违抗宿命也就只能顺从。

（二）顺从生活

进娣的童年生活便是许多客家妇女的真实写照，客家妇女的劳动生涯从幼时就开始了：揽（照料）弟妹、看鸡鸭、掌（看管）牛羊、烧灶火、洗尿帕、送茶水、秧鲁把、捡谷枝、拖秆把、割刘草、摘嫩茶，跟在大人身旁，充当劳动帮手，简直是个"小忙人"。她们所做的事，有些是与年龄不相称的。亦如山歌所唱："对岁离娘卖畀人，六岁打柴受辛苦，七岁落田学耕种，九岁挑担有时停。""一岁娇，二岁娇，三岁拾柴爹娘烧。四岁五岁学织绩，六岁七岁学耕布，八岁九岁学绣花，十岁绣个牡丹花……"总之，能做的常做，不会做的学做，力所不及的苦做，这就是客家妇女童年所走过的道路。随着年龄的增长，客家妇女承担的家庭角色越来越多，责任越来越重。伺候爹娘、哺养孩子，从家庭手工生产到户外劳动生产，即所谓的"家头教尾""灶头锅（镬）尾""针头线尾""田头地尾"样样皆能，就劳动来说，客家妇女是实实在在的"里外一把手"。

客家学研究的奠基人、香港大学罗香林教授在其 1933 年所著的《客

---

① 胡希张：《天籁：一个从等郎妹到山歌精的故事》，广州：花城出版社，2011 年，第 40 页。

家研究导论》中这样赞扬中国客家妇女："她们的职业是生产的，她们的经营力甚大，而自身的享取却非常菲薄……常见一家男子远出海外，十年八载不回，而她却仍安然度日。她们自己有田的耕自己的田，自己没有的则向人租种几亩……在农闲时则日间替商店挑运货物……夜间则多操纺织之业。……因是一家妇女所得，不但足以维持一家生活费用，甚而可供子女受中小学教育。而男子在外地寄回之金钱，则涓滴不漏，储积以生息及购置田屋。……妇女在家庭中是一家之主，主持家政，农事及家务概由其包办。"① 如小说第三章进娣与阿春对唱山歌就能体会到："鸟子一叫天蒙蒙，翻身落床急匆匆，老公问我什么事，早起三朝当日工。"② 妇女每天早起劳作，甚至比自己的丈夫更勤快，这在客家地区并不少见。

美国传教士罗伯·史密斯根据其在梅州传教的亲身见闻，在其所著的《中国的客家》一书中说："在客家中，几乎可以说，一切稍为粗重的工作，都是属于客家妇女的责任，你如果是初到客家地区居住的话，一定会感到极大的惊讶，因为你将看到市镇上做买卖的、车站及码头上的苦力、在乡村中耕种田地的、上山去砍柴的，乃至建筑房屋时的粗工、灰窑里的工人，几乎全是女工。"③ 基于客家民系迁徙的特质，客家妇女被迫与男人一样爬山、涉水、渡河、披荆斩棘，在极为恶劣的环境中求生。从北方来到这偏远、贫瘠的山区，客家妇女只能以劳动者的角色出现，从而形成了强烈的自我意识来对抗恶劣的环境，也因此养成了吃苦耐劳的习性，这种习性加上自觉的劳作意识才形成客家妇女勤劳的美誉。自古以来"男主外，女主内"已成定律，在封建"男耕女织"的农业社会里，女人所承担的家庭任务是"相夫教子"。而客家妇女承担的家庭任务涵盖的范围很大，

---

① 转引自刘国钰：《谭元亨与〈客家魂〉论》，广西师范学院硕士学位论文，2011 年，第 22 页。

② 胡希张：《天籁：一个从等郎妹到山歌精的故事》，广州：花城出版社，2011 年，第 62 页。

③ 转引自刘国钰：《谭元亨与〈客家魂〉论》，广西师范学院硕士学位论文，2011 年，第 23 页。

甚至出现"男女同工"的特殊画面。虽然面对的是超乎想象的劳作，但是客家妇女做这些工作不仅能力上可以胜任，而且精神上非常愉快。小说里也多次描写进娣与同伴劳作愉快的场景。如此看来，客家妇女劳作虽苦却是愉悦的，对生活的顺从也不能完全看作一种无奈的接受。

客家妇女勤俭劳作的意识，并非天生具有，客家女子在儿时便被灌输以劳动的意识，而小说中提到的儿歌中就有劳动的内容。一首《勤俭叔娘》便是为女孩树立勤劳能干的客家妇女形象，其中唱到："勤俭叔娘，鸡啼起床。梳头洗脸，先煮茶汤。灶头锅尾，端端光光。煮好早饭，刚刚天亮。……开锅铲起，先奉爹娘。爱异子女，如肝如肠。……人客来到，先敬茶汤；有事询问，细声商量。……"一首《懒尸嫲》就是对懒惰违礼的女人的唾弃和贬责，其中唱到："懒尸妇道，讲起好笑。半昼起床，喊三四道。日高半天，冷锅死灶。水也不挑，地也懒扫。……田又唔耕，又偷谷粜，唔理唔管，养猪成猫。……老公打哩，开声大嗷，去投外家，目汁像尿。爷喊无用，娭骂不肖。……归唔敢归，嬲唔敢嬲。外家迷转，老公又恼。送转男家，人人耻笑。"[1] 体现了在客家社会里夸勤笑懒的习惯，肯劳动的就叫她"乖细妹"，贪玩的就骂她"懒尸嫲"，而《勤俭叔娘》和《懒尸嫲》就是一种形象化的教材，潜移默化地影响客家地区的女子，从小就灌输以勤勤恳恳、劳作顾家的思想。在这样的环境下，进娣亦如其他客家妇女一样勤俭贤惠，起早贪黑，忙里忙外，生活辛苦而安稳。这就是客家妇女的生活，为家庭操持甚至撑起整个家族。

（三）根源分析

进娣在万盛围期间的艰苦生活是千千万万个客家妇女遭遇的碎片，她顺从作为一个等郎妹的命，肩负起为婆家等一"郎"并悉心照顾，等"郎"长大后延续看火的使命，她顺从客家妇女必过的生活，起早贪黑勤

---

① 胡希张：《天籁：一个从等郎妹到山歌精的故事》，广州：花城出版社，2011 年，第210 页。

恳劳作。传统的客家女性为何能忍受如此艰辛的生活并做到"勤劳俭朴、贤淑善良、温柔顺从",其最重要的原因在于其几乎无处不在的母性意识。母性意识是女性特有的情感,她张扬高尚、无私、神圣的母爱,具有温柔、关爱、奉献等特征。而客家女性的母性意识并非为人母者独有,它是渗透于传统客家女性血液中的深沉积淀,其最大的特征是具有担当意识和奉献精神,是对主体无私无畏的付出与奉献。他者是指没有或丧失了自我意识,处在他人或环境的支配之下,处于客体地位以及失去了主体人格并且被异化的人。这里的主体,不仅指她们的子孙后代,也包括长辈、恋人、丈夫。进娣对她年幼的丈夫,她的公婆,甚至整个古家都是默默无闻,拿自己的青春来换他们的安逸生活,这样的意识贯穿了客家女性的每一个人生阶段,成为她们生命的主旋律。而使母性意识成为客家女性突出的品性,是传统文化继承、地域文化结合、被他者塑造等各种因素共同作用下的产物。这能解释为何进娣如此温柔顺从,皆是本性使然。由自觉的劳动意识到母性意识都是传统客家妇女所普遍具有的,在进娣身上表现为勤劳俭朴、温柔顺从的传统客家妇女形象。胡希张先生笔下的进娣除具备普遍性外更突出的是拥有下文所论及的独特个性。

二、不屈

除去传统客家妇女的品质,进娣身上还具有个性特征。进娣在面对万盛围的恶霸成虎、上畬的谢保长,以其不屈的性格掀起奋力反抗的风浪。进娣面对命运也义无反顾选择不屈从,不屈从于等郎命,不屈从于女人就应该为男人们而活的命运,最后收获良缘开始新生活。

(一)不屈从于权势

成虎一直觊觎进娣的美貌,因一次偶然的机会设计抓住进娣的把柄后糟蹋她,得逞后成虎听闻进娣怀有他的孩子,又怕遭报复,想尽各种办法冠其以"失节"的罪名,要按族规将进娣浸猪笼,来一个借刀杀人的毒计。同样是被成虎毁掉清白,小说里两个女人的举措有鲜明的对比。说唱艺人吴满的徒弟阿菊是一个盲女，跟着师父被请到万盛围唱山歌，为围中的大善人古国强贺寿，在演出的晚上成虎看上了阿菊，便利用她的无知及各种甜言蜜语骗取她的肉体，事后成虎翻脸不认人，阿菊却苦苦纠缠，天天到大部队找他。虽说是为自己讨一个说法，实际她还是念着成虎，想找一个终身寄托，只可惜妹有此意而郎无此情。最后在万盛围门前上演了一场闹剧，成虎一气之下一脚往阿菊的肚子踹，最后阿菊因流血过多而一尸两命。

　　进娣在遭受屈辱后，并不是像阿菊那样死死纠缠，而是忍下来独自承受，没有去找成虎讨公道，也不敢告诉任何人。因为她知道，像成虎这样的男人不能寄予任何想法。她甚至觉得愧对来宝，拒绝与他结成连理的机会，受尽百般屈辱的进娣想过轻生，但又念及这等委屈若是随人一并入土，如阿菊那样含屈而去，就便宜了那恶人。于是进娣怀着愤懑与不屈离开万盛围，待时机来临。小说中有一幕写得特别生动：进娣呆呆地坐在碑前，几天来她身心遭受的种种摧残，令她委屈、羞辱、愤恨、绝望，痛不欲生……进娣用右手反复抚摸着碑中间的那一行字，用心声对阿菊诉说："……姐姐死了，怕是像死猪死狗一样挖个坑埋了。阿菊，姐姐苦呀，真正是黄连树下埋猪胆，黄连树上挂苦瓜，从头苦到脚底下呀！妹妹，姐姐不甘心！真不甘心呀！姐姐在阳间奈何他不得，要到阴间去告他……"雨丝如织，进娣的神志清醒了些，急忙抓起竹板和墨镜，紧紧抱在胸口，口中喃喃着："我不能就这么死，我不能好了他，我不能就这么死，我不能好了他……"[1] 在"饿死事小失节事大"的传统观念下，进娣试着求一死来解脱，而内心的恨与不甘又使她不忍离世，经过一阵内心的挣扎，她重新活过来，等待机会报复。

　　而在上畲，进娣再次遇到权势的欺压，也是以同样的姿态反抗。50多岁的谢保长委托刘媒婆为自己讨个小老婆，看上了能唱能干人又靓的进

---

① 胡希张：《天籁：一个从等郎妹到山歌精的故事》，广州：花城出版社，2011年，第286页。

娣，但是媒婆多次说媒无果，谢保长暗暗不乐。得知进娣和挑夫阿焕好上，谢保长想尽各种办法阻挠，见无法阻挡"有情人终成眷属"，更是积久成怨。在进娣和阿焕成亲不久，谢保长便派两保丁抓阿焕为国军挑物资，阿焕刚去不久意外身亡，谢保长利用他的权力将阿焕调走，就是为有朝一日能占有进娣。夫亡后进娣日日以泪洗面，边哭边唱与阿焕对过的山歌，内心万般苦与恨。

一天谢保长经过进娣家，心里打起了坏主意，进娣看见谢保长入家门并没有拒之门外，她沉默不语纵容"狼"入室，尽管谢保长各种花言巧语，进娣始终一声不吭，只死死注视着谢保长，话尽他扑向进娣，一手抱腰一手扯她的衣服。在关键时刻，进娣奋力将谢保长推开，迅速从枕头底下抽出菜刀，朝谢保长又伸过来的手狠狠砍去，正好砍中手臂……进娣又举起刀砍来，谢保长转身就跑，进娣举刀追赶到厅里，[1] 仿佛早有准备一样。进娣在受辱受屈后并非一蹶不振，也不是"一朝被蛇咬，十年怕井绳"的后怕，而是默默忍受，等待以恶报恶的机会。两次面对男人的欺压进娣都是拿出"宁为玉碎不为瓦全"的不屈去抵抗，含着怨恨活着，最后看着成虎被张参谋枪杀，看着谢保长被批斗，所有的恩与怨都随风而散了。

（二）不屈从于命运

在万盛围受辱后进娣选择逃离，而这一举，将她的不屈形象表现得淋漓尽致。进娣有预感成虎不会善罢甘休，所以她借助好友的力量逃离万盛围，而在逃亡的那天晚上她小产了，鲜红的血染红裤脚，强忍锥心之痛也要随着众人的脚步继续赶路，最后体力不支痛到昏过去。于进娣而言，留下被逮意味着她挣脱不了等郎妹的宿命，背上失节的罪名，等待封建家长制的裁决。而逃离万盛围，就是对等郎命的不屈，对"失节事大"的抵抗，这种不屈更是表现出她对新生活的追求。离开的生活也是艰辛，却十

---

[1]　胡希张：《天籁：一个从等郎妹到山歌精的故事》，广州：花城出版社，2011 年，第 287 页。

分随心，再苦再累也是为自己而活，过的是自由洒脱的生活，不必思前顾后。她去过亲爹娘家、亲姐姐家，生活极度困难时也当过乞丐，也曾洗衣卖水，甚至挑盐上江西，她相信只要有手有脚走到哪儿都不会饿死。生活的艰辛赋予她一双劳动的巧手和大脚板，更令人惊讶的是她还拥有一副铁肩膀，一百几十斤的担子上肩，健步如飞。小说中的第十五章，就写进娣逃亡于福嫂家寄身，挑盐上江西换回救命粮的场景。

旧时，粤、闽、赣边区的物资交流，特别是海盐内运和赣来入粤，都是靠肩挑。肩挑是客家社会"男女同工"的一个典型。早在清嘉庆年间，梅州兴宁的食盐集散就形成了一条"盐铺街"；而从梅州至福建永定的十里路，全靠肩挑，鼎盛时脚夫不下 3000 人。[①] 那时，贫家的妇女，大多农闲即挑盐北上，挑米南来，以此赚取几个脚力钱帮补家计，以致"挑盐上江西"成了"艰辛"的代名词。在跋山涉水的挑盐路途上，山间时而响起阵阵歌声，有"讲起挑担真艰难，一步不得一步前，肚又饥来口又渴，挑生挑死也没钱""讲起挑担真冤枉，一身衫裤起盐霜，早知身上有盐出，何不挑担空箩筐"的艰苦写照；有"挑担上到狮子岗，狮子岗上嬲一场，又有笑话来救饿，又有山风来拨凉"的苦中作乐；有"挑担来到长排岗，看到长排心莫慌，咬紧牙关都要去，长排岗上好嬲凉"的坚韧不拔。有山歌相伴，虽路长且艰，进娣却能过上"米饭香过红烧肉，山泉甜过凤凰茶"的自由生活，正如福嫂所说，"她吃饱了全家都不饿，她穿暖了全家都不冷"[②]，无牵无挂。

畸形的婚恋形式下，等郎妹的命运，似乎早已尘埃落定。就像进娣的发小阿春，同为等郎妹，对未来的生活没有任何选择的余地，不能择"郎"，阿妈只要生下男孩就是自己的"郎"，等到"郎"成年后就要为其生儿育女、操持家事、伺候爹娘。小说后面提及进娣重回万盛围时再见阿

---

① 胡希张、莫日芬等：《客家风华》，广州：广东人民出版社，1997 年，第 233 页。
② 胡希张：《天籁：一个从等郎妹到山歌精的故事》，广州：花城出版社，2011 年，第 286 页。

春，阿春不过是三十出头却熬成五六十岁的容颜，其间的缘由不明说也懂，实在让人心酸。而进娣从选择离开万盛围那刻开始，她就摆脱了等郎妹的命运，她拥有了自由婚恋的权利，也摆脱了封建家长制的压力。进娣不屈等郎妹的命运，才为自己争取到自由恋爱的权利，才有和挑夫阿焕"一杯美酒双手扛，恭贺新郎和新娘，挑担路上郎搭妹，今日结成好鸳鸯"① 的佳话。

（三）成因分析

生长在传统客家家庭的等郎妹，不屈的心如种子早已种植在进娣心里，而张坚珍的出现就是促其发芽的催化剂，小说中红军姐张坚珍对进娣的影响之大不可小觑，在此将其影响归纳有三：身世、观念意识、实质性的帮助。张坚珍在小说的第七章出现，"在人群中，有一个戴竹笠的女子有些显眼。她二十岁左右，身材高瘦，一副黝黑的国字脸，有几分男子气概，身穿有补丁的土林蓝布大襟衫，脚上穿一双烂布打的草鞋，肩上挎着褡裢袋，两眼有神而机警，走起路来一瘸一瘸"，从中就能感觉到她的一身正气。第一，身世。进娣刚与坚珍接触时，知道她是被卖做童养媳，曾屡屡感叹"真可怜"，后来知道她是逃出来的又是一阵佩服。侧面反推进娣对坚珍是同病相怜的同情以及无比敬佩其勇敢逃离束缚，这样的一个人物对进娣起到"榜样"的作用。第二，观念意识。之后通过更深入的了解进娣知道了共产党和革命山歌，进娣对这一个"解救穷苦百姓"的组织充满了好奇，对于那里的一切都觉得新鲜，进娣唱出"山歌不唱不风流，猪肉不煎不出油，黄麻不搓不成索，共产不行不自由"② 的同时，也默默地接受了张坚珍的革命思想，进娣甚至为维护坚珍被成虎抓住"与匪党同流合污"的把柄，被夺去清白。第三，实质性的帮助。进娣是在张坚珍的帮助下逃出万盛围的，在逃走的路途上进娣小产无法前行，坚珍见状便建议

① 胡希张：《天籁：一个从等郎妹到山歌精的故事》，广州：花城出版社，2011 年，第 313 页。
② 胡希张：《天籁：一个从等郎妹到山歌精的故事》，广州：花城出版社，2011 年，第 161 页。

她投靠亲爹娘家调养身体再作打算，但进娣却不愿意与坚珍一行分离，并且表明要当红军宣传员。如果说进娣在万盛围的默默哀怨是内心不满的表现，那么张坚珍的出现便是使其将不满上升到不屈的潜在因素。进娣的不屈是因个性使然与外部影响而显现的，体现了不屈从于权势与命运的客家妇女形象。

三、追寻

追寻梦想，追寻个性。在男权思想严重的封建社会，女人作为男人的附属物，拥有的自由少之又少，一切以夫与子的生活为前提，哪能奢侈谈及梦想甚至去追寻梦想？更何况在边缘的客家地区，大字不识的进娣只是一个普通客家女子，又如何实现她的"山歌梦"呢？

（一）升华

在客家地区，无论是田里还是山间里都能听到男女老少的歌声，进娣从小就喜爱山歌，从她偷学山歌、偷做竹板、偷唱山歌就能感受到她对山歌的痴迷。小时候进娣身边通过唱山歌吸引人来买药行乞的人都能成为她的启蒙老师。有一次她陪聪珍赶圩，在集市里看到各种叫卖，竟入了迷，后惹得阿妈生气，被揪着耳朵边骂边打："短命鬼，讨债鬼……怕是山歌会勾魂嘞，一听到山歌魂就被勾走了……打也打不怕，一转背又忘了，死牛皮"①"好了伤疤忘了疼"的性格让进娣不曾停下追求山歌梦的步伐，为了能打出好的板花，她用笋叔婆家老竹凉床的竹片偷偷做了一对竹板，日日夜夜摸索练习，后来被聪珍发现了免不了一顿打，却丝毫没减她对山歌的热爱。在同龄人里，进娣唱的山歌有模有样，常常引起围观。这未尝不可以看作进娣对本我欲望压制后的升华活动。

偷学山歌，山歌对阵，拜师吴满，与阿焕对情歌，山歌擂台……随时间的推移，日积月累，进娣凭借其勤学苦练还有一点天赋，获得"山歌

---

① 胡希张：《天籁：一个从等郎妹到山歌精的故事》，广州：花城出版社，2011年，第24页。

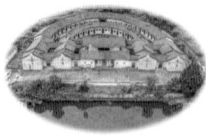

进"的头衔，并建成自己的山歌亭，这一路遇到多少碰壁多少挫折。小的时候进娣痴迷山歌成性，常遭聪诊的痛打和辱骂："做鬼竹板，唱告化歌，你就不怕把家里唱衰了，现在都这样了，连扛香炉的都没一个，给人家够看衰的了，你还嫌得不够呀！"[①] 进娣在四处漂泊时，巧遇吴满想拜师学艺却遭拒绝："你不是吃这碗饭的人……人又长得好，年纪又轻，出门卖唱，太招惹眼睛了，连阿菊姐姐那样的人都有人去糟蹋，你要是……"[②] 后来心上人阿焕遭人算计而惨死后，进娣不再与人对唱山歌，还被山间劳作的男青年调侃"你是斑鸠也会啼，装聋作哑好离奇，阿哥被你激出病，激病世上无药医"[③]，但她却没有像以往展喉对唱，而是面无表情默默离开。进娣在三十多岁的时候被邀请到县城登台参加山歌擂台比赛，恰逢对手是树生，而树生因嫉妒她的山歌功底好，便时时设法让进娣在台上出丑，而进娣却能一次又一次迎难而上，最后赢得比赛。进娣人过半百时唱山歌怡情，却遭到儿子珊国反对甚至听到"身为公务员的阿妈在公园里卖唱还很光彩的呢"[④] 的讽刺等等。罗进娣就凭借一颗热爱山歌的心，一路风雨兼程，寻获自己的梦想，拥有这样的心性与气魄的女子，在客家地区真的是少之又少。

（二）自我

在梦想与现实的磨合下，进娣展现了追梦时独特的个性。她骨子里就有一种"刘三妹"（相传是松口镇的山歌手，唱山歌成精）般的智慧与激情，她面对心仪的男子时能放声表达自己的爱慕"妹子一侪哥一侪，两人就来做一家，哥就细茶妹就水，滚水泡茶开心花"[⑤]。面对毫无感情而言的"郎"直率地骂道："对岁还是鬼呀般，抱在怀里才晓眠，日夜害人讨债

① 胡希张：《天籁：一个从等郎妹到山歌精的故事》，广州：花城出版社，2011 年，第 29 页。
② 胡希张：《天籁：一个从等郎妹到山歌精的故事》，广州：花城出版社，2011 年，第 218 页。
③ 胡希张：《天籁：一个从等郎妹到山歌精的故事》，广州：花城出版社，2011 年，第 330 页。
④ 胡希张：《天籁：一个从等郎妹到山歌精的故事》，广州：花城出版社，2011 年，第 467 页。
⑤ 胡希张：《天籁：一个从等郎妹到山歌精的故事》，广州：花城出版社，2011 年，第 312 页。

鬼，真想捶你两三拳。"① 在山歌擂台上巧妙对唱辱骂的山歌"骂人山歌人人有，骂了别人臭了口，骂来骂去结冤仇，不如唱歌交朋友"②，以及"客家山歌特出名，条条山歌有妹名，条条山歌有妹份，一条没妹唱不成"的人前人后落落大方。这便是客家妇女的热情、豪放，直率、诚挚，绝少的小肚鸡肠、弯弯绕绕那一套，也展现出罗进娣如"刘三妹"般的爽朗、利落且有几分泼辣。

客家地区以子为贵，夫荣妇贵的传统意识颇为盛行，传统的客家妇女宁愿放弃自己的事业、自己的追求，承担起家庭的日常事务而成全男人们。但是进娣没有因此而束缚自己、不追求自己的梦想，早在年轻时就丧夫，作为一寡妇独自把孩子羊古带大，羊古也就成为她唯一的牵挂。全国解放后，农村发生翻天覆地的变化，如土地改革、办农村夜校、山歌创新等。大环境的改变使进娣的生活也产生了变化，她开始走出上畲到秋云楼唱山歌，名声大噪，甚至被邀请至县城参加山歌擂台，山歌改变了她的生活，每次唱完山歌。邀请一方必定会送她一些干粮作报酬，解决了生活问题，羊古也健康成长起来。而后进娣被市长邀请到市里参加山歌演出并且安排稳定工作，羊古也随母亲到市里生活享受好的教育条件。作为母亲，进娣事事都为自己的孩子着想，没有因追梦而忽略孩子，也没有因孩子而停止追梦。最后进娣还和归侨来宝合资办来宝围大酒店，进娣创新结合山歌与酒店服务方式，使来宝围成为市里最有特色的酒店，同时她自己也成了酒店的副董事。这位普通的客家妇女不断追梦成就自己的事业，同时在追寻的过程中释放真正的自我，成为一个敢爱敢恨、热情坦率且具有自我意识的客家妇女。

历经顺从—不屈从—追寻，罗进娣由传统客家妇女的形象发展为具有自我意识的现代客家女性形象。这正是无数客家女子的真实写照，她们在

---

① 胡希张：《天籁：一个从等郎妹到山歌精的故事》，广州：花城出版社，2011年，第44页。

② 胡希张：《天籁：一个从等郎妹到山歌精的故事》，广州：花城出版社，2011年，第398页。

重男轻女的社会中自强不息，闪耀着艰苦朴素、勤俭持家、坚韧不拔、聪明善良等耀眼的精神光环。正如西蒙·波伏娃所言"女人并非生而女人，女性是后天被塑造出来的"①，客家女性的形象不仅来源于传统文化的沉淀，更来自男权社会的塑造，强势的男性话语塑造出质朴、勤快、乐于奉献与牺牲的传统客家女性。然而胡希张先生笔下的客家女性形象除了具有传统的品质外，还带有时代的进步性，罗进娣身上不屈从于权势、为追梦而升华的品质打破传统客家妇女安分守己的常态，具有时代特征。《天籁：一个从郎妹到山歌精的故事》在塑造典型的客家女性的同时，还别具匠心地通过山歌与民俗来凸显现代品格，使得客家妇女的形象更为丰满生动，使得小说如同一卷客家风俗画，承载着浓浓的"客家味"与客家情。《天籁：一个从郎妹到山歌精的故事》是已过耄耋之年的胡希张先生积极投身客家文化创作与研究的果实，也传承了这位新客家人的半世客家情缘。

（张劲松　夏玲玲）

第三节　邱晓玲访谈："山茶花"之恋

张劲松（以下简称"张"）：晓玲，你好！本来想请林文祥老师来访谈的，但我看网上已经有一些他的访谈了，就不画蛇添足，所以辛苦林老师的学生——你——来接受访谈。首先回顾一下，是什么样的契机让你从网络小说写手转型到山歌剧创作的？能够介绍一下你曾经的网络小说和现在的山歌剧创作情况吗？

邱晓玲（以下简称"邱"）：您好！张老师，在 2014 之前我主要创作

① ［法］西蒙娜·德·波伏娃著，陶铁柱译：《第二性》，北京：中国书籍出版社，2004 年，第 56 页。

网络小说和散文，在起点中文网写了 2 本长篇小说——《毒胭脂》和《珍腴记》，这两本小说都已出版，其中《毒胭脂》还与上海的传媒公司签约了影视改编。因机缘结识了相关的影视圈人士，在与对方共同策划选题后我还写了长篇小说《黑狐》和《摩登姻缘》，《黑狐》与北京的传媒公司也签约了影视改编。因"触电"让我萌生了改行做编剧的想法，恰好此时，受一位文友引荐，我和当时的梅江区文化馆丘馆长相识，此后便开始了为舞台而写剧本的编剧之路。2014 年进入文化馆工作，也因此结识了林文祥老师，他见我写剧本有一定的基础，提出让我学习客家山歌剧的想法。当时我连什么是山歌剧都不清楚，但因为对编剧这一行的喜爱，便迷迷糊糊开始学习山歌剧。让我爱上山歌剧的一部关键作品就是文祥老师的《等郎妹》，这部作品让我找到了自己今后的事业方向，多年来在文祥老师的悉心指导下，2017 年我主笔编了大型山歌剧《墙》，该剧获得了编剧、导演、作曲、舞美、灯光、化妆六项金奖，虽奖项是勉励性质，但也更坚定了我为编剧事业奋斗的决心。2019 年，在文祥老师带领下，我为河源编了大型山歌剧《娘·酒》，直至 2023 年的山歌剧《血蝴蝶》搬上舞台，这已是文祥老师带领我创作的第三部作品。编剧很难，难在对作者的要求高，难在各部门的配合协调，但为了山歌剧，我会一步步走下去。

张：一路走来，硕果累累。你觉得创作客家山歌剧和以前的网络小说相比，最大不同在哪里？

邱：大多网络小说的特点在于新意层出不穷，可以不讲究人物，但情节发展需迎合读者的心理预期，现在所说的网络爽文，也就是能让读者读起来感觉很爽。现实生活中我们都是平凡普通的，有许多心愿无法达成，但在网络小说里，人物角色要很厉害，无所不能，呼风唤雨，即使开始很普通，也会在努力后成为"王者"，这是大部分网络小说的特点。当然像《明朝那些事儿》这类含金量较高的网络小说，走的是轻松诙谐历史知识路线，另当别论。大多的网络小说都较随意，所以能出圈的并不多。而作

为舞台艺术的山歌剧，则是一门高深的学问，至少我是这么认为的。要写好一部山歌剧，除了基本的文字功底，还需对客家民情风俗的了解，对客家人精神的精准表达，更需要哲学思想力量的加持。一部戏剧作品，如果缺少了思考和反思，便会沦为浅薄的歌舞故事，生命力注定无法长久。所以文祥老师曾对我说，要做山歌剧编剧，先坐十年"冷板凳"。意思是说，先用"十年"时间把内功练好，再谈创作山歌剧。这里说到的内功，除了上面提到的文学、客家风俗等储备，更有做人的心胸。从 2014 年至 2024 年，我的编剧学习之路，刚好十年。

张：十年磨三剑，也是厉害了。个人觉得网络小说的体量相对较大，可以有天马行空的自由想象和无限的时空交错，而山歌剧是规定好了时空，例如多长时间、几个背景、几场冲突、几个悬念都限制好了，相当于戴着脚镣跳舞。这也算是区别之一吗？

邱：是的，因为舞台限制了时间空间，这也是舞台剧的特点，必须精炼、简明、准确，一切围绕主角的塑造而展开，舞台剧另一个特点是牵一发而动全身，也就是说，这一步设计错了，便会步步错。所以大戏的创作修改，其工作量不比上百万字的长篇小说少，其中的艰辛主要体现在创作时的大量深度思考，与导演如何才能达成一致的意见，到修改时的自我推翻，每一步都须艰难向前。

张：多年前我曾在国家大剧院观看舞剧《铁道游击队》时被感动得泪流满面，说出来也是莫名其妙，当然戳人泪点的不是剧情，而是场景与音乐所触发的有关地老天荒、人生悠忽的联翩心绪与感思。林文祥先生在性别形象塑造时似有偏袒男性之嫌，这可能也与每个作者都不能跳脱出自己的性别局限有关。作为客家女性，你觉得林文祥老师作品中有大男子主义思想吗？如果有，这种偏袒算是客观历史的反映还是无意识流露？

邱：一千个读者就有一千个哈姆雷特，我想莎士比亚心中的哈姆雷特王子跟我们心中的形象肯定有所不同，因为我们每个人的经历和感受都不一样，所以理解也就各不相同，这是很正常的现象。而文祥老师作品中的传统客家女性形象，或多或少都有悲剧意味的体现，正是他对传统客家女性这一群体心怀一种悲悯与同情，他把这种情感倾注于剧中的每一个女性角色，在父权社会下的传统女性，无论抗争与否，不可否认的是她们身上都有种身为女性的悲壮。而剧中的男性角色，我认为是文祥老师对于客观历史的反映。纵观客家历史，可知客家人有强烈的宗族观念，每个姓氏的宗族都有一个年长的叔公头，宗族事务须由叔公头负责，即大小事务都由他说了算，在文祥老师的作品如《等郎妹》中就出现了宗族领导者叔公头的形象。叔公头受封建礼制的教化，执行的也是封建礼制的那一套，所以男尊女卑在客家历史中是不可忽视的文化现象。再看以往客家男性，他们大多为生活所迫，下南洋挣钱，而客家女性则留守家中，田头地尾、灶头锅尾、针头线尾维持整个家庭，可以说没有客家女性的牺牲奉献，是没有客家族群的延续发展的。文祥老师在剧中塑造女性的悲剧意味，和塑造男性的大男子主义，是希望观众能通过人物对客家传统文化中的糟粕进行反思。

张：这也说明了文祥老师作品的成功，正如演员演正面角色让人喜欢、爱慕，演反面角色使人讨厌甚至痛恨，一样都是成功的表现。林文祥老师说他一入门就得到了恩师罗锐曾先生的指点与合作，让他少走了很多弯路。作为林老师的高足，你觉得林老师的生活于创作哪些方面给了你启发？

邱：作为文祥老师的徒弟，我是深感幸运的，除了学习编写山歌剧之外，在文祥老师身上我也学到了为人处世的道理，往往在讲授作品之时，文祥老师会在不经意间把自己的人生经历和处世之道夹杂进去，所以与他深入交谈后，常常会感觉自己的心胸更开阔、思想更纯净。文祥老师基本不在我们面前提及他成长路程的各种艰难困苦，但在授业解惑时，在我倾

吐苦水时，他会提及自己在某种困境中是如何面对的，所以我才渐渐了解到文祥老师的成长之路也充满各种坎坷，他对人生的态度，对生活的态度、也深深影响了我。

张：作为拿奖拿到手软的地方剧"金牌编剧"林老师的学生，身处这份"传帮带"或"叠罗汉式"的传统中，你们肩负着如何使这朵"美丽的山茶花"开得更美更娇艳的任务，在山歌剧创作中承前启后、继往开来，你们觉得有压力吗？

邱：压力是肯定有的，而且是巨大的，来源于师父夺目的成就，而自问自己还诸多不足，何以传承薪火？但师父的信任也催促我不断向前，催促我克服各种困难，要成为像文祥老师那样的编剧，如同唐僧取经，"九九八十一难"我这才刚刚开始经历呢。

张：林老师阅读面很广，他曾说非常喜欢阅读哲学书籍，他会给你们开必读书目吗？每段时间有学习任务和写作要求吗？

邱：文祥老师个性温和坚定，他最近看的书、看的剧，有好的东西会分享给我们，让我们也去看看，但他从不硬性要求，因为一个人想要成就事业，更深的动力是来源于自己，而文祥老师负责导航。学习任务也同样如此，他会分享他的学习内容给我们，但从不要求我们必须做到，写作任务也是，他会说要多练笔，至于如何练，完全靠我们把握，写好的作品交给他后他会指导如何修改。

张：汉剧团和山歌剧团现在都在亮胜客家艺术中心。汉剧都为传统戏曲，用普通话；山歌剧多是现代戏，用方言，这可能是我们这些外行能进行的最简单的区分了。汉剧团有个"周五有戏"的惠民演出，山歌剧团有类似的惠民公益演出吗？

邱：山歌剧也有惠民演出，需关注山歌剧团发出的相关公告。3月29

日、30 日有山歌剧《虹桥烟雨》的演出，是罗锐曾老师的作品，可以留意。

　　张：好的，到时一定去听。既然汉剧更多的是老年观众，那山歌剧是不是必然向中年、青年们靠拢？所以新版客家山歌音乐剧《林风眠》就是面向年轻人的一次实验，如果说当年的《等郎妹》是石破天惊，那新版《林风眠》当算凤凰涅槃，获得新生。其中的传统元素更多是作为底色（如梅县松口山歌音乐元素）存在，现代的艺术表达形式与元素已慢慢浮出水面。客家方言和客家山歌在其中似乎很稀薄了，而片段式的剧情、表现主义的元素更受年轻人的青睐，因为他们观念新、信息源广，接受起来肯定没问题。对于这么大胆的改革，当初你们有没有过担心过市场可能会不接受？

　　邱：音乐剧《林风眠》是一次勇敢的尝试，也是一次大胆的突破，因为林风眠出生在梅州，但从小就离开梅州，云游国内外，取得世界瞩目的艺术成就，用传统的山歌剧形式表现他的一生就不太恰当了，于是创作团队想到用音乐剧的方式来呈现，这样也无可避免地导致客家特色的减弱。但音乐方面从山歌元素中发展开来，包括剧中阿姆的原版山歌，都在结合情节努力突出和保留客家特色。我们留意到近年来传统戏曲观众的严重萎缩，客家山歌剧同样面临这一难题，没有年轻观众的加入，山歌剧就很难发展，所以从《林风眠》开始，文祥老师试着改革山歌剧，顺应时势发展，顺应现代观众的审美，也许下一部山歌剧又有革新的亮点，让我们一起期待。

　　张：老年观众可能还是喜欢表现客家女性美好品质的《等郎妹》等传统山歌剧，太现代的东西接受起来有困难，如《林风眠》群舞演员都是带着纯黑或纯白面罩的，衣服也是纯黑或纯白长袍，林老师说这种黑白对置的创意来源于八卦图，年纪大一点的观众对其可能有点难以理解，或不能

准确领悟其中寓意，所以应该怎么来平衡市场两端的需求？

邱：一部作品很难全面顾及所有观众，所谓众口难调，只能针对每一部剧的风格定位目标人群，而为这一群观众打造符合他们审美的作品。《林风眠》受众群体是年轻人，所以风格上就大胆创新，老年观众有所不解也属于正常范畴。

（2024 年 3 月 19 日改定）

附录　梅州近四十年小说中的客家女性形象

　　作为开一代风气的梅州作家,《客都客家文学选粹·小说卷》主编罗青山曾说"他们总是以自己的智慧和探索精神,不懈地进行小说文体的试验、创作手法的创新"。在梅州近三十年的客家小说中,作家们一开始塑造的客家女性形象仍旧带有传统文化影响留下的烙印,目的在于引起读者的反省和思考,但他们又不拘泥于陈规,随着时代的发展和变迁,客家女性题材小说有了大幅度的突破和发展,作家塑造了一批具有崭新灵魂的客家女性形象。下文拟以《客都客家文学选粹·小说卷》为中心,梳理与审视改革开放以来梅州客家小说中的客家女性形象类型与变迁。

一、传统女性

　　客家女性素以勤劳简朴、贤良贞淑的性格受到世人的称赞,但客家女性的性格过于屈从、隐忍,在爱情婚姻中处于被动地位,经常造成悲剧性的结局。其中有相当一部分是深受封建传统观念毒害的传统客家女性形象,当然也不能一概而论。具体有或因正当感情需求和原始欲望得不到满足的性饥饿女性,或处于被动、屈从地位的女性,或自强不息、奋发有为的女性等类别。

　　程贤章的短篇小说《贞女文氏》(2001),通过对客家年轻寡妇文氏形象的塑造,展现出传统客家女性悲苦隐忍的婚姻爱情生活。文氏十七完婚、二十而寡,她以三纲五常规束自己,矢志不嫁,操守家业,抚养孤儿,充分表现了一个坚强独立的形象。文氏将对族长程北的爱意和心中难以压抑的性欲寄托在数铜钱的行为上,这表现出年轻寡妇拼命压抑性饥饿

感的痛苦。曾子沾《客家魂》（2007）中的客家女性袁玉英早年丧夫，一直恪守做女人的本分，谨记老一辈的训示：做女人要从一而终。她认为再嫁是最为下贱的事，将再嫁看成洪水猛兽，是罪恶的化身，宁愿用咬破指头和摸铜板的方法来折磨自己，驱散心中难以抑制的性欲，也誓死不嫁二夫，甚至发下"纵然当乞丐也不再嫁人"的誓言。现代社会也存在着传统女性的影子，比如彭汉如《只差一米》（2013）中的郝靓靓，她尽力扮演好一个贤妻良母的角色，随着丈夫的官越做越大，她越发不敢过问丈夫的事情，连夫妻之间过"生活"的次数也是少之又少，形单影只的她只好练瑜伽或绣十字绣打发时间。她的这种做法和贞女文氏数铜钱的行为异曲同工，都通过其他事物来转移身体上的性饥饿感，达到心如止水的境界。

程贤章的中篇小说《大迁徙》（2003）叙述了西晋年间一支举族南迁士族的迁徙史。在小说里，作者除了着重刻画贾南风这个呼风唤雨、谋略与胆识兼具的主要人物之外，还勾勒出南迁士族首领程文的妻子程夫人这一传统女性形象。她深受中原地区"男尊女卑""三从四德"思想的教育，对婚姻的认知始终停留在传宗接代、生儿育女的层面上，盲目遵循"嫁鸡随鸡，嫁狗随狗"的传统婚嫁观念，这就决定了她在爱情婚姻甚至社会生活中始终处于被动、屈从的地位，这不失为千百年来传统女性的一种悲哀。而《苍天厚土》（2005）中的月秀是这类女性的典型代表，她们甘愿为家庭奉献自己的所有而不求回报。月秀为了李家老小不被饿死，自愿卖身，认为这样做是在尽人妇的孝道和忠顺，谁知这自以为正确的做法，却与她原来的设想背道而驰，造就了她后来悲剧的人生。叶春萱的《菊莲》（2010）是作者以自己的外婆为原型，叙写了从 20 世纪 40 年代初开始，女主人公菊莲甘愿寡居将近 60 年，从菊莲妹到菊莲叔婆的经历，完满地展现一个勤劳、孝顺、聪慧的客家好媳妇形象。她不但以锦元媳妇的身份尊敬长辈、平待兄弟、爱护子女，让家庭和和睦睦，而且对于朋友和邻居也总怀着一颗善良的心，热心助人，乐于奉献，展现一个美好的客家妇女形象，在爱情婚姻方面则是一辈子就认定自己唯一的男人，坚守了一辈子。

黄河文的《来香》（2015）塑造了以作者母亲为原型的另一个童养媳形象。来香12岁就做了童养媳，18岁结婚，其后丈夫反反复复多次离开又归来，她都毫无怨言、不计前嫌地接受丈夫、接受命运，其中当然也有对外面世界诱惑和其他男人引诱的抗拒。来香是一个坚强寡欲的客家母亲。菊莲和来香是从旧时代走至新社会的客家妇女的化身，是众多客家童养媳的一个缩影。谢友祥的历史小说《南汉国传奇》（2017）塑造了一批个性鲜明的女性人物，有18位重要女性，其中既有拥有一切美好品质的正面女性形象如素馨、鳗娘和胡夫人等传统女性的群芳图，也有处在金字塔顶端，但结纳宦官、败坏朝政、代表邪恶女性形象的樊胡子、卢琼仙、十媚等群丑图，亦有处于社会底层的贫民女性和妓女代表如瑞香、大燕、栀子等。她们最终或奋起反抗，或出卖身体，或惨死他人之手，结局不胜枚举。

二、革命女性

中国的妇女解放运动选择了革命的道路，总是和中国的社会变革有着密切的联系。作家在塑造革命女性时，也总是将人物形象置身于社会大背景中，重视革命女性的主体性和独立性，具体分为具有坚强不屈革命精神和具有情感抚慰精神意义的两类女性。

万振环的代表作《喋血东江》（1988）塑造了一个具有坚强不屈的伟大革命精神的客家女性徐妙娇。在撤离八乡山之际，徐妙娇与丈夫古大存进行了一次谈话。当古大存问到万一被敌人捉到怎么办的问题时，"徐妙娇斩钉截铁地答道：'不招供，不做软骨头！要死就死我一条命，绝不给你脸上抹黑！'"从她斩钉截铁的语气里，明显可以看出她对革命是抱着宁死不屈的抗争精神的。廖武《沉默的黎明》中的小百灵是蒋管区春花舞厅大名鼎鼎的歌女，实际身份是一名中共情报员，经常与只身深入蒋军做卧底的警察局长接触传递情报。小百灵不是贪生怕死之人，从她入党之时早已做好牺牲的准备，她不愿组织的进攻计划被毁，毫不犹豫地咬掉舌头，逼迫警察局长开枪结束她痛苦的生命。曾子沾《客家魂》（2007）中的阿香、郑妙昌《铁帚山》（2007）中的柳花等，这些革命女性不依附于男性，

有自己生活的目标和奋斗的方向，有独立的思想、高尚的情操，最重要的是她们具备甘于奉献、敢于牺牲的革命精神。当然，作家对革命女性形象的塑造基本有模式化和概念化的倾向。

在以革命斗争为题材的小说中，"革命＋恋爱"的叙事模式比比皆是，客家小说也不例外。万振环的《喋血东江》（1988）、程贤章的《围龙》（1998）、曾子沾的《客家魂》（2007）等都是客家小说中表现"革命＋恋爱"题材的重要作品，展现出革命斗争年代客家人的斗争生活和爱情经历。万振环《喋血东江·八乡山烈焰》刻画了一个令人印象深刻的革命女性张剑珍。她为了参加革命，不顾婆婆的阻拦，独自一人跋山涉水来到向往已久的八乡山。在这里，她认识了古大存的得力助手李斌，并与之产生了革命式的爱情。当家庭或爱情成为革命道路的绊脚石时，革命女性会主动选择革命，放弃家庭或爱情。比如《围龙》中的叶红，当她发现丈夫郭埔是革命组织内部的叛徒时，革命的妻放弃了反革命的夫，革命的理念战胜了家庭和爱情的羁绊；在《喋血东江》中，徐妙娇因古四的出卖落入国民党反动派张九华的手里，被他挟持借以引出古大存，但徐妙娇为了革命的整体利益，不畏敌人的恐吓和拳打脚踢，拼命呼喊古大存不要出来，最终死在敌人的枪下。

三、现代女性

随着时代的变迁，社会的性别意识发生了翻天覆地的变化。作家们敏锐地意识到社会的这种巨变，开始改变创作思路，力求紧贴时代的脉搏。这一时期，客家小说中塑造的现代女性形象逐渐摆脱了男性附属品的身份，开始从束缚人思想的精神枷锁中解放出来，重新认识自身的价值，学会用积极进取的心态来看待人生中的喜怒哀乐，毅然而然地站立在一个崭新的人生平台上。具体有突破自我进取精神和信奉金钱至上价值观念的两类女性。

《机关》（2013）、墨存的《梅在他乡》、张利香的《大学路》（2011）中的主人公可以说是具有突破自我的进取精神的现代女性缩影。《机关》

里的阿秋放弃原本安逸的工作，踏足机关，成为机关里面的"三无"人员——"无背景可靠、无金钱可送、无关系可找"。在暗潮起伏的机关里面，她恪守本分，兢兢业业地埋头工作，不受权力和利益的引诱，坚持快乐工作、健康生活的理念，实现了其精神上的自我突破。《梅在他乡》的梅蕙凭借自身努力，从学开出租车、做厨卫生意到开办属于自己的厨卫生产厂，她演绎了一个又一个传奇，将突破自我的进取精神发挥得淋漓尽致；《大学路》的"我"将大学门前的路变成奋斗之路，突破自我，从一名平凡普通的扫地工提升为一名作家。张利香的小小说《留守》（2012）叙述了一个客家女子菊在丈夫外出打工之际，孤身照顾和教育孩子，苦心等待丈夫归家的故事。家庭生活的负担、丈夫家庭角色的缺失、村里痞子的骚扰，纷纷压在菊的身上，菊承受着生理和心理上的双重压力，而这也是众多现代客家女性有可能面对的现实状况。叶春萱的小说《石榴花红》（2006）及续集《石榴石榴》（2009）中的石榴从小寄人篱下，长大后感情上一波三折，为解救梁公毅力惊人，从父亲老石生病住院到完成老石的遗愿，作为一个外嫁的女儿，石榴总是身体力行，用自己的人格魅力影响着兄弟姐妹，她是一个聪明睿智、美丽大方、自尊自立、坚韧不屈的新时代客家妇女形象。

在金钱至上的价值观念的驱使下，有些女性自觉或不自觉地将人身、人格、人品也当成商品，为逐利而不惜一切。程贤章的长篇小说《彩色的大地》（1983）是在改革开放的时代背景下诞生的。小说中，金花是一个聪明漂亮、有自信、有雄心的年轻女孩，她与银花一样青睐于才干出众的青年牛阁，在嫌贫爱富的社会风气影响下，金花嫁给了年近花甲的"万元户"牛福，从此开始走向精神沉沦的深渊。妹妹银花也同样饱受生活的折磨摧残，但她选择了自强不息的人生道路，收获了牛阁的爱情甜果。在李焕祥的《阿冲奇传》（2012）里，作者塑造了阿翠这个典型的金钱至上主义者。她唯利是图、见利忘义的金钱至上观表现在日常生活的方方面面，常常贪图眼前的蝇头小利，多收顾客的钱而不还，往散装酒里兑凉开水，

完全罔顾传统的义利观念。最终由于阿翠唯利是图，店里发生火灾，店中巨款被偷，她落得个离婚收场。最后她反而变本加厉，嫁给有车有房的老板，踏入金钱至上的旋涡里无法自拔。

蕉岭作家丘玲美和丘艳荣同乡同姓同性，两人的文笔、语感都很细腻，写法也很现代，她们笔下为情所困或因病轻生的现代女性令人印象深刻。《无爱一身轻》（《都市》2020 年第 9 期）题目就很吸人眼球，无疑是对"无官一身轻"说法的模仿，同时期网上也有同名歌曲，不知彼此是否有影响。该小说叙述了尹曼因丈夫不育并出轨而离异，但很快又被另一个渣男欺骗怀孕的故事，真的是"无爱一身轻，有爱变神经"具体演绎！具体的反转是以不期然的怀孕开始，面对意外的怀孕渣男的本性就露馅了。故事性强，信息量大，但个别地方不是太符合生活的逻辑，如离异女人一般对待下一段感情都会很谨慎，怎么会轻易被套路？《岸上的鱼》（《短篇小说》2021 年第 1 期）是写一个抑郁症女患者在治疗期间吃了很多药，因意外怀孕而又不愿堕胎，最后沉河自杀的故事。文中充满了意识流、内心独白和梦呓似的语言。因主人公无名无姓，只以"她"称呼，如写和女儿交流时"女儿跟她说，她高三了，是关键的一年，所以她决定去学校住宿。她看着女儿有点害怕和躲闪的眼光"时就两个"她"没分，可能会令读者困扰，如果用第一人称视角可能更合适女主的病人心理，也会让读者更有代入感，当然能分为几个部分的话，逻辑可能会更清晰一些。

梅州近四十年的小说摆脱了改革开放前为政治斗争服务的指导原则，将写作视野转向社会生活，重新回归文学本身。尤其是其中关于传统女性、革命女性、现代女性等三类客家女性形象的塑造，向我们展示了不同风貌的女性形象，让我们看到了社会的演变，听到了时代前进的足音，为我们深入研究梅州客家女性形象提供了丰富的素材。

（张劲松　古丽青）

后　记

自从 10 年前市文联拟成立"梅州市文艺评论家协会"而关注地方文学以来，我陆续参与了一些作品研讨会，结识了一些本土作家，阅读了一些本地作品，写了一些或长或短的文评，现在大致按小说、诗歌、散文与戏剧等结集，小说占了前六章，是主体部分，其中又以文评和访谈的时间及完成度排序。虽说自古以来我们就是一个诗的国度，但随着社会的演进与文化的转型，文类等级之冠已经从传统的诗歌流变到现今的小说，特别是长篇小说，这应该是一个不争的事实。然而梅州文学影响最大的却是诗歌、戏剧、网络文学与小小说，因视野、精力与能力所限，对于其他的优秀作家作品只能忍痛割爱、遗珠弃璧，殊为憾事。

文学评论似乎是一件门槛很低的事情，对于其他艺术一般人还真不敢乱说，但对于文学谁都能说上一嘴，文笔、情节、人物如何如何，谁还没写过作文、没读过小说啊！好坏优劣，读者们心里自有一杆秤，评论者的话也只是一家之言。当然，知其然是一回事，知其所以然又是另一回事，所以形式把握和技术分析尤显专业性。本书文评不管是不吝赞美还是历陈弊端都是善意的，都是为了一个共同的目标，就是为了使作者的下一部作品能更好更完美，更上一个台阶。因此，在评论或对话中，对于作品中一些不足和缺憾有时是开诚布公、直言不讳的，没有怎么委婉地绕着讲或聪明地迂回曲折去避开一些词汇，因为心里确实是为作者的思路着急，替他笔下的人物安排着想，其他还能有啥呢？肯定自己是本能，否定自己才能超越。当然也不排除是笔者瞎着急、乱着想。

本书题目来自两个现代文论的概念。远观（stand back）是诺斯诺普·弗莱提出的原型批评基本方法，其意是指在文学批评中，我们需要站远些来观照作品，以便发现其原型结构，去研究文学作品同神话、仪式、宗教及其他文化形态的血缘关系。作为一个新客家人，我对客家方言还是只能囫囵吞枣、雾里看花，对其独特与精微之处，难窥堂奥，因此对客家文学进行远观或许是一种行之有效的批评态度与方法，也许会发现一些别样的风致和风景。而凝视（gaze）则是后现代文论的概念，是指携带着权力关系和欲望纠结的观看方法，主要用来反抗视觉中心主义、男性中心主义与种族主义。作为文化的他者，客家人散居各地的边缘地带，客家文化总是面临着处于中心地带的主体文化的端详与凝视，当然，后现代社会和赛博文化的多样性与去中心化也给了客家人以反端详、反凝视的机会，最新的分子人类学也可能会推翻客家研究的一些传统结论，本书研究与涉猎作品未尝不具有端详与反端详、凝视与反凝视的张力关系。

回首来时路，郁郁满芳华。感谢本土作家们的精神食粮以及十位作家欣然接受访谈，这些谈话不但见证了彼此的关切与心境，相信也会进一步深化读者对作家作品的理解。感谢李钟声先生、魏微女士与本人的对谈。久仰李老大名，去年一见如故，相谈甚欢，对很多问题的看法惊人的相似。魏微女士是梅州市作协邀请过来给我们文学院学生和本土作家传经送宝的名家，我临时受命担任了一场对谈嘉宾，魏微女士真挚而坦诚的回答让我获益良多。感谢嘉应学院客家研究院及文学院的出版资助，感谢暨南大学出版社杜小陆副社长对拙著出版的帮助与忍耐！本书第六章第二节，第七章第一节，第八章第一节，第九章第一、二节与附录里的一些初稿是由我指导的学生撰写，我皆对其做了文字增删校正，且在文末标注了学生姓名，在此一并致谢！

2024 年 3 月于梅州